SABİHA

AYTEN ÖZTEKİN STORRY

İmla Kitap Yayınları
Edebiyat

Sabiha – Ayten Öztekin Storry

1. Baskı, İmla Kitap Yayınları, Ankara 2022 Haziran

Yayın Yönetmeni: Yusuf Akgül
Kapak Tasarım: Fatih Alamur

ISBN 978-605-68262-1-4

İmla Kitap Yayınları
Sertifika No: 52616

Tarcan Matbaacılık: 0 312 384 34 35

İmla Kitap Yayınları
Strazburg Cad. No: 29/1 Sıhhiye / Ankara
0 312 231 06 60
www.lakitap.com - info@lakitap.com

SABİHA

AYTEN ÖZTEKİN STORRY

Ayten Öztekin Storry, İzmir'de doğdu. Özel Kadıköy Mimarlık Mühendislik Fakültesini bitirdi. 1984 yılında İngiltere'ye gitti. Londra'da North East London Üniversitesini bitirdi. Çocuk Kütüphanesi ve yabancı çocuklar üzerine tez yazdı. 27 yıl kütüphaneci olarak çalıştı ve yabancı çocukların problemleri ile çalışmalarda bulundu.

Haftalık çıkan Türk gazetelerinde kitap tanıtımı ve özel günler hakkında yazılar yazdı. Birçok ülkenin ülkenin kültürünü öğrendi. Irkçılıkla ilgili çalışmalara katıldı. Farklı hikâye yarışmalarında öyküleriyle 2. ve 6. oldu.

Yazar çalışmalarına Londra ve Türkiye'de devam etmektedir.

Yazarın Yayınlanan Eserleri:

1. Sabiha, 1. Baskı, Ankara, 2022.

İlk defa kendime ait odam olmuştu. Odadan içeri girince hemen kenarda bir yatak, üzerinde mavi bir örtüsü vardı. Oldum olası çok severim maviyi; gökyüzünü, denizi bulurum mavide... Bir koltuk, iki sandalye, masa ve bir şömine vardı, duvara uyularak yerleştirilmiş. Odun kömür pisliği olmayan, gaz sobası. Bu ocağın üstündeki rafta dans eden iki biblo İspanyol kızlar vardı. Bakışları gülüşleriyle sanki mutluluğun zirvesindeydiler. Çok kumaşlı uzun kırmızı beyaz benekli etekleri savruluyordu. Acaba onlar gibi mutlu olacak mıydım? Dini, dili, töreleri ayrı, apayrı kişilerle, o kişilerin vatanında yerim ne olacaktı? Şimdiden özlemiştim anacığımı. İltica isteği kabul olmayacak, belki geri gideceğim, belki de kalıp ev hasretiyle, gurbet baskısıyla özlemlerle eskiyip gideceğim. Bir şey bilmiyor, bilemiyor sakin korkak bekliyordum. İçim zaman zaman yağmurlu hava bulutları gibi kararıyor, şimşekleniyor esiyor, sağanak olup yağıyordum. Oda penceresinin kalın perdeleri kenara çekilmiş ama tül perdeler kapalıydı. Tül perdeyi aralayıp dışarı baktığımda sırtlarını birbirine dayamış, hepsi aynı model, kapısı, camı, çatısı aynı evler. Pencerelerden kimse dışarı bakmıyordu. Evler, balkonlar, camlar sanki cansız gibiydi. Sokakta hiçbir çocuk bağıra çağıra oyun oynamıyordu. Hiçbir çocuk köşe başında işten dönen anne veya babasını beklemiyordu. Kadınlar camdan cama kapıdan kapıya konuşmuyorlardı. Evren donmuştu. Sanki dünya koyu bir boşluktaydı.

Artık yatmam gerekli, yarın iş bulmak için yollara düşmem gerek ama uykum yok. Akşam olmuştu zifiri karanlık herkes uyur zifiri karanlıkta herkes. Ahmed Arif'in söylediği gibi, "kurt uyur, kuş uyur zindan uyur. Dışarıda gürül gürül akan bir dünya uyur. Bir ben uyuyamıyorum."

Bazen canımın acıdığını hissediyorum. Ama yapacak bir şey yok ki. Ne kalbimi susturabiliyorum ne de gerçekleri değiştirebiliyorum. Bazen hayatı olmasını istediğimiz gibi değil de olduğu gibi yaşamaya çalışıyoruz.

Tesadüfen tanıştığım Sultan'la kocası, Sultan'ın çalıştığı yerde belki sana da iş buluruz, sabah geçerken seni alalım bizimle gel dediler. Sultan Abla ve Bekir Bey Melkom Bey'le konuştular kefil olduklarını söylediler.

Melkom Usta "Tamam madem buradasın hemen işe başla bakalım," dedi.

Üçümüz de çok memnun olmuştuk.

- Teşekkür ederim Sultan Abla gerçekten çok mutlu ettin beni.

- Bak Sabiha'cım, biz gurbetçiler hep beraberiz, Abla oluruz, kardeş oluruz akraba oluruz. Ekmeğimizi, yemeğimizi, acımızı, sevincimizi, sevgimizi paylaşırız. Bundan böyle ben ablanım, senin üzüntün benim, benim sevincim senindir. Aramıza, ailemize hoş geldin.

- Sabiha, hayat der ki sevdiklerinizi artı ve eksileriyle kabul etmeyi bilmeliyiz. Sevmeyi ve sevilmeyi öğrenmedikçe, sevmenin lezzetine varamazsın, eleştirirsen sevmeye vakit bulamazsın. Sırtında devamlı dost gömleği olsun, dost gömleği giymeyen kişiler devamlı üşür, haydi kardeş işimize dönelim.

Bugün ilk haftalığımı aldım, kiramı ödedim, yiyecek bir şeyler aldım, anneme telefon ettim. Mutluluk penceresi açılmıştı. Esen hafif yel beni serinletiyordu, bu da bana yeterdi. İnancın başladığı yerde endişe bitiyordu. Bugün bunu hissettim. Ne olunca ne yapacağını bilmek. Bugün güzel güneşli bir havaydı. Herkes sevinçli, herkes birbirine "Bugün hava çok güzel," diyordu. Bizde senede bir veya iki kere yağan karda herkes bu kadar sevinirdi. Ütücü Koko çok sevdiği Kıbrıslı Gülnaz'ı parka davet etmişti. Gülnaz:

-Bak sen bana be Koko, haydi git sen işine söyleme bana bir şey, getirme bana her gün çiçek istemem, istemem derim sana anlaman be adam. Benim gönlüm başkasındadır. Bilesin söylerim devamlı anlamazsın. Lütfen derim sana lütfen.

Koko öyle bir bastı ki ütünün buharına sanki içindeki oflar, kabul görmeyen sevgisi, içindeki yangını buhar olup Gülnaz'a mı gönderdi bilinmez.

Koko'nun gerçek adı Korkut'tu kısaltılmış haliydi Koko, İstanbul Üsküdar'dan gelmişti. Öğretmen anne babanın ikinci çocuğuymuş. Mastır yapmak için gelmiş ama ne İngilizcesi ne de parası yeterli olmadığı için o da çalışmayı yeğlemiş.

Çay molası verilmişti 20 dk. Bütün makinalar susmuş, sadece radyodaki kasette arabesk çalıyordu.

Fabrikanın bir kesici Osman'ı vardı, zayıf uzun boylu. Uzun, arkadan bağladığı saçları vardı. Kesim olacağı zaman gelir, fabrikanın her şeyini bilen, her boşalan yeri dolduran Kemal abinin yardımıyla kumaşları keser, paketler ve giderdi. Konuşmazdı fazla, lazım olunca konuşurdu. Geveze ütücü Abbas bile konuşturamazdı. Cevapsız bırakmazdı kimseyi, bir iki kelime yeterdi. Koko, "Bu adam ağzını kiraya vermiş," derdi. Şu sıralar Osman ev arıyordu.

- Sabiha Hanım, arkadaşlar sizin oturdunuz evde kiralık oda varmış, benim bir odaya ihtiyacım var da sorar mısınız lütfen.

- Peki Osman Bey sorar size yarın haber getiririm.

Osman'ın ısrarlı bakışları sevgiyi ilgiyi unutan gönlümde fırtına gibi esmişti, ama kendine gel Sabiha kendine gel demeliydim.

Ertesi gün Osman ve Sabiha işten beraber çıkıp Sabiha'nın evindeki odayı görmeye gittiler. Osman beğenmişti.

- Evet Mrs. Rose odanızı tutuyorum, yarın taşınabilir miyim ücretinizi yarın öderim.

Sabiha'ya teşekkür etti. Giderken mutluluğu gözlerinden okunuyordu.

Ertesi akşam Osman taşınmış, Sabiha'nın yardımıyla yerleşmişti.

- Bir şeyler yiyip gelelim mi Sabiha?

- Ben yedim, siz buyrun Osman Bey.

- Bir daha Osman'ı Beysiz söyle Sabiha. Yardımların için teşekkür ederim.

Bir el sıkışmanın, bir tokalaşmanın beni bu kadar etkileyeceğini hiç düşünmemiştim.

Senelerdir bomboş olan kalbim neler oluyor sana. Acılarını, hayal kırıklıklarını, kaybolmuş sevgilerini, ne de çabuk unuttun.

Sabiha sabah işe gittiğinde suskundu. Sultan hemen fark etmişti. Çay saatinde yanına gitti.

- Ne oldu Sabiha bir şeye canın mı sıkıldı.

- Yoo biraz üşütmüşüm herhalde. Nasıl söylerdim başım dertte kalbimle. Gönlüm uçtu gitti elimden.

Eve gidip yatmak istiyordum. Yorganı başımdan çekmek, uyumak istiyorum.

Kimliğini bilmediğim, varlığından bile haberim olmayan bir insanın varlığı birdenbire benim için nasıl bir ihtiyaç olabiliyordu. Her gün her saatim dolu dolu onunlayım.

Bazı akşamlar Osman'ın erken geldiği akşamlar, birer kahve içer olmuştuk.

- Biliyor musun Osman, belki söylemek çok erken ama bana bilmediğim bir rahatlık, bir iç huzuru veriyorsun. Birine güvenmenin rahatlığını ilk defa tadıyorum.

- Ben de öyle. Seninle senin yanındayken içim huzur doluyor. Çok rahat ve huzurlu oluyorum. Senelerdir fabrika fabrika dolaşıp, her türlü insanla çalışmak beni biraz yordu galiba.

- Ben senin kadar politikayı bilmem. Ben sadece milliyetçi bir Kıbrıslı'yım. Bundan sonra beni eğitmeni isterim. Ben hapishanedeki yıllarını dinlemek isterim.

Hiç de iç açıcı olmayan bir buçuk sene. Beni her şeyden fazla üzen annemi çok üzmüş olmamdı. Annem bir öğretmendi. Ağabeyim okuldan sonra Erzurum'a kaymakam olarak gitmişti. Evlenip orada kaldı. Ben sol bir partinin üyesi idim aynı zamanda okuduğum üniversitenin Ekonomi Bölümünü ikincilikle yeni bitirmiştim. Üyesi olduğum partinin gazetesini satarken yakalanmış ve tutuklanmıştım. Biz anne kız hep beraberdik, hiç ayrılmamıştık. Annem okulumun bitmesi için hiçbir fedakarlıktan yılmadı. Buraya gelmeden önce annemin günlüğünü bulduğumda, beni 20 sene ceza almış gibi üzdü. Hepsini değil bir bölümünü okuyayım.

Bugün çiğdemleri gördüm Sabiha'm. Sarı, beyaz, mor. O kadar güzeldiler ki canım kızım senin gibi, soğukta ışıtan güneş gibiydiler.

Senin gibi hayat dolu tazeciktiler. Sen benim kokulu çiğdemimsin canım kızım.

Artık sonbahar, İzmir'de rüzgarlar başlar. Ama bu rüzgarlar senin saçlarını savurmayacak, sonbahar yağmurları saçlarını ıslatmayacak. Çünkü artık sen kapalı kapılar arkasındasın. Artık senin özgürlüğün gardiyanların beline bağlı anahtarlarda takılı.

Masal ülkesinin masal güzeli iken deli rüzgarlarla savruldun. Kendini bora tayfuna yakalattın.

Keşke mümkün olsa da seninle yer değiştirsek, ben orda olsam sen de dışarda.

Biliyor musun Sabiha'm, ben senin umudunun adını özgürlük koydum. Çıktığında da senden önce uzun yıllar o havayı solumuş, o sıkıntıları çekmiş kişilerin ağırlığı, onların kokuları üstüne sinecek, pırıl pırıl güneş gözlerini kamaştıracak. Bunlara da hazır ol. Seni her ziyarete geldiğimde, hani çok uzaklardan bile görünen gözetleme kulesi var ya, o kule benim içimi bir tuhaf ediyor. O kuleyi gördüğümde hiçbir şey duymuyor, görmüyorum. Gözyaşlarım, kaderim, acım, hırsım, hayallerim, arzularım artık hiç umurumda olmuyor. Kuleye bakarak sana ulaşmak için yarım saat yürüyorum, yağmur, kar, kızgın güneş de olsa bir şey hissetmiyorum. Yeter ki yarım saat veya 45 dakika seni göreyim. Sana gelen merdivenler başlayınca kendimi toparlıyorum, sen beni neşeli, çok iyi görmen lazım. Ama her seferinde sen gene ağlamışsın diyordun. Ben bahanelerle iyiyim esas sen bana seni anlat, haftaya ne istiyorsun ne getireyim derdim. Hep de kitap isterdin. İsteklerini liste yapardık. Seninle görüşme vakitlerinin hayatımda zamanın bu kadar çabuk geçtiğine ilk defa şahit oluyordum. Vakit çok çabuk geçiyordu. Hele seni demir kapıların ardında bırakmak var ya. Bu acıya hiçbir anne şahit olmasın, hiçbir anne böyle bir şeyi yaşamasın Sabiha'm güzel kızım. Keşke ben orada olsam sen de dışarıda.

İşte Osman bir gazete satmak bana bir buçuk yıla sebep oldu.

- Çok duygulandım Sabiha. Biliyor musun hayat bir gün gelir mutlu eder, bir gün gelir mutsuz ama unutmamalı ki Allah sevdiğini sıkıntıyla imtihan eder. Bundan sonra seninle olmaya çalışacağım.

Cuma günleri herkes haftalığını alır. Ben de haftalığımı almış, biraz alışveriş yapmıştım. Bugün benim doğum günümdü ama ben tek başıma kutlamak zorundaydım. Anneme telefon edecektim, yanımda yeterli bozuk para yoktu. Sokaktaki telefonlar bozuk pa-ra ile çalışıyordu. Paptan Para bozdurmak için içeri girdiğimde Osman iki bayanla oturmuş koyu bir muhabbet içindeydi. Hem de neşeli ve olduğu kadar mutluydu. Beni görmedi bile. Hemen dışarı çıktım. Çok üzüldüm çok kıskandım. Kalbim yerinden çıkacaktı, kötü bir zelzele oluyordu. Bir şey duymuyor hiçbir şey göremiyordum. Sonra düşündüm ki neyi paylaşamıyordum. Hayat benim olmayanların ve olmayacakların üzüntüsünü taşımaya değer miydi? Eve kendimi zor attım. Ama gene de Osman'a sorularım vardı.

Sen bir yüreği kendine aldığın nefes kadar yakın hissettin mi? Sen hiç sevdin mi? Senin olmayan birini sahiplendin mi? Hiç sevdiğini zannettiğin birini yüreğin yanarak kıskandın mı, özledin mi, umut etmeyi sabırla beklemeyi öğrendin mi? Senin olmadığını bildiğin halde yüreğinde yaşattın mı? Sonra düşündüm.

Sabiha bir yol var yürümen gerek, sonuna kadar gitmen gerek. Güzel günlerin olacağını biliyorum. Canımı yaksa da hayat, yaşaman gerek.

Yağmurlu karanlık sıkıntılı bir gündü. Çalışanların çoğu Kıbrıslı ve Türkiyeli Türkler'di. Üç dört de Afrikalı vardı. Hep beraber yirmi-yirmi beş kişiydik. Radyodaki kasetten çıkan arabesk müzik, makinaların, overlokların, menajer Arto'nun ihtarcı gür sesinin çınladığı toz dumanın savrulduğu bir yerdi. Bazen Konyalı Durmaz ailesinin şımarık kızları Pakize ile Kıbrıs'tan çocuklarının tedavisi için Londra'da olan Özkan ailesi yaptıkları işler yüzünden tartışırlardı ama Özkanlar kibarca alttan alırlardı. Bir de Ege'nin bağrından kopup gelen Efeler vardı, iki can arkadaş. Birbirlerinden hiç ayrılmayan, Arto'nun bulduğu Zeybek havalarıyla öyle güzel bir zeybek oynarlardı ki, herkesin duyguları göğe çıkar, gözlerimiz yaşarırdı. Kütüphaneci kadın da zaman zaman yaptığı kütüphane etkinliklerinde Efeleri oynatırdı. Cemevinin üyesi olan Hacer Hanım'la beyi Yakup Usta efelere Türkiye'den kıyafet getirtmişlerdi. Şimdi oyunları daha bir başkaydı, daha güzeldi. Ama efelerden biri Halil İbrahim biraz yaramazdı. Eğlenmeyi, puplara gitmeyi çok sever, onun için işe hep geç gelirdi. Bir de ütücü Abbas'ımız vardı. En başta anasını, köyündeki her şeyi özleyen, öğretmen olan Kemal abiden hep bir şeyler öğrenmek isterdi.

Bu atölyede çalışan gurbetçilerin bir amaçları umutları, dilekleri, düşündüğü yarınları vardı.

Bugün nedense herkes sıkıntılıydı. Öğle arasına az kalmıştı. Birden fabrikanın içi polislerle doluvermişti. Hepimiz çok korkmuştuk, herkesi sıraya dizdiler. Bir sürü sorular, kimlik yoklamaları, Gidici ve kalıcı olanları ayırdılar. Özkan ailesi gidiciler içindeydi.

Sabahtan beri bugün içimde kötü bir sıkıntı var diyen Hayriye Hanım'ın gözyaşları herkesi çok üzüyordu.

Tarifi imkânsız üzüntü içinde bir şey yapamadan olanları seyrediyordum. Beynim durmuştu. Ütücü Abbas hafiften şarkı mırıldanıyordu, "Bu gidişin dönüşü vardır". Polisler Abbas'ı susturdular. Susturdular bastırdılar, aramızdan 8 kişiyi alıp götürdüler. Yarım kalmış umutları, gerçekleşmemiş istekleri, sel olan gözyaşları ile çıkıp gittiler.

Melkom Bey, Pakize'nin arkasında devamlı çalan radyoyu alıp yere fırlattı. Kimsede çalışacak hal kalmamıştı. Bu arada şımarık Pakize ile annesinin konuşması kulağımıza çalındı.

"İyi ettim demi kız anne onları ihbar ettim, şimdi bütün işler bize kaldı."

İkinci bir şok daha yaşıyorduk. Bu şımarık kız nasıl sekiz kişinin geleceği, umutları ile oynamıştı, hiç mi insan sevgisi, hiç mi terbiye, ahlak ve vicdan yoktu?

Melkom Bey, Kemal Abiyi çağırdı.

Kemal Abi herkesin Kemal abisi idi. Sadece Melcom Bey, kendisine Kemal Bey derdi. Ütücü Abbas'ın da öğretmeni. Abbas bilmediklerini, öğrenmek istediği her şeyi ona sorar Kemal Abi de hiç sıkılmadan cevaplardı. İstanbul'da bir lise müdürü iken savunduğu fikirler yüzünden Ardahan'a sürgüne gönderilmiş, sonra bir kısmet yolu Londra'ya düşmüş. Bu ufak fabrikada herkes her şeyi ona sorar, Melkom Bey'in eli ayağı, gözüydü.

- Kemal Bey sana vereceğim parayı Özkanların avukatına götür ver. Siz de Pakize kız, hemen eşyalarınızı toplayın, beş dakikaya kadar burayı terk edin. Haftalıklarınızı da Özkan ailesine vereceğim. Çabuk olun sizi görmek istemiyorum.

Kötü bir gündü herkes için. Gurbet insana gülerken de ağlarken de hayata eyvallah demeyi öğretiyor.

Melkom Bey'in çok üzgün olduğu yüzünden de anlaşılıyordu.

- Arkadaşlar bugün bizim için kötü bir gündü. Paydos edin bugün. Yarın sabah görüşürüz, dedi sesi titreyerek.

Akşam Osman gelmişti.

- Ne oldu Sabiha anlat lütfen. Herkes sizden Melkom Bey'in fabrikasından bahsediyor. Fabrikayı polisler mi bastı, şikâyet mi olmuş? Olanları anlatır mısın lütfen.

- Bu akşam seni yemeğe çıkarmak için erken geldim. Hadi hazırlan aşağıda bekliyorum.

Ne yapmalıydım bilmiyorum. Ama gitmeli o akşamı sormalıydım ve ona diyecektim ki: Sen hiçbir yüreği kendi yüreğine yakın buldun mu? Sen hiç sevdin mi? Senin olmayan birini sahiplendin mi? Hiç kıskandın mı onu? Özledin mi umut etmeyi sabırla beklemeyi öğrendin mi? Senin olmadığını bildiğin halde gene de yüreğinde yaşattın mı, aldığın nefes kadar yakın hissetin mi? Diye sormalıyım. Onun için de gitmeliydim.

Nehir kenarında bir restorandı ama içimden konuşmak gelmiyordu. Canımı sıksa da hayat yaşamam gerekti.

- Biliyorum bugün kötü bir gündü. Sabiha onun için senin yanında olmak istedim. Hadi biraz gülümse. Melkom Bey'in fabrikasını polis basmış dediler, ben hemen geldim ama sen çıkmıştın inan ki seni kaybetmek istemiyorum. Ben başkaları ile de oldum ama senin yanında bilmediğim bir huzur içindeyim. Senin gerçek gülüşün, tertemiz bir kalbin olduğunu biliyorum. Daha sonra sen de öğreneceksin buradaki insanlar bir başkadır. Bilemezsin çözemezsin, hatta konuşamazsın onlar sadece anlamak istediklerini anlarlar. Tek düşündükleri para ve iştir, işte bugün gördün bir şımarık kız sekiz kişinin umutlarını, yarınlarını siliverdi. Bu nasıl bir insanlık, nasıl bir vicdan. Bana kalırsa bu kötü bir cahillik. Lütfen Sabiha böyle insanlardan uzak dur. Sana zarar gelmesini hiç istemem. Zaten artık senin yanındayım, tabii sen istersen.

Neler düşünmüş neler söyleyecektim. Onu başkalarıyla gördüğümü söyleyecektim. Akşamları kahve içmeye gelme diyecektim. Evden taşınmayı bile düşünmüştüm. Karışığım karma karışık. Gurbetçi Sabiha yüreğine mi yenildin, filizlenen sevgine mi? Hayır, çok güzel olan şey birinin seni sahiplenmesine, belki yıllardır unuttuğum sevginin geri geldiğine inanmak. Yalnız olan kalbimle birine güvenmek. Bu tek başınalığımda, yalnızlığımda birinin ya-nı başımda duruvermesi bu âşık olmak değil, sadece birine gözü kapalı güvenmek ve ben bunu istiyorum galiba.

Ütücü Abbas bu sabah gene avaz avaza Abbas her gün bir şeyleri özler. En çok da anasını, anasının yemeklerini özler.

- Kemal Abi iyi bir eğitimci olduğu için sabırla senin her sorduğunu cevaplıyor. Çok şanslısın Abbas, dedi Arto.

- Kemal Abi okulundan mezun olunca zam isterim Menajer Arto.

- Kemal Abi, yarın avukata gideceğim iltica işlerim için. İltica ne demek bana anlatır mısın?

- Abbas iltica etmek demek basit anlamıyla güvenli bir yere sığınmaktır. Diğer adı ise sığınmacıdır.

- İlticanın kuralları var mıdır, varsa nelerdir?

- Abbas bu bir devletler arası anlaşmadır. Cenevre Anlaşmasıdır. Bu Cenevre anlaşmasına göre ırk, din politik görüşleri olan kişiler zulme uğramak korkusu ile ülkelerini terk edip, başka ülkeye sığınırlar.

- Bu ne kadar hakkımızdır.

- Irkınız, cinsiyetiniz veya politik düşüncelerinizden dolayı zulme uğruyorsanız, evet hakkınızdır. Ama bunu ispat etmen gerek.

- Sağ ol yarın senden öğrendiklerimi avukata söyleyeceğim.

Öğlen arası olmuştu. Cuma günleri herkes haftalığını alır, herkes kebap yerdi. Abbas paraları toplar liste yapar. Turkish Delight'in sahibi Deniz Usta'ya inerdi. Bazen pideler salatalar, soslar karışırdı. Çünkü Deniz Usta bol kepçe bir ustaydı. Çalışanlara ikram olsun diye her şeyi fazladan koyardı. Onun için Abbas hesabı karıştırırdı.

Sabiha öğlen yemeğini Sultan ve Sultan'ın kocası Bekir'le yerdi. Sultan ve Sabiha'nın sohbetleri güzel olurdu. Onun için yemek sonrası kahve sohbetine diğer kadınlar da katılırdı. Sabiha her zamanki gibi sohbet bitimi masayı toplarken ufak kâğıt parçaları cebinden döküldü. Kadınlar hep bir ağızdan "Aaaa bunlar ne Sabiha," dediler. Sultan iş uzamasın diye.

- Sabiha alacaklarını bu ufak kağıtlara yazar, akşam eve giderken de ne lazımsa alır. Hadi bakalım iş başı yapmamız lazım. Afiyet olsun hanımlar.

Sultan böylece ortalığı düzeltmişti.

- Sabiha bu aksam yemeğe gelir misin?

- Olur Sultan Abla.

İyi bir akşam yemeği idi. Ta ki Sultan, Sabiha'yı sorguya çekmesine kadar.

- Ne oluyor Sabiha. Aklın mı karıştı? Tahminlerim var ama senin söylemeni bekledim.

- Evet Sultan Abla pek fazla bir şey yok sadece iyi bir arkadaşız. Osman iyi bir insan, yüreği çok güzel, niyeti güzel, benim de yanı başımda, güvenilir biri. Biliyor musun Sultan Abla. Bazen tesadüflere ihtiyacımız var. Plansız zamansız gelen güzellikler gibi.

- Sabiha'cım dilerim kalbinin de yüzünün de güldüğü bir gelecek olur. Elini tutan, sözünü tutan yüreği güzel insanlarla karşılaş. Geleceğin aydınlık olsun.

- Teşekkür ederim abla. Hayatta en büyük şans, yüreği güzel bir adama rastlamak. En güzel hediye de yüreği güzel bir adamın sevdiği kadın olmak. Bilmiyorum acaba çok erken mi böyle düşünmem. Doğru mu yanlış mı bilemiyorum?

- Peki o kâğıt parçaları nelerdi.

- Biliyorsun Osman bizim üst katta kalıyor. İşe sabah çok erken gidiyor. Giderken de böyle küçük kâğıt parçalarına bana günaydın ve iyi niyetlerini yazıyor. Kapının altından atıyor. Ben de biriktiriyorum. İstersen sana birkaçını okuyayım.

- Evet lütfen okur musun?

Günaydın. Gönlünden geçen her güzel şey hayal olmaktan çıksın, gerçek olsun. Hayırlı mutlu sabahlar olsun.

Günaydın. Her ne kadar mevsim kış, hava soğuk olsa da bazı insanlar vardır. İçinde baharı taşıyan insanlar. Allah seni böyle kişilerle karşılaştırsın.

Günaydın. Dilerim günün mutlu ve huzurlu geçsin. Yüreğindeki güzelliklerin ve umudun hiç tükenmesin. Günün aydınlık olsun.

Günaydın. Sabahın yeni günün ilk ışıklarıyla günün aydınlansın, bugünün aydınlık olsun.

İşte böyle Sultan Abla. Bu küçük dilekler beni çok mutlu ediyor. Çok duygulanıyorum. Ve günüm iyi geçiyor.

Gerçekten çok güzel dilekler. Çok hoş. Osman'ı ben ve Bekir uzun zamandır tanırız. Bu kadar iyi niyetleri yazan kişinin, çok güzel bir kalbi olduğuna eminim. Birini yüreğinde sıcacık hissediyorsan işte o gerçek sevgidir. Senin yanındayım seninleyim Sabiha'cım.

- Teşekkür ederim Sultan Abla.

Melkom Bey piposunu tüttürerek sabahları şöyle bir dolaşır günaydın der, hâl hatır sorardı. Daha çok fabrikanın sampillerini diken kendisi gibi çok iyi terzi olan Bekir Usta'ya takılırdı.

- Bu sabah ütücülere günaydın derken çocuklar Efelerden bir haber var mı, Halil İbrahim nasılmış?

- Pek bir şey bilemiyoruz dedi Koko. Hospice'de[1] yatıyor.

- Kemal Bey sana bir şeyler hazırlayayım da öğleden sonra hastaneye git, bir hâl hatır sor. Bak bakalım ihtiyaçları nelermiş. Mehmet Ali bir uğrasın bekliyorum.

---

[1] **Hospice:** Ölecek olan hastalar, şifası olmayan artık ilaçların cevap vermediği hastaların kaldığı bir hastanedir.

- Olur Melkom Bey.

Akşama doğru Kemal abi, Mehmet Ali ile birlikte döndü. Herkes Mehmet Ali'yi soru yağmuruna tuttu.

- Sessiz yatıyor ve uyuyor. İğne yaptıkları için ağrı hissetmiyormuş. Dün doktoru benle konuşmak istedi. Anlatacaklarını anlayamam diye çok korkmuştum ama imdadıma Dalston kütüphanesindeki Türk kütüphaneci kadın yetişti. Hastalara çeşitli dilden kitaplar dergiler dağıtıyordu. Benim de tercümanlığımı yaptı. "Eve dönebilir miyiz?" dediğimde. Acı haberi aldım. Doktor "Halil Bey'in dört beş günü kaldı. Biliyorsunuz, kendisi HIV AIDS'e yol can bir virüsle savaşmaktadır. Hem bu kadar bulaşıcı ağır bir hastayı uçağa alırlar mı bilmem. Bana kalırsa bırakın yatağında ölsün. Gördüğün gibi tedirgin değil. Rahat. İşte durum böyle. Herhangi bir şey sormak istersen lütfen çekinmeden sorabilirsiniz," dedi. İşte arkadaşlar durum bu.

- Osman, bu akşam veya yarın sabah git bakalım bu dört beş gün sonra neler olacak. Ne yapmamız lazım rica etsem bir öğrenir misin?

- Tamam Melkom Bey, bu akşam hastanenin yanındaki fabrikada kesimim var. Mehmet Ali hadi seni de hastaneye bırakayım.

- Sağ ol Osman hava da çok yağmurlu.

- Sabiha hava soğuk ve yağmurlu. Biraz mutfak alışverişi yapar, seni de eve bırakırız. Olur mu?

- Teşekkür ederim Sultan Abla tabii olur.

Taze balık bulmuşlardı. Kolay bulunmazdı, hem Türkiye'den gelmişti.

- Hadi bize gidiyoruz. Bu akşam balık salata ve de kırmızı soğan. Bekir sen de içeceğini al.

Yemek çok güzeldi. Hepsi çok beğendi, uzun zamandır taze balık yememişlerdi. Bazen fish end cips (balık patates) İngiltere'nin geleneksel yiyeceklerindendir ama taze evde kızarmış, başka tabii. Sultan çok güzel bir kadındır. Hanım hanımcık marifetli. Yemekleri de çok lezzetli oluyordu. Herkes tamirlerini, söküklerini ona getirir, hiç kimseye de hayır demezdi. Her gün işten gelince akşamın ve ertesi gün fabrikada yiyecekleri yemekleri hazırlar. Yemekten sonra Bekir Usta çay severdi yatana kadar demlik biterdi. Sultan kahve severdi.

- Sabiha ben arkadaşıma mektup yazdım, bakar mısın nasıl olmuş?

- Tabii hem de büyük bir zevkle.

Sevgili Nermin ablam nasılsın, iyi misin? Seni çok arıyorum. Hem de çok özlüyorum. Gurbet sensiz daha ağır geçiyor. Makinaların gürültüsü sabah kalktığımda bile benimle. İlk geldiğimde Sultan alışacaksın, makinaların sesiyle uyuyup kolların ağrısıyla uyanacaksın, demiştin. Aynen Nermin ablam her şey seneler önce söylediğin gibi.

Neyse bunları değil de sana çok güzel şeyler söylemek istiyorum. Ama dilimin döndüğünce söylemeye çalışayım. Nasıl bizleri, buraları özledin mi? Bizleri aradığın oluyor mu? Dur bak sana ben anlatayım buralar. Tam 10 sene önce bıraktığın buraları değil.

Geçenlerde seninle sık sık gittiğimiz Dalston Pazarına gittim. Senin yumurtacının önünde durdum. Şöyle bir baktım seni andım. Yaşlanmış senin yumurtacı, saçları beyazlamış. Üstelik dökülmüş de. Hâlâ mavi önlüğü önünde. Dudakları yine tebessümle dolu, kibarca yaptığı servisiyle kadınları yine kuyruğa dizmişti. Senin her zaman selamlaştığın kısa da olsa havadan sudan lafladığın yumurtacının karısını artık görmüyorum, gelmiyor uzun zamandır. Genç bir kız yardım ediyor yumurtacıya.

Yanındaki sebzeci George orada hâlâ aksi huysuz pazarcı. Yine dokundurmuyor kimseye sebze ve meyvelerini. Hep aynı, seneler dokunmuyor bu adama. Sadece biraz göbeği çıkmış. Biliyor musun Nermin abla, George şimdi patlıcan, biber, domates bile satıyor. Tabii pahalı.

Hindistanlı etekçi kadın aynı yerinde, hâlâ gülmeyi tebessüm etmeyi öğrenemedi. Bazen gidip şu kadını gıdıklasam mı diyorum?

Pazarın sonundaki topalın dükkânı çok büyüdü. Hemen her istediğini buluyorsun. Ama artık yalnız topal bakkal yok. London'ra'nın her tarafında yüzlerce market açıldı. İstediğin her şeyi en yakınında bulabiliyorsun. Ama her sokakta, her köşe başında fab-

rikalar da yok. Hava'nın bir günde 2-3 fabrika değiştirdiği fabrikalar yok, tek tük kaldı. Gerçi Hava da yok oldu, tekstil fabrikaları gibi, zannedersem 2 sene önceydi. Hava, incecik uzun saplı çantası omuzunda sönmeyen sigarası elinde. Yolda karşılaştık. Durmadan öptü durdu.

Dinle, adı Yakup. Beraber kalıyoruz. Samsunlu Yakup, "Evleneceğiz seni nikaha mutlaka beklerim. Nermin Abla'ya da söyle beraber gelin. Gelmezsen olmaz seni çok severim bilirsin. Gelmezsen gücenirim," dedi. "Olur gelirim!" dedim.

Söylemedim Hava'ya kesin dönüş yaptığını, seni kaybettiğimi. Seni ne kadar özlediğimi, her zaman yanımda her şeyimi bölüştüğüm dostum ablam, derdiyle dertlendiğim, sen benim yorgunluğumla yorulduğun, her başım sıkıştığımda sana koştuğum, her sevincimi seninle paylaştığım ablam, anam desteğim. Neyse şimdi seni buldum. Piyangodan çıkan ikramiye gibisin.

- Aaa çok güzel olmuş Sultan Abla, istersen ben Göçmen diye bir dergiye ara sıra bir şeyler yazıyorum lütfen müsaade et de bunu basalım. Tam göçmenin konusu.

göçmen
3

SIRTIMIZDAKİ KAMBUR

SINIR DIŞIETMELERE KARŞI KONFERANS

- Bilmem ki basarlar mı? Basarlarsa dergiyi gönderirim Nermin ablama, ne dersin?

- Konu tam göçmen için, yazın bir harika, yarın öğlen tatilinde bir uğrayalım.

- Haa şimdi anladım, Sabiha, bu kız öğlenleri yok oluyor, nereye gider diye de merak ederdim.

- Derginin sorumlusu Duru, arkadaşım ara sıra laflamaya gidiyorum istersen yarın beraber gidelim.

Bir de kütüphanede çalışan bir Türk Kütüphaneci kadın vardı. Bazı sabahlar uğrar gazete, eski kasetler, kitaplar, okunmuş gazete ve dergiler getirirdi. Kimin devletle tercümanlıkla, hastanelerle işleri olursa halletmeye çalışırdı.

Elindekileri Arto'ya verdi.

- Türk çayınız varsa içerim, dedi.

- Kemal abi bizde haberler kötü, sizde nasıl?

- Bende de iyi değil Kemal Bey.

- Biliyorsunuz geçenlerde Madenciler grevi başladı, 184.000 maden işçisinin katıldığı büyük bir grev başlamıştır.

- Biraz biliyoruz ama esas sebep neydi_

- Kemal Bey, esas sebep Margaret Thatcher hükûmeti Maden ocaklarını kapatmaya karar vermişti. Ama bu aldıkları karar kimseye danışılmadan alınan bir karardı. Bu olay NUMK'yi yani madenciler sendikasını çok kızdırmıştı. Her ufak maden ocağından çıkan kıvılcım misali başlatılan grevler ateş olup bütün İngilte-re'yi sarmıştı. Ve öyle zannediyorum ki, bu grev çok uzun sürecek. Başkan Arther Scargill madencilerin arkasında grevi sonuna kadar destekliyor. Binlerce madenci işsiz kaldı. Geçim sıkıntısına düştüler.

- Madencilerin deyimiyle bu bir aile greviydi. Şimdi madencilerin eşleri ve çocuklarının da katıldığı bir grev. Bu grev bir aile grevi çünkü her aileyi etkiliyor.

- Haftaya pazara South Wales madencileri desteklemeye gidilecek. Bize sokak patisi verecekler, bu geziyi Socialist worker partisi organize ediyor gelmek isteyenlerin listesini bana verirseniz yerinizi ayırtayım. Hiçbir ücret ödemeyeceksiniz oraya gidip onlarla olduğumuzu göstereceğiz. Bize ellerinde olanlarla öğle yemeği verecekler.

- Cumhuriyet gazetesi Londra temsilcisi Kemal Erdem de geliyor. Kemal Bey, sen seversin Kemal'i. Bizde severiz, dedi Arto.

- Halil İbrahim nasılmış haberin var mı? Yarın benim hastane günüm. Sabah erken gidip Halil İbrahim'in doktoruyla bir görüşeyim.

- Sultan Hanım nasılsınız? İstediğiniz kitabınızı getirttim. Bugün buradayım, gelin de vereyim.

Ertesi sabah Mehmet Ali geldi ama yüzünden her şey anlaşılıyordu, olan olmuştu. Bitkin ve çok üzgündü, kimse lafa nasıl başlayacağını bilmiyordu. İlk konuşan Mehmet Ali oldu.

- Kaybettim. Arkadaşımı, kardeşimi kaybettim.

- Başımız sağ olsun oğlum, bundan sonra ne yapmamız gerekiyor?

- Sağ ol Melkom Bey, zaten sen her şeyi yaptın, sizin gibi baba adama ilk defa rastladım. Halil İbrahim da senden çok memnundu, devamlı seni soruyordu. Bulaşıcı bir hastalık olduğu için her şeyi onlar hazırlayacaklar. Camide kılınan namazdan sonra uçağa kadar onlar sorumlu imiş. Türkiye'ye inince bir sağlık görevlisine teslim edilecekmiş. Dün akşam Osman uğradı her şeyi ona söylediler, bu sabah da benimle beraberdi. Şimdi avukata gitti bir şeyler imzalatacakmış. Sağ olsun. Yalnız bizdeki gibi işler hemen olmuyor en az bir hafta sürermiş.

- Mehmet Ali bu sabah avukatınız aradı oturumunuz gelmiş, artık serbestsiniz bu ülkede.

- Sağ ol Arto menajer ama bu ülke benim değil. Arkadaşımın gurbeti idi, o istediği için gelmiştim. Askere giderken sevdiği Dudu kızı istemişlerdi. Babası, "Git askerliğini yap, kız senin," dedi. Bir gece Halil İbrahim nefes alamaz oldu.

- "Ben Dudu kızı görmeye gidiyorum," diye birlikten kaçtı. İki gün sonra döndüğünde çok kötüydü. Köye girdiğinde davul zurnadan yer yerinden oynuyormuş. Düğün kimin diye sormuş ama kimse cevaplamamış. Kahvede öğrenmiş, evine bile uğramadan birliğe geri döndü. Artık köye gitmek istemiyordu. Önce İzmir'de, Sonra Denizli'de çalıştık. Daha sonra da yolumuz buraya düştü. Biz beraber aynı sokakta büyüdük, aynı okula, aynı asker ocağına düştük, doğduğumuzdan beri hiç ayrılmadık. Sonrasını biliyorsunuz.

- Şimdi onu bu yolculuğunda yalnız bırakamam. Esas bana ihtiyacı şimdi. Dediğim gibi, burası arkadaşımın gurbeti, benim değil. Hepiniz sağ olun bizi hiç yalnız bırakmadınız. Melkom Baba sana ne kadar teşekkür etsem azdır. Hoşça kalın.

- Sen de sağ ol oğlum ev sahibinle görüştün mü? Benim görüşmemi ister misin?

- Sağ ol Melkom Baba, evi bizden sonra Koko tutacak. Annesiyle babası onu ziyarete geliyormuş, sonra da Abbas'la bölüşeceklermiş.

- Mehmet Ali, Osman aradı, seni aşağıda bekliyor. Hastanede bazı evrakları imzalaman gerekliymiş.

- Tamam Arto Bey şimdi iniyorum.

Akşama doğru Osman geldi.

- Cenaze bu hafta cuma günü gidiyor. Haberiniz olsun.

- Biraz para toplayıp Mehmet Ali'ye verelim mi?

- İyi fikir Coko, dedi Kemal abi.

- Sen bu akşam eve uğrayacaksın, sor bakalım neye ihtiyacı var?

- Kemal abi Mehmet Ali'yi biliyorsun söylemez biz düşünmeliyiz.

Doğru dedi herkes.

Cuma gelmişti.

- Melkom Bey mekânı kapatmayalım, isteyen herkes gidebilir ama ikiden sonra burada olun.

Cenaze kalabalık sayılırdı. Türk Kütüphaneci kadın, Halil İbrahim'in avukatı, fabrikanın hemen hemen bütün elemanları, Deniz Usta, Türk kahvecilerden beş on kişi, oğlanların ev sahipleri, hastane görevlisi dört kişi. Bayağı kalabalıktı. Namazdan sonra herkes tabutun camından Halil İbrahim'e baktılar. Herkes çok genç, çok yakışıklı buldu.

- Avukat Bey hemen hareket etmemiz lazım, yoksa uçağı kaçırırız, kimler geliyor?

- Avukat Bey, Arto, Koko, Osman.

- Koko nasıl gideceğiz?

- Benim arabamla, dedi Avukat Bey. Cenaze arabasını takip edeceğiz, benim yanlarında olmam lazım.

- Arto, arkadaşlar haftalıklarınızı yarın hazırlarım, kusura bakmayın, bugün telaşlıydım, dedi.

Herkes bir ağızdan "Üzülme, yarın olur," dedi.

- Sen toplananı verdin mi Koko?

- Hayır Arto Bey, işte burada sizin vermeniz uygun olur diye düşündük.

- Bir şey fark etmezdi Koko, ha siz ha ben. Ama düşündüğünüz için teşekkür ederim.

- Kusura bakma Mehmet Ali arkadaşlar sana yolluk toplamış. Yollarda çok lazım olacak.

- Arto Bey, siz çalışan arkadaşlarım ve babanız ne lazımsa yaptınız, ben çok utandım. Bana ailemi aratmadınız, hepinize çok teşekkür ederim.

- Mehmet Ali sana yolda çok lazım olacak, bütün arkadaşların öyle istedi.

- Sağ olun arkadaşlar, herkes hakkını helal etsin.

Herkes fabrikaya dönmüştü ama kimsede çalışacak hal kalmamıştı ama çalışmak lazımdı. Radyo olmadan, konuşmadan, çok sessiz bir öğleden sonra oldu, ta ki Artolar gelinceye kadar. Fakat Afrikalı Adiel çok ağlıyordu, camiden beri hiç susmamıştı.

- Arto git şu kadınla konuş artık ağlamasın.

- Olur baba konuşurum. Ama şimdi haftalıkları hazırlamam gerek, bu akşam verelim.

Melkom bey de herkes gibi çok üzüntülü idi. Dokunsan ağlayacaktı sanki.

- Ehhh işte, geçmişe bakıyorum da artık geçen geçti, dün dündü derken yanımızdakiler de gidiyor. Zamanı gelenler gidiyor. Güzel şeyler söylemek istiyorum, güzel şeyler söylemek lazım ama beceremiyorum ki. Neyzen Tevfik'in bir sözü geldi aklıma, hayat çatlak bardaktaki su gibidir, içsen de biter içmesen de hayattan zevk almak lazım, iyi yaşamak lazım. Çünkü hayatı iyi yaşasan da bitecek, kötü yaşasan da bitecek. Halil İbrahim de gönlünce yaşamak istedi ama biraz hızlı yaşadı galiba. Neyse herkese bir çay benden. Şu çay var ya her şeye yakışıyor. Her mevsim, her gün, günün her saatine insanın her haline, neşesine, kederine, yalnızlığına, üzüntüsüne, sıkıntısına bire bir gelen çay, afiyet olsun herkese.

- Şimdi ütücü açığımız var Melkom Bey.

- Evet arayalım Türk gazetesine ilan verelim Kemal Bey.

- Ben bu işe talibim, dedi Sabiha.

- Ama kızım çok yorulursun.

-Yok ben bu işi istiyorum ve bu işe talibim. Kadın veya erkek işi değil herkes her şeyi yapabilir ben de yaparım deneyin beni lütfen.

- Peki deneyelim, dedi Melkom Bey.

İki üç günde Sabiha kendini göstermişti. Ütüleri güzel özenli ve eli çabuktu. Ücreti de daha iyiydi.

- Nasıl Abbas ütü bolumu artık iyi çalışıyor değil mi? Bakıyorum sende yarış halindesin.

- Yaşamak için yarışmak lazım Kemal abi. Kız çok hızlı.

- Yani ütücü Sabiha diyorsun.

- Evet bir şey daha öğrendim, bu işin kadını erkeği yokmuş.

- Tabii kadın da erkeklerin yaptığı işleri yapar. Senin annen babanın yerine tarlayı sürmüyor mu?

- Babam sağ olsa bırakmazdı.

- Olmadığına göre görev annenin, ben yapamam erkek işi demiyor değil mi?

- Evet Kemal abi haklısın.

Cuma haftalık ve kebap günüdür. Öğlenden sonra Türk kütüphaneci kadın SWP'nin kurucusu Bayan Honey, Yorkshire Armthope'tan sendika başkanı Alan Bailey ziyarete geldiler. Maden isçilerinin son durumlarını ve grevin ne durumda olduğunu emek-çi kardeşlerine anlatmaya çalıştı, Honey kırmızı bir kova taşıyordu.

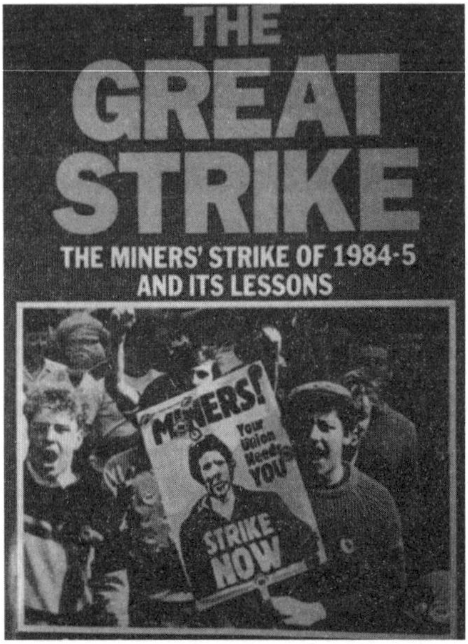

- Bu kova parayla dolacak mı Kemal abi?

- Yok be Abbas ne kadar gönlünden gelirse.

Tam o sırada Arto Bey haftalıkları dağıtıyordu. Abbas haftalık zarfından 20 pound çıkarıp geri kalan parayı zarfla Alan Bailey'e uzattı.

- Mr. Alan madenci kardeşlerim için.

Mr. Alan şaşkın eliyle zarfı itti. "Alamam bu senin haftalığın emeğin," dedi.

- Almalısınız çünkü ben çalışıyorum su anda işim var ama sizlerin işi yok. Ben tek başımayım ama sizin aileniz var. Oysa benim anladığım kadarıyla sizin hiçbir suçunuz yokken devletin oynadığı politik bir oyuna geldiniz. Siz maden isçileri çok uzun süren bir grev başlangıcındasınız belki sene sürebilirmiş öyle duyduk. Zor durumdasınız. Belki daha ileride daha da zor günler olacak sizler ve aileleriniz için.

Abbas'ın dediklerini Arto tercüme ettiğinde Alan çok duygulanmıştı. Gözleri dolmuştu.

- Biliyor musun Mr. Abbas dediğin doğru suçumuz yok. Ama bizim kaderimizi hükûmet ve patronlar tayin ediyor. Umarım bu grev çok uzun sürmez ama dediğin gibi sürecektir. Bizleri ve ailelerimizi çok zor günler bekliyor. İnşallah sendikalar satın alınmaz, dilerim bizimle olurlar. Sonuna kadar bizleri desteklemelerini dilerim. Bu grev inşallah çok uzun sürmez. Ama sürecektir Mr. Abbas. Üç hafta sonra kütüphaneci kadınla Fransa, Almanya ve Avusturya'daki Türk maden isçilerini ziyarete gideceğiz. İstersen sen de gelebilirsin bizimle. Ama haftaya hepinizi Yorkshire bekliyoruz. Bizim misafirimiz olun. Herkesi bekliyoruz sizler için Mrs. Honey otobüsler ayarladı. Umarım pazar günü birlikte oluruz.

Herkes gittikten sonra Arto:

- Abbas O ne güzel konuşma idi seni kutlarım, alkışlamak istiyorum.

Arto ile birlikte herkes Abbas'ı alkışladı.

- Şimdi bende çok duygulandım, işte onun için bu fabrikada çalışıyorum. Arkadaşlar sizleri de çok seviyorum. Hepiniz benim ailemsiniz. Hepinizin yolu iyiliklere çıksın.

- Arkadaşlar bu hafta sonu çalışmıyoruz ama isteyen makineciler gelebilir. Biliyorum haftaya yolculuk var iyi hazırlanmalar.

- Deniz Usta'dan köfte ekmek mi alsak yolluk Koko?

-Yolda yemek için al ama bizlere orda büyük bir sofra kuracaklar. Abbas zaten otobüs de bildiğim kadar mola verecektir. Sadece üç saat yolumuz var.

- Çok heyecanlıyım Koko üç senedir Londra'dayım hiç dışarı çıkmadım.

- Hayır Abbas Hackney'neyden dışarı çıkmadın.

- Bundan sonra gidelim mi Koko?

- Önce İngilizce kursuna gidin. Sabiha'dan öğrenin hangi okulmuş, bak o başladı konuşmaya. Lütfen arkadaşlar bu iş yerinden başka dışarıda bir dünya daha var.

- Haklısın Kemal abi, Abbas bir akşam Sabiha ile birlikte gidip kaydolalım.

- Olur Koko ne zaman isterseniz gideriz.

- Sağ ol Sabiha.

- Koko temin gelen kahveci Yusuf'la senin ne işin var? Dikkatli ol, iyi biri değil diye biliyoruz.

- Kemal abi işin yoksa bu akşam konuşalım mı? Sana ihtiyacım var.

- Olur ama eve uğramam lazım 8'de King Head Pup'ta buluşalım.

- Neler oluyor, Abbas'sız olmaz ben de geliyorum.

- Tamam beraber çıkalım bu akşam Abbas.

- Sekizi geçe Kemal abi gelmişti ama çok gürültü vardı kimse kimseyi duyamıyordu.

- Çocuklar kalkın bize gidiyoruz. Burada çok gürültü var.

- Kemal abi seni uzun zamandır tanıyorum kimseyi evine davet etmezdin.

- Bugün durum başka Koko.

Kemal abinin karısı da öğretmendi evin yanındaki okulda mutfakta çalışıyordu. Okul tatillerinde de çocuklarıyla oluyordu.

- Sizleri gördüğüme çok memnun oldum. Sultan hanıma selamımı götürün lütfen, dedi.

Kek ve çay ikram etti.

- Evet konuya gel bakalım Koko.

- Kemal abi benim zamanım fazla kalmadı İltica etmek istemiyorum Kahveci Yusuf birini bulmuş kadın 3.000 pound istiyormuş. 1500'ü önce geri kalanı nikahtan sonra. Bütün masraflar da bana aitmiş. Bilmiyorum düşünmekten başım döndü. Annemler "Olur, gerekli parayı tedarik ederiz sen üzülme," dediler ama böyle bir şey bana ağır gelecek.

- Bu adama güvenemiyorum Koko, iki sene okula gitsen sonra da birini bulur gerçek evlilik yaparsın. Koko biraz düşünelim birkaç kişiye soralım biraz bilgimiz olsun ki yola öyle çıkalım.

- Benim avukata soralım mı Koko veya Kütüphaneci kadına, belki arkadaşları vardır.

- Olur Abbas soralım pazar günü. Belki madenciler köyünden bir kız buluruz sana.

- Çocuklar şakayı bırakın bu konu gayet ciddi ve kanunlara aykırı bir iş olmasın iyi düşünmek lazım.

- Koko lütfen acele etme araştırıp soralım.

- Günaydın arkadaşlar. Bu hafta çok çalışalım, cuma günü siparişimizi teslim edelim ki hafta sonu madencileri desteklemeye gidebilelim.

Herkes bir ağızdan "Tabii tabii, sen meraklanma Arto Bey," dedi.

Cuma sabahı teslimat oldu. Fabrika temizlendi makinalar temizlenip yağlandı. Öğlenden sonra haftalıklar dağıtıldı. Fabrika pazartesi sabahına kadar kapatıldı.

Pazar sabahı saat yedide herkes arabalara binmişti.

- Cam kenarına ben oturayım mı Koko?" dedi Abbas.

- Olur otur bakalım.

- Her taraf yemyeşil, aaa kuzulara bak, aaa atlara bak.

Yol boyu Abbas hiç durmadan konuştu. Kasabaya geldiklerinde sokağa boydan boya masalar kurulmuş, üzerilerine yiyecekler içecekler konulmuştu. Önce SWP kurucusu Mrs. Honey sonra Kütüphaneci kadın ve Alan konuştular. Alan, grevin son durumu hakkında bilgi verdi:

- Gördüğünüz gibi bu kasabanın her evinde 1 veya 2, 3 kişi maden ocaklarında çalışıyordu. Maden ocaklarının kapanması burada yaşayan kişileri zora düşürdü. Aldıkları evlerin kredilerini ödeyemeyecekler, çocuklarını okula gönderemeyecekler, iş bulmak için göç etmek zorunda kalacaklar. Herkese geldiği için ve madencileri destekledikleri için teşekkür ederim. Özel bir teşekkürüm daha var. Hayatta benim en duygulandığım anı bana yaşatan Mr. Abbas çalıştığı fabrikaya ziyarete gittiğimizde o haftaki haftalığını madenci kardeşlerine verdi. Onu sevgiyle onurla alkışlamak istiyorum.

Abbas dakikalarca alkışlandı.

- Şimdi size maden ocaklarını gezdirelim. Nasıl zor durumlarda çalıştığımızı, alın terimizi akıttığımız atölyelerimizi görün.

Gördüğümüz atölyeler çok büyük yer altı çok soğuk ve karanlıktı. Gazeteci Kemal Erdemol da çok duygulanmıştı.

- Yalnız elleri ile çalışan insan işçidir, elleri ve kafasıyla çalışan insan ustadır, elleri kafası ve kalbiyle çalışan insan maden isçisidir. Bütün maden isçilerini kutluyorum. Yolları açık şansları bol olsun.

Herkes Kemal Erdemol'u alkışladı.

- Tüylerim ürperdi adeta buz kestim.

- Sorma Kemal Bey "Ben de," dedi Bekir Usta.

Güneşi gören herkes büyük nefes aldı. Aksam geç vakit Londra'daydık.

- Ne okuyorsun Sabiha iki gündür başını kaldıramıyorsun merak ettim?

- Kitabın adı Dağlardan Sorun Beni. Son apaci savaşçısı Geronimo'nun romanı Kemal abi. Yazarı Forrest Carter.

- Biliyorum seneler önce bu yazarın bir kitabını okumuştum Batı ile ilgili galiba. Batı Barut Kokuyor'du aklımda kaldığına göre. Okuduktan sonra bana verirsen memnun olurum. Biliyorsun üç haftamız var

- Önemli değil geçerse, kütüphaneden ben uzatırım.

- Kemal abi hani beyaz adam Kızıldereli̇leri topraklarından kovmuştu değil mi?

- Kızıldereli değil Abbas Kızılderili. Renkleri koyu olduğu için, Amerikalıların taktığı bir lakaptır onlar Amerika'nın atalarıdır.

- Amerikalılar tarafından Kızılderililerin topraklarına varlıklarına kültürlerine el koyulmuş. Yüzyıllar önce yaşadıkları topraklarından ki bu toprakların ilk sahibi olanlar Kızılderililer Amerikalılar tarafından sürülüp çıkarılmak istenmişti yani kendi topraklarında yabancı durumuna düşürüldüler. Bugün bile Amerikalılar bütün dünya halkını tehdit etmektedir. Başka ülkelerin zengin kaynaklarına, topraklarına el koymak istiyor. Bunu için savaşlar çıkarıyor.

Kızılderililerin söylediği gibi insanların iki aklı varmış: Birincisi kaderimizle yaşamamız gerekli şeyler için kullanılırmış. İkincisi ise ruh aklı imiş eğer ruh aklı kuvvetli olursa beden aklını kullanıp güçlü olunabilirmiş yani ruh aklı bedeni kullanabilirmiş ama kötüye kullanmamak lazımmış.

- Doğru benim okuduğum bu kitapta da bir yerde şöyle diyordu: Beyaz adam tarafından zulme uğrayan bir yerli ruh aklını kullanırsa acıya dayanır. Ruh aklı bedeni kontrol edermiş.

- Sabiha sen şunu mu demek istiyorsun? Ruh aklı bedeni hipnoz ediyor ve dışa dayanıklı mı oluyor?

- Tam öyle söylemedim Koko. Bu Kızılderililerin yaşam felsefesi.

- Yani burada Amerikalılar ruh aklını kötüye mi kullanıyor Kemal abi?

- Evet Arto aynen öyle. Kızılderililer Amerika kıtasının ilk insanları Amerika'nın atalarıdır. Vahşi olan kimlerdi acaba, kıtanın yerlileri mi, altın, gümüş uğruna insanlığı reddeden Amerikalılar mı?

- Ben bir Kızılderili atasözü biliyorum ve de çok severim: Arkamda yürüme ben öncün olmayabilirim, önümde yürüme takipçin olmayabilirim. Sana uymayabilirim. Yanımda yürü ki böylece seni görebileyim ikimiz eşit olalım.

- Çok güzel Arto. Ben de öğrencilerime söylerdim bir Kızılderili atasözü: Yanlışı gören ve önlemek için elini uzatmayan, yanlışı yapan kadar suçludur.

- Evet yemek saati bitti Kızılderililerin yasam felsefesinde yaşamak için çalışmak gerektir derler.

- Biz de işe dönüyoruz. Herkes tamam Arto Bey, dedi

- Yarın sabah biraz geç gelebilir miyim Arto Bey.

- Tabii Abbas, Avukat'a gideceksen biri gelsin istersen.

- Yok annemden mektup aldım bir şeyler göndermiş amca oğlundan gidip alayım geçenlerde hoş geldine gittim bana "annen bir şeyler gönderdi" demediler. Sonra yerler de bana vermezler. Biliyor musun Arto Bey, benim anam beni çok sever bende onu o benim için çok özeldir. Benim kalbimde benim hayatımdadır. Gurbette olsam da olmasam da o hep benimledir. Benim anam beni düşünür, beni özler. Sesimi duyunca sevinir. Ne mutlu bana hayatımda karşılık beklemeden sevenim var. İyi ki varsın anacım bir gün kavuşacağız.

- Yaa Abbas bazen çok güzel konuşuyorsun. Seni dinlemek çok hoşuma gidiyor

- Sağ ol Arto Bey.

- Hoş geldin geç, günaydın Abbas ne annen bir şey göndermemiş mi?

- Göndermiş göndermiş de pastırmalar kokunca yenge uçağın camını açıp aşağı fırlatmış.

- Olamaz böyle bir şey imkânsız Abbas sende inandın mı?

- Söyle bakalım Abbas ne oldu?

- Ya Kemal abi Yenge dedi ki "Ay Ayy Abbas, annen sana pastırma göndermişti ama uçakta çok kötü koktu. Hostes bu ne koku deyince utandım camı açıp aşağı fırlattım."

Herkes gülmekten kırıldı.

- Abbas hemen git ve pastırmanı al sana vermemek için çok komik bir yalan uydurmuşlar.

- Arto Bey müsaade ederse bende geleyim seninle de söyleyelim uçağın camını hiçbir şekilde açılamaz. Eğer başarıp da camı açsaydı kendi de pastırmalarla aşağıyı boylardı. Kendi buradaysa pastırmaların da burada olması lazım.

- Tamam Koko gel Arto Beye söyleyelim. Alırsak herkes öğleyin pastırmalı yumurta yer.

Neyse Abbas ve Koko elleri kolları dolu geldiler.

- Meğer annem başka şeyler de vermiş. Koko fena konuştu. Yenge kıpkırmızı oldu. Pastırmaları aşağı Deniz Bey'e bıraktım. Öğlene bize pastırmalı yumurta yapacak. Dışarıdan kimse bir şey almasın bu öğlen bendensiniz.

Öğlen yemeğine Deniz Usta çok büyük iki tepsi bol yumurtalı pastırma ve bir tepside cips getirdi.

- Herkese içecek de benden Deniz Usta.

- Tamam Bekir Bey gönderiyorum.

- Sultan Hanım servisi sen mi yapacaksın?

- Yaparım Kemal Bey.

- Hayır sen yapacaksan Osman öğleden sonra burada olacak ona da ayıralım diyecektim.

- Olur Kemal Bey Osman'ın hakkını ayırırım.

- Sabiha kızım sen güzel çay demliyorsun bize çay demler misin yemeğin üstüne?

- Olur Melkom Bey demlerim.

- Abbas sana da çok teşekkür ederiz.

- Bir şey değil onlar yiyeceğine biz yiyelim Melkom Baba.

- Sabiha bu notu Mrs. Rose verir misin aksam geç geleceğim.

- Olur Osman Bey.

Sabiha biraz şaşırmıştı ama bir şey diyemedi.

Eve gelince çantasından çıkardığı nota bakınca üstünde senin için yazıyordu. Notta "Saat yedide köşedeki pupta olur musun? Gelirsen sevinirim." Sabiha hemen duş alıp çıktı neyse ki pup hemen köşede idi.

Gecikince gelmeyeceğini zannettim. Ama bugün kurs günü değil. Ne yersin? Ben kurt gibi açım.

- Hemen çıktım ama yine de geciktim. Buranın fish and cipsi iyi oluyor değil mi?

- Olur balık ve patates yiyelim, ne içersin?

- Su.

- İstersen bira içelim. Gelelim bizim konuya. Biliyor musun Sabiha İspanyol kız yarın çıkıyormuş.

- Aa artık dolap bana kaldı.

- Evet sana kaldı. Ben bugün Mrs. Rose konuştum. "Başka kiracı arama yukarıyı ben tutuyorum ama yine de kesin kararımı yarın bildiririm," dedim çünkü sana da sormam lazımdı.

- Ama Osman!

- Dinle Sabiha, ben bu eve bir iki hafta kalıp gidecektim. Ama sana kıyamadım, seni bırakamadım. Neredeyse yarı seneyi geçtik. Eğer istersen kendimize biraz çeki düzen verelim. İstersen başka bir eve, daireye de çıkabiliriz. Metro, eve senin okula gidip gelmen için daha yakın. İşine de yakın. Yatak odasında tv seyretmek, yemek yemek istemezsin her halde. İspanyol kızın odası çok büyük Oturma odası yaparız bir de yemek masası, sandalyeler. Rahat bir akşam olur. Artık kapılarda konuşmak istemiyorum. Düşün bana söyle her ne cevapsa kabulüm.

- Selam Sabiha. Yeni gelişmeler var. Sen kararını verdin mi? Eğer kabul edersen 2 hafta Noel tatili var. Mrs. Rose'nun oğlu burada evi tamir ettirmemi istiyor. Sana yeni mutfak yaparız. Mrs. Rose'nun oğlu ile yarın konuşacağız. Neler yapılması lazım evin nelere ihtiyacı var. Lütfen bana iyi haberle gel. Belki iyi tanımıyorum hakkında bir şey bilmiyorum diyeceksin, istediğin her şeyi sor lütfen. Sultan hanımlar beni çok uzun zamandır tanırlar istersen sor. Kendimi anlatmamı istersen anlatayım. Ama ikimizde yetişkin insanlarız doğru karar vereceğimizden eminim. Ben senin yanında tarifi imkânsız huzurluyum. Senin yanında, seninle olmak istiyorum. Tabii karar senin.

Sabiha hiç uyumamıştı. Sabah ne de çabuk olmuştu. Canı işe gitmek istemiyordu. Kapı hafiften tıkladı. Osman:

- Nasılsın Sabiha iyi misin? Uyandın mı?

- Aa ne oldu ağladın mı? Seni üzdüm mü? Eğer üzdüysem çok özür dilerim. Ama bu akşam oturup konuşalım. Aklına takılanları bana sor. Ama üzülme.

- Osman, yolun bizim fabrikadan geçiyorsa beni işe bırakır mısın? Kendimi pek iyi hissetmiyorum. Eve erken dönmek istiyorum. Akşama da oturup konuşalım.

- Tamam ama istersen hiç gitme, ben uğrar rahatsız olduğunu söylerim.

- Yok herkes merak eder.

- Peki aşağıda bekliyorum.

Sabiha işe gittiğinde herkes "Çok kötü görünüyorsun niye geldin?" dediler.

- Grip olmuşum her tarafım dökülüyor.

- Sabiha fazla işimiz yok, biliyorsun zaten haftaya Noel tatili. Eğer yeni sipariş alamazsak en az bir veya iki hafta fabrika kapanacak istersen eve git ve dinlen. Bu hastalık yatmak ister.

- Teşekkür ederim Arto Bey.

- Akşama uğrarım dinlen lütfen Sabiha.

- Olur Sultan Abla.

- Sultan Abla hoş geldin.

- Çıkıyor musun Osman.

- Hayır Sultan Abla Mrs. Rose'un oğlu burada onunla konuşacağım. Annesinin evini tamir ettirmek istiyor. Neler yapalım diye.

- Sabiha yukarıda. Rahatsız galiba.

- Evet çok kötü üşütmüş, çorba getirdim.

- Yukarı sağ taraftaki oda.

- Biliyorum.

- Hoş geldin Sultan Abla, sana çay yapayım.

- Hayır yat, açıktaysan sana çorba getirdim ısıtayım mı?

- Hayır gelince yedim.

- Osman'ı gördüm Mrs. Rose'un oğluyla konuşacakmış.

- Evet Sultan Abla, annesini almaya gelmiş İrlanda'ya götürecekmiş ama annesi gitmek istemiyor. "Burada babanın hatıraları var. Kiracılarım çok iyi, ben bakımevine gitmek istemiyorum," demiş.

Oğlu da Osman'la konuşup evi tamir ettirmek istiyor çok bakımsız.

Osman çok iyi bir insandır Sabiha. Seneler önce bu ülkeye ilk geldiğimizde tanışmıştık. Ufacık bir çocuktu. Babasının ufak bir fabrikası vardı bizde orada çalışıyorduk. Harun Bey, karısı, kızları Servet, Osman ailece çalışırlardı. Osman okuldan gelir hemen kesim masasına geçerdi. Herkes her işi yapardı. Bekir eniştem gene

Sampilların dikerdi. Uzun zaman çalışmıştık. Her gittiğimiz fabrikada Kesici Osman'a rastladık. Gelir kesimi yapar giderdi. Yalnız nasılsa bir İngiliz kadına çatmıştı. Kısa bir evlilikten kendini kurtaramamıştı. Kadın çok içer her gördüğü yerde Osman'dan para isterdi. Sonra Osman Kuzeye M&S'in bir fabrikasına gitti. Kadında ortalıktan kayboldu. Annesi babası Kıbrıs'a kesin dönüş yaptılar. Ablasının burada çok büyük bir ceket fabrikası var. Osman'da geri dondu. Üç seneden fazladır Osman'ımızı tekrar görür olduk buralarda. Bulunmaz bir insandır Osman. İstesen bize götüreyim seni, ben bakarım sana. Nasılsa iş yok.

- Sağ ol Sultan Abla. Daha iyiyim iyi ki varsın, seni görünce daha iyi oldum.

Arto Bey akşamüstü, "hafta sonu iş yok," dedi. Zaten şimdi yazlıklara başlayacağız yani sezon değişimi oluyor. Her sene böyle olur. Bazı fabrikalar 3-4 hafta kapanır ama bizimkiler 6 Ocaktan sonra açarlar. Senelerdir pek işsiz kalmadık. Bu yönden şanslıyız.

- Ben gideyim. Bekir aşağıda bekliyor. Biliyorsun evimiz senin evin.

Sultan gittikten sonra Osman kapıyı tıkladı.

- Nasılsın Sabiha, bir isteğin var mı, sana çay yapayım mı? George'la konuştuk. Yarın ustalar gelecek konuşacağım. Bütün kapı ve pencereler, mutfak banyolar hep değişecek. İyi ki tatildeyiz. Ne kadar sürer bilmiyorum.

- Sultan Abla, "Bekir eniştenin de tanıdığı ustalar var," demişti.

- Sabiha, George büyük şirketlere vermek istiyor. Bizim için daha iyi çok sorumluluk olmaz. Ne lazımsa her şeyi getirip değiştirecekler sonra badana boya.

- Kendini iyi hissediyorsan yemeğe gidelim. Yok dersen bir şeyler alıp geleyim evde yiyelim. Ne dersin?

- Pek dışarı çıkmak istemiyorum.

- Peki ne istiyorsun? Ne alıp geleyim?

- Sultan Abla çorba getirmiş.

- Lütfen iyi bir şeyler yiyelim. Kurt gibi açım ben.

- Peki Osman sen nasıl istersen.

- Hah şöyle bekle geliyorum.

Osman kebap almıştı. Bir de 2 sandalye ve ufak bir masa.

- Bunları ne çabuk aldın Osman?

- Bugün George'la eşya bakarken almıştım. Yatakta yemek yenmez değil mi?

- Yemekten sonra konuşalım mı?

- Bugün kahveleri ben yapayım.

- Yapabilir misin?

- Tabii yemek de yaparım. Bugün senin avukatına gittim.

- Neden gittin benim avukatıma?

- Dur kızma. İlticanı geri almak için birkaç sorum vardı.

- Niye geri alayım ki iltica mı?

- Bak Sabiha nasıl başlasam acaba? Sabiha benimle evlenir misin? Eğer hayır diyeceksen şimdi deme sonra dersin.

Büyük bir sessizlik oldu. Sadece yerde gezen bakışlar vardı. Sessizliği Osman bozdu.

Ayağa kalkıp Sabiha'ya sarıldı, saclarını okşadı.

- İnan bana çok mutlu olacağız, seni dünyanın en mutlu gelini yapacağım. Lütfen he de.

- Peki demeyelim öyleyse.

- Teşekkür ederim beni çok mutlu ettin. Şimdi benim hakkımda bilmek istediklerini sor lütfen

- Hayır Osman senin geçmişin beni ilgilendirmiyor geçmiş zaten geçmiştir. Benim için bugün ve gelecek önemli ben geleceğimizin iyi ve mutlu olmasını isterim. Eğer buna söz verirsen kabulümsün.

- Söz, hayat boyu seni mutlu edeceğime söz veriyorum.

- Bence evlilik tümüyle beraber olmaktır. Her zorlukta pes etmeyelim. Başımızı öne eğmeyelim. Zor zamanlarda ümidimizi hemen yitirmeyelim. Hayata bakışımız bir olsun. Hedefimiz, görüşümüz aynı olsun.

- Çok doğrusun Sabiha, sana katılıyorum. Her zaman senin yanında olacağım. Evimizde her zaman saygı ve sevgi olacak.

- Sabiha eğer sen gülersen, benim de yüzümü güldürürsün. Şimdi konuşmamız gereken başka şeyler de var Sabiha. Avukatına gitmeliyiz, evlenmek istediğimizi ve ilticanı geri çekmek istediğini söylememiz lazım. Çünkü henüz mahkemeye çıkmadın ve soruşturman yapılmadı halen beklemedesin. Avukat hanımın dediği gibi çabuk karar vermemiz lazımmış.

- Peki bu acele niye?

- Çünkü senin avukatın "sen mahkemeye çıkmadan soruşturman başlamadan her şey daha kolay olacaktır," dedi. Başka bir konu yarın George gelecek ustalarla ne lazımsa alınacak. Oturma odasını biz kendimiz alacağız, şöyle bir bak neler lazım yeni ev kuracağız. Ben senin beğenmeni istiyorum. Yerleri halı mı istersin, parke mi ustalara söylememiz gerek. Kalorifer sistemi yenilenecek. Bayağı tamir işi var. İyi tarafı büyük şirket olduğu için çok işçi çalışacak. Çabuk bitecek. Onun için George kendi seçsin. Bir de eğer istersen seni ablamla tanıştırmak istiyorum. Senden çok bahsettim. O da merak ediyor.

- Oo ne dedin ki?

- Galiba gönlümün sultanını buldum, dedim Çok iyi anlaşacaksınız eminim.

- İnşallah öyle olur. Anlamadım bir çırpıda nasılda geleceğimizi hazırlayan planlar kuruldu sözler verildi.

- Nasıl bir çırpıda Sabiha bak saat iki olmuş.

- Aa sahi mi?

- İyi geceler Sabiha'm Yarın iyi ol çünkü çok isimiz var. Çok koşuşturmamız lazım.

- Her şey için biraz acele ediyorsun Osman.

- Acele ettiğim yok. Her şeyden önemli avukat işi. Avukat "yarın ofiste olacağım," dedi. Bir uğrayalım sen de konuş işin ciddiyetini o zaman anlarsın. İyi geceler. Kapını kilitle lütfen.

- İyi geceler Osman.

- Günaydın Sabiha uyandın mı?

- Mutfaktayım Osman.

- Bir şey hazırlama. Akşam o kadar çok kendimizden geleceğimizden konuştuk ki ben unuttum sana söylemeyi. George bizi ve annesini kahvaltıya götürecek. Ben bir aşağı bakayım.

- Sabiha hemen hazırlanır mısın, bizi bekliyorlarmış?

- Tamam geliyorum.

- Kahvaltı çok güzeldi, çok hoşuma gitti.

- Beğenmene sevindim. Bazı Türkler bu ne domuz eti mi, onu yemem bunu yemem der dururlar. Laf aramızda korkmuştum. Ne de olsa eğitim.

- Osman.

- Tamam tamam sustum. Bir de bazı konularda Mrs. Rose'la aynı fikirde olmanıza sevindim. Hem sen bayağı iyi konuşuyorsun Sabi bana ihtiyacın yok.

- Mrs. Rose'u mu kopya ediyorsun o hep bana "Sabi" diyor.

- Yoo benim de hoşuma gittiği için söylüyorum.

- Ha bir iyi haberim var ablam James Selby ile yıllardır çalışır. O konuşmuş gelsinler showroom da beğendikleri varsa yarı fiyatına verelim demişler. Oraya da gitmemiz lazım.

- Görmüştüm James Selbi bayağı pahalı bir firma. Her şey çok güzel ve kaliteli.

- Ablam senelerdir onlarla çalışır. Daha önce babam çalışmıştı.

- Çok çabuk değil mi? Ustalar yarın kırıp dökmeye başlayacaklar. Kıymetli eşyaların varsa evde tutma.

- Yok bir pasaportum vardı o da bugün gördün Avukatta.

- Ne diyorsun ay başında muamelelere başlıyor muyuz?

- Ablama gidelim annenle fabrikadan telefonla konuşalım hem ben de konuşurum. Annemlerle de konuşuruz.

- Olmaz ben sokaktan konuşurum daha rahat.

- Saçmalama Sabiha, böyle şeyler sokakta konuşulur mu?

- Daha ilk görüştüğümüzde ben annemi aramak istiyorum demek ne kadar saçma ve ayıp.

- Sabiha bizim durumumuz başka muhabbet için mi arayacağız, isteklerimiz var. Aramamız gerek annenin onayını almak lazım. Anlaşıldı başka bir şey düşünmem lazım. Anladım Sabiha.

- Halılar çabuk kirlenir ama parke de soğuk mu olur acaba, ne dersin Sabiha fikrimizi değiştirsek mi?

- Yoo parkenin üzerine ayrıca küçük halı sereriz. Daha temiz olmaz mı? Ama merdivenler halı olsun istersen. Salon da halı mı olsa acaba?

- Benim kesim için gittiğim fabrikanın sahibi Sabri Usta Türkiye'den halı getiriyor burada büyük firmalara toptan satıyor. Hâlâ varsa seni götüreyim.

- İyi olur, tam benim istediğim.

- Rose ve oğlu, Türk yemeklerini çok sevdiler. Her şeyden yediler.

- Herkes Türk mutfağını çok sever. Bayan Rose sana neyi soruyordu bunu yapıyor musun diye?

- Bulgur pilavını çok sevmiş. "Sen de bu yemeği yapmasını biliyor musun?" dedi.

- Sabiha yerleşelim de yaprak sarması yapar mısın? Sen bayağı iyi yapıyorsun.

- Nerden biliyorsun?

- Yeni taşınmıştım çok geç geldim. Her taraf kapanmıştı, Öyle de acıkmıştım ki. Sabiha'nın mutfağına bir bakayım belki bir şeyler vardır dedim. Dolmaları gördüm, bir tadına bakayım dedim. Bir iki derken senin tencere bitti. Neyse Yarın söylerim diye düşünmüştüm ama uttandım söylemeye. Nasıl söylerdim ki bir tencere dolma bitmişti. Sonra bu Sabiha'dan çok iyi bir ev hanımı olur dedim.

- Ben de İspanyol kız benim dolmaları yürütmüş diye çok kızmıştım. Meğer çalan senmişsin.

- Kusura bakma yarın söylerim dedim ama uttandım söyleyemedim. Annem güzel yapar bu dolmayı ama ablam yapamaz. Seninki de çok güzel olmuş. Gene yapar mısın lütfen?

- Tabi ki yaparım. Mutfak bitsin hemen yaparım. Bahçede asma gördüm. Osman onu bir budasan, taze yapraktan sarma çok güzel olur.

- Ben de duşundum, seninle konuşup bahçeye bir çeki düzen verelim diyecektim.

- Osman diyorum ki yarın Sultan Ablalara uğrayalım mı? Bu durumu da anlatalım. Başkalarının şimdilik duymasını istemem ama benim için onlar başka hele Sultan Abla sanki gerçek ablam. Seni de çok seviyorlar.

- Olur uğrarız ben de severim onları. Bir ablama uğrayalım. Eşyalara bakalım, eğer beğenmezsen başka yere bakalım. Senin isteğin alınacak bir şeyler varsa alalım. Çünkü yeni yıldan sonra benim sezonum açılıyor belki sabaha karşı eve geleceğim. Belki gelemeyeceğim. Ama martta işim azalır. Sezon değişikliği olduğu için büyük ustalar siparişlerini yeni yıl sonrası verir. Yazlıklar dikilmeye başlar. Siparişlerden sonra kesimler başlar, iş yetiştirmek için çok yoruluyorum. Bazen 24 saat çalıştığım olur ama artık sen varsın. Eğer sinirli olursam şimdiden özür dilerim. Ama çok güzel kazancım oluyor. Bir sene yetecek kadar para kazanırım. Her istediğimizi alabiliriz. Onun için bu işler çabuk olsun demiştim. En az 10 -15 fabrikaya kesim yapıyorum. Ablam hariç. Yarını kendimize ayıralım.

- Onun için mi Avukat hanıma her şeyimizi sen hallet dedin.

- Hem öyle hem de o senin avukatın senden sorumlu. Resmi işleri onun yapması gerekli. Neden evlilik işlemlerini de o idare etmesin. Bizim için daha rahat olur. George yarın annesiyle bir haftalığına otele gidiyorlar. "Siz de gelir misiniz ücreti ben ödeyeceğim," dedi. Biz evde kalalım daha iyi hem yapmamız gereken bazı işlerimiz var. Daha sonra benim sezonum açılıyor. Hiç vakim olmayacak. Çok teşekkür ederim, dedim. Sultan Ablalara ne zaman gitmek istersin? Sabahtan mı çıkaralım onları yoksa akşam mı gidelim?

- Akşam daha iyi olmaz mı?

- Doğru her işimiz bittikten sonra gidelim.

- Yarın ustalar erken gelip, kırıp dökmeye başlayacaklar, kahvaltıyı dışarıda yapalım mı? Hem erkenden işlerimizi hallederiz.

- İyi geceler Sabiha'm. Yarın erken kalk. Kapını kilitle lütfen.

- İyi geceler Osman.

- Kahvaltı bayağı iyiydi değil mi Sabiha?

- Bence dünkü daha güzeldi.

- Evet öyleydi. Ne yapıyoruz? Ablamı çıkarıp aradan sonra eşya bakmaya gidelim mi?

- Olur.

- Ablam yok mu Tahir Usta?

- Hoş geldin Osman Bey. Aşağı indi şimdi gelir. Kahve alır mısınız?

- Sağ ol ablam geldi.

- Hoş geldin kardaş. Nasıl yolun düştü böyle?

- Bak Sabiha'yı getirdim.

- Hoş geldin canım Nasılsın? Çok da güzelmişsin maşallah. Osman anlattı seni. Hoş geldin ailemize. İsterim çok mutlu olun, isterim kardeşimin artık yüzü gülsün.

- Hadi geçin ofise kahve ister misiniz?

- Şimdi kahvaltı ettik.

- James Selby John'la konuştum.

- Tamam Mrs. Servet yeni yıldan sonra ucuzluk başlayacak gelsinler showroomda ne beğenirlerse yarı fiyatına vereyim. Ama benim hanıma bir manto gönderirsen dedi. Bu adam her zaman böyledir. Bugün mü gideceksiniz Osman?

- Evet abla senden çıkınca.

- Hadi Sabiha'cım gel de sana da bir manto seçelim. Bir de John'un karısına ceket.

- Yok sağ olun benim mantom var.

- Ben yok demedim ki Sabiha. Burası senin bundan sonra istediğini alacaksın. Hem de bana sormadan.

- Hadi gel canım seçelim.

- Osman benim mantom var.

- Sen bilirsin Sabiha nasıl istersen ablam sana ikramda bulunmak istedi. Bana kalırsa ilk günden aranız bozulsun istemem.

- Peki sen de gel.

- Mantolar çok güzelmiş.

- Hangisini, ne istersen al hiç çekinme canım. Akşama yemeğe gelin Sabiha.

- Sağ ol Servet Hanım ama biz bu akşam arkadaşlara davetliyiz. Başka zaman olur mu?

- Servet Hanım mı dedin? Ben ablanım canım anlaştık mı?

- Anlaştık Servet Abla.

- Hah şöyle.

- Osman şunu paket yaptırayım da John'a verin.

- Seçtin mi Sabiha! Çok güzel yakıştı. Koyu yeşil gözlerinin rengi bir de ceket seç bakalım onlar yeni sipariş.

- Bana bir şey yok mu abla?

- Böyle güzel bir kadını ailemize getirdiğin için dile benden ne dilersen. Annemler de çok beğenecekler. Konuştun mu yakında? Hadi arayalım da konuş.

- Hangi rengi seçtin Sabiha, siyahların kumaşı daha iyidir. Bir giy bakalım. Bu da çok güzel oldu.

- Sen benim mankenim ol Sabiha. Artık dışarıdan manken aramama gerek yok. Osman bu iş de oldu. Mankenim de oldu.

- Abla ofise geçelim mi bayağı üşüdüm? Ceketimi çıkarmıştım da.

- Annemleri arayalım.

- Dur abla önce bir konuşalım.

- Abla biz evlenmeye karar verdik. Yılbaşından sonra Avukatımız işlemlere başlayacak. Zaten Bayan Rose'un oğlu geldi. Evi tamir ediyor. Üst katta biz kalacağız ev yenileniyor.

- Çok kira istemesin. Benim ufak dairemde kalsaydınız.

- Sağ ol abla ama orası çok uzak. Biliyorsun ben çok geç saatlere kadar çalışıyorum. Sabiha'nın da hem iş yeri hem okulu yakın.

- Okula mı gidiyorsun? Aman ne iyi çok sevindim. Sizin için ne lazımsa yapayım. Neye ihtiyacınız var?

- Abla benim kesime gittiğim Sabri Usta var sen de tanırsın. Hâlâ halı satıyor mu?

- Geçen hafta gittim çocuklar için. Kayseri halıları çok güzeldiler seçmekte zorlandım. Biliyorsun herkese satmıyor çünkü hepsi sampildir. Ama sana verir. Ben de zaten Osman'ın ablasıyım deyince verdi. Çok sevindim Allah mutlu etsin. Bir akşam yeme-ğe gelin de eniştende çocuklarda Sabiha ile tanışsınlar. Dur anne-mi arayayım.

- Hello anacım nasılsın iyi misin? Sağ ol anacım. Bak burada kimler var.

- Hello annem nasılsın? Evet anne yakında sana bildiririm, günü belli değil evet ablam da çok beğendi. Peki ablamı vereyim.

- Evet anne çok beğendim. Çok güzelciktir maşallah. Hiç merak etme yanımdalar şimdi. Belki utanır anne selamını söylerim. Babam nerde? Tamam anne selam söyle babama da. Optüm ikinizi de.

- Oh anam sorgu yağmuruna tutu beni.

- Tahmin ettim abla.

- Abla sende kalmış kumaşlar vardı ya sattın mı onları.

- Yok dururlar.

- Bir gösterir misin alacak var?

- Bize bir dakika Sabiha.

- Geldim. Sabiha, ablam seni çok sevdi.

- Ben de.

- Sabiha hadi anneni ara.

- Sen delirdin mi Osman, ben böyle bir şey yapmam.

- Ben ablamla konuştum. O zaten alt kata indi işi var. Biz konuşup gideceğiz.

- Olmaz Osman.

- Numarayı ver ben konuşayım, ben kızınızla evlenmek istiyorum diyeceğim, sen hiç konuşma. Zaten yarın telefona müracaat edip, eve telefon alacağım başka türlü olmayacak. Sana düğün hediyesi tamam mı? Ama şimdi konuşalım lütfen.

- Ben hazır değilim ne konuşacağımı bilmiyorum.

- Annenle konuşacaksın başkası ile değil.

- Al numara bu.

- Çalıyor. Alo bir dakika.

- Alo annecim nasılsın? İyiyim annecim. Evet burası çok soğuk ama ben üşümüyorum. Evet şimdi tatil. Anne seninle bir şey konuşmak istiyorum. Evet hayır. Hayırlı bir iş. Osman benimle evlenmek istiyor. Bir dakika.

- Alo anne ben Osman. Eğer müsaadeniz olursa ben kızınızla evlenmek istiyorum. Evet ilticasını geri çekiyoruz. Merak etmeyin onu hiç üzmeyeceğim çok mutlu olacağız. Size söz veriyorum.

- Anne endişelenmene gerek yok. Çok iyi birisi ablası ile de tanıştım iyi bir aile. Peki bu akşam sana uzun mektup yazacağım. Seni çok öpüyorum. Teşekkür ederim Osman.

- Ne kadar güzel sesi var yumuşacık. Çok kültürlü biri galiba. Türkçesi bizim gibi değil.

- Evet öyledir o öğretmen.

- Kemal abi gibi. Hadi gidip John'u görelim.

- Her şey çok güzel burada.

- Selam Osman geldiğinizi kamerada gördüm. Hadi yukarı showrooma çıkalım.

- O çok büyükmüş burası.

- Ablanın fabrikası kadar değil.

- Bunu size ablam gönderdi.

- Sağ olsun çok kibar biridir. Her zaman bir şeyler gönderir. Siz seçin alacaklarınızı işaretleyin ben geliyorum.

Koca bir hangardı. Koltuklar, masalar, sehpalar yataklar. Yani bir eve ne eşya lazımsa her şey burada vardı. Biz bir koltuk takımı, masa 4 sandalye, gardırop. Çamaşır makinesi, yorgan ve yastıklar seçtik.

- Tamam biz seçtik, ne kadar hesap.

- Biz ablanla konuştuk onunla bir işimiz var anlaştık. Siz bana değil, ablana ödeyeceksiniz.

- Yok biz kabul etmeyiz o ayrı biz ayrıyız.

- Ablan sizin için almıyor. Siz parayı ona ödeyeceksiniz.

- Hepsi 1000 pound.

- Yok vazgeçtik almayalım Osman.

- Ok gelin telefonla konuşalım.

- Abla ben şimdi çek veriyorum ya kabul eder ya da vazgeçiyoruz.

- Peki geliyoruz çeki sana getireyim.

- Eşyaları iki hafta sonra teslim eder misiniz, evimiz şu anda tamir oluyor.

- Tabii adresi bırakın lütfen. İyi günlerde kullanın, mutluluklar dilerim.

- Osman ben arabada bekliyeyim. Tartışma olur belki ben rahatsız olurum.

- Tamam olur.

- Ablamın onlardan alacağı varmış, o da böylece paramı kurtarırım diye düşünmüş. Neyse biz paramızı verdik. Kimseyle alacağımız vereceğimiz yok. Sabri abiye uğrayalım mı? Buraya yakın.

- Olur ama bende katkıda bulunmak istiyorum Osman.

- Onu sonra konuşuruz Sabiha.

- Sabri abinin fabrikası çok büyüktür. 4 katlı. Alt katta sadece kesimler overlokcular 2. kat sadece makineciler, dikim bolumu 3. kat siparişlerin kalite kontrolü ve teslimatlar 4. kat ofis muhasebeciler, Türkiye'den gelen malların örnekleri. Bir kısmı da depo. Ben sadece kesimi yapıp bırakıyorum. Sabri abi kesim işini "senden başkasına güvenmem" der. "Biliyorum işin çok. Kumaşı yay kes gerisini bana bırak yeter," der. Çok dürüst, çalışkan adam gibi adamdır. Kesimi yaparım bitirince hemen paramı öder. Hem her zaman fazlasıyla. 4. kata çıkacağız Sabiha, biraz yorulacaksın.

- Sabri abi burada mı?

- Osman gel oğlum buradayım. Gel epeydir görmedim seni, kesimi yapar gidersin. Gel biraz konuşalım.

- Sabri abi, nişanlım Sabiha. Bir iki haftaya kadar evleneceğiz.

- Çok sevindim. Merhaba kızım nasılsın? Geçin şöyle oturalım. Harun abi nasıl yakında görüştün mü?

- Bugün görüştük iyiler.

- Bir dahaki görüştüğünde benden de selam söyle. Senin için yapacağım bir şey varsa söyle oğlum.

- Sabri abi, halı bakmaya gelmiştik eğer hâlâ satıyorsan bir iki alalım dedik.

- Senin için tabi ki var, gelin göstereyim.

- Halılar çok güzel Osman, çok beğendim. Fiyat uygun olursa büyüğü salona alalım. Biraz küçüğünü de hole. Ne dersin?

- Bak Osman kızımı beğendim, Allah mutlu etsin. Dedi ki çok beğendim ama fiyat uygun olursa alalım. Ne güzel. Ben istiyorum demedi. Merak etme güzel kızım benim düğün hediyem.

- Olmaz Sabri abi almayız.

- Osman ben baba yarısıyım, ben bugün başarılıysam babanın sayesinde. Her şeyi ondan öğrendim. Senin büyüğünüm, neden olmasın? Reddetmen beni hiçe saymaktır. İkinizde pırlantasınız çok mutlu olun. Hanım kızım seni tanıdığıma çok memnun oldum.

- Sağ ol Sabri abi. Halıları sonra ben gelir alırım.

- Neden almaktan vaz mı geçtin?

- Sabri abi evimiz tamir oluyor, ev toz duman içinde. Tamir bitince gelirim.

- Oldu ne zaman istersen. Yeni yılın ikinci haftası çok büyük bir siparişim var, hazır ol öyle bir iki günlük is değil haberin olsun.

- Buradayım Sabri abi merak etme.

- İşimiz iyi gidiyor Sabi gördün mü? Herkes seni çok beğeniyor. Bu da beni onure ediyor. Ne yapıyoruz, istersen bir eve uğrayalım, bakalım neler olmuş, sonra bir şeyler yer, senin Sultan Ablana gideriz. Ne dersin?

- Olur derim.

- Ooo bu ne ya, ev yıkılıp dökülmüş. Hi Eddi ne çabuk kırıp döktünüz?

- Meraklanma çabuk bitireceğiz 6 kişi çalışıyor. George önce sizin üst katı bitirmemizi söyledi. Yarın salon ve mutfakta çalışacağız, 4 veya 5 günde size burayı teslim ederim. Sonra aşağı geçeceğiz haftaya George ve annesi gelecekler. Onun için 6 kişi ve bir de ben çalışıyoruz. Yarın buradaysanız sabah duvarlar hakkında konuşmak istiyorum bazı örnekler getireceğim, seçmeniz için.

- Boyalar için mi?

- Evet George, "Osman'a sor o ne istiyorsa onu yapın. Annem duvar kâğıdı istiyor," dedi. Duvarların kalitesi iyi değil. Ve bina çok eski. Onun için aşağıyı duvar kaplaması ve kâğıtla kapatacağız. Yarın sabah daha aydınlıkta sana göstereceğim.

- Kaçta gelirsiniz yarın?

- Sekiz de buradayız. Osman, bende anahtar var.

- Ok sabaha görüşürüz Eddi.

- Alacağın bir şey yoksa çıkalım mı Sabiha?

- Yok şaşırdım keşke iş olsaydı da işe gitseydik. Nasıl kalacağız bu evde?

- Bir şeyler düşünürüz üzüntün bu olsun. Zaten eve girecek zamanımız yok, çok işimiz var.

- George'la gittiğimiz yerde aksam yemeği yiyelim mi? Çok güzel olur self servis. Bakışından anladım hadi gidiyoruz. Yarın iş sıramız şöyle Bayan Sabiha. Avukatın istediği bazı evraklar var onları temin edeceğiz. Avukata uğramak lazım. Sana bankada hesap açmamız gerek adres için burada oturduğuna dair nüfusunun tercüme edilmesi lazım. Sana ve bana Nikah için elbise bakmamız lazım. Telefona müracaat etmem lazım. Ustalarla ilgilenmem lazım. İşte gün böyle geçecek.

- Yine yoğun bir gün desene.

- Evet Sabi'cim ama bunlar çok güzel uğraşılar ben büyük zevk alıyorum. Bir de herkes seni çok beğeniyor ya çok hoşuma gidiyor. Yemekten sonra sana dondurmada ısmarlarım iyi ki hayatımdasın iyi ki benimlesin. Seni çok seviyorum Sabiha'm çok.

- Bir kadının en büyük şansı iyi bir adama rastlamak. Adamın da şansı iyi bir sevgiyi bulmakmış.

- Aynen öyle Sabiha'cım.

- Hep sen ısmarlıyorsun. Sultan Abla haftalığımı aldıysa artık ben harcamak istiyorum. Teşekkür ederim Osman yemek çok güzeldi. Kahvemizi de Sultan Ablada içelim mi?

- Sabiha yemek sonrası kahveye fena alıştırdın beni.

- Bekir bak kimler geldi Bekir bir bak.

- Hoş geldiniz çocuklar hoş geldiniz. Aman ne iyi ettiniz.

- Yemek hazırlayayım.

- Yedik Sultan Abla kahve içmeye geldik. Ama önce konuşacaklarımız var.

- Ben başlayayım ev tamir oluyor, bu arada biz evlenmeye karar verdik. Tabi Sabiha'yı ikna etmek zor oldu. İlticasını geri çekiyoruz, Henüz mahkemeye çıkmadığı, sorgusu olmadığı için biraz acele etmek lazımmış, gerekli hazırlıkları Sabiha'nın avukatı yapıyor. Bugün ablama gittik. Sabiha'yı çok beğendi. Annemlerle konuştum. Bir de bugün Sabiha'nın annesiyle konuştuk resmen Sabiha'yı annesinden istedim. Ve şimdi de size haber verelim dedik.

- Çok sevindim o kadar çok sevindim ki anlatamam. Osman'cım seni 5 yaşından beri tanırız ve çok severiz. Aileni de öyle. Sabiha'mı da senin kadar çok severim. Senin kadar senelerdir tanımıyorum ama bende yeri bambaşka bana kız kardeş sevgisini tattırdı. O benim kardeşim ben onun ablasıyım. İkinizin de çok mutlu olmasını isterim. Uzun ömürlü ve çok mutlu olun. Biliyor musun Osman sen o eve taşınınca keşke Sabiha'yla anlaşabilse diye içimden geçmişti. İkinizde pırlanta gibisiniz ikinizi de çok seviyorum. Çok da yakışıyorsunuz. Çok mutlu olacağınızı biliyorum. Yolunuz açık olsun, şansınız sizinle olsun. Beni çok mutlu ettiniz.

- Bende öyle, nedenini bilmiyorum ama ikinizi emanet olarak görüyordum. Ama şimdi beni de mutlu ettiniz. Çok mutlu olacaksınız. İkinizde edepli saygılı kişilersiniz. Gelin sizleri bir öpeyim.

- Teşekkür ederiz Bekir abi.

- Ben de ben de. Şimdi bunun üstüne kahve içilir.

- Bekir abi unutmadan söyleyeyim. Hüsnü Usta'nın acele dikilecek iki üç sampili varmış. "Çalışmıyorsa hemen gelsin," dedi.

- Kayış Hüsnü mü?

- Evet

- Niye kayış diyorsunuz adama?

- Sabiha'cım burada çoğu kişilerin lakabı vardır.

- Hüsnü Usta bir gün işten çok geç çıkmış gece yarısı kestirme olur diye parktan geceyim demiş. Ama zencilere yakalanmış. Hüsnü'yü kayışla dövüp parasını, saatini, ceketini almışlar. Hüsnü günlerce yoğun bakımda kaldı. Ondan sonra adı Kayış Hüsnü kaldı.

- Bekir polislere ne demiş onu da söylesene.

- Polis kim yaptı, gel resimlere bak demiş. Adamlar karanlıktı, hava karanlıktı, nerden tanıyayım?

- Sağ ol Osman yarın giderim. Melkom Bey "Altı ocaktan sonra açacağız," dedi. "Sabiha'ya da söyleyin," dedi. Sabiha'nın haftalığını unutma Sultan.

- İyi oldu, gördün mü Sabiha İşlerimizi halletmek için çok vakit var.

- Bir şeye ihtiyacınız varsa bende yardımcı olayım çocuklar.

- Olursa tabii ki söyleriz Sultan Abla.

- Yarın akşam yemeye gelin, ne yapayım? Osman ne istersin? Sen yaprak sarması seversin.

- Sultan Abla benim bir tencere yaprak sarmamı kim yemiş biliyor musun?

- Osman, Sabiha bir sabah bir suratla geldi, hani günaydın demesem günaydın bile demeyecekti. "Ne oldu Sabiha canını sıkan bir şey mi oldu?" diye sorunca bir parladı.

- "Sultan Abla akşam bir tencere yaprak sarması yaptım. İspanyol kız bir tane bile bırakmadan hepsini götürmüş," dedi.

- Ben içimden, dolmaysa kesin Osman götürmüştür diye aklımdan geçti.

- Anladım ben sana söylediğimde gülmüştün. Yani biliyordun dolmaların nerde olduğunu.

- Sadece tahmin etmiştim. Osman'ın annesi ne zaman dolma yapsa saklayacak yer arardı. Osman bulduysa, öğlen kebap yemek zorunda kalırlardı. Hadi yarın aksam sana dolma var Osman.

- Teşekkür ederim Sultan Abla. Yarın buradayız.

- Sabiha, Bayan Rose'la iyi anlaşıyor.

- Hani çok kızıyordun Sabiha.

- Ne oldu Sabiha?

- Dur anlatayım. Noel'e yakınlaşmıştık. Her akşam eve geldiğimde "Sabi sana kart gelmedi. Nerde senin Noel kartların?" diye sorup duruyordu bende üç tane kart aldım. Kendi adresime gönderdim. Ama sorun bitmedi. "Sabi bu kartları aynı kişi yazmış." Ben "Neden?" diye sorunca "Bak hepsi aynı el yazısı gördün mü?

Herkes çok güldü. Hele Osman'ın bu kadar çok güldüğünü hiç görmemiştim.

- Sultan Abla, Osman'a bak. Hiç gülmeyen adam nasıl gülüyor.

- Sabiha'cım, Osman'ın işi çok dikkat isteyen bir iş hesaplı kitaplı bir iş en ufak bir yanlış gelen siparişi geri götürür. Osman bu işi Londra'da en iyi yapanlardan. Onun için herkes onu tercih ediyor. Geşen kesiminde 50 etek fazla çıkarmış. Melkom Bey nasıl sevinmişti görmeniz gerekti. Osman dikkatini işine veriyor. Bizimle bile işi bitikten sonra konuşur. Bazen bakıyorum öğlen yemek bile yemiyor.

- Teşekkür ederim Bekir abi aynen öyle. Çok şükür bugüne kadar yüzüm kara çıkmadı. Dilerim bundan sonra da öyle olsun.

- Âmin oğlum, âmin.

- Yarın akşama görüşürüz, iyi aksamlar.

- İyi aksamlar çocuklar.

- Aman evin haline bak Osman.

- Bakalım yukarıda neler olmuş. Parkeler döşenmiş. Çok güzel olmuş beğendim. Sen beğendin mi Sabiha?

- Beğendim.

- Mutfak dolaplarını takmaya başlamışlar. Belki yarın biter. Banyoya daha dokunmamışlar. Bir de odalara bakalım. Benim odanın camını çıkarmışlar Sabiha.

- Öyle mi?

- Seninkine bakalım Niye kapıyı kapattın?

Osman sımsıkı sarıyordu. Dudaklar birbirini, eller elleri bulmuştu. Sabiha kımıldayamıyor. Sevginin hoş sıcaklığını hissediyordu.

- Sabiha'm uyandın mı? Ben duş aldım, hadi adamlar gelmeden sen de al.

- Çıktın mı Sabiha?

- Bu çarşafları yıkayalım.

- Sabiha'm kusura bakma bilmiyordum. Sen bir meleksin, Ben ne kadar şanslıyım. Biliyor musun seninle yakın olunca gördüm ki her gün seni daha çok sevecek durumlarla karşılaşıyorum. Ben de çamaşır torbası var getirdim, hepsini doldur ben çamaşırhanede yıkarım. Sen hazırlan ben bunları arabaya koyayım. Bir kahvaltı edip gelelim. Eddi duvar kâğıtlarını getirecek onları seçmemiz lazım.

- Eğer mutfağı takım olarak kuracaklarsa biz çamaşır makinesini boşa mı aldık acaba?

- Yoo o da bizden olsun deriz. Ama bugün bir soralım.

- Yatağı unuttuk Sabiha, yatak almak lazım. İyi giyin hava çok soğuk. Eddi gelmeden çıkalım.

- Beğendin mi kahvaltıyı. Eve mi bakalım, bankaya mı gidelim.

- Bankaya gideceksek pasaport lazım.

- Doğru avukata gidelim. Pasaportu geçici alalım.

- Bankada sorun çıkacağını zannetmiyorum çünkü yıllardır bu banka ile çalışıyorum. Ablam da öyle galiba onun bankası burası.

- Neler istiyorlarmış?

- Pasaport ve nerede oturduğuna dair adres, dur ben müdürü göreyim. Sabiha haftalığını aldığın zarfta adres var mı veya şirketin adı?

- Evet var.

- Tamam. Gel Sabiha imzan gerekli. Bir de evin adresini posta koduyla tam olarak yazar mısın? Ben iyi bilmiyorum da. Sonra soyadın değiştiğinde tekrar gelmemiz gerek. Onun için banka kartını o zaman alırız dedim. Şurada ne kaldı ki. Şimdi eve gidelim bakalım.

- Osman biz de sizi bekliyorduk. Duvar kâğıtları için George da burada.

- Selam Osman, ev güzel oluyor annem çok beğendi. Bugün camlar, kapılar değişiyor ve banyolar. İyi bayağı iyi gidiyor. Duvar kâğıdını seçtin mi Sabi?

- Hayır, sizi bekledik Mrs. Rose

- Hadi gel birlikte seçelim.

- Açık renk olursa aydınlık olur diye düşünmüştüm.

- Doğru anne karanlık olmasın.

- Eşya ve perde lazım.

- George biz eşyanın bir kısmını James Selbi'den aldık.

- Ben de isterim James Selbi'yi pek beğenirim ama çok pahalı orası.

- Durun ablamla konuşuşayım telefonu kullanabilir miyim?

- Her zaman Osman.

- Ablamla konuştum şimdi bize geri dönecek.

- Tamam abla tamam. Ablam konuşmuş ne alırsanız %25 ucuz vereceklermiş. Çünkü ablam senelerdir orayla çalışır. Kendisini pek severler.

- Tamam hemen gidelim Osman.

- Nasıl isterseniz Mrs. Rose.

- Bana Rose Teyze deyin lütfen o ne öyle postane memuru gibi.

- Mrs Rose, Mrs Rose.

Ustalar dâhil herkes güldü.

- Osman yatak için ölçü almak lazım değil mi?

- Doğru, bize iki dakika müsaade var mı? Gel Sabiha, hangi odayı yatak odası yapalım?

- Büyük hangisi ise.

- Herhalde seninki daha büyük, bana öyle geldi. Tamam gidebiliriz.

- Pek iyi oldu, Rose Teyze çok memnun oldu. Hele ayaklarını uzatacağı koltuğu bulduğuna çok sevindi. Her şeyi aldılar, pek bir şey kalmadı.

- Evet öyle. Bizde yatağımızı aldık. Bizim de pek bir şeyimiz kalmadı sayılır. Hadi avukata pasaportunu geri götürelim.

- Gelmişken imzalarınızı alayım. Sabiha adres ve işyeri zarfı, banka kâğıtları. Nüfus tercümesini ben yaptıracağım bugün. Yarın sabah müracaat edeceğim. Öğleden sonra bir uğrar mısınız? Belki soracağım şeyler olur.

- Tabii uğrarız.

- Seni Sultan Abla'ya bırakayım mı? Hava çok soğuk. Bende biraz ustalarla ilgileneyim. Çamaşırları yıkayayım. Bir de otelden iki üç günlük yer ayırayım. Çünkü kapılar sökülecek, kalorifer yok. Sonra uğrar kedi Tom'u doyururuz olur mu?

- Peki.

- Sultan Abla ben geldim.

- Gel Sabiha Osman yok mu?

- İşleri var sonra gelecek. Mutfağa mı geleyim? Bugün çok soğuk.

- Üşüdüysen biraz içeriye geçelim. Neler yaptınız?

- Yok yok mutfak daha iyi. Kâğıtları seçtik. Mrs. Rose "Bana Rose Teyze deyin," dedi, "Nedir o postane memurları gibi Mrs. Rose, Mrs. Rose."

- Senin Rose Teyze'ni çok merak ediyorum. Sabiha ev bitsin de bir geleyim.

- Her zaman Sultan Abla, her zaman. Benim senden başka kimim var ki.

- Artık Osman'ın var. Hayırlı etsin çok mutlu olmanı dilerim Sabiha.

- Bilmiyorum biraz korkuyorum Sultan Abla her şey çok çabuk oluyor. Beni korkutuyor bu gidiş, belki Allah tarafından diye düşünüyorum. Bazen yalnızlıktan bir yüreğe sığınmak mı istedim diyorum. Acaba bu sığınmak anlık mı ömürlük mü bilmiyorum.

- Öyle düşünme sana hep diyorum Osman çok iyi biridir. Herkes tarafından sevilir sayılır. Bazen her şeyi oluruna bırakmak lazım Sabiha'cım her şey olacağına varıyor zaten. Nasip kısmet hayırlısı olsun. Ama iyi şeyler olacak. Ömrün kış olmayacak hiç meraklanma.

- Biraz Servet Abladan çekindim ama iyi kalpli olduğunu zannediyorum.

- Evet öyledir Servet. Ama kimseye kendini anlatmak zorunda değilsin. Çünkü insanlar seni anlamak istediği şekilde anlayacaklar.

- Onu yapamam herhâlde. Aynı fikirlerde olmasak ayrı fikirlerde bile olsak birbirimize sevgi ve saygılı olmamız gerekli ki ben bunu Osman için yapmaya çalışacağım.

- Hemen cephe alma, onu daha tanımıyorsun. İyi bir kadındır. Kardeşini de çok sever. Eminim sizin mutluluğunuzu en çok isteyen kişidir. Çok iyi geçineceksiniz buna eminim. Onu da seni de tanıyorum.

- "Sultan'a selam söyle bir gün birlikte gelin size yemeğe götüreyim," dedi.

- Gördün mü bak insanları tanı ve sonra kara ver daha Servet'i tanımıyorsun. Lütfen rahat ol. Ben pek anlamadım niye böyle düşündün. Aslında Servet iyi biridir.

- Bekir Abi'n geldi herhalde.

- Hoş geldiniz. Nerde buluştunuz?

- Kapının önünde.

- Dolmalar hazır mı Sultan Abla?

- Sofra da hazır dolmalar da. Hadi bakalım doğru sofraya.

- Bekir Abi nasıl sampiller kolay mıydı? Kaç tane diktin?

- Hüsnü masraftan kaçıyor, Osman astar koymuyor ama kumaş iyi değil, keten kumaş sarkma yapar dedim ama laf anlatamadım.

- Anlamaz abi hiç canını sıkmasaydın.

- İki tane bugün bitirdim iki tane de yarına kaldı. Yarınkilerin kumaşı güzel; kalın kışlık, astarlı olacak. Saten ceketler aceleymiş. "Acaba işiniz yoksa dört beş gün çalışır mısınız?" dedi. Ben de hanıma sorayım yarın söylerim dedim. Ne diyorsun?

- Olur Bekir gidelim. Çocuklara okul parası göndermemiz lazım. Hem astarsızsa çabuk biter kolay olur.

- Sultan Abla her şey çok güzeldi sağ ol.

- Siz de sağ olun çocuklar.

- Bir kahve içelim sonra gidin.

- Çok iyi olur Sultan Abla, Sabiha beni de akşam kahvesine alıştırdı.

- Bekir Abi, Sultan Abla ben diyorum ki Sabiha ütücülükten vazgeçsin, sizin yanınızda makinaya otursun ne dersiniz? Sabiha sen ne dersin?

- Valla ben bu işe hemen evet derim, çünkü Sultan'ı yalnız bırakamıyorum. Sampil siparişlerim çok oluyor. Öğlene kadar kızların işlerini hazırlar öğlenden sonra öbür ise giderim. Gelirimizde iki kat olur. Zaten Sabiha makinaya alışkın geçenlerde eteğinin fermuarını değiştirdi. Hatta Melcom Bey "Ne yapıyorsun Sabiha kızım?" dedi. Sabiha da eteğimin fermuarını değiştiriyorum deyince "Oooo Sabiha fermuar değiştirebiliyorsan sen zaten terzisin," dedi.

- Ne dersin Sabiha ayakta ve çok yoruluyorsun. Geçen gün hep gözüm sendeydi. Gördüm yorulduğunu, lütfen evet de.

- Bilmiyorum Osman nerden çıktı bu şimdi hiç düşünmemiştim. Zaten bugünlerde her şey o kadar hızlı oluyor ki her şey o kadar çok çabuk değişiyor ki şaşkınım şaşırdım. Ne yapmam gerektiğini ne düşüneceğimi bilemiyorum.

- Bir düşünsen iyi olacak, çok rahat Sultan Ablanın yanında. Hem de bir meslek öğreneceksin. Ustalarında çok iyi ben olsam evet derim.

- Sultan Abla kahveleri ben yapayım mı?

- Gel beraber yapalım.

- Sultan Abla her şey çok güzeldi. Teşekkür ederiz.

- Yine uğrayın. Haberimiz olsun sizden.

- Olur Bekir Abi.

- Eve bir uğrayalım, gecelik falan alalım Osman.

- Ben her şeyi aldım ama istiyorsan uğrayalım.

- Aaa kapı değişmiş yeni anahtar da bizde yok. Ya evde kalacak olsaydık. Kapıda kaldık Osman.

- Merak etme Eddi verdi bir sana bir bana.

- Camlar kapılar değişmiş. Banyoyu yıkmışlar. Toma kapı yapmışlar mı ben bir bakayım.

- Tom'u da çok seversin.

- Kedileri çok severim, yapmışlar. Tom neredesin Tooom, gel mama vereceğim, Tooom!

- Dışarıda herhalde. Mamayı koy gelince yer.

- Otel burası mı? Çok güzelmiş Osman ay pahalı olmasaydı bari çok açıldık.

- Düşünme bu senin balayın meleğim.

- İyi akşamlar biz Mr and Mrs Aziz.

- İyi aksamlar Mr Aziz. Buyurun anahtar, 3. kat 75 numara. Kahvaltı 7.30 da başlar. Aksam yemeği için özel bir isteğiniz var mı?

- Hayır şimdilik yok. Aksam yemeği kaçta?

- Yediden sonra ne zaman isterseniz.

- Teşekkür ederim. İyi akşamlar.

- Güzel büyükmüş, manzarası da güzel. Gel bak Sabiha. Bak jakuzi de var. Bir şey içmek istersen buzdolabında her şey var. Bu sabah iyi duş alamadın. Jakuziyi hazırlayayım mı sana? Ne oldu bir şeye mi bozuldun? Seni kıracak bir şey mi yaptım? Bu ne surat böyle? Haa anladım ütücü meselesi mi?

- Evet. Biz konuşmadan, bana sormadan onlara sordun, şaşırdım. Biliyorsun her şey üst üste geldi bu aralar. Her şey o kadar hizbi gelişiyor ki nefes alamıyorum. Düşünmediğim aklıma gelmeyen şeyler oluyor.

- Özür dilerim meleğim ama hiç aklımda yokken söyleyiverdim. Geçen gün biliyorsun oradaydım hep seni izledim. Ayakta yorulduğunu gördüm. Bir de önemlisi erkeklerle birlikte çalışman beni kıskandırdı, hem de çok. Hemen senin avukatına gittim ilticanı geri almak için araştırma yaptım. Çünkü seninle evlenmek istedim. Şansıma ev tamiri de çıktı. Hadi Osman hızlan dedim.

- Onun için mi bu kadar hızlısın? Osman biz yürümüyoruz koşuyoruz. Sen çok hızlısın ben yetişemiyorum ve çok yoruldum.

- Biliyorum her şey çok çabuk oluyor. Ama şanslıyız her şey çok iyi gidiyor ve ben seni çok seviyorum. Senin mutlu olmanı istiyorum. Geçen gün de söyledim. Sen gülersen benim de yüzümü güldürürsün. Makinaya oturma işi de olması gerekir diye düşünüyorum. Ama sen bilirsin nasıl istersen? Ben yatıyorum iyi geceler.

- İyi geceler Osman.

- Sabiha yatmıyor musun?

- Hayır oturacağım biraz.

- Sabiha daha yatmadın mı? Saat 3 olmuş ne oldu bir şeyler seni rahatsız mı ediyor? Lütfen konuşalım mı?

- Ben eve dönmek istiyorum. Geri dönmek istiyorum.

- Neden Sabiha'm neden. Bak yeni güzel bir yasam bizi bekliyor.

- Ben yoruldum, ben korkuyorum. Gurbet bana çok ağır geliyor. Herkes yabancı. Benim düşünmediğim şeyler olur. Kararlar veriliyor. Ben gitmek istiyorum. Annemin yanında olmak istiyorum.

- Üzülme eğer her şey iyi giderse benim mart ayında işlerim biraz yavaşlıyor. Oturumun gelirse bir hafta annende kalırız 4 veya beş günde Kıbrıs'ta annemlere uğrarız. Hem Kıbrıs'ı da görmüş olursun.

- Annem de seni çok merak ediyor.

- Bak Sabiha'm biliyorum dünkü olaya çok kızdın. Ama ben senin iyiliğini güzel yaşamın olsun istiyorum. Birden nasıl oldu nasıl ağzımdan çıktı inan bende anlamadım. İşler şu anda yok. İşler açılınca sipariş yetiştirmek için sabahlara kadar nasıl çalışırsın, nasıl dayanırsın? Benim gönlüm nasıl razı olur böyle bir şeye. Lütfen benim için sen her şeyden herkesten önce geliyorsun. Bütün dileğim bütün amacım seni mutlu etmek. Biliyorum her şey çok çabuk olunca sende şaşırdın. Ama bir düşün Sabiha'm belki Allah bize yardım ediyor. Bak George evi satıp annesini alıp gitmek için gelmişti. Ama annesi gitmek istemedi kaldı. Bizim de yepyeni senin beğendiğin senin seçtiğin, renkler, eşyalar. Hep senin istediklerin senin zevkinle güzel bir evimiz oldu. Her halde bir veya iki hafta sonra da nikâhımız olur. İnan her şey çok iyiye gidiyor. Çok mutlu olacağız bana inan lütfen. Nedir bu tedirginliğin bu karamsarlık neden.

- Söyledim ya. Biraz korktum. Her şey çok çabuk oluştu. Bir de ilticadan korkuyorum. Acaba kötü bir şey olur mu diye. Evet sen haklısın, siparişi yetiştirmek için efeler birkaç gece sabahlamışlardı. O zaman yeni gelmiştim. Efeler bir gün senin kumaşların üstünde sabahlamışlardı. Sen sabah gelince kumaşların çok dağınık olduğunu görünce bağırıp çağırmıştın. Herkes senin o haline çok şaşırmıştı. Çünkü hiç kimse senin sesini yükselttiğini duymamış.

- Kumaşta ufacık bir kıvrım bir buruşukluk, kesimi bozar, yanlış kesim olur. Bekir abinin dediği gibi benim ufacık bir hatam gelen siparişi geri götürür. Onun için tutuluyorum onun için çok güzel ücret veriyorlar. Sen istersen sadece okula git senin çalışmana bile gerek yok. Hadi gel yatalım sabah olmak üzere.

- Ne oldu sen ağlamışsın. Neden? Sabiha neden ağladın? Sana neredeyse her gün söylüyorum. Biz çok mutlu olacağız. Böyle ufak tefek şeyler için gönlünü karartırsan benim gönlüm de zindan olur. Benim böyle bir yaşantım oldu bir daha da olsun istemem. Senden tek istediğim var Sabiha rahat ve huzurlu ol ki mutlu olabilelim. Lütfen senden tek istediğim bu. Bana söz ver lütfen çünkü yolumuz uzun. Bizim yolumuz günlük değil ömürlük.

- Peki söz şimdi daha rahatladım, seni daha iyi anladım.

- Sabiha saat 8.30 kahvaltıya inmek ister misin? Duş alacak mısın?

- Uyuyakalmışım hemen hazırlanayım. Kahvaltıdan sonra alırım.

- Peki bekliyorum.

- Açık büfe mi istersin yoksa sipariş mi verelim? Açık büfede alacakların gördüğün gibi burada, sipariş verirsek geçen gün gibi İngiliz kahvaltısı. Ben sipariş vermek istiyorum.

- İyi bende öyle yapayım.

- Ne oldu Osman şimdi de sen surat asıyorsun?

- Gece ufacık bir meseleyi büyütüp sabahlaman açıkçası beni düşündürdü. Sadece senin iyiliğini geleceğimizi düşünen biriyim. Ve bunu sana dilim döndüğünce defalarca anlatmaya çalıştım.

- Kusura bakma Osman ben böyle biri değildim ama su son günler beni biraz korkuttu. Panik oldum hepsi bu.

- Panik olacak korkulacak herhangi bir şey yok. Kahve mi çay mı istersin? İki İngiliz kahvaltı ve iki kahve lütfen. Bugün yapmak istediğin bir şey var mı?

- Hayır. Üzgünüm herhalde yanlış anlaşıldım, yukarıda biraz konuşalım istersen.

- Olur bunlar ilk adımlar, kavgayla huzursuzlukla yola çıkılmasın lütfen.

Kahvaltı sessizce yenildi. Sabiha hatasını anlamış Osman da ileri gittiğini biliyordu. Yukarı çıkınca ikisi de söze başlamaktan korkar gibiydiler. Sabiha Osman'ı çok üzdüğünü anlamıştı.

- Osman yanlış anlaşılmak istemem. Şu günlerde panik oldum, korktum. Sana ilk günlerde de söylemiştim senin yanında çok huzurluyum diye. Ben seni koşulsuz kuralsız, hiçbir beklentisiz, olduğun gibi kabul ettim ve iyi ki varsın iyi ki benimlesin diye düşündüm. Ama şu günlerde biraz moralim bozuldu.

- Tamam Sabiha ben de bunu biliyorum ama sen hayatta her şeyin en iyisine sahip olacaksın, oldun bile. Onun için hayatın tadını çıkar ki mutlu olalım.

Bu defa ki kucaklaşma sevgi ve mutluluğu kucaklıyordu.

- Ben bugün burada az ileride alışveriş merkezi var. Oraya gidelim diyorum. Bir şeyler alırız diye düşünmüştüm. Sonra hava çok soğuk olduğu için seni otele bırakayım annene mektup yaz, biraz dinlen. Gece de uyumadın. Beni de uyutmadın ya neyse. Ben eve uğrayayım. Biraz ustalarla olayım. Erken gelip iyi bir akşam geçiririz. Ne dersin Mrs Aziz?

- Olur derim Mr Aziz.

- Hem bu arada oda da temizlenir. Anahtarı resepsiyona bırakalım.

- Haklıymışsın çok soğuk.

- Benim için bir iki pantolon seçer misin Mrs Aziz?

- İngilizce konuşuyorsun.

- Evet sorun yok anlıyorsun. Biliyorsun İngilizcem Türkçemden daha iyi.

- Evet biliyorum. Bir tanesini kadife alalım mı?

- Neden olmasın ben hiç kadife pantolon giymemiştim. Sana da elbise alalım ben seni elbiseyle hiç görmedim.

- Ben paketleri yukarı çıkartayım. Sen anahtarımızı alır mısın? 75 numara.

- Biliyorum ama.

- Hadi meleğim hadi ben çok üşüdüm. Kapıyı açar mısın lütfen?

- Neden gülüyorsun?

- Başarına gülüyorum. Benim akıllı meleğim. Sadece okul olmaz bundan sonra evde İngilizce konuşalım. Senin her şeyi öğrenmeni her şeyde başarılı olmanı istiyorum ve öyle de olacak. Çünkü çok zekisin, çok hamaratsın, çok güçlüsün. Laf aramızda korkak meleksin.

- Osmaaan!

- Tamam tamam sustum. Hadi bak bakalım neler almışız. Şu pantolonları denemek istiyorum Sende elbiseni giysene çok merak ediyorum. Hırkan nerde almadık mı yoksa?

- Aldık burada. Osman neredesin, giyiniyor musun? Çok yakıştı başka biri oldun.

- Hakikaten çok rahatmış yakıştı mı sahiden? Hadi sende giy, seni elbiseyle görmek istiyorum.

- Aynaya bak çok yakıştı.

- Şahane! Elbise sana ne kadar yakışıyormuş. Ama ben fikir değiştirdim. Sen elbise giyme. Yani dışarıda giyme. Ben kıskandım. Olmaz sana pantolon alalım. Ben hiç kıskanç biri değildim hayatta kimseyi kıskanmadım. Ama seni çok kıskanıyorum. Niye böyle oldum Sabiha'm?

- Osman kıskançlık insanların yaşamını etkileyen rahatsız edici bir duygudur. Bir bakıma sahiplenme, sahip olma veya güvensizliktir. Doğal bir duygudur ama dozunda olması gerek. Beni kıskanmana gerek yok. Çünkü ben Mrs. Aziz'im ve öyle kalacağım. Benim bir tane sevdiğim var o da bana yeter.

- Canımsın benim güzel meleğim. Ben gitmeyeceğim Sabiha sıcakta mayıştım. Çıkmak istemiyorum.

- Ama avukata gitmek gerekli.

- İster misin beraber gidelim avukata sonra eve bakıp gelelim.

- Olur hadi kalk sonra ben de çıkamayacağım. Tom'un mamasını verelim. Önce eve uğrayalım mı? Merak ediyorum. Nasıl oldu?

- Bayağı ilerleme var Eddi.

- İki güne kadar yukarı tamamen biter, aşağı da bir gün yani üç gün sonra teslimatı yaparız. Bugün çamaşır makinesini getirdiler taktık, bulaşık makinesi de bizden. Banyonun taşları kaldı. Camları takmak çok vaktimizi aldı. Çünkü bina çok eski nereye dokunsak dökülüyordu. Onun için tamir biraz uzun surdu. Eski camlar çok kötü idi. Aralıklar bayağı büyüktü. Herhalde çok üşüdünüz. Ama merak etmeyin şimdi sıcak olacak. Yarın Mrs. Rose'un banyosunu takacağız salon ve yatak odası bitti. Sizin yatağın bir tanesini aldık. Yeni gelen eşyaları biz mi takacağız yoksa getirenler mi?

- İyi ki sordun Eddi, yarın görüşür sana haber veririm, çok teşekkür ederim. Ev çok güzel oldu.

- Sabiha neredesin?

- Gidebiliriz Tom'u doyurdum. Her halde bize kızmış Durmadan konuştu durdu.

- Evet bu kedi durmadan konuşuyor. Her halde Mrs. Rose akşama kadar onunla konuşuyordu. O olmayınca ustaları lafa tutuyor. Bir kahvesi çayı eksik.

Herkes güldü.

- Ev güzel olmuş Osman, ben çok beğendim. Nerdeyse bitmiş. "En geç üç gün sonra teslim ederiz," dedi. O zaman John'a haber vermek lazım eşyaları getirmesi için.

- Hem de ilk Noel'imize yeni evimizde gireceğiz. John'la yarın gidip konuşalım. Hadi şimdi avukata gidelim.

- Buyrun çocuklar, inanmayacaksınız ama sizin işiniz o kadar çabuk oluyor ki. Ocak ayının 9'unda Pazartesi saat 3'e gün verdiler. 2 haftanız var. Hadi hazırlanın bakalım. Sabiha'cım çok şanslısın her şey çok çabuk oluyor seni kutlarım.

- Teşekkür ederim Aynur Hanım.

- Başka bir şey lazım mı?

- Hayır ben her şeyi ayarlayacağım. İki tane yüzük almayı unutmayın. Ben de orada olacağım.

- Haftaya şahitleri seçin bana bildirin. Kimlik fotokopisi ve adresleri lazım. İyi tatiller.

- Teşekkür ederiz Aynur Hanım.

- Hadi eve Mrs. Aziz.

- Eve mi? Otele mi? George gelmiş mi sormadık.

- Sormadık ya ama Eddi de bir şey söylemedi. Belki çok soğuk diye dışarı çıkmadılar. Belki de Noel alışverişlerini yapıyorlar.

- Biz ne alacağız ablan ve çocuklara, Sultan Abla'ya.

- Ablamlar kolay çocuklara para veriyorum. Ablam da zaten ne istediğini söylüyor. Ama Sultan Ablaları bilemiyorum. Ben her sene Noel yemeğinde ablamlarda oluyorum, gitmek ister misin? Çünkü İngiltere'de Noel'de bütün alile hep beraber olur. Özelliği budur.

- Olur gidelim. Senin kurulu düzenini mi bozacağız.

- Yarın akşam yemeğe gidelim mi? Hem enişte ve çocuklarla tanışırsın.

- O zaman otele söylemek lazım akşama yemekte yokuz diye.

- Yarın kahvaltıda söyleriz. Yemeğe erken galiba saat kaç oldu Sabiha.

- Bilmiyorum saatim yanımda değil.

- Hadi yukarı çıkıp biraz dinlenelim. Ben kendimi biraz yorgun hissediyorum. Sen mektup da yazmadın. Yarın günü bize ayıralım biraz dinlenelim Sabiha. Ben yorgun olursam çalışamam oysa sezon başı çok çalışmam lazım. Onun için bugünleri değerlendirelim.

- Olur tabii. Anahtar bizde mi resepsiyonda mı?

- Anahtar bende, yemeğe inerken elbiseni giyecek misin?

-Giyeyim mi? Daha saat erken, ben bir duş alayım.

- Ben de biraz uzanayım.

- Osman hadi kalk saat 7 oldu.

- İnanmıyorum. Hayatta gündüz uyumam kusura bakma Sabiha sen neler yaptın?

- Duş aldım bayağı iyi oldu. Su çok güzeldi sıcacıktı. Sonra anneme mektup yazdım. Ocağın dokuzunda pazartesi günü nikâhımız var dedim. Belki nisan ayında seni görmeye geliriz dedim. Bir ara öyle konuşmuştuk ya. Beni merak etme Osman çok iyi birisi, babam gibi çalışkan ve uysal dedim iyi yazmış mıyım?

- Teşekkür ederim. Benden selam yazsaydın. İstersen ben de bir iki bir şey yazayım mı?

- Olur herhalde annemde memnun olur. İyi düşündün Osman.

- Bak bakalım yazdığımı beğenecek misin? Bende bir duş alayım hazırlanıp yemeğe inelim. Ha unuttum söylemeyi sana pul almıştım annenin mektubu için. Cebimde unutturma da vereyim. Çok güzel oldun Sabiha'm. Elbise sana çok yakışıyor. Gelinlik de sana çok yakışacak. Şimdiden merak ediyorum. Çok güzel bir gelin olacaksın. Kıskançlıktan ölürüm.

- Kıskançlık niye ki aksine eğer güzel bir gelin olursam sevinmen lazım. Güzel bir Mrs. Aziz buldum diye.

- Doğru haklısın. Hazır mısın saat sekiz olmuş Sabiha'm inelim mi?

- Selam Osman.

- Selam Peter.

-Sabiha, Peter benim okul arkadaşım. Çok iyi de arkadaşımdır.

- Nerden buldun bu güzel meleği Osman, sizinle tanışmak çok güzel.

- Kendileri Mrs. Aziz olurlar Peter.

- Ciddi mi çok sevindim. Çok hoş bir kadın, seni kutlarım, size mutluluklar dilerim.

- Teşekkür ederiz.

- Peter gel yemeği birlikte yiyelim.

- Teşekkür ederim Osman. Şimdi iş için birileri gelecek onları bekliyorum. Ama benim size bir yemek borcum olsun. Aslında ben de seni arayacaktım. Astarlık kumaş arıyorum, sinema perdesi siparişi aldım da yardımın olur mu diye.

- Gecen gün ablamda gördüm. Ablam bu astarlıkları ne yapacak diye aklımdan geçti. Kalitesi çok güzel. Evas'a ceket dikiyor.

- Servet nasıl iyi mi? Çok zaman oldu onu görmeyeli. Benim işim acele eğer müsaitsen yarın gidebilir miyiz?

- Ne dersin Sabiha?

- Tabii ki.

- Tamam Peter, öğleden sonra ben dükkâna uğrarım.

- Çok teşekkür ederim. İyi akşamlar.

- İyi aksamlar. Peter

- Bakalım menüde ne varmış? Balık et mi tavuk mu ne yemek istersin?

- Hani bir kere dilim tavuk, dana karışık patates püresi ve sebze yemiştik.

- Hatırladım nehir kenarındaki papta yemiştik roast beef, dana rosto. Tavukla karışık mı yoksa sadece dana rosto mu istersin? Başlangıç ister misin?

- Geç oldu. Geç vakit ağır yemek istemiyorum onun için benimki pek ağır olmasın lütfen.

- Doğru bak nerdeyse saat 9 olacak. Haklısın. Ama dondurma yiyelim, yemek üzerine fazla olmaz.

- Olur.

- Nasıl beğendin mi?

- Teşekkür ederim hepsi çok güzeldi. Ama dondurma şahaneydi. Çok hoşuma gitti.

- Söyledim sana. Barda bir şey içmek ister misin?

- Başka zaman içsek.

- Tamam. Ama masraf olur diye düşünmüyorsun değil mi? Zaten öyle düşünmeni istemem. Bu bizim balayımız. Hem çok şükür paramız var hem de yeni evimize geçince yemekler Sabiha Restoran'dan. Bakalım neler yiyeceğiz.?

- Bu sefer ben ödeyeyim mi?

- Kimse ödemeyecek hesap 75 numaralı odaya ait. Yani ödendi.

- Teşekkür ederim.

- Ben de teşekkür ederim, yanımda olduğun için.

- Odamız sıcacıkmış.

- Yarın ne yapıyoruz?

- Kahvaltıdan sonra James Selby gidiyoruz. Eşyaları üç gün sonra getirmelerini soyluyoruz. Eşyaları kimin kuracağını soruyoruz. Öğleden sonra ben Peter'le ablama gidiyorum. Peter kumaşları alırsa iki kuruş da oradan gelir.

- Nasıl yani?

- Ben ablamın kalan kumaşlarını satıyorum, bu benim işim. Ablam bana komisyon veriyor. Geçen gün Kayış'a sattığım kumaşlardan 500 Pound verecek. Satılan miktara bağlı. Bu da öyle olsa eşya paramız çıktı. Durumumuz iyi sen ne istersen al, parayı düşünme. Yarın akşam ablama yemeğe gidiyoruz değil mi? Seni otele bırakıp ben Peter'le gidince sen aşağıda kuaför var istersen saclarını yaptır.

- Yok şu anda gerek yok. Pulları verir misin? Yarın annemin mektubunu atalım.

- Peter'in işyerinin yanında postane var, ver ben atarım.

- Osman biz neyi unuttuk biliyor musun? Hani sen bahçeye çeki düzen verelim demiştin. Bu konuyu Eddi ile konuştun mu? Hole Hali yayılmadan konuşursan daha iyi olmaz m? Yeni hali berbat olur gerçi gördüm ustalar çok temiz çalışıyor ama.

- Doğru lafı geçti ama. Temizleyin bırakın gerisini biz yaparız demiştim. Yarın uğrayıp soralım.

- Kalk uykucu. Saat nerdeyse sekiz olacak.

- Ciddi mi söylüyorsun Osman, daha güneş doğmamış. Hava yağmurlu. Hadi kahvaltıyı kaçıramayalım.

- Tamam hazırlanıyorum.

- Hoş geldiniz. Hasan, çocuklar gelin bakın kimler gelmiş.

- Anne dayım mı geldi?

- Dayınız ve güzeller güzeli yengeniz geldi. Hadi geçin salona. Mantoyu giydiğine sevindim. Söylediğim gibi dükkân senin ne istersen al.

- Teşekkür ederim Servet Abla, manto çok güzel sıcacık hiç üşümüyorum.

- Çok memnun oldum Sabiha'cım. Osman, Peter astarların hepsini mi aldı?

- Evet bütün astarlıkları ve Kayış Hüsnü'ye verdiğimiz kumaşlardan iki top kalmıştı onları da aldı. Yarın parayı ödeyip, kumaşları alacak.

- Peter yaşlanmış mı bana mı öyle geldi? Perdeyi biz dikseydik diyecektim ama çekindim

- Abla Peter'in çok büyük atölyesi var, işi babadan kalma perdecilik biliyorsun. Bizim Avukat 9 Ocak pazartesiye gün almış.

- Neredeyse iki hafta var. Sabiha'ya gelinlik alalım sana da damatlık. Şimdi ben Evans'la çalışıyorum onların böyle bir bölümü var. Konuşalım.

- Bir iki saat için pahalı olur güzel beyaz bir elbise gördüm dün onu alırım diye düşündüm.

- Yok canım olmaz, katiyen olmaz sana çok güzel bir gelinlik alacağız. Çünkü senin hakkın. Çok güzel bir gelin olacaksın. Bizim melek gelinimiz. İyi ki geldin iyi ki bizimlesin. Gel de seni bir öpeyim. Saat üçte mi dediniz üçten sonra ben sizin için bir yemek vereyim. İstediğiniz bir yer var mı, ben mi ayarlayayım? Bırakın ben ayarlayayım. Anneleriniz burada değil ama ben ve eniştemiz buradayız bu da bizim görevimiz. Bir şey söyleyeyim mi Sabiha'yı gördükten sonra benim içim içime sığmıyor çok mutluyum. Siz de çok mutlu olacaksınız.

- Ooo muhabbet ilerlemiş. Hoş geldiniz, hoş geldin Sabiha, günlerdir seni anlatıyor Servet. Seni yere göğe koyamıyor. Anlattığı kadar varmış. Seni aramızda görmek çok güzel. Ailemize hoş geldin.

- Hasan çocuklar niye gelmiyor?

- Gelirler birazdan.

- Gelin bakalım dayınızı öpmeleriniz bittiyse Sabiha ablanızı da öpün.

- Sabiha'cım büyük oğlumuz Harry Harun küçük oğlumuz Tony Cemal.

- Yemek hazır Servet Hanım.

- Fatma Hanım gelinimiz Sabiha.

- Hoş geldiniz. Allah bağışlasın Servet Hanım anlattığınız kadar varmış.

- Öyle değil mi? Hadi herkes sofraya.

- Ben Sabiha Abla'nın yanına oturacağım.

- Gel Cemal. Beraber oturalım.

- Noel yemeğine de buradasınız değil mi?

- Evet buradayız. Abla ne istersiniz bu sene?

- Söyleyeyim de dinle canım ne isteğimi. Ben ve eniştemiz bu sene hiçbir şey istemiyoruz. Çünkü öyle mutluyuz ki bu mutluluk bize yeter. Bu sene lütfen böyle olsun.

- Bizde bir şey istemiyoruz. Yatağımızı aldın yemek vereceksin bu da fazlasıyla bize yeter. Anlaştık mı?

- Anlaştık. Osman, sana o kocaman el telefonları var ondan alsak ya. Hem işin için hem de biz seni kolaylıkla buluruz.

- Abla zaten buluyorsun. Herkes ablanı ara Osman ablanı aradın mı Osman?

- Ne yapacaktım bazen iş oluyor bir şey sormam gerekiyor, Bazen ortalıktan yok oluyorsun. Merak ediyorum. Gerçi artık merak etmem.

- Telefoncu bir arkadaş var ona sorayım yarın ofise gelecek Servet. Haberin olsun.

- Onların vergileri fazlaymış galiba. Hem ben eve telefon alacağım.

- Çok güzel yapmışsın kardeş yine de sana lazım. Sen bazen çok geç vakitlere kadar çalışıyorsun. Sabiha merak eder. Senin el telefonu alman lazım.

- Telefon çok büyük, taşımak için bir de valiz almam lazım.

- Ev ne zaman bitiyor Sabiha güzel oluyor mu?

- Evet çok güzel oluyor. Ustalar üç gün sonra dediler.

- Çabuk bitti.

- Abla altı kişi birden çalışıyorlar.

- Noel'de kimse çalışmaz, çok şanslısınız.

- Mrs. Rose'un oğlu İrlanda'ya dönecek, gitmeden bitirin annemi yerleştirip gitmek istiyorum demiş. George buraya evi satıp annesini alıp İrlanda'ya geri dönmek için gelmiş. Ama annesi gitmek istemeyince benimle görüştü. "Annem sizi çok seviyor, İrlanda'ya gelmek istemiyor. Ev de çok kötü tamir gerekli, yardımcı olursanız, evi tamir ettireyim. Annemi size bırakıp geri döneyim," dedi. Bizde "Olur!" dedik.

- Çok teşekkür ederim. Yemek çok güzeldi.

- Afiyet olsun canım.

-Abla kahve içeriz değil mi? Sabiha beni yemek sonrası kahveye fena alıştırdı.

- İyi yapmış ben yaparım şimdi.

- Her şey için teşekkür ederim, yemek çok güzeldi. Sizleri tanımak da çok güzeldi. İyi akşamlar.

- İyi akşamlar geldiğiniz için ben teşekkür ederim. İnşallah yeni sene size uğur, mutluluk getirsin çünkü yeni senede her şeye yeni başlayacaksınız. Hayırlı olsun.

- Amin abla!

- Amin Servet Abla.

- Arayı açmayın yine gelin. İyi akşamlar.

- Oda niye soğuk bugün?

- Kusura bakma ben temiz hava girsin diye camı aralamıştım. Neyse ısınır şimdi. Nasıl buldun ablamları hepsi seni çok sevdiler

- Bir şey söyleyeyim mi Osman? Nedenini bilmiyorum ama ablandan çok çekinmiştim. Hatta korkmuştum. Ama tanıyınca sevdim. Beni sevdiğini de anlayınca kendimi daha rahat hissettim.

- Ben anladım içimden inşallah böyle devam etmez demiştim. Neyse ki uzun sürmedi. Benim meleğim anlayışlıdır.

- Mektubu attın mı? Bahçe işini Eddi ile konuştun mu?

- Mektubu attım, nasıl atmazdım. Eddi ile görüştüm. Eddi, George'la konuşmuş, "Siz bahçeyi temizleyin çöpleri atın, gerisini Osman yapar," demiş.

- Yeterli mi sence Osman?

- Çöpler atılıp, bahçe temizlenirse bir hafta sonu çeki düzen veririm, ondan sonra da bir şeyler ekeriz. Yeter ki o çöpler ve çalılar temizlensin. İnşallah yağmur kar olmaz. Yarın gündemde ne var Sabiha?

- Şahitleri seçmemiz gerekli, şahit evraklarını Avukat Hanım'a götürmek lazım. Nikâh için giyecek lazım. Perde lazım.

- Perdeleri Peter dikmek istiyor. Yarın gelip ölçü alacak. Hemen dikilmesi için gidip kumaş seçmen gerek. Ben yatak odası ve salon dedim. Şahidin kim olsun istiyorsun?

- Benimki Sultan Abla olsun mu?

- Bence uygun.

- Seninki kim?

- Benimki de ablam olsun mu?

- Bence uygun. Gel kız seni bir öpeyim. İyi ki Noel tatilindeyiz Sabiha yoksa bu işleri nasıl hallederdik? Yarın sabah ilk işimiz perde kumaşı seçmek olsun. Sonra Sultan Ablanlara hediye seçmemiz gerek. Niye sen Sultan Abla'na sormuyorsun ne alalım diye?

- Ben mutfak için bir şeyler almak istiyorum.

- Ne gibi?

- Tabak çatal kaşık işte mutfak için lazım şeyler.

- Haklısın Sabiha'm onu unuttuk. Sabiha Restoranta ne lazımsa alalım. Yaşasın artık sokak yemeklerine paydos. Çok çalışıp eve geç gelmek yok Erkenden evde olmanı isterim. Benim tek istediğim bu.

- Okul var.

- Okul hariç, belki bazı okul akşamları ben gelir seni alır dışarıda bir yerlere gideriz. Biraz da gönlümüz eğlensin. Bak ne diyeceğim Sabiha'm şu perşembe akşamını cumaya çevirsen de cuma bizim dışarı çıkma günümüz olsa ne dersin? Noel'den sonra ben gelip konuşayım mı?

- No istemez kayıt yaptırmaya sen mi geldin?

- Ooo no dedin.

- Yani hayır dedim.

Peter'in dükkânı Islington'da dükkânları dedesinden babasına, babasından da Peter'e geçti. Çok eski tarihi bir dükkân. Annem de perdelerini onlardan alırdı. O zaman sadece perdeci onlar vardı şimdi her tarafta perde bulabiliyorsun.

- Hoş geldiniz güzel bayan ve Sevgili Osman. Dükkânım sizin. Hadi üst kata çıkalım.

- Gerçekten tarihi bir dükkânmış Osman.

- Evet bu dükkân dedemin dedesinden kalma. Perdecilik sülalemizden geliyor. Savaş zamanı tahta perdeler yapıyorlarmış ben sonuna yetiştim. Bazı evlerde hâlâ tahta perdeleri görebilirsiniz, genellikle yaşlı İngiliz evlerinde. Bir üste daha çıkalım lütfen.

- Ben bu pembe gülleri olan perdeliği beğendim, çok güzel.

- Nereye düşündün, her tarafa mı?

- Hayır iki yatak odasına, salonu da sen seç Osman. Sen kumaştan daha iyi anlarsın.

- Evin senin zevkine göre döşenmesi beni daha mutlu eder. Salonu da seç lütfen.

- Koltuklar bordo ona uygun olsun. Su bordo güllü olabilir mi?

- Peki olsun ama içine tül de seç gündüz için.

- O zaman bir aşağı iniyoruz.

- Düz olursa daha iyi olur sanırım.

- Tamam Sabiha düz olsun ama güllü de olabilir.

- Osman beğenmediysen söyle lütfen.

- Şaka Sabiha şaka gerçekten güzel.

- Dikilince çok güzel olacak çok iyi bir seçim yaptınız, zevklisiniz tebrik ederim Sabiha.

- Teşekkür ederim Peter.

- Unutmayın bir akşam ayarlayın beraber olalım. Yarından sonra perdeler hazır olur sadece biz hazırız deyin.

- Ne yapıyoruz Osman?

- Hemen Sultan Abla'na gidiyoruz sonra da ablama, gerekli evrakları toplayıp avukata teslim ediyoruz ve bugünkü işimiz bitiyor.

- Eve bakmadık neler olmuş?

- Haklısın meleğim eve de uğramamız lazım.

- Akşamı ettik Sabiha ama çoğu iş tamamlandı.

- Ev çok güzel olmuş Osman, çok beğendim. Yarın badana boya olacakmış.

- İstersen yarından sonra taşınalım mı?

- Hayır Sabiha, Eddi ev bitti diyecek anahtar teslim edecek ve biz eve o zaman döneceğiz. İyi oldu, artık yeni evimiz, nikâhımız, huzurumuz ve beraberliğimiz kutlu olsun.

- İnşallah dileğim o Osman.

- Yemekten sonra bir dinlenelim. Sabiha ben sabah erkenden gece geç vakitlere kadar çalışıyordum bu kadar yorulmuyordum. Niye böyle oldu?

- Bence her gün tek bir düzen içinde ne yapacağını biliyordun. Şimdi bir güne birkaç işi sığdırmak zorundasın. Ne de olsa yeni bir düzen kurmaya çalışıyorsun. Bunlar hiç yaşamadığımız yenilikler. Onun için farkında olmasak da stres yaşıyoruz.

- Çok doğru söylüyorsun. Hem senin için hem benim için her şey çok yeni. Ama çok mutluyum, yenilik, yeni sene bize uğur getirecek. Yarın programda ne var Sabiha? Ayakkabı alalım mı? Hem nikâh hem de günlük ayakkabı. Ayakkabılarım epey eskimiş.

- Evet ben de sana söyleyecektim. Sultan Abladan çıkarken dikkatimi çekti.

- Ben de Sultan Abladan çıkarken fark ettim ne tesadüf değil mi?

- Sabiha, George yarın bizimle konuşmak istiyormuş. "Osmanlara söyle öğlen burada buluşalım," demiş.

- Acaba kira falan için mi?

- Bilmiyorum belki her şey için. Çünkü ev bitiyor. Kirayı ne kadar isteyecek bilmiyorum. Ama diyorum ki gazı biz ödeyelim, elektrik onların olsun geçen kış çok üşüdük. Sen devamlı hasta oldun. Kadın yakmıyor parayı biz verelim ki devamlı yansın. Ablam dedi ki "Ev bitince Fatma Hanım gelsin evin inşaat temizliğini bir güzel temizlesin, günlük yevmiyesini de Mrs. Rose'la bölüşün. Sabiha'ya bir sor," dedi.

- Olur bence uygun Rose Teyze'ye soralım yarın.

- Hadi yemek saati gelmiş, sen kurt gibi acıkmışsındır.

- Vayy be kurt gibi acıkmışsındır öyle mi neyse bir şey söylemiyorum.

- Ev benim düşündüğümden de güzel oldu Osman, teşekkür ederim. Annemin sevdiği bir ev, mutfak, yatak odası gibi şeyleri satan bir dükkân var oraya gitmek istiyor. Alacağı şeyler varmış, İrlanda dükkânı. Hem kahve içecek yeri de var oturup bir şeyler içeriz. Hem de rahatça konuşuruz. Artık annemi mutlu etmek için bazen buraya getirebilirsiniz.

- Fikirlerimiz çok uyuyor George, Sabi burayı çok sevecek.

- Sen mutlu olduğun, onları çok sevdiğin için ben de çok mutluyum anne. Senin için eskisi kadar üzülmeyeceğim annecim. Annem sizi çok seviyor, günlerdir sizi konuşuyor. Dilerim her şey iyi olsun.

- Ben çok beğendim ne kadar güzel bir yer burası.

- George, Sabi'nin burayı çok beğeneceğini söylemiştim.

- Anne o zaman siz dolaşın alacaklarınızı alın biz de Osman'la konuşalım. Sonra gelip kahvenizi içersiniz. Yorulunca haber ver.

- Olur sen meraklanma.

- Geldiniz mi? Bayağı hararetli konuşma oldu ama anlaştık en ince noktalara kadar.

- İyi misin Osman bir problem mi var?

- Yok her şey iyi, bizim düşündüğümüz gibi.

- Neler aldın?

- Şimdilik lazım olan bir iki şey aldım. Rose Teyze "Tekrar gelelim," dedi.

- Olur ben getiririm sizi.

- Yarından sonra Eddi anahtarı teslim edecekmiş. Önce biz taşınacağız, Rose Teyze yeni yıldan sonra George ve ailesi gittikten sonra gelecek. Eşyalar gelecek onlar yerleştirecekler. Perdeler için Peter'le konuşmuşlar bizimki takılırken onlarınki de takılacak. Yani ev hazırlanacak sonra Rose Teyze gelecek.

- Fatma Hanım'ı konuştun mu?

- Dur şimdi konuşayım. Sen ne lazımsa aldın mı?

- Eksik bir şey olursa yine geliriz.

- Bak George kahvenizi getirdi bir şey yemek ister misin Sabiha?

- Teşekkür ederim istemem, konuşulanları merak ediyorum.

- Anlatırım. Hadi kahveni iç.

- Rose Teyze, Tom'un kapısını gördün mü? En uygun mutfak kapısıydı. Bahçeyi de düzenleyip masa ve koltuklar alacağız.

- Teşekkür ederim Osman, iyi ki geldiniz. İyi ki benimlesiniz.

- George yarın biraz işlerimiz var. Biliyorsun malum işler sonraki gün görüşürüz.

- Nikâhınıza bende gelmek istiyorum.

- Osman ne oldu anlatsana meraktan çatlayacağım.

- Sabiha 10 dakika sonra odamızdayız oturup rahatça konuşmak istiyorum.

- Bir kahve sen mi yaparsın yoksa ben mi yapayım?

- Ben yaparım, sen anlat lütfen kira ne kadar istedi?

- Önce ayda 250 veya 300 pound diye düşünmüş. "Çok masraf yaptım," dedi. "Bu evi satıp annemi alıp gidecektim. Ama sizler olduğunuz için bu masrafa girdim," dedi. Ben de "Siz bilirsiniz. Biz düşündük ki "Gaz parasını biz ödeyelim, elektriği siz," dedim. "Nasıl yani yarı yarıya mı?" dedi. "Hayır bütün yakılan gaz parasını biz ödeyelim. Elektrik az gelir siz ödeyin," dedim. "Size çok ağır gelmez mi bana kalırsa çok. Siz çalışıyorsunuz evde yoksunuz," dedi. "Önemli değil geldiğimde ev sıcak olsun yeter," dedim. "Peki o zaman ayda 200 pound olsun çünkü anneme de bakacaksınız. Gitmeden bahçe masa ve koltuklarını ben alırım. İyi bir yaz geçirin istiyorum. Kiranızın iki aylığını ödemeyin, benim ve annemin düğün hediyesi olsun," dedi. Parayı her ay Rose Teyze'nin hesabına yatıracağız. Gaz faturasını senin adına olmasını istedim çünkü resmi yerlerde böyle faturalar istiyorlar. Bize lazım en azından sana bankadaki hesabın için hatırlarsan adres bekliyorlar. Taşınınca ilk isimiz gazı seni adına geçirmemiz lazım, işte bu kadar.

- Şükür bayağı korkmuştum kirayı çok ister diye. Sence iyi mi Osman?

- İyi Sabiha İkimiz zaten ayrı odalarda neredeyse aynı parayı veriyorduk. Şimdi daire bizim, eşyalar bizim, ev yenilendi, merdivenlerden inip çıkarken kırılacak diye ödüm patlıyordu. Şimdi her şey yeni ve güzel, benim meleğim her şeyden güzel.

- Teşekkür ederim. Gördün mü ne stresli bir gün yaşadık. Ben çok korkmuştum.

- Korkma güzelim her şey çok güzel olacak. Yarını kendimize ayıralım mı Sabiha?

- Her zaman öyle diyorsun da bir türlü o gün bizim olmuyor.

- Tamam yarın söz zaten önemli işler bitti. Sadece giyecek gelinlik damatlık başka bir şey var mı?

- Evet doğru yok. Yarın hava çok soğuk, eksi üç olacakmış. Biraz önce haberlerde gözüm takıldı.

- Bak sen, ben konuşuyorum, hanım haber dinliyor öyle mi?

- Gözüm takıldı resimde gördüm.

- Eğer yarın çok soğuk günse bizim de sıcak yatak günümüz olsun mu Sabi?

- Hayır ayakkabı alacağız.

- Nihayet büyük gün geldi. Yeni bir hayata, yeni bir yaşama selam.

- Hadi uykucu kalk bakalım eve gidiyoruz. Bugün eşyalar, perdeler, yataklar gelecek. Yarın da Fatma Hanım gelip evi bir güzel temizler sonra da evine kavuşursun. Hadi kahvaltıyı kaçırmayalım.

- Yaşasın bir günümüz kaldı. Sonra evdeyiz.

- Perdeler hiç de benim düşündüğüm gibi olmadı ne kadar güzel olmuş teşekkür ederim Sabi. Koltuklarla gayet uyumlu. Mutfağı gözden geçirdin mi eksik bir şey var mı? Banyo tamam ben baktım.

- Halıları almak lazım. Sabri Abi'yi nikâha davet etmek gerek, ailesi ile yemeğe de gelsinler. Bir ara Arto'ya uğramak lazım. Son durumlardan haberi olsun. Kapı çalıyor, herhalde gardırop geldi, sen göster nereye istiyorsan.

- Yarın Fatma Hanım gittikten sonra evde kalabiliriz niye otele dönüyoruz.

- Ben sabahleyin daha rahat döneriz diye düşünmüştüm. Sen bir an evine dönmek istiyorsun biliyorum olur bu akşam hesabı keselim.

- Esasında bu gecede kalabiliriz.

- Olmaz Sabiha hesabı geceden haber vermek lazımdı. Bu akşam söyleriz yarın evindesin.

- İstersen ben elbiselerimizi dolaba yerleştirirken sen Sabri Abi'ye gidebilirsin, Fatma Hanım adresi biliyor mu?

- Tamam ben ayarlarım. Gelirken yiyecek ne istiyorsun ne alayım? Ne unuttuk biliyor musun kaloriferi açmayı.

Gülüp kucaklaştılar.

- Arabada mutfak için aldıklarım ve giyeceklerimiz var. Temizlik malzemeleri de vardı onları rica etsem, ben de geleyim mi?

- Yok ben getiririm Temizlik malzemelerin var mı? Elektrik süpürgesi lazım. İstersen yakında büyük süpermarket var ya gidip oradan alalım. Yarın temizlik günü.

- İyi fikir Osman, yarın tam temizliğe yöneliriz. Ama elbiseleri yatakları bugünden ayarlamak lazım.

- Çarşaflar, yorganlar almıştık onlar gelmemiş.

- Ben uğrar alırım. Anladım sen bugün evden çıkmak istemiyorsun. Ayakkabılığı listene eklesene Sabiha.

- Şimdi çıktığımızda bakalım mı?

- Yine birçok şey aldık. İyi ki bu büyük süpermarket var yiyecekten elektrikli ev aletlerine kadar her şeyi bulabiliyoruz. Benim çok hoşuma gidiyor.

- Evet hoşuna gittiğinin farkındayım ama ayakkabılık yoktu.

- Yok muydu Osman belki biz görmedik.

- Yoktu Mrs. Aziz, çünkü bu süpermarket bu tip şeyleri satmıyor.

- Mrs. Aziz burada yok, 9 Ocak'tan sonra burada olacağı için size cevap veremiyor.

- Vay be inan başa çıkamıyorum seninle Sabiha. Hadi ben gidiyorum.

- Hoş geldin Osman, aşağı geleyim mi? Dur beraber taşıyalım.

- Ne kadar çok şey almışız.

- Evet ama eğer bu evden taşınırsak tır gerekli.

- Bir şey değil tır dolusu mutluluğumuz olsun. Bak yiyecek bir şeylerde getirdim. Ev işinmiş. Dışardan gelince içerisi sıcacık.

- Hadi yemeğe Osman. Yeni masamızda ilk yemeğimiz.

- Gardırobun kapısını gördün mü iyi takılmamış.

- Ben düzeltirim, Sabri Abi'ye yarın giderim. Georgey'le konuştum. Fatma Hanım'ı her hafta istiyorlarmış. Ben de yarın gelecek, gelin bir konuşun dedim. Çünkü yarın bütün evi temizleyecek. Fatma Hanım'ı ablam getirecekmiş. Yarın erken evde olmamız lazım. Sen içeri işleri ayarlarken ben de dışarı işlere bakarım.

- Ve evimizde ilk gecemiz hayırlı olsun.

- Hayırlı olsun meleğim hayırlı olsun. Bak Tom sesleniyor.

- Tom, gel gel oğlum, gel Tooom!

- Oğlunuz da mı var Sabiha Hanım?

- Evet ama kaç yaşında bilmiyorum. Çok konuşuyor. Yarın Fatma Hanım'ı lafa tutmasın da.

- Osman televizyonu kim kuracak?

- Yarın Cemal gelecek, nasılsa sen evdesin İngiliz Tv kurulacak. Her halde çanak anten takılacak. Ben erken gelirsem akşam haberlerini sabah da sabah haberlerini hiç kaçırmam.

- İstersen, Tv olmasa da olur ben kitap okumayı daha çok severim.

- Yok olsun arada seyredersin. Ben geç gelince canın sıkılmasın.

- Teşekkür ederim.

- Uykucu kalk, kahvaltı edeceğiz, hesabı kesip evimize dönüyoruz.

Her şeyi aldın mı Sabiha? Bir şey unutmadık değil mi?

- Yok hayır ben baktım bir şeyimiz kalmamıştı. Hadi bakalım yeni yolumuz hayırlı olsun.

- Hayırlı olsun meleğim hayırlı olacak gör bak.

- Hoş geldiniz Servet Abla, hoş geldin Fatma Hanım.

- Hoş bulduk Sabiha. Nasılsın? Aman ev sıcacıkmış çok güzel. Soğuktan gelince üşümezsiniz.

- Evi çok beğendim çok güzel, bir de yukarıya bakalım. Aman da ne güzel döşenmiş eline yüreğine sağlık Sabiha. Hele perdelere bayıldım. Koltuklarla da çok güzel uymuş. Bir de şuraya bir kapı olsaydı daha özel olacaktı değil mi?

- Ben de istedim ama "Osman olmaz şimdi ayıp olur. George annesini bize emanet ediyor. Hem de başka kimse yok," dedi.

- Kirayı konuştunuz mu Sabiha?

- Konuştuk abla ayda 200 pound ama gaz parasını da biz ödeyeceğiz. Çünkü kadın yakmıyor, geçen sene çok üşüdük. Osman da "Soğuktan gelince ev sıcak olsun," dedi.

- Doğru yapmışsınız hem kirada fena değil koca bir daire her şey yeni. Sabiha evi görünce düşündüm eğer adam tekrar satmak isterse biz alalım ben size yardım ederim, aklında olsun.

- Olur Servet Abla.

- Bak Sabiha Noel yemeğinde söyleyecektim ama şimdi söyleyeyim. Benimle çalışır mısın sen tahsilli çok akıllı ve ne istediğini bilen birisin. Benim yardımcım ol her şeyi sana öğretirim.

- Çok teşekkür ederim Servet Abla beni böyle güzel bir işe layık gördüğünüz için, gerçekten çok memnun oldum. Ama şimdilik olmasın. Çünkü ben çok zor günlerdeyim. Her şey o kadar çabuk oldu ki başım döndü. Osman hadi bunu yapalım buraya gidelim karar vermeme zaman bırakmadan her şey oluveriyor, konular başka yerlere taşınıyor. Artık bunaldım, Sıkıldım, korkuyorum çok korkuyorum. Ne oluyor nereye gidiyoruz. Osman çabuk karar veriyor. Biz yürümüyoruz Servet Abla koşuyoruz. Hem de hiç mola vermeden, ben tek başınayım. Sorup danışabileceğim kimse yok. O yüzden şaşkınım. Hem nisan ayında ben Cambridge First Certificate imtihanlarına girmek istiyorum. Osman da öyle istiyor.

- Bak işte ne kadar güzel ne isteğini bilen birisin seninle iftihar ediyorum. Ailemize hoş geldin. Lütfen ben tek başımayım deme biz varız, ben ablanım her zaman her şeyi konuşabilirsin. Hep bir kız kardeşim olsa derdim, işte oldu. Sen ne zaman çalışmak istersen benim fabrikam, benim işim senindir. Sağ ol Fatma'cım bu kahve çok iyi oldu. Sabiha ben bazı akşamlar arkadaşlarımla kız kıza yemeğe dışarı çıkarım. Senin de bize katılmanı isterim. Ne dersin? Nerde olursan ben seni gelip alırım.

- Servet Abla bu çok hoşuma gitti. Gelirim tabii. En yakın ne zaman gidiyoruz?

- Canım benim yeni yıldan sonra kızları seni tanıştırma yemeğine davet ederim. Olur mu?

- Olur Servet Abla teşekkür ederim.

- Biri mi geldi Sabiha?

- Osman gelmiş.

- Ooo hanımlar sohbet koyu galiba. Bana kahve yok mu? George'cu gördüm sokağın başında Fatma Hanım'la konuşmaya geliyormuş. Abla sen konuşsana ben kadın işinden anlamam.

- Senin öyle bir hanımın var ki Osman kız bir hazine ona iyi bak, lütfen onu incitme, ben olmasam da o konuşur.

- Sağ ol abla öyledir. Gözüm gibi bakacağım söz. George geldi.

- Acaba George, Türk kahvesi içer mi?

- Hayır sen ikimize normal kahve yap, lütfen Sabiha. Hadi biz aşağı inelim abla.

- Hadi Fatma Hanım.

- Kahveniz Osman sağdaki senin çünkü şekerli.

- Teşekkür ederim Sabiha.

- Sabiha çarşamba sana uygun mu?

- Neye Servet Abla anlamadım?

- Fatma Hanım evi temizlemeye gelecek. Bana 5 veya 6 gün geliyordu bir gününü size verdim. Osman dedi ki sen pazartesi ve cuma günleri okula gidiyormuşsun. En uygun çarşamba diye düşündük.

- Ben temizlerim abla, bize gerek yok.

- Sabiha yarım gün olmuyor, böyle olsun dedik. Çünkü senin için de daha iyi. Ben sana sonra anlatacağım.

- Parayı anlaştık, bugünden sonra Ocak 11 de tekrar görüşüyoruz. Her şey için çok teşekkür ederim. Size de teşekkür ederim. Bir gününüzü bize verdiniz.

- Bir şey değil. Benim telefonumu alın teyze herhangi bir sorun olursa beni arasın. Çocuklar çalışıyor benim kendi isim, hemen burada olurum. Bazen de uğrar Rose Teyzeyle bir kahve içerim.

- Ciddi mi söylüyorsunuz, çok teşekkür ederim. Annem çok şanslı. Bende artık onu hiç merak etmeyeceğim iyi ki varsınız. Tekrar teşekkür ederim.

- Fatma Hanım buradan başlamak istiyor, temizlik malzemeleri verelim.

- Ben parasını bırakayım. Siz alır mısınız?

- Tamam George biz hallederiz. Sorun değil.

- Sağ ol Osman uğrayacağım.

- Osman kimleri davet edeceksiniz hazırladınız mı?

- Gel yukarıda seçelim abla.

- Bak Sabiha ablamda bende yarım gün Fatma Hanım olsun dedik çünkü yarım gün aşağısı için kadın kabul etmedi. Hem sen iki gün okula gidiyorsun. Bir gün biz dışarı çıkacağız, işten yorgun geleceksin, yemek mi yapacaksın temizlik mi? Bizim için çok az para ama senin rahatın için önemli. Kadın zaten "Ben yarım gün gelmem," dedi, o zaman başkasını bulacaklar yabancı biri olacak kim ne olduğunu bilmiyoruz. İspanyol kızı biliyorsun, kusura bakma sana sormaya vakit kalmadı. Gördüğün gibi adam acele ediyordu.

- Bir çırpıda konuşuldu canım hem senin yorulmanı istemiyoruz. Sen bizim kıymetlimizsin.

- Sağ ol Servet Abla ama ben yapardım.

- Sen çalışıyorsun okula gidiyorsun. Bak imtihanlara hazırlanacaksın. Biraz rahat et. Esasında benim kardeşimi doyurmak zor istir söyleyeyim sana. Bırak temizlik zamanını başka şeylere harca kendine harca, sevdiğin şeylerle uğraş.

- Teşekkür ederim Servet Abla.

- Osman Sabiha'yla konuştuk. Gelinlik damatlık için Noel'den sonra yeni yılda gidelim diyor. Hem siz toparlanın hem Noel sıkışıklığı bitsin. Listeye siz konuşurken baktım şöyle böyle 50 kişi olacak, Eklemek istediğin kimse var mı Sabiha'cım? Nikâh öncesi bir yerde bir şey içmek ister misiniz yoksa direk salona mı gidelim?

- Salona gidelim Servet Abla.

- İyi o zaman beşten sonra olsun. Çünkü nikâhtan sonra resim çekiliyor, tebrikler oluyor ne dersiniz?

- Olur deriz.

- O zaman ben gidiyorum. Noel yemeğinde buluşuyoruz. Hoşça kalın.

- Her şey için teşekkür ederiz Servet Abla. Güle güle.

- Meleğim zor duruyorum. Sana müjdem var. Bugün 4 de telefonumuz bağlanıyor. Hemen anneni arayalım.

- Sahi mi çok çabuk. Yaşasın.

- Sana dedim her şey çok iyi olacak. Hiç kuşkun olmasın.

- İnşallah ama fazla açılıyoruz gibi. Kira, gaz, telefon.

- Ama unutuyorsun ben 3 öğün dışarıda yiyordum. Akşamı puplarda geçiriyordum. Bunlar hep para. Böyle yanımda çok sevdiğim biri de yoktu. Bir de bunları düşünelim meleğim.

- İnşallah bende makinecilikten iyi kazanırım.

- Kazanırsın merak etme. Biri geldi galiba.

- Gel Cemal hoş geldin.

- Hoş bulduk Osman. Selam yenge. Nereye, aşağı mı ve yukarı mı?

- Hayır Cemal sadece üst kat bizim. Çanak anten takacak mısın? Eğer takarsan yukarı arkaya olur mu belki ev sahibi istemez.

- Denerim Osman seni mi kıracağım?

- Televizyon izlemek İngiltere'de boş zamanlarını değerlendirme yöntemidir.

- Çünkü burada yaşayan Türklerin çok büyük bolumu Tekstil Fabrikalarında çalışırlar aksam eve gelince de televizyon veya kasette filmler izlerler. Televizyonunuzu değiştirmek isteseniz bana haber ver de iskontolusunu alalım Osman.

- Şimdilik idare edelim Cemal, yeni ev kuruyoruz 9 Ocak'ta nikâhımız var. Bekleriz.

- Tabii memnuniyetle gelirim. Servet nasıl epeydir görmedim onları.

- Biraz önce gitti. Buradaydı.

- Tekrar gördüğünde selam söyleyin. Yazın Kıbrıs'a gittiğimde babanı gördüm bir kahve içtik, gayet iyiydi sanki 10 yaş daha genç geldi bana, hâlâ yakışıklı.

- Biliyorsun bu tekstil işi insanları kıskıvrak bağlıyor. Çok çalıştılar Annem de babam da çok yorulmuşlardı. Babam senelerce tatil yapmadı. Şimdi biraz rahat etsinler.

- Bilirsin bizim rahmetli de öyleydi. Onun için ben bu işi yapıyorum. Senede 2 veya 3 kere Kıbrıs'a gidip anacığımı görüyorum. Simdi yukarı çıkıp Çanaklı anten takayım da 5 kanaldan daha fazlasını izleyin. Yakında Tursattan Türk televizyonunu izleyeceğiniz, onun için çanak anten takıyorum. Sistemleri hazırlıyorlar olunca ben haber veririm sana Osman.

- Bitti mi Cemal?

- Çanak anteni taktım, şimdi televizyon istasyonlarını ayarlayayım. Gel sana da göstereyim Osman.

- Teşekkür Cemal ne kadar net görünüyor. Sabiha gel de bak.

- Evet çok net daha önce bulanık bir görüntü vardı. Bazen de ekran kararıyordu.

- Şimdi hiç öyle olmayacak.

- Borcumuz ne Cemal?

- 50 pound yeter o da zaten çanak anten parası.

- Teşekkür ederim Cemal, iyi günler.

- Ne yiyoruz Sabiha?

- Hava çok soğuk kuru fasulye pilav yapayım hem Fatma Hanım da yer. Kasaptan küçük parça et alır mısın? 250 gram yeter.

- Oh be Sabiha bu ne güzel koku, ne zaman pişecek?

- Yarım saat sonra sofrayı kurarım. Eti fazla almışsın ama başka yemek yaparım, ekmek çok tazeymiş. Fatma Hanım şimdi buraya çıkacak, aşağının temizliği bitti. İstersen sen Rose Teyze'nin salonuna geç, kadın işini yapsın el ayakaltında dolaşmayalım.

- Olur meleğim başka emriniz varsa yapayım. Zaten telefoncular gelecek.

- Fatma Hanım, Osman sofra hazır, hadi buyurun.

- Çok lezzetli hiç böyle kuru fasulye yemedim. Ne dersin Fatma Hanım?

- Gerçekten çok lezzetli. Pilavı da gayet iyi tutturmuşsun ellerine sağlık Sabiha gelin.

- Sabiha bir çay demler misin lütfen? Bugün evin keyfini çıkarayım.

- Olur Fatma Hanım ben mutfağa geçebilir miyim?

- Geçebilirsin banyo temizlendi ben de salon ve odalara geçerim, mutfak sona kalsın.

- Gel bakalım meleğim. Ev temizlendi, Telefon bağlandı. Televizyonumuz çalışıyor. Bana evinizi gezdirir misiniz? Temizlik, taşınmak, gelen giden evi göremedim.

- Çok beğendim her şey çok güzel. Ama bir eksik var. Kitapların yerde duruyor, bir kitaplık alalım.

- Ablam da evi çok beğendi. "Çok zevkli düzenlenmiş," dedi. "Bir daha eşya almaya Sabiha ile gideceğim. Sabiha çok özel biri, çok mutlu olacaksınız," dedi. Hadi yoruldun gel de televizyon izleyelim. Biliyor musun Sabiha SKY 1 Canal var İngiltere'ye iki sene önce gelmişti, istersen ona da katılalım. Amerikan filmleri ve eğlence kanalı. Onun için çanak taktırdık.

- Teşekkür ederim. Şimdilik kalsın. Çünkü bizim zamanımız yok. Bu kanallar yeter bize. Ben Amerikan aksanını değil de İngiliz aksanını konuşmak istiyorum.

- Vay be ben bunları hiç düşünmemiştim, bravo sana. Bak Sabiha Tom geldi hem de baş köşeye kuruldu.

- Unutma o bu evin sahibi. Çay ister misin veya meyve?

- Teşekkür ederim çay olsun. Anneni arayalım mı? Telefon numarasını da verelim.

- Yok geç oldu. Saat farkı var ya. Yarın ararız. Noel yemeğinde ablanlara bir şey götürmemiz lazım mı yemek için. Rose Teyze'ye ablandan manto alalım mı Noel hediyesi için?

- Teşekkür ederim iyi akıl ettin Sabiha'm. Ben unutmuştum. Kayış Hüsnü de yazlık ceket dikiliyor, George da bir ceket alalım. Ne dersin? Yarın bu işi halledelim mi? Paket yapar akşama otele götürürüz. Hem lobide, hep beraber bir şeyler içeriz.

- Olur derim ablanı arasana yeni telefondan.

- Bakıyorum ablam seni çok seviyor. Sevecendir iyi kalplidir ama patron olduğu için biraz serttir. Ama senin yanında yumuşacık, şaşırdım, ne olmuş bizim patroniçeye dedim.

- Osman, ablan bana iş teklif etti. "Gel benimle çalış benim yardımcım ol sana her şeyi öğretirim," dedi. Bence iş iştir arkadaşlık dostlukla karıştırmamak lazım. Bilmiyorum sadece benim düşüncem. Ona dedim ki "Servet Abla ben şu anda çok zor günlerdeyim, şaşkınım, yorgunum, her şey çok yeni, hiçbir şeye sağlıkla karar veremem. Hem ben nisan ayında Cambridge First Certificate imtihanlarına hazırlanmam lazım. Osman'da öyle istiyor," dedim.

- Ciddi mi söylüyorsun çok şaşırdım. Ablam eniştemi bile bazen işine karıştırmaz gerçi ikisinin işi ayrıdır. Çok güzel demişsin Sabiha'm. Bak sen bak neyse ben bu konuyu sonra konuşurum diyordum madem konu açıldı, gel konuşalım. Sabiha sen üniversite bitirmiş birisin senin fabrikada çalışmanı istemiyorum, senin okumanı ve güzel bir işte çalışmanı diliyorum. Ben hazırım istersen çalışma okula git. Cambridge First Certificate imtihanını verdikten sonra yüksekokula gidersin veya mastır yaparsın Hangi konuyu istersen. Önce okuyup yazman konuşman lazım.

- Teşekkür ederim Osman, şimdilik amacım lisan öğrenmek. Bu konuları daha sonra düşünelim hem ben bazı şeylere henüz hazır değilim.

- Olur! Ne zaman hazır olursan ben buradayım. Ben annemi babamı yakınlarımızı dostlarımızı gördüm. Bazen annem babam siparişi yetiştirmek için fabrikada sabahlardık. Tekstil işi çok ağır, çok çalışmak istiyor. Benim babam senelerce tatil yapmadı. Babam annemle bizi 2 veya en çok 3 hafta Kıbrıs'a gönderirdi. Kendisi burada fabrikasının başında kalırdı. Tatilini de Noel tatillerinde yapardı. Sadece dinlenirdi.

- Londra'da ne zaman başlamış bu fabrikalar?

- Bildiğim kadar 18. yüzyılda Whitechapel'da Yahudiler başlatmış, bizim Türkler Kıbrıs'tan 1950'lerin sonunda gelmişler diye biliyorum. Sonra Bursa'dan ve İstanbul'dan terzi olarak gelen Türkler var. Şu anda Londra şehri Tekstilin merkezi oldu. Zamanla değişebilir diye düşünüyorum. Biz ufaklı büyüklü atölyelere fabrika diyoruz. Çünkü kesimden teslimata kadar hepsi bu atölyelerde yapılıyor. Bu atölye fabrikaları her yerde her sokakta görebilirsin. Çoğu fabrikalar Nort Londra'da Hackney, Haringey'dedir. Ama herkesin işi başkadır. Mesela babam çalışırken kadınlar için manto ve ceket dikerdi. Bir iki büyük tanınmış marka isimlerle çalışırdı. Hem hiç işsiz kalmaz hem de geliri iyiydi. Şimdi ablam babamın bıraktığı fabrika ve işi devam ettiriyor. Bazı fabrikalar pazarcı toptancılara dikerler. Bu tekstil işinde herkes her şeyi dikemez. Ceket, manto ayrı etek, bluz, elbise ayrı branşlardır. Mesela Melkom Bey sadece etek diker, başka bir şey dikemez çünkü elemanları sadece etek işini bilir. Herkesin patronu ayrıdır. Ablam tanınmış markalara diker ama Melkom Bey toptancı patrona diker. Vaktinde teslimat ve hatasız iş yapanlar güzel kazanırlar. Bazı kadınlar çocukları olduğu için fabrikada değil de evlerinden çalışırlar. Bazı kişiler 5 veya 6 kişiyle ufak bir atölyede sadece dikiş dikerler. Ama bazen yeteri kadar iş bulamazlar.

- Teşekkür ederim Osman beni epey bilgilendirdin aynı tarih öğretmeni gibi.

- Ne mutlu seni bilgilendirebildim. Zaten benim eğitimim öğretmenlik, ama babam art ve tekstile okumamı da istedi. Türkiye'de 4 sene Tekstil Mühendisliği okudum. Diplomadan sonra "Kusura bakma baba senin işini yapmak istemiyorum," dedim. Senin ve annemin ne kadar ağır şartlar altında çalıştığınızı ne kadar üzülüp sıkıldığınızı gördüm. Bir cenderede yaşadınız. O da her şeyi ablama bırakıp kesin dönüş yaptı. Yorucu bir gündü yatalım mı? Hem bakalım yeni yatak nasılmış.

- Saat bayağı geç olmuş Osman. Kalorifer yanacak mı?

- Hayır Eddi ayarladı. Sabah 6'da yanacak öğlene doğru 11'de sönecek sonra 4'de tekrar yanacak gece 11'de sönecek.

- İyiymiş. Kapıları kontrol etti mi mutfak kapısı bütün gün açıktı?

- Gelin çocuklar hoş geldiniz. Hâlâ işleriniz bitmedi mi?

- Bitti sayılır abla. Ama akşam sıcacık yeni koltuklarda televizyonun karşısında epey sohbet ettik. Sabah da sucuklu, peynir zeytinli çok güzel bir kahvaltı ettik. Annemi, evini hatırladım.

- Eline sağlık Sabiha'cım bir sabah ben de gelmek isterim.

- Her zaman bekleriz Servet Abla.

- Abla biz, Rose Teyze'ye senden bir ceket, oğluna da Kayış Hüsnü'den bir ceket almak istiyoruz. Ne dersin?

- İhtiyar kadın ceketle üşür bence manto seçin, gelin seçelim.

- İrlandalı olduğu için koyu yeşili çok seviyor Servet Abla.

- Bakalım var mı ama zannetmiyorum. Bakın bu çok güzel Sabiha, bedeni de uygundur her halde. Bugün neler yapıyorsunuz?

- Kayış'a uğrayıp ceketi aldıktan sonra biraz yiyecek alışverişi yapıp hediyeleri götürürüz. Abla dün telefonumuz bağlandı, bu da numaramız.

- Çok güzel bu çok güzel haber. Artık size ulaşabilirim.

- Servet Abla telefon parası çok geliyor mu?

- Yok canım, siz evde yoksunuz bir annelerinizle konuşacaksınız bir de benimle. Bunları düşünüp sıkılma, Osman sen de söyle.

- Abla, Sabiha biraz tutumlu her şeyin hesabını kitabını yapar.

- Gördün mü bak bir güzel yönünü daha öğrendik. Aferin sana güzel Sabiha'm. Seni de tebrik ederim kardeş çok şanslısın.

- İkinize de ben teşekkür ederim. İyi ki ikinizde varsınız. Evet ben çok şanslıyım. Gidelim mi Sabiha?

- Dur bakayım paket yapmışlar mı Osman?

- Kocaman paket olmuş, hoşça kal abla, Noel yemeğinde görüşürüz.

- Hoşça kal Servet Abla.

- Osman, Göçmen Dergisinde arkadaşım Duru var, epeydir görmedim, buraya yakın. Hem nikaha davet edelim hem sen de tanışmış olursun.

- Hoş geldin Sabiha, ben de seni merak ediyordum. İş yerine uğradım kapalıydı. Neredesin?

- Duru, nişanlım Osman, evlilik işleriyle, ev tamiriyle uğraşıyorduk inan vakit nasıl geçiyor anlamıyoruz. Bu arada seni nikaha davet etmek için geldik.

- Çok memnun oldum. Dilerim çok mutlu olun. Tabii ki nikaha geleceğim.

- Nikahtan sonra Osman'ın ablası bize yemek veriyor orda olmanı isterim.

- Kızlar siz konuşun, ben bir yere uğrayıp geleceğim.

- Olur Osman geldiğinde bir çayımı içersin.

- Olur içerim.

- Sabiha, Duru'yu çok beğendim. Benim geç geleceğim günlerde seninle kalsa.

- Duru'nun erkek arkadaşı var Türkiye'den beraber geldiler. Derginin ve matbaanın sahibi basım işlerini yapıyorlar. İlanlar, iş kartları, reklam işleri. Hepimiz aynı okuldanız ama ayrı bölümlerdeniz. Aydın dışarı işlerini Duru da içeri işleri idare ediyor.

- Ablamla tanıştıralım onun matbaa işleri çok oluyor. Ben yakın bulduklarıma da söylerim. İstersen onlarla dışarı yemeğe gideriz.

- Olur, onlar çalıştıkları için zaten çoğu dışarıda yiyorlar. Aldın mı ceketi? Paket yapıldı mı?

- Aldım, yiyecek alışverişi yaparken paket kâğıdı da alalım biz paketleceğiz.

- Kahvaltılık alacaksak Türk bakkalına da uğrayalım mı? Türk filmi istersen kaset kiralayalım.

- Hayır İngilizceye odaklanmam lazım Türk filmi istemiyorum. İyi olur kahvaltılık az kalmıştı. Geçenlerde aldığın sucuk çok güzeldi. Yine ondan alalım.

- Onu Rum bakkalından almıştım. Seni de götürmek istiyordum. Andiria'nın dükkânı. Çok değişik şeyler var, çok eskidir. Annem de oradan alışveriş yapmayı severdi. Hadi önce oraya gidelim.

- Osman kaşar peynir, börülce de var hiç görmemiştim burada. Otlar da var sen salata seviyorsun. Bize yakınmış ama hiç görmemiştim.

- Ne istiyorsan al Sabiha'm. 2 veya 3 tane kupa da alalım. Sadece bunu Kıbrıslılar yapar Türkiye'de içli köfte diyorlar ama bunun tadı içli köfteden daha güzeldir. Eminim çok seveceksin eve gidince çayla birlikte atıştırmalık olur.

- O zaman Türk bakkalına gitmeye gerek kalmadı. Aradığımız her şey burada var.

- Olur. Bu akşam ne yiyoruz? Dışarıdan alalım mı?

- Birçok şey aldık, ne demiştik mecbur kalmayınca dışarıdan bir şeyler alınmayacak. Daha erken, aldıklarımızdan ben bir şeyler hazırlarım. Bu akşam George'ları görmeye gitmesek olur mu? Hem çok soğuk hem de yemek yapmak lazım. Yarın uğrasak olur mu?

- Süper markete de uğrayacağız haklısın geç olur.

- Oh be ev sıcacık Sabiha, ben çay demliyeyim. Alışverişi de beraber yerleştirelim. Aklıma Melkom Bey geldi. "Sabiha kızım sen çok güzel çay demliyorsun hadi bir çay yap ta içelim," dediğinde "Keşke Sabiha bana da bir çay verse," diyordum.

- Ama sen de içiyordun.

- Evet sağ olsun Bekir Abi veya Sultan Abla getiriyordu. Bazen de Kemal abi. Hadi bakalım bu sefer sen benim çayımı iç. Bugün televizyonda senin konun tarihi bir film var izleyelim mi?

- Olur bayılırım. Ama bazı yerleri açıklaman lazım. Şimdi hemen düşünelim akşama ne yapmak lazım. Yeterli her şeyimiz var. İstersen bugünkü menü şöyle olsun; et sote benim annemin usulü, yanına pilav ve otlardan salata.

- Teşekkür ederim. Şimdiden eline sağlık. İstersen sen yemeği hazırla ben de aldıklarımızı yerleştireyim. Kapı mı çalıyor Sabiha?

- Evet yeni kapı zili böyle çalıyor.

- Selam George, selam Rose Teyze buyrun.

- Osman bu ne soğuk donduk ama içerisi çok güzel sıcacık. Annem bitmiş, temizlenmiş halini görmek istedi.

- Nasıl Rose Teyze beğendin mi?

- Hiç bu kadar güzel olacağını tahmin etmemiştim. Sizinki nasıl oldu? Beğendiniz mi?

- Anne merdiven çıkamıyorsun ama biz yardım edelim, yukarıyı da gor.

- Çok zor çıkamam.

- Hoş geldiniz size sıcak kahve getirdim. Rose Teyze bir seker, George şekersiz.

- Sabi ev çok güzel olmuş hele benim salona bayıldım tertemiz. Yatak odam da çok güzel sıcacık önce kaloriferi yanmıyordu. Hep beraber güle güle oturalım. Ben çok beğendim.

- George, kalorifer sabah 6'da yanacak, 11'de sönecek, 4'de tekrar yanacak akşam 11'de sönecek. Nasıl Rose Teyze, istersen değiştiririz. Eddi "Ben herkese aynı yapıyorum," dedi.

- Nasıl anne saat zamanlamasını nasıl buldun?

- Tamam oğlum bundan daha iyisi can sağlığı. Dur şu yeni koltuğumda kahvemi içeyim. Sabi, kadın her hafta gelecek değil mi?

- Evet Rose Teyze her hafta çarşamba günü gelecek. Yukarıdan aşağıya temizleyip gidecek.

- Osman yukarısını çok beğendim çok güzel döşemişsiniz. Halıları nerden aldınız? Benim işimin bir parçası.

- Benim ailemin çok eski tanıdığı bu halıları Türkiye'den getiriyor ve toptan satıyor. İstersen seni tanıştırayım.

- Evet bir telefon etsek hâlâ ofisteyse gidelim mi? Belki başka zamanım olmayabilir.

-Bir dakika ben yukarıdan arayıp geleyim.

- George "Çıkacaktım ama sizi bekliyorum," dedi. Hadi gidelim.

- Anne bir iş için Osman'la onun tanıdığı bir fabrikaya gidip geleceğiz. Siz ana kız oturun.

- Sağ ol Osman çok güzel bir iş bağladın. Eğer bu iş iyi olursa buradaki temsilcimin sen olmasını isterim. Anne Cara söylenmeye başlamıştır. Yemek saati hadi gidelim.

- Gidelim, oğlum Tom neredesin gel ben gidiyorum. Yukarıdaymış. Hiç çıkmazdı yukarı.

- Sabiha ile araları çok iyi.

- Tom seni çok sevdi Sabi.

- Evet Rose Teyze ben de onu sevdim. Ben kedileri çok severim Türkiye'deki evimizde iki tane kedim var, annem bakıyor. Bizim orda sokaklar kedi doludur. Ben onlara da bakardım.

- Bildiğim kadar kediler İngiltere'ye Vikingler tarafından getirilmiş, İskoçya'da da yabani kediler varmış hâlâ çok meşhurdur 16. yüzyılda VIII. Henry'nin çok sevdiği Mısır kedileri varmış bir yerde okumuştum. VIII. Henry'i biliyor musun Sabi?

- Evet biliyorum 16. asırda yaşamıştır Sekiz tane hanımı varmış. Bizim Osmanlı İmparatorluğu'nun parlak zamanı Sultan Süleyman zamanında.

- İşte VIII. Henry'in sarayında üç kedisi varmış.

- Eski Mısır'da kedi bir tanrıçanın ismidir ve onun için çok kedi heykelleri vardır. O zamanlar dünyada Mısır kadar çok tarım alanları olan, Mısır kadar çok tahıl yetiştiren bir başka bir medeniyet yokmuş. Mısırlılar ürünlerini dev tahıl ambarlarında sakladıkları için doğal olarak baş düşmanları fareler ve böceklerdi. Bu amansız düşmanlarını iyi ve sevimli dostları kediler sayesinde yeniyorlardı. Benim babam Liverpool Street tren istasyonunda çalışırdı. Bir gün Winston Churchill istasyondan geçerken istasyonun kedisi Toby ile resim çektirmiş. Bulursam sana göstereyim. Churchill kedi ve köpekleri çok severmiş. O zamanlar istasyon ve postanelerde kediler beslenirmiş. Biliyor musun Sabi, Downing Street 10 numaradaki başkanlık evindeki kediler de çok meşhurdur. Bazı kediler birkaç başkana ev sahipliği yapmıştır. Başkanlık evinde şu andaki kedi Humphy'dir bildiğin gibi Margaret Thatcher ile yaşamaktadır.

- Geçenlerden haberleri izlerken gördüm. Humphy kedi dışarıda kalmış kapının önüne geldi, polis kapıyı çaldı Mr. Humphy de içeri girdi.

- Rose Teyze, Sabiha ile iyi anlaşıyorsunuz.

- Evet iyi anlaşmaya çalışıyoruz Osman, ikimizin de ortak yönleri var ve zevklerimiz de uyuyor. Sabi, tarih ve kedileri çok seviyor. Dilerim okulda başarılı olsun da her şeyi su gibi konuşalım. Anlaşıyoruz tabii ama daha kapsamlı konuşmak istiyorum. Senin gibi konuşsun istiyorum. Sabi çok akıllı çok kibar biri. İkinizi de seviyorum.

- Teşekkür ederiz biz de sizi seviyoruz.

- Sabi beni nikâha kim götürecek, nerde olacak?

- Anne ben burada olacağım. Biz beraber gideriz. Bir gece yatar dönerim. Uçakla sadece yarım saat.

- Rose Teyze bu senin Noel hediyen, bu da senin George.

- Osman bu kadar işin arasında bizi düşünmen çok güzel. Sizleri tanıdığım için çok şanslıyım Osman. Sabri ile halıların nakliyesini görüşmedik. Lütfen sen bir konuş. Bana haber ver ben gelip alırım. Burada TIR park yeri var mı? Gelince nereye park edeceğim?

- Ben bilmiyorum ama araştırır sana bildiririm. George gule güle. Rose Teyze anahtarınız var değil mi?

- Evet var şimdilik hoşça kalın. Hadi anne geç kaldık.

-Benim yemek ne oldu Sabi?

- Ocakta, ağır ateşte pişmesi gerek. Sen meraklanma. George halı mı aldı?

- On tane aldı. Çek verdi halıları almaya gelince de üstünü verecek. Eğer iyi satış yaparsa Sabri Abi'ye bin tane daha sipariş verecek yani birlikte çalışacaklar. George'nin kumaş fabrikası varmış. Koltuk kumaşları dokunuyormuş ama halı işi de yapıyormuş eve döşenen halıları o göndermiş. Yemek ne zaman hazır olur?

- Pilav yapacağım, sofrayı kurmak dâhil bana yarım saat ver.

- Gazete aldım. Fabrikada bulduğun gazeteleri okuyordun. Ben de okurum ama epeydir okumadım. Yardıma ihtiyacın var mı? Yoksa ben gazete okuyayım mı?

- Osman ben masayı hazırlarken sen Tom'un mamasını aşağıda verir misin? Buraya pek alışmasın.

- Etli pilav ha! Mr. Tom yaşadı. Acaba yer mi Sabiha?

- Bitirince tekrar isteyecek bence.

- Aman ne güzel olmuş bu et, yine yapsana Sabiha. Ne oldu yaa niye bağırıyor bu kedi. Acaba bir şey mi oldu?

- Yok yok daha mama istiyor.

- İkinizde kusura bakmayın yerimden kıpırdamam. Ben bu güzel yemeğin tadını çıkarmak isterim. Sabiha ben biraz daha istiyorum.

- Tamam! Beylere birer porsiyon daha.

- Sabiha yarın Noel arifesi. Noel'de her yer kapalı olur. Metro ve otobüs bile çalışmaz. Onun için alacağın istediğin bir şey varsa yarın alalım.

- Kahvaltılık var ama taze ekmek istersen almak lazım ablanlara yemeğe akşam gidiyoruz değil mi?

- Hayır öğlenden hemen sonra, Noel yemeğinin özelliği bütün ailenin bir araya gelmesidir, bu da ailenin büyüğü kim ise orada toplanılır. Noel yemeği yenir, aile de konuşulması gereken şeyler varsa konuşulur. Saat 3'te de Kraliçe'nin Noel konuşması dinlenir. Bu arada çocukların hediyelerini bir ara ablama bırakalım da ağacın altına koysun. Çocuklar sabah erkenden hediyelerini açarlar.

- Tom'a ne hediye aldın Sabiha?

- Unuttum valla almak mı gerek. Sana da almadım. Çok ayıp oldu.

- Üzülme şaka yaptım bu koşuşturmada tabii ki böyle olur. Ama sen bana zaten hediyelerin en değerlisisin. Hayatıma hoş geldin, Sabiha'm.

- Teşekkür ederim Osman, sen de benim hayatıma hoş geldin.

- Osman ben Noel kartı bile almadım ablanlara çocuklara yarın alalım mı?

- Evet bak önemli. Yarın alır yazarız çocukların hediyeleri ile birlikte ablama bırakırız. Daha önce vermek lazımdı. Neyse bu sene bizi affetsinler. Sabaha sucuk var değil mi Sabiha?

- Evet var.

- Sabiha hadi kalk bak neler aldım. Çıkmadan çayı yapmıştım. Mutfakta mısın ben uyuyorsun zannettim. Bak üç tane Noel kartı aldım çocuklara, ablamla enişteme. Bir şeyler yazalım.

- Olur. Çocuklarınki ayrı ablanla eniştenin beraber değil mi? Ben bir düşüneyim neler yazmak lazım.

- Çok edebiyat patlatma. İyi Noeller deriz tamam.

- Olur mu hem Noel hem de yeni yıl. Onun için bir şeyler yazmak lazım.

- Doğru yeni yıl da var. İngilizler pek o kadar önemsemiyorlar onlar için Noel çok önemli. Ama İrlandalılar bizler gibi yeni yılı mutlaka kutluyorlar. Benim annem de yeni yılı çok sever ve her sene Noel'den daha güzel kutlardı; daha çok yemekler tatlılar yapardı. Sevdiği arkadaşlarını çağırırdı. Yılbaşı akşamı ev dolu olurdu. Yılbaşında arayalım, annelerimizi.

- Oo Servet Abla çok güzel bir sofra hazırlamışsın.

- Evet canım hepsi senin için ailemize hoş geldin. Senin de kardeşimin de çok mutlu olmanızı dilerim. Ama eminim çok mutlu olacaksınız sizleri çok seviyorum. Hoş geldiniz. Hediyeler ve kartlar için çok teşekkür ederiz.

- Teşekkür ederim Servet Abla.

- Sabiha Abla sana bir şey sorabilir miyim?

- Tabii Harun'cum ama kolay olsun.

- Noel renkleri nelerdir biliyor musun?

- Kırmızı ve beyaz mı?

- Evet kırmızı, beyaz, yeşil ve aletin sarısı. Annem her sene bu renklere çok dikkat eder. Tabaklar beyaz ise masa örtüsü kırmızı peçeteler yeşil, peçete tutacakları altın sarısı. Bu dört rengi her sene Noel masamızda görüyoruz.

-Yengenizi sıkmayın Harun. İçki ne alırsın Sabiha?

- Ne var Servet Abla

- Şarap var bira var ne istersin?

- Bir bardak beyaz şarap yeterli bana.

- Çok güzel bende öyle içerim. Sen ne içersin Osman?

- Ben de size katılayım. Ama ben hellim peynir isterim şarabın yanına

- Olur, teyzem göndermiş, Ayşe Abla getirdi, giderken unutmayın da hakkınızı vereyim

- Hadi bakalım afiyet olsun. Fatma Hanım içeceğini al da gel açılışı beraber yapıyoruz. Eee anlatın bakalım neler oluyor?

- Valla abla çağıran olmazsa ayın dokuzuna kadar bir yere gitmek istemiyorum. Tembelliğe alıştım.

- Babam gibi ama senin işin belli olmaz Osman. Ben Evans'la konuştum gelinlik ve damatlıkları gidip gördüm. İkisinden sonra bekliyorlar.

- Tamam abla yılbaşından sonra gidelim o iş de bitsin, değil mi Sabiha? Ne dersin?

-Tamam derim ama bir iki saat için çok para değil mi gelinlik?

- Sabiha bir daha duymak istemiyorum bu konunun kapandığını zannediyordum. Elbette gelinlik giyeceksin ve senin hakkın. Çok da güzel bir gelin olacaksın. Bunu şimdiden görüyorum.

- Evet Osman haklı çok güzel bir gelin olacaksın. Gelinlik sana çok yakışacak. Hem annene ne deriz "Kızıma bir gelinlik bile giydirmemişler," demez mi?

- Benim annem demez.

- Senin annen demez ama benim anam der canım, bu konu kapanmıştır, şandı davetlileri sayalım da restorana bildirmem gerek. Benim hesabımla elli veya altmış kişi oluyor. Siz de kaç kişi var. Peter'i ve Sabri abileri listeye koydunuz mu? Çağrılan kişiler aileleri ile gelecekse kaç kişi gelecek onları da düşünmek lazım. Zannedersem altmış tamamdır abla sonra ben senin listene bakayım da aynı kişiler olmasın.

- Crackerleri ne zaman açarız anne?

- Şimdi Cemal'im şimdi açalım. Sabiha Ablana anlat bakalım, içinde neler var soruları o bizden iyi bilir.

- Sabiha Abla bu crackers iki ucundan çekeceğiz. Korkma pat diye ikiye bölünecek, içinden herkese şapka, ufak hediyeler, oyuncaklar, fıkra, şakalar ve genel kültürden sorular olacak. Eğer büyük parça sende kaldıysa soruları sen cevaplarsın ama sen benim ortağımsın yanımda oturuyorsun, biz beraber cevaplarız olur mu?

- Tamam Cemal.

- Anne Christmas Pudding aldın mı?

- Aldım Harun, almaz mıyım, üstüne de beyaz sos var. Sabiha'cım bu kek sadece Noel için yapılır ve Noel'de yenir. Çok meşhurdur. İçinde kuru meyveler ve fındık fıstık. Üzerine beyaz sos aynı değil ama beşamel sosun tatlısı gibi çünkü içinde şeker vardır. Şimdi getiriyorum.

- Hımm çok güzel Servet Abla. Üzümlü kekin çok daha serti içi çok daha zengin. Sosu da beğendim çok güzel bir lezzeti var.

- Anne Sabiha Ablama Trifle de ver onu da tatsın isterim. Ben çok seviyorum Sabiha Abla sen de seveceksin.

- Olur Cemal şimdi getireyim. Trifle, Noel sofralarının olmazsa olmazlarındandır. Christmas puddingten daha hafiftir. Cemal çok sever her zaman alırım.

- Ben bunu biliyorum. Otelde yedik, değil mi Osman?

- Evet Sabiha aynısı, Mrs. Rose sana tarihini anlatmıştı hatırladın mı?

- Anlatsana Sabiha Abla, anlatsana.

- Anlat lütfen Sabiha Abla ben tarihi çok severim.

- Tamam, aklımda kaldığı kadarıyla anlatayım: Trifle yemekten sonra yenen gerçek bir İngiliz tatlıymış 16 veya 17. yüzyıllarda İngiltere'de çok beğenilerek yenirmiş. Hatta Amerika'ya göç eden İngilizler trifle götürüp orada yaymışlar. Rose Teyze'nin anlattığına göre önceleri trifle sadece kuru meyve gibi çerezlerden ibaretmiş. Yani bizim aşure gibi imiş, zamanla İngiliz hamarat ev hanımları değiştirmiş. Şimdiki sofralarımızı süsleyen trifle olmuş.

- Bak sen benim Sabiha'ma, sağ ol Sabiha bizi bilgilendirdiğin için.

- Sana ders çalışmaya gelebilir miyim Sabiha Abla?

- Tabii Cemal neden olmasın?

- Yarın fabrika açık mı abla?

- Yok Osman ben de bir hafta tatil yapacağım. Biraz çocuklarla olayım dedim. Yeni yıldan sonra açarız. Hepimiz biraz dinlenelim.

- Doğru söylüyorsun hanım. Biraz tüm aile birlikte olmak lazım.

- Hasan buranın düzeni bu. Çalışırsan ekmek yersin. Çok şükür halimiz iyi.

- İşte tekstilin yaşam şekli bu, onun için sevmiyorum bu işi enişte, ama kenarından ucundan yine de içindeyim. Ablamın dediği gibi şimdilik buranın düzeni bu.

- Ne yani Londra'da tekstil biter mi diyorsun?

- Enişte senin işin bu biliyorsun, herkes vergilerden şikâyet ediyor, işçilik pahalı diyorlar. Belki başka yerlere kayabilir derim ama emin değilim.

- Aman ha Osman, söyleme öyle şeyler.

- Tamam abla ben sadece aklımdan geçeni söyledim.

- Yüzükleri unutmayalım Osman.

- Kütüphaneci kadın hatırlattı onlar da unutmuşlar, tam nikah olacak yüzük yok hemen bir arkadaşları çıkarıp yüzüklerini vermişler.

- Neden Sabiha Abla sonra taksalardı.

- Olmaz Cemal, yüzükleri nikâh memuru takar onun için nikâh anında lazım. Ayın 9'unda nikâha gelince göreceksin.

- Biz de geleceğiz değil mi anne?

- Tabii ki Harun bu düğün bizim, Sabiha Ablanla dayınızın yanında olmayız.

- Çocuklar gelin bak kar yağıyor.

- Bayağı çok yağıyor.

- İngilizlerin çok sevdiği beyaz Noel. Fatma Abla seni de bırakalım mı?

- Bırakın Osman iyi olur. Bugün geldiğin teşekkür ederim için Fatma Hanım.

- Hazırsanız kalkalım mı?

- Her şey için çok teşekkür ederiz Servet Abla, çok güzel bir Noel yemeği idi.

- Osman, Sabiha yüzük alırken ben de geleyim. Tanıdık bir yer biliyorum.

- Olur Abla bu hafta alalım. Sabiha Rose Teyze yarın mı geliyor?

- Hayır Osman öbür gün, kızlar Noel ucuzluğundan alışveriş yapacaklarmış. George "Tırla eve gideriz," demişti.

- Evet doğru "Ben de annemle otelde sohbet ederim," demişti.

- George annesini çok seviyor galiba değil mi?

- Evet abla annesine çok düşkün.

- Ben hazırım Osman oğlum.

- Her şeyi aldın mı Fatma Hanım? Sen de ailenle ol, dinlen. Ev halkına selam söyle. Hepinizi düğüne bekliyoruz.

- Servet Abla Tom'a biraz hindi alabilir miyim?

- Ah nasıl da Tom'u unuttuk. Hemen hazırlayayım.

- Ben de Tom'u görebilir miyim Sabiha Abla?

- Tabii Cemal, annen evde sizi getirsin, hem bir gün beraber oluruz.

- Neden olmasın geliriz Sabiha'cım.

- Ne o Sabiha karı mı seyrediyorsun?

- Evet ben karı severim çünkü pek fazla görmedim.

- Burada artık göreceksin hem de çok. Bir şey mi oldu ne düşünüyorsun?

- Bir şiir geldi aklıma ama kimin olduğunu hatırlayamadım.

- Hadi söyle bakayım.

- Söylenmemiş sessiz bir şarkıydım / Tozup giden bir ilk karla / Çiçekler solmuştu kıştan soğuktan / Kalbim gibi keder yüklü kalkan trende / Birden seni buldum yanımda.

- Çok güzel bence bu senin.

- Hayır inan değil ama hatırlayamadım kimin olduğunu, hem acaba doğru mu okudum onu da bilmiyorum ama benim değil.

- Canım benim ben çok şanslı biriyim ki seni buldum yanımdasın. Bak dinle: "Bence varacağımız yere vardık / Güneşin yaktığı, yaprakların sarardığında / Kışın dağ bayır kar altında kaldığında / Kalbim ve ben sana baharı yaşatacağız."

- Bu da senin galiba.

- İkimizin güzelim ikimizin, hadi yatalım çok soğuk.

- Günaydın Osman, çıktığını duymadım. Kar çok mu?

- Evet çok, ayaklarım kara battı, bot lazım, dünden beri hâlâ yağıyor. Herhalde kar gece hiç durmadan yağmış. Bugün sıcacık evimizde oturalım. Dışarı çıkılmaz.

- Zil çalıyor kim ki bu havada?

- George gel çok soğuk.

- Biliyorum. Girmeyeyim. Annemin ekmeğini almaya geldim. Kızları alışveriş merkezine bıraktım. Size de bir uğradım.

- Olmaz George, gel sıcak bir kahve iç, hava çok soğuk.

- Sadece bir kahve sıcak olsun. Noel nasıl geçti? Ablana mı gittiniz?

- Her seneki olay George ama bu sene başkaydı, Sabiha benimleydi yalnız değildim.

- Annemin Sabiha'ya selamı var. Ben oteli nikâh için üç gün daha uzattım. Cara da size çok sevmiş o da gelmek istedi. Şimdilik kızlar alışveriş yaparken onlara katıldı. Ben de annemle eskileri yenileri konuşup duruyoruz. Osman benim sana teklifimi nikâhtan sonra bir daha düşün. Burada bir ofis açıp senin idarene bırakmak istiyorum. Ne dersin? Düşün vaktimiz var.

- George şu karışıklığı bir atlatalım sonra konuşalım olur mu?

- Tamam Osman. Bu arada yarın akşam bize otele yemeğe gelir misiniz? Hem kızlarla da tanışırsınız. Annem de bizimle olacak.

- Ne dersin Sabiha gidelim mi?

- Olur gidelim Osman.

- Peki geliyoruz kaçta gelelim.

- Saat 7 gibi. Uygun mudur size?

- Tamam George uygundur. Yarın görüşürüz.

- Görüşürüz.

- Sabiha bugün evde yapılacak herhangi bir iş var mı? Şu kitaplığı alamadık kitaplar yerde duruyor. Bugün kitaplık alalım mı?

- Yok Osman çok soğuk kitaplığın hiç acelesi yok. Bugün sıcacık evimizde oturalım dememiş miydin?

- Doğru demiştim. O zaman dolabın kapısına gözüm takılıyor onu tamir edeyim. Sen ne yemek yapacaksın? Sarma yapar mısın?

- Olur bugün menü çorba ve sarma.

- Teşekkür ederim. Sarmayı çok yap olur mu? Şimdi gelinlik damatlık ve yüzükler. Başka?

- Sana kışlık bot alacağız?

- Sana da kışlık ayakkabı bu karda nasıl yürürsün, artık bu kar en az 2 hafta kalkmaz. Bir de buzlandı mı yollar çok kötü olur. Onun için biz yarın ayakkabı işimizi bitirelim Sabiha'm.

- Teşekkür ederim. Sarma çok güzeldi. Biliyor musun Sabiha'm annemler gittikten sonra senelerdir böyle güzel ev keyfi sürmemiştim. Ne rahat ne huzurlu bir gündü. Ben yarın da çıkmayacağım.

- Telefonumuz çalıyor Osman. Baksana.

- Sen baksana belki annendir. Abla sen misin, nasılsın? Biz bugün tembel tembel oturduk. Kar var evet hem de çok. Sabah ekmek almaya gittim kara battım. Sabiha da iyi bana yaprak sarması yaptı. Sabiha'ya şimdi söylüyordum "Annemlerden sonra ilk defa sıcacık bir ev keyfi yaptım," diye. Sağ ol abla yarın yedide Georgelar bizi yemeğe bekliyorlar. Dur Sabiha'yı vereyim de konuşun.

- Sağ ol Servet Abla iyiyiz. Biz de bugün konuşmuştuk. Dur abla Osman mikrofonu açsana ikimiz de konuşalım, telefoncu göstermişti. Servet Abla, "Yarın gelelim de Osman bizi alışveriş merkezine götürsün, çocuklara bot alacağım hem ucuzluk da var," diyor.

- Olur abla bize de lazım kışlık ayakkabı. Kaçta gelirsin. Tamam oldu bekliyoruz.

- Oğlanlar sıkıldı ayakkabıya da ihtiyaçları vardı. Ama ille de Sabiha Ablam da gelsin diye tutturdular. Sabiha'yı çok seviyorlar. "Yeni alışveriş merkezi uzak, hava kötü dayınız götürürse gideriz ben cesaret edemem," dedim. Ama asfalt çok iyi herhalde tuz dökmüşler.

- Evet fena değil. Bak abla önde tuz kamyonu var gördün mü? Onun için asfalt temiz. Bizim sokağa da dökmeleri lazım.

- Kış Osman olacak o kadar. Allahtan eviniz sıcak. Sizi düşünmüyorum. Osman bizi kapıda bıraksan sen bizi bulursun. Biz ayakkabıcılardayız.

- Geldim, sen aldın mı Sabiha, bana da baktın mı?

- Bak dayı biz aldık. Beğendin mi? Benimkini Sabiha Ablam seçti. Sana da seçtik.

- Osman iki tane seçtim ama hangisi rahatsa onu al, 9 numaralar burada.

- Hadi bakalım hepimiz ayakkabılandık. Abla sen aldın mı?

- Benim var Osman şimdilik ihtiyacım yok ama bende terlik aldım. Yani bende ayakkabılandım.

- Anne ne yiyeceğiz? McDonald istiyorum.

- Olur Cemal ama yalnız değiliz herkes ne istiyorsa oy birliği ile karar vermemiz lazım.

- Hadi Macdonald yiyelim abla, değil mi Sabiha?

- Ben de uzun zamandır yememiştim.

- Sağ ol Osman iyi bir gündü.

- Gelin biraz ısınalım abla.

- Biz yedik sayılır ama Hasan'a bir şeyler hazırlamak lazım o bugün çalışıyor. Hava da soğuk, gelince sıcak yemek yesin.

- Olur abla dikkatli git. Gene gelin.

- Güle güle çocuklar, güle güle Servet Abla.

- Evimiz sıcacık. Saat kaç oldu Osman?

- Saat 4 olmuş, iyi vakitli geldik, ben geç kalırsak diye korkmuştum. Daha vakit var biraz dinlenelim. "Sabiha kızım, sen güzel çay demliyorsun, bize bir çay demler misin lütfen? Ama Kesicimiz Osman'a da verin olur mu?"

- Olur Melkom Bey, şimdi demlerim.

- Sağ ol benim güzel Sabiha'm ellerine sağlık. Senin ayakkabılarını tam göremedim. Giysene bakalım, dur bende giyeyim. Rahat mı senin ayakkabın bana biraz değişik geldi. Numarası aynı mı?

- Bu bot Osman öyle duracak ayakkabı gibi değil.

- İşte ben de onun için soruyorum. Bot ayağı sarar bak bileklerine kadar geliyor. Ayağın nefes alması, su geçirmemesi lazım. Ayakkabı etiketinde thisulate veya primaloft gibi isimleri görüyorsan o bot veya ayakkabıda ısı yalıtım malzemesinin kullanıldığını söyler ve kışın sıcak tutar. İçine pamuklu çorap almak lazım ayak terlemesin diye ve numarasını tam almak lazım ne küçük ne büyük. Ayağın rahatlığı için.

- Osman, ayakkabıcı mısın ne kadar bilgilisin.

- Tekstil eğitiminde ayakkabı ve ayakkabı malzemeleri de yan dersimizdi Sabiha.

- Şimdi anladım. Onun için ayakkabı bakarken inceleyip duruyorsun. Ne yapıyor bu Osman diye merak ediyordum.

- Sana şimdi söylediklerime bakarım. Onun için benim ayakkabılarım kolay eskimez. Bakayım senin ayakkabında ısı yalıtımı var mıymış? Evet varmış. Kışın üşümeyeceksin. İçine pamuklu çorap giy, daha rahat edersin. Çay çok iyi geldi. Yorgunluğum geçti.

- Beş dakika daha demlenseydi. Daha iyi olacaktı.

- Olsun bu da güzel. Sabiha ablamlara giderken yaptığın kekten şimdi olsaydı çayla iyi giderdi.

- Var bize de yapmıştım.

- Sahi mi ben niye görmedim. Sen bitanesin. Gel kız seni bir öpeyim

- Sabiha çıkalım mı? Ancak gideriz kar çok.

- Dur Tom'un mamasını vereyim. Giyineyim hemen çıkarız.

- Ooo çok şıksınız Bayan Aziz, ama üşürsün dışarısı çok soğuk.

- Mantom kalın. Otel de sıcak.

- Sen yine hırkanı giy.

- Ay çok şükür eve gelebildik, Başım dönüyor.

- Cara'ya takıldın içkiyi fazla kaçırdın.

- Kadın hem hızlı konuşuyor hem hızlı içiyor. Ne yapayım ona uymaya çalıştım. İrlanda aksanı olduğu için anlamakta zorluk çektim. Ama Bayan Rose'un her dediğini anlıyorum. O ne biçim içiyor tek başına 2 şişeyi bitirdi. Sana bakıyorum muhabbetin en koyusundasın, senden yardım da yok pür dikkat kadını dinlemek zorunda kaldım. İki kadehten değil kadını dinlemekten kafayı buldum. Bir daha bu kadını görmek istemiyorum. Ben yatabilir miyim? Niye bu kadar gülüyorsun ki?

- Ne yazık ki o kadını zaman zaman görmek zorundasın. Çünkü seni çok beğenmiş ve çok sevmiş. "İyi bir arkadaş olacağız," dedi. Ne oldu Sabiha neredesin? Yattın mı kalk geceliğini giy.

- Sabiha hadi kalk nerdeyse öğlen oldu. Bak kahvaltıya da hazırladım. Sabiha ne oldu? Hasta mısın hadi kalk bir duş al belki iyi gelir. Cara'nın içtiği çok ağır bir şaraptı kötü çarptı seni. Hadi güzelim kalk. Sabiha'm biliyor musun senden önce ben sevilmeyi özlemiştim. Senin samimiyetin, iyi niyetin, hoş görün var ya onu özlemiştim, birinin bana hesap sormasını özlemiştim. Şimdiye dek neredeydin? Bu saate kadar ne yaptın? Hoş geldin sofra hazır. Kahvaltıda ne istersin? Birinin bana bunları sormasını özlemiştim. Ne olur hasta olma. Hadi kalk tek başıma kaldım. Artık tek başıma olmak istemiyorum.

- Kusura bakma kendimi hiç iyi hissetmiyorum. Midem bulanıyor. Başım hâlâ dönüyor. Akşam da dedim ya içkiden çok beni Cara denen kadın çarptı. Bir duş alayım kendime gelirim.

- Nasılsın biraz daha iyisin değil mi? Çay vereyim. Bir şeyler ye.

- Duş iyi geldi daha iyiyim ama başım dönüyor midem bulanıyor.

- Sabiha yoksa bir şeyler mi aman ben ne şanslıyım önce koca, sonra baba mı oluyorum?

- Hayır! Öyle bir şey yok, çok erken hemen telaşlanma lütfen. Ben sıkılınca, üzülünce midem bulanır ve uyumak isterim.

- Anladım, bütün gün alışveriş, sonra da ağır şarap ve Cara seni yordu.

- Teşekkür ederim Osman aynen öyle oldu. Kadın çok hızlı ve aksanlı konuşuyor. Anlamak çok zordu. Bütün dikkatimi verdiğim halde söylediklerinin yarısını ancak anlayabildim. Ben yes ve hiii ile olayı devam ettirmeye çalıştım. Ama ne kadar başarılı oldum bilmiyorum. Tabii çok üzüldüm.

- Üzülmene gerek yok Sabiha'm çünkü Cara da zaten kafayı senden önce bulmuştu. Oda işin farkında değildi. Koltuğa yastık ve battaniye koydum gel uzan.

- Osman ben yatağa gidip yatsam, yarına çok iyi olurum. Ben ancak öyle dinleniyorum. Olur mu?

- Tabii olur. Sabiha sen bilirsin. Biz Tom kediyle otururuz.

- Bu koku ne Sabiha'm ne yapıyorsun? İyi misin? Yorulmasaydın. Dün gece deliksiz uyudun. Mis gibi kokuyor.

- Evet, sana kahvaltılık çiğ börek yapıyorum. Annem çok güzel yapar. İnşallah becerebilmişimdir. Birkaç tane daha var onlar da bitsin sofrayı hazırlarım. Zaten çay da hazır.

- Ben sofrayı kurarım sana yardım lazım mı? Mesela tadına bakabilirim.

- Peki, bir tane vereyim bakalım beğenecekmişsin?

- Sabiha bu ne? Daha önce hiç çiğ börek yememiştim çok güzel. Hemen çayı koyuyorum. Pişenleri de sofraya götüreyim.

- Peki sen başla, iki tane kaldı ben pişeni alır gelirim.

- Peki niye gülüyorsun Sabiha, sadece çok beğendim.

- Hadi bakalım bende geldim. Sen başlamışsın Osman, çayı da koymamışsın, Çayla iyi gider bu börek. Tamam ben hemen koyup geliyorum sen kalkma.

- Teşekkür ederim Sabiha'm hayatımda böyle güzel kahvaltı etmedim. Ama böreklerin hepsini ben yedim. Gene yaparsın değil mi? İşe de götürürüm. Böreklerin kokusu beni çarptı. Nasılsın Sabiha'm bu sabah kendini nasıl hissediyorsun. Kusura bakma ilk önce sormam gerekirdi. İşte sen de gördün ben böyle boğazına düşkün bir Osman'ım.

- Evet Servet Abla beni uyarmıştı: "Benim kardeşimi doyurmak zordur," demişti. Osman bir daha söyler misin lütfen? O benim bir tencere dolmaları. Hepsini nasıl bitirebildin?

- Valla Sabiha eve geç geldim her taraf kapanmıştı. Çok yorgundum ve çok da acıkmıştım. Sabiha'nın mutfağında acaba ne var diye bir bakayım dedim. Dolmaları görünce dayanamadım. Bir tane, bir tane daha derken bir de baktım ki tencere dibini bulmuş. Dolmayı çok severim biliyorsun. Hiç farkında olmamışım. Yarın söylerim dedim, söyleyemedim utandım. İşte bu senin Osman'ın, sana kolay gelsin. Benimle işin zor olacak galiba.

- Bizim evde her gün annem en az iki çeşit yapardı. Babam senin gibi boğazına çok düşkün biriydi. Annecim okuldan gelir gelmez mutfağa girerdi. Ben de yardım ederdim, onun için eğitimliyim. Bugün bu çiğ börek de hiç fena olmamış.

- Çok lezzetliydi ellerine sağlık Ege'nin özel yemeklerinden mi?

- Hayır, çiğ börek Tatarlara ait bir börek. Kıpçak Türkçesiyle konuşan Türk boyları bazıları yok olmuş bazıları da göç etmek zorunda kalmışlar. Kolların bir kısmı Slav halkıyla karışmış. Eskişehir'e gelen boylalarsa Kırım Tatarları'dır. Osmanlı Rus savaşları sonucunda muhacir olarak topluca 1802-1812 yılları arasında Eskişehir ve Polatlı yörelerine göç etmişler. Bu Kırım Tatarları'nın bazıları da Romanya ve Rumeli'ye göç etmişler. Ve ilk gelen Tatarlar Eskişehir'de yerleştikleri için si böreği onlar getirmiş. Sonradan si börek çi börek olmuş, Eskişehir böreği de derler Ege'ye değil de Eskişehir'e aittir. Ama Anadolu'nun her yerinde yapılıyor.

- Evet şimdi de Londra'da yapılmaya başlamıştır. Bu arada çiğ böreğin tarihçesini tarih eğitimi almış eğitimciden öğrenmek çok güzel. Teşekkür ederim Sabiha'm

- Benim tez bölümlerinden biri eski Türk boyları idi.

- Aklına çiğ börek yapmak nerden geldi?

- Dun bütün gün yattım. Kendimi suçlu hissettim. Hadi Osman'a özel bir kahvaltı hazırlayayım dedim.

- Sağ ol, gerçekten çok güzeldi, çok değişik lezzetli bir kahvaltı. Telefon çalıyor Sabiha, ben bakıyorum. Abla teşekkür ederim. Şimdi kahvaltı ettik. Hem de çok özel bir kahvaltı. Sabiha çiğ börek yapmış. Abla tatmalısın nefis olmuş.

- Ben çok beğenirim, Fatma Hanım bazen yaparlar. Kaldıysa geliyorum.

- Yok abla ben bitirdim. Sabiha'ya bile bırakmadım. Tamam aradan çıksın, telefon çalınca korkuyorum iş diye. Olur ama Sabiha'ya soruyorum.

- Sabiha, ablam "Senin işin belli olmaz yarın gelinlikleri alalım da aradan çıksın mı?" diye soruyor.

- Olur doğru söylüyor. Kaçta gelecek Servet Abla?

- Kaçta geleceksin? İstersen ben gelip alayım. Yarın görüşürüz.

- Ablam yarın 11'de gelecek. "Benim arabayla gidelim daha büyük," dedi.

- Osman, Servet Abla'yı kahvaltıya çağırsa mıydık?

- Onlar sabah kalkar kakmaz kahvaltı ederler. Hem ablam 11'de gelecek, her işimiz bitince bir yere yemeğe gideriz.

- İyi olur ama çocuklar, Hasan Abi, Servet Abla onlarsız yemez.

- Bir bakarız hadi sen hazırlan. Senin mutfak biraz alışveriş istiyor, dolap boşalmış.

- Bende akşam dönerken bir şeyler alırız diye düşünmüştüm.

- Bence daha iyi fikir.

- Abla gelinlik ne kadar güzel yakıştı. Başka biri zannettim.

- Osman bu Allah'ın bir hikmeti her halde. Gelinlik her kadına çok yakışır. Gelinliğin yakışmadığı hiç kimse görmedim ama bizim kızımız bir melek olmuş. Allah sizi nazarlardan korusun. Çok şanslısın. Çok şükür artık yüzün gülecek. Seni mutlu görmek beni çok sevindiriyor. Hadi sen de dene bakalım sen ne kadar yakışıklı olacaksın. Ben kızı yalnız bırakmayayım, Sabiha'nın yanına gideyim.

- Nasıl oldu Sabiha? Rahat mısın? Kollarını falan rahat hareket ettiriyor musun? Ne oldu bir şeye mi sıkıldın? Bir şeye mi üzüldün? Hadi söyle bana canım. Sen benim kız kardeşimsin. Osman mı bir şey dedi. Demez çünkü gelinlik çok yakıştı. Osman bir kere daha sana çarpıldı. Bu mutlu günümüz, en iyi günümüz.

- Sağ ol Servet Abla. Keşke annem de burada olsaydı diye aklımdan geçti. Gurbet iste.

- Bir bakalım ama sadece 9 veya 10 gün kaldı. Vize var dur ben araştırayım. Annenin pasaportu var mı? Ben araştıracağım canım. Hadi Osman giyinmiştir bir de biz görelim. Osman ne yakışıklı olmuşsun canım kardeşim. Allah'ım sen bu çocukları nazardan koru. Çok mutlu olsunlar. İkiniz de harikasınız kardeşlerim. Çok mutlu olun. Ayakkabı Osman ayakkabı baktın mı? Biz Sabiha'ya aldık, ayağına çok güzel oldu.

- Var abla aldım kutuda. Başka bir şeye ihtiyacımız var mı? Abla sen elbise aldın mı? Nikâhta ne giyeceksin?

- Aldım. Bu arada restoranın siparişini de verdim. Hani bizim ceketçi Açıkeller vardı ya babamın arkadaşı Özkan Bey'in torununun orkestrası varmış. Özkan Bey konuşmuş hafta içi olduğu için giderim demiş. Bu sabah Özkan Bey aradı oğlan yarın gelecek konuşacağım. Bu iş de oldu. Tamam mı kardeşlerim? Burada işimiz bittiyse yüzükleri de aradan çıkaralım. Benim tanıdığım var. Hem buraya çok yakın.

- İyi olur abla.

- Hadi bakalım önce sen seç Sabiha'cım.

- Hepimiz seçelim Servet Abla.

- Sen kullanacaksın sen seç.

- Çok güzel seçtiniz çocuklar çok zarif. Sabiha sen başka bir şey daha seç benim sana düğün hediyem olacak.

- Bende bir tane seçtim Sabiha'm sana evlenme teklif ettiğimde vermem lazımdı ama şimdi veriyorum.

- Teşekkür ederim. Lütfen Servet Abla çok şeyler yaptın teşekkür ederim. Sana da Osman ama bir şey almayın lütfen ben hiçbir şey istemiyorum. Çok eziliyorum. Hem ben takı sevmem. Lütfen çok teşekkür ederim beni düşündüğünüz için ama takı istemiyorum.

- Gel seni bir öpeyim Sabiha. Ne kadar da tok gözlüsün, eşin bulunmaz, iyi ki bizimlesin canım.

- Sen bilirsin Sabiha'm Fikrini değiştirirsen. Sana borcum var ne istersen alırım.

- Bir yerde bir şeyler yiyelim mi kızlar?

- Olur, Evas iş görüşmesine gelince gittiğim bir restoran var ister misiniz oraya gidelim?

- Ne oldu kızlar niye sustunuz bir şey mi oldu, kırılan gücenen mi var?

- Yok güzel ve mutlu günümüzdeyiz. Niye kırılıp gücenelim ki.

- Servet Abla haklı. En güzel günümüz.

- Hah şöyle, kızlar ikinizi de canımdan çok severim. İkiniz de benim için çok değerlisiniz. Biraz kırgın üzgün gibi gördüm de onun için sordum. Şimdi yemeğimi rahatlıkla yiyebilirim.

- Afiyet olsun kardeş ye afiyet olsun da bu kıza Allah kuvvet versin de seni doyurabilsin. Diyorum ki acaba Sabiha'nın annesi nikâha gelebilir mi? Avukata sorsak mı?

- Olur yarın gidip soralım.

- Hayır Servet Abla lütfen öyle aklımdan geçti. Dediğin gibi çok az zaman var hem nisan ayında nasılsa gideceğiz. Lütfen Abla.

- Biz yine de bir soralım canım. Gelinlik çök büyük dolaba sığar mı? Ben ofise mi asayım?

- Yoo sığar abla, yeni dolap büyük. Bugün için teşekkür ederiz abla.

- Evet Servet Abla ben de çok teşekkür ederim. Gel bir yorgunluk kahvesi yapayım sana.

- Sağ ol Sabiha çocuklar bekler ama ben çiğ börek yemeğe geleceğim. Tarihi neymiş senden onu da öğreneceğim, benim hamarat, bilgili kardeşim. Hadi sağlıkla güzellikle kalın.

- Sağ ol abla. Sabiha biz eve girmeden alışverişe gidelim mi?

- Önce aldıklarımızı eve bırakalım. Asalım da buruşmasınlar.

- Kahvaltılıkları aldık, bir kasap kaldı Osman.

- Bunları yerleştirelim ben yarın Kara Közden et işini hallederim. Sonra bir kahve içer miyiz Sabiha'm?

- Hemen yapıyorum.

- Sabiha yapılması gereken veya hatırlatman gereken bir şey var mı?

- Kahveyi içerken konuşalım mı? Osman ben dün çok yorgundum ya sen de çok güzel şeyler söylüyordun. Tam duyamadım.

- Kahvemi ver istersen tekrarlayayım, her zamanki söylediklerim. Sen pek bir şey söylemezsin.

- Biliyor musun Osman bazen tesadüflere ihtiyacımız var. Zamansız gelen mutluluklar gibi. Annem dualarında bana hep "Allah seni elini tutan, sözünü tutan, merhametli, yüreği güzel insanlarla karşılaştırsın," derdi. Bak işte karşıma sen çıktın.

- Ama korkuyorum eve gideceğim diye ağlıyordun.

- Osman sen hiç tek başına kaldın mı? Bu dini, dili, kültürleri başka insanlarla yaşamayı denedin mi? Birçok insanın yanında kendini yalnız, yapayalnız hissettin mi? Kaç kere geri dönmeyi düşündüm ama Sabiha başarmalısın çıktığın yolu bitirmelisin, yılma dedim. Her şey zor çok zor geldi. Ama seni tanıyınca, kendimi güvende hissettim. Yalnızlıktan bir yere sığınmak mı, birine güvenmek mi istedim bilemedim. Akşamları uğradığında içim huzur doluyordu. Belki sana güvenmenin, rahatlığını huzurunu yaşamak hoşuma gidiyordu. Bazen çok yakın zamana kadar kim olduğunu bilmediğin, hiç tanımadığın biri nasıl senin her dakikalarında bile seninle oluyor, hayatını dolduruyor diye düşünüyordum. Sonra bu evlilik hazırlıkları beraber olmak, geleceğe yürümek, yürümek değil koşmak bence her şeyin çok çabuk olması, daha düşünmeye vakit kalmadan alınan kararlar elbette beni çok korkuttu.

- Tamam Sabiha'm haklısın. Ama bazı şeylerin çabuk olması lazımdı. İltica şu anda geri çekilebilir Avukat da sana şimdi zamanı olduğunu söyledi. Ben gördüğün gibi geceleri sabahlara kadar çalışan biriydim. Çünkü ben de yalnızdım. Bozuk bir yaşamdan geçmiştim. Belki ben de kendimi işle oyalıyordum. Sonra Melcom Bey'in fabrikasında seni ilk gördüğümde diğer kişilerden, seçilen biri olduğunu anladım. Davranışlarınla nedense beni büyülemiştin. Sultan Abla'yla olman da hoşuma gidiyordu. Pek kimseye karışmıyordun. Konuşmalarını takip ediyordum. Güzel ve yerinde konuşuyordun. Çaktırmadan Sultan Abla'ya sordum o da seni çok methetti. Sonra oturduğun evde boş oda olduğunu öğrenince seni daha yakından tanımak istedim. Tanıyınca da seninle olmaya karar vermiştim. Tek şey senin gönlünü kazanmaktı. Şansıma George'nin evi tamir ettirmesi, benim Noel nedeniyle boş olmam, seni kaçırmamak, hızlı koşuşturmaların sebebidir Sabiha'm. Seni çok seviyorum. Belki bende senin gibi kendimi yalnız hissediyordum. Benim de sığınacak güvenle başımı yaslayacağım birine ihtiyacım vardı. Seni tanıyınca Osman elini çabuk tut dedim. İşte meleğim onun için yürümedik de koştuk. Ama çok mutlu olacağız. Sana tekrar söz veriyorum. Seni gördüğüm için seni tanıdığım, benimle olduğun için çok ama çok mutluyum. İyi ki benimlesin meleğim.

- Teşekkür ederim Osman. Bazen çalışırken birinin beni gözlediğini hissediyordum. Sonra bir iki kere başımı kaldırdığımda göz göze gelmiştik. Yani her şeyi sen mi planladın?

- Pek diyemezsin, benim sevgim vardı ondan sonra sana ulaşmak için şans benim yanımda oldu. Ben buna kader kısmet diyorum. Sen benim kısmetim, kaderim oldun. Ben de dünyanın en mutlu kocası oldum. Mesele bu Sabiha'm. Yatalım mı çok geç oldu?

- Günaydın Sabiha'm. Kahvaltıda ne var?

- Bu sabah peynirli yumurta, sucuk, peynir zeytin.

- Çok güzel sucuk ekmek kızarmış olsun lütfen. Sabiha bugün kasap işimiz var, başka yapılacak, bir işimiz var mı? Kahvaltıdan sonra anneni arayalım. Koşuşturmaktan arayamadık.

- Evet bende annemi arayalım diyecektim. Herhangi bir alışveriş, yok her şey hazır bu sabah takvime baktım da sadece sekiz günümüz kalmış. Sadece giyinip nikaha ve yemeğe gideceğiz. Osman bir ara Sultan Ablalara uğrayalım mı? Çok oldu onları görmedik.

- Bir soralım müsaitlerse akşamüstü uğrayalım. Geçen gün ben de düşündüm Ama Bekir Abi'nin bir iki işi vardı ya belki çalışıyorlardır diye aklımdan geçti.

- Çok teşekkür ederim Sabiha'm, güzel bir kahvaltı idi. Hadi anneni arayalım. Numarayı ver de buraya kaydedelim. Her zaman numara aramayalım. Ablamı da Sultan Abla'yı da kaydedeyim. Başka kişiler var mı senin arkadaşın, Duru'nun numarası var mı? Nikaha gelecekler mi?

- Alo anne ben Osman, nasılsın? Teşekkür ederim hazırlıklarla uğraşıyoruz şimdilik bitti. Nerdeyse bir hafta sonra nikah olacak ablam bize yemek vermek istiyor. Sağ ol bak Sabiha'yı veriyorum.

- Annecim nasılsın? Teşekkür ederim. Şimdilik hazırlıkları bitirdik. Dün gelinlik ve yüzüklerimizi aldık. Evet Servet Abla gazino kiraladı nikahtan sonra yemek yenilecek. Hayır kalabalık değil 50 veya 60 kişi olacakmış. Evet çok iyiler. Nisanda seni görmeye geleceğiz. Bende çok özledim annecim. Abimle konuştun mu aradı mı? Aman iyi olsun da. Evet anne biraz acele oldu. Sebebi ilticayı geri çekmenin tam zamanıymış Avukat "Sonra geç ve problem olur," dedi. Biliyorum ama sorun yok meraklanma artık ilticacı değilim. Tamam annecim ben de öpüyorum. Olur söylerim.

- Niye kapattın, konuşsaydın Sabiha?

- Annem, "Fazla yazmasın," dedi.

- Ne düşünceli ailesiniz. Abinden çok bahsetmedin Sabiha.

- Abimi çok severim annem de oğlunu benden çok sever. Ama yengem biraz kıskanç, sadece kendi ailesi ile olmak istiyor. Abim siyasalı bitirdi Erzurum'da Kaymakam. Yengem ailesi orda olduğu için. Doğu'da kalmak istiyor, annem de oğlumun mutluluğu önemli, biz az görelim ziyanı yok, o evinde mutlu olsun diyor. Abim senede iki üç kere bizi görmek için gelir. Bayramları hiç kaçırmaz bazen yengemle çocuklarla bazen de yalnız gelir. "Anne Sabihalar gelirlerse haber ver, geleyim," demiş.

- İsterlerse bir düğün de orada yapalım mı Sabiha?

- Yok Osman, annem böyle bir şeyi istemez, o sadece bizim mutlu olmamızı ister. Görünce daha iyi anlayacaksın.

- Tahmin ediyorum. Sultan Abla'nı arayalım mı? Bak bu numaraya basınca Sultan Abla'nın numarası çıkar çevirmene gerek yok. 1 annen, 2 ablam, 3 Sultan Abla oldu mu? Çalıyor. Cevap yok her halde çalışıyorlar.

- Telefon çalıyor. Belki Sultan Abla geri arıyor. Selam abla yapma abla. Benim tatil bitti mi? Dokuzuna kadar çalışmak istemiyorum. Bak abla Sabri Abi'ye numarayı verme, çok işleri var nikah alışverişi yapıyorlar. Yarın Osman sana uğrayacak der misin? Lütfen abla. Seni çok öptüm.

- Ne olmuş, Osman iş mi?

- Sabri Abi hatırlıyor musun? Biz gittiğimizde, "Belki büyük bir sipariş alacağım bir yere ayrılma," demişti. "Ablama büyük sipariş aldım, bana Osman'ı bul," demiş. Çok geç kalmadan eve dönerim merak etme. Benim tatil bitti güzelim. Sabiha hadi giyin kasaba gidelim sen istediğini al, bir de hani yapı markette gördüğümüz kitaplığı alalım.

- Kasaba gidelim de kitaplık şimdilik kalsın.

- Hayır kalmasın, alalım da bugün evdeyken kurayım, o işte bitsin. Bak işler başladı. Hem biraz hava alırız.

- Ne alalım Sabiha?

- Bir kol istiyoruz yarısı kıyma yarısı kuşbaşı olsun. Bu karaciğer taze mi? Osman sana Arnavut ciğeri yapayım mı? Yanına soğan ve maydanoz.

- Abi çok şanslısın ama soğutmadan sıcak yemelisin yanında da bir duble.

- Deneyelim Mustafa.

- Servet Abla iyi mi Osman? Epeydir uğramıyor.

- İyi dün beraberdik. "Görüşünce abla, Mustafa seni özlemiş," derim.

- Biliyorsun Osman sizin aile bizim için çok özeldir.

- Haftaya Sabiha ile nikâhımız var Mustafa, bekleriz.

- Öyle mi çok sevindim. Hemen babama söyleyeyim de Servet Abla'yla konuşsun.

- Hayırlı olsun güzel ablam, Allah sonuna erdirsin.

- Teşekkür ederiz.

- Osman, bu semt çok eski galiba, binalarda 1800 gibi tarihler yazıyor doğru mu?

- Evet Sabiha, biz çok uzun seneler burada su sokağın arkasında oturduk. Mustafalarla uzun seneler komşuyduk. Onlar hâlâ burada oturuyorlar. Ben burada doğmuşum.

Senin gibi tarihçiye yanlış söylemeyeyim ama 16 veya 17. yüzyıllarda VIII. Henry buraya avlanmaya gelirmiş. Benim ilkokulumda 17. yüzyıldan kalmaymış. Hatta okulumuzda bazı ünlüler de okumuş. Mesela bir tanesi Robinson Crusoe hatırlıyor musun? Hani tek başına senelerce bir adada yaşamış, işte onun yazarı. 17. yüzyılda Daniel Defoe de benim okuluma gidiyormuş. Okulun tarihçesini her sene okuturlardı, oradan biliyorum. Böyle ünlüler için yapılmış yuvarlak mavi renkte duvarlara asılı plakalar vardır. Zaman zaman her yerde karşılaşırsın. Şu kişi bu tarihte bu evde yasamıştır veya bu okulda okumuştur diye.

- Çok güzel düşüncesi bile çok güzel 17. yüzyılda okul 19. yüzyılın sonunda hâlâ şimdi bile okul. Eskiye, tarihe bu kadar sadık kalmak korumak çok hoşuma gitti. Biraz da şaşırdım.

- Boş hafta sonraları söz seni başka şehirlere de götüreceğim. Eskinin ve tarihin bizimle yaşadığını gör.

- Sahi mi Osman çok memnun olurum. İşte böyle geziler araştırmalar benim için daha güzel, daha ilginç, takı falan istemem ben.

- Biliyorum meleğim. Ama senin de bildiğin gibi bizim adetlerimiz böyle. Sabiha diyorum ki sen tarihte çok başarılısın ve çok seviyorsun, senin ilgi alanın. Çalışmasan da üniversitede aldığın tarih eğitimine devam etsen. Ayrıca ben çalışırsam sen nikaha kadar bir hafta tam gün okula gitsen.

- Kesinlikle olmaz, ben hem çalışır mümkün olursa da eğitimime devam ederim. Kursu bir düşünelim hemen karar vermeyelim.

- Tamam meleğim, tamam. Ben senle başa çıkamıyorum.

- Sabiha sen kasap paketlerini alır mısın ben de kütüphane paketlerini getireyim. Bir cay içer miyiz Sabiha'm?

- Olur hemen koyarım. Sana yardım edeyim mi, mutfağa mı geçeyim?

- Önce birlikte bir çay içelim. Kek var mı Sabi?

- Sana yeter ama yenisini yapayım, yarın çalışacaksan işe de götürürsün.

- Ben şanslı bir insanım, biliyor musun bazen kendimi kendimden kıskanıyorum Sabiha?

- Hadi oradan deli adam. Allah nazardan korusun de.

- Çay yapmaya başlamadan kütüphaneni nereye koyalım söyler misin? Şu misafir odasındaki küçük gardırobun yanına ne dersin? Sonra bir şey daha sorabilir miyim? Bizim yemek masasını diyorum acaba hole mi çıkarsak? Nasıl olsa hol bayağı büyük.

- Ben de düşündüm ama sen kahvaltıda, akşam yemeklerinde televizyon izlemeyi seviyorsun hem şimdi hava soğuk diye düşündüm. Kütüphanenin yeri çok isabetli ben de orayı düşünmüştüm.

- Doğru haklısın. Şimdilik kalsın. Kek çok güzel. Kek malzemen var mı? Yoksa alayım mı?

- Var da Türk bakkalında hurma gördüm hurmalı yapayım.

- Denemek isterim hiç yemedim. Hadi ben kütüphaneyi kurmaya gidiyorum. Başka yapılması lazım işler varsa söyle lütfen. Sabiha çabuk gel bak burada ne buldum: Robinson Crusoe. Hem de Türkçe, kütüphaneden almışsın.

- Geri vermemiş miyim? Katiyen olmaz. Ben hemen veririm.

- Hayır bu kitap iptal edilmiş. Yani artık kütüphanenin malı değil.

- Bir iki tane öyle kitap var Kütüphaneci Kadın bazı eski kaset, kitap ve dergileri bize getiriyor. Ben de hoşuma giden kitaplar olursa alıyorum.

- Tesadüfe bak bu sabah konuşmuştuk. Bir ara gidip yazarın yaşadığı evi sana göstereyim. Hatırlıyorum Church Street 95, duvarda okumuştum.

- Lütfen çok isterim. Bir de Stoke Newington kütüphanesini çok görmek istiyorum. O da çok eskiymiş.

- Tahminimce o da 17. yüzyıldan kalmadır. Bir de seni 5 veya 6 katlı bir kitapçı var: İsmi Dillons. Senin okulun oralarda oraya gidelim de bu tarih kitaplarından alalım.

- Telefon, Osman telefon çalıyor.

- Niye açmıyorsun Sabiha hep beni çağırıyorsun. Selam George iyi akşamlar. Olur güzel zaman geçirmenizi dilerim. Benim yapabileceğim bir şey var mı? Yarın ben Sabri ile çalışmaya gidiyorum her şeyi konuşacağım. Merak etme. Evet benim tatil bitti. Ayın 8'in de görüşürüz Rose Teyze'ye selam söyleyin.

- George, Rose Teyze'yi de İrlanda'ya götürüyormuş. "Akrabalarını görsün, yeni yılı birlikte kutlayıp ayın 8'in de burada olacağız," dedi. Rose Teyze'nin kapılarını açalım da havalansın. Telefon çalıyor Sabiha sen bakar mısın lütfen?

- Sultan Abla iyi akşamlar. Nasılsın? Hadi gelsenize bir kahve içelim. Yemek yediniz mi? Peki olur bende bir şeyler yapıyorum zaten. Memnun oldum hadi bekliyoruz.

- Osman, Sultan Ablalar geliyor. Sultan Abla yaprak sarması yapmış. Ben de hemen bir şeyler hazırlayayım birlikte yeriz.

- Olur herhangi bir şeye ihtiyaç varsa gidip alayım.

- Osman daha yeni alışverişten geldik. Ben bir çorba ile ciğeri ve salata yaparım. Sultan Abla sarma getiriyor, yeter. İyi oldu özlemiştim Sultan Abla'yı.

- Hoş geldiniz.

- Özlettiniz kendinizi çocuklar, vallahi Sabiha'cım gözümde tüttün ama biliyorum ki nikah hazırlıkları var, çocuklar hazırlansın, biz de işleri bitirelim diye hızlı çalıştık. Ev çok güzel olmuş. Güle güle oturun. Merdivenler çok eskiydi, çıkarken dikkat et Sabiha diyordum. Çok güzel olmuş. Anlatın bakalım neler yaptınız?

- Gelinlik ve damatlık aldık göstereyim mi Sultan Abla?

- Hayır nikahta görmek daha hayırlı olur. Kardeşlerim hayırlı uğurlu olsun. Sizinle gurur duyuyorum. Çok mutlu olun. Bahtınız, yolunuz açık olsun.

- Osman, Kayış seni istiyor. "Görürseniz söyleyin boş olunca uğrasın," dedi.

- Sabri Abi büyük bir sipariş almış yarın oraya gidiyorum. Sizin ne kadar işiniz var?

- Sabri Abi büyük bir iş aldıysa kesin seni ister. İki güne biter. Ama artık bana kara da ölüm yok, iki kız beraber olursa ben dışarı işleri hallederim. Tamam mı Sabiha? Geliyorsun değil mi?

- Geliyorum Bekir Abi.

- Sağ ol benim güzel kardeşim. Senin bizimle olman, bizim de senin de iki kat kazancımız demek.

- Bekir yarın işimiz biterse öbür gün Sabiha ile alışverişe çıkmak istiyorum. Nikaha az kaldı giyecek bir şeyler almam lazım nikah bizim nikahımız. Sana da bir şeyler lazım.

- Ben idare ederim Sultan, sen kendine al lütfen. Olmazsa Kayış'tan bir takım alırım. Gördün çok güzel takımlar var.

- İyi, ama koyu renk al, oaradakiler çok açık renkti. Yazlık gibi.

- İyi yarın sen seç Sultan, Osman da uğradığında kumaşına baksın. Herhalde senin tatil bitti Osman.

- Öyle görünüyor Bekir Abi.

- Sabiha sen ne zaman dönersin?

- Nikahtan sonra dönsün Bekir Abi. Şimdi herkes bir şey sorar. Zaten ikisinde okulu açılıyor. Diyorum ki bir hafta tam gün okula gitsin, nikahtan sonra da işe dönsün.

- Dur bakalım Osman zaman ne gösterecek. Melkom Bey'e senin gönderdiğin ütücüyü Arto Bey denemiş, anlaşmışlar. Yedisinde başlayacakmış.

- Yemekten sonra kahve mi çay mı içiyoruz hanımlar?

- İkisini de çayı zaten Sabiha koydu bile. İsterseniz bir kahve yapayım. Arkasından çay.

- Olur Sultan Abla.

- Tekrar güle güle oturun, ev çok güzel olmuş, hem de sıcacık. Her şey çok güzeldi, bu akşam için çok teşekkür ederiz. Sabiha yarın akşam seni ararım. Bu telefon çok iyi oldu. Hemen ulaşabiliyorum size. Hadi iyi geceler.

- Olur Sultan Abla iyi geceler.

- Sabiha yarın kahvaltıdan sonra ben Sabri Abiye gideyim. Yapılacak işler varsa yapayım erken geleyim de seninle o büyük kitapçıya bir de senin okuluna uğrayalım.

- Olur ama okul işi sonraya kalsa.

- Olmaz Sabiha, bir hafta evde ne yapacaksın? Üç ay sonra büyük imtihanın var, çalışman lazım. Senin en iyi eğitimi almanı istiyorum.

- Teşekkür ederim Osman. Yatmadan su mutfağı toplayayım.

- Yardım ister misin? Yoksa ben yatıyorum.

- Yardım edilecek bir şey yok iyi geceler.

- Günaydın Sabiha'm kahvaltıda ne var, ben bir bakayım, Sabri Abiyi atlatırsam hemen gelir bugünü bize ayırırız olur mu?

- Alo Sabiha ben geliyorum.

- Ben geldim. Çay varsa bir çay içip çıkalım mı? Tom nerde? Sesi çıkmıyor.

- Çayını buyur, Tom'u biraz önce doyurdum. Salonda yatıyor. Metroyla mı gideceğiz arabayla mı?

- Arabayla gidelim hava çok soğuk. Belki kitap alırsın. Taşıması kolay olur.

- Sen herhalde kitapçı dükkânını kaldıracağım zannettin.

- Gör bak her konuda kitap var.

- Önce okula uğrayalım. Belki erken kapanır.

- Bundan sonraki sokak. Gelmişiz işte önümüzde. Sen biliyor muydun okulu?

- Bende buralarda okula gitmiştim: London School of Fashion.

- Peki İstanbul'da ne okudun?

- Aynı Londra'daki okul gibi görünse de İstanbul Fashion Akademi Moda Tasarımı ve Teknoloji daha çok teknik konuları işlerdi ve daha etraflıydı. Tekstilin her kolu vardı. Mesela ayakkabıcılık, kumaş, deri aklına ne gelirse 4 sene idi. Daha çok şey öğrendim. Bazı arkadaşlarımın ayakkabı fabrikaları var. Bazıları tanınmış modacı. Geldik inelim mi?

- Kapalı galiba, kapılar kapalı.

- Neyse bu iş çok güzel oldu. Senin öğretmenin miydi? "Sabiha çok iyi bir öğrenci," dedi. Bir hafta 9'dan 4'e kadar. Tamam mı meleğim, duydun mu? Öğretmenin "Biz Sabiha'yı Cambridge First Certificate imtihanlarına hazırlarız," dedi. Yalnız nikah imtihandan önce 2 veya 3 hafta bütün gün okula gitmen gerekliymiş, Test sorularını öğretecekler. Ben çok memnun oldum.

- Olur, teşekkür ederim Osman.

- Araba burada kalsın, kitapçı yakın buraya. Yürürsün değil mi?

- Osman burada ne kadar çok kitap var. Türkçe bile var. İngilizce öğrenme bölümüne bak koca bir hol inanamıyorum. Ben burayı nasıl görmedim? Ben burada çalışmak isterim.

- Burada çalışmak için iyice İngilizceyi öğrenmek gerek, daha ne güzel işlerde çalışmak isteyeceksin. Sen her şeye layıksın meleğim. Sabiha hani öğretmenin dedi ya kolay okunan kitaplar varmış. Kısa hikayeler onlardan alalım, istediğin tarih kitaplarını da alalım

- Çocuk kitapları da okurum.

- Hayır öğretmenin dedi ki bazı çocuk kitapları kolay İngilizce kitaplarından zordur. Şimdi biraz alalım sen sonra kütüphaneden de alırsın vardır. O kütüphaneci kadına sor.

- Osman çok hepsini almayalım. Zaten okula da çok para verdin.

- Hayır alacağız. Bak işler başladı. Beni beklerken sıkılmazsın.

- Teşekkür ederim Osman. Acele edelim dükkân kapanıyor.

- Evet tatil olduğu için erken kapanıyor, hem de biz üç saattir buradayız.

- Sahi mi hiç farkında değilim.

- Acıktın mı? Buralarda Çinlilerin sokağı var seni oraya götüreyim Bir Çinli yemeğine dersin.

- Oteldeyken yemiştik.

- O paket alınmıştı, restoranda yemek başka. Daha bir lezzetli olur. Hem Çinlilerin süpermarketleri var bizim Türk bakkalımız gibi onları da gör. Ama bana tarihini sorma bilmiyorum. Bildiğim Çinliler ve Vietnamlılar bu sokak ve bu sokağın etrafındaki süpermarketlerden yiyecek alışverişi yaparlar. Sadece Çinliler ve Vietnamlılar değil herkes bu sokağa Çin yemeklerini yemek için gelirler. Eğer beğenirsen her zaman geliriz. Ne oldu Sabiha şaşırmış gibisin.

- Ne kadar değişik bir yemekler. Şu dükkâna girebilir miyim? Bizim gibi meyve ve sebzeyi seviyorlar. Karpuz çekirdeği bile var. Çaylarını denemek isterim.

- Hadi o zaman ben bir yer biliyorum önce orada yemeğimizi yiyelim.

- Çatal yok mu Osman. Sen ne güzel yitiyorsun. Sanki 40 yıl çubukla yemiş gibisin.

- Sen de dene eminim yersin.

- İyi ki kız çatal verdi yoksa aç kalacaktım. Ama çok güzeldi teşekkür ederim.

- Afiyet olsun, hadi süpermarkete gidip Çin çayı alalım. Başka bir şey almak istiyor musun?

- Sadece çay alalım. Dur bende bozuk var. Yemekten sonra verdikleri çaydan alalım mı?

- Yasemin çayı. Bak buradakilerin hepsi yasemin çayı.

- Eve gidince yaparım.

- Ben bizim çayı tercih ederim Sabi.

- Balıkçıları da var. Bakalım mı? Ne tür balık varmış.

- İstiyor musun? Bu balıkların adını biliyor musun?

- Evet çoğunu biliyorum. Ama istemez dolapta çok et ve tavuk var.

- Yarına istediğin bir şey var mı?

- Sen Sultan Abla'nla alışverişe gitmeyecek misin?

- Bütün gün değil her halde eve dönünce yemeğimizi yaparım.

- Aferin kız gel seni bir öpeyim.

- Delirdin mi adam sokak ortasında.

- İyi ben de eve saklarım.

- Oh evimiz sıcacık, Ne oldu Tom acıktın mı? Kusura bakma seni yalnız bıraktık. Sıkıldın mı? Bak evdeyiz geldik. Hadi gel sana mama vereyim.

- Sabiha Çay mı kahvemi yapacaksın. Çay yapar mısın? Kek kaldı mı?

- Çay yapıyorum, kek bitti. Ama yapayım da yarın işe götür.

- Çok sağ ol ama yorulmadın mı?

- Biliyorsun mutfağı seviyorum. Ne kadar çok yemek kitabı vardı. Bir oda dolusu.

- Neredesin Sabiha? Uyuyakalmışım. Ne yapıyorsun?

- Keki fırına verip geliyorum. Çayını içtin mi?

- Çay soğumuş ben yenilerim sen de istiyor musun?

- Evet istiyorum. Televizyonda ne var?

- Sen seversin hayvanlarla ilgili belgesel var. Kitapları yarın yerleştirirsin gel oturalım biraz.

- Şöyle baktım neler aldık diye. Yarın erken mi gideceksin?

- Her zamanki gibi kahvaltımızı eder, kekimi alır, Bayan Aziz'i öper giderim. Ve erken gelmeye çalışırım. Sana Sabri Abi'nin ofisinden telefon ederim. Sabiha kek çok güzel koktu. Piştiyse biraz versene lütfen.

- Çok sıcak bekle soğusun. Telefon Osman, telefon çalıyor.

- Sabiha anlamıyorum sen bu telefondan korkuyor musun? Ne zaman telefon çalsa "Osman telefon çalıyor," diyorsun.

- İyi aksamlar Sultan Abla, Osman'a gülüyorum. Benimle dalga geçiyor da. Sağ ol Sultan Abla beraber gülelim inşallah. Olur ben evdeyim ne zaman isteseniz. Evet Osman yarın işe gidiyor. Tamam yarın görüşürüz. İyi akşamlar.

- Sabahtan çok az işleri varmış. "On bire doğru geliriz seni alıp geçeriz," dedi. Her halde Bekir Abi götürecek.

- Sabiha ben yarın yokum, telefona cevap verebilecek misin?

- Düşündüğün şeye bak Osman'ı beklerim. Sen gelince cevaplarsın.

- Çok hazır cevapsın, ben seninle başa çıkamıyorum. İyi geceler ben yatıyorum. Kimseye söz verme yarından sonra okul başlıyor.

- Alo Sabiha ne yapıyorsun? Sabiha güzel haberim var.

- Hayırdır Osman?

- Sabri Abi ile Büyük Patron'a gidiyoruz. Gelince anlatırım Sevinesin diye aradım.

- Hadi gelin bir kahve yapayım size Sultan Abla.

- Sabiha'cım gidelim biz bu sabah çok erken işe başladık. Alışverişte de yoruldum. Yarın da erkenden tekrar işe gitmemiz lazım. Ama seninle alışveriş çok güzel oldu

- Benim için de çok güzel oldu. Çok güzel şeyler aldın Sultan Abla, çok zevklisin. Güle güle giy.

- Alo Osman. Geliyor musun? Yok yok her şeyimiz var. Senin sevdiğin et sote ve pilav yaptım. Çayı da şimdi koyuyorum. Güzel haberi merak ettim. Hadi bekliyorum.

- Çok acıktım Sabiha büyük tabağa koy lütfen eti bol olsun. Bu salata biraz değişik.

- Biraz daha vereyim mi Osman?

- Yok, ellerine sağlık. Görünce bu ne biçim salata dedim ama yiyince çok hoşuma gitti meleğim. Sabiha'm çayı da koyalım da otur, anlatacaklarım var.

- Sabri Abi geçenlerde "Büyük bir iş teklifi aldım," dedi ya ablamla onlar aynı şirkete çalışıyorlar. Sabri Abi işi almak için Büyük Patron'a gittiğinde Patron "Güzel tesadüf burada bugün Türkiye'den büyük bir iş adamı var, gel seni tanıştırayım, demiş. Bu iş adamı tasarımları da kendi yapıyormuş. Sonra konuşurlarken kesimlerden, malzemenin kalitesinden söz edilince Sabri Abi benden bahsetmiş. İş adamı hemen ayağa kalkmış başını tutmuş. "Aman

Allah'ım, bu benim senelerdir aradığım okul arkadaşım Osman Aziz olmasın. Kıbrıslı, ama Londra'da yaşıyor. Babasının tekstil fabrikası olacaktı. Ne olur bulur musunuz? Uzun Ruhi derseniz hemen tanır. Dört yılımız beraber geçti hiç ayrılmamıştık. Sonra bir dünya telaşına düştük ki sormayın. Sabri bey Osman sizin tasarımcınız mı? Patron siz tasarımcı arıyorsunuz ya Osman şahane yapar bu işi. Sınıfta çoğumuz Osman'ın yardımıyla bizlere çizdiği tasarımlarla sınıf geçtik. Sabri Bey ne zaman görebilirim Osman'ı?" demiş. Sabri Abi "Evet benim yakınlarımdır. Babası Kıbrıs'a kesin dönüş yaptı. Patron, Osman'ın ablası sizinle çalışır. Osman'da benimle, benim oğlum gibidir. Yalnız su anda nikah hazırlıkları yapıyorlar çok meşgul ben bulayım size haber veririm," demiş. Sabri Abi onun için aramış. Bugün beraber gittik. Ruhi'yi de gördüm, Büyük Patron'la da tanıştım bana iş teklif etti. Ben "Arada size tasarım yapamam çünkü sezon başı, kesim yapacağım kişilere sözüm var. Kimseyi yarı yolda bırakamam. Mesela Sabri Abi'mi nasıl yüzüstü bırakırım. Ama 2 veya 3 ay sonra işlerim hafifler o zaman gelirim," dedim.

Büyük Patron ayağa kalktı ve elimi sıktı, omuzumu okşadı. "Sizi tebrik ederim. Hakikatli ve dürüst olmanız beni gururlandırdı. Ne zaman gelirseniz odanız hazır. Sabri Bey size verdiğim işlerin tasarımları ve çizimleri hakkında hep beraber konuşalım mı? Ben Osman Bey'in de düşüncelerini öğrenmek isterim," dedi. Sabri Abi "Çok güzel olur Patron, çünkü bazen Osman'la anlaşamıyoruz, bazı işleri beğenmiyor, 'Boşuna kumaş harcıyoruz veya bu cep burada olmaz,' diyor. Ben de 'Oğlum Büyük Patron öyle istiyor. Biz değiştiremeyiz,' diyorum," dedi. Büyük Patron, "Çok memnun oldum Osman Bey sizinle tanıştığıma, hadi toplantı odasına geçelim de Sabri Bey'e verdiğimiz işler üzerine konuşalım," dedi.

- İstersen çay koyup geleyim. Sonra devam et film gibi anlatıyorsun. Geçenlerde demiştim ya tesadüflere ihtiyacımız var diye.

- Hadi anlat ne oldu toplantı odasında?

- Sabri Abi'nin anlattığı gibi yine kumaşı fazla harcamışlar. Kolun bitişi çok ağır fazla iş istiyor Makinacıların çok emek verip çok zaman harcayarak dikkat etmeleri lazım. Eğer makinacılar işi dikkatli yapmazlarsa yani dikiş güzel olmazsa büyük dert olur. Yakası fazla büyük, öyle kalın kumaşta öyle büyük yaka olmaz Böylece benim tasarımla on cekette üç fazla ceket çıktı yani on ceket yerine on üç tane çıkarmış oldum. Büyük Patron "Osman Bey o zaman şimdilik size şöyle bir teklifte bulunayım. Bize gelen işlerin çizimleri bittiğinde sizi arayayım. Aynı bugünkü gibi bir toplantı yapalım yeni çizimleri ve kumaşı görün beğenmediğiniz yerleri değiştirelim ondan sonra sipariş alırız olur mu? Hem de siz yanımda olursunuz, sizi kaçırmamış olurum," dedi. Ben Sabri Abi'ye baktım o da bana bakıyordu "Tamam oğlum güzel bir teklif niye düşünüyorsun?" dedi. O zaman Ruhi "Hadi Osman evet de oğlum hem İngiltere kontağımız ol. Yazışmalar da senden geçsin," dedi. Büyük Patron "Bak ikinci bir teklif daha geldi Osman Bey," dedi. Ben "Peki Patron bu işler ne aralıklarla olur?" diye sordum. Büyük Patron "Düşünmene gerek yok çünkü arka arkaya olmaz. Mesela şimdi Sabri Bey'deki senin değiştirdiğin sipariş dört bin tane, ablanızda bin tane, onlar bana ancak üç ay sonra teslim ederler. Demek ki sen ayda bir iki gün benimle çalışacaksın. Bu arada acil görmen gereken işler de çıkabilir, konuşulması gereken siparişler olabilir, gününü sen seçersin. Daha doğrusu istersen şöyle yapalım: Her ayın bir gününü bana ayır lütfen tabii şimdilik. Ne dersin? dedi. Ben de "Tamam!" dedim. Ruhi "Osman ben bu akşam uçuyorum. Zamanın varsa bir yerde oturup biraz konuşalım mı? Ben her ay geliyorum, dedi. Ben de "Uzun, bazı işlerim vardı, yarım bırakıp geldim, seninle bir ay sonra konuşsak hem böyle ayaküstü olmasın, oturup biraz eskilerden, kendimizden uzun uzun konuşalım isterim," dedim. Ruhi "Oldu arkadaşım seni bulduğuma çok sevindim," dedi. Büyük Patron da "Ben de Osman Bey, ben de seni bulduğuma çok sevindim. Nikahın varmış mutluluklar dilerim," dedi. Ben de "Sağ ol Patron, acil bir şey olursa Sabri Abi'den arayın o bana ulaşır," dedim. Sabri Abi "Çizimleri ne zaman alayım Patron?" diye sordu. Büyük Patron "Yarın akşama doğru Sabri ama hesaplatayım Osman Bey'in hesabına göre sipariş biraz daha fazla olacak, değil mi Osman Bey?" dedi. Ben de "Evet öyle!" dedi. Büyük Patron "Yarın seni arayacağım Sabri. Osman Bey'i tanıştırdığın için teşekkür ederim," dedi. Sonra biz Sabri Abi'yle çıktık. Ama biraz şaşkındık. Sabri Abi ne dedi biliyor musun Sabiha? "Osman bu işler hanım kızımın kısmeti onun uğuru Allah sizi çok mutlu etsin.," dedi. Ben de öyle düşünmüştüm meleğim sen benim uğurumsun. Bak kaç tane iş teklifi aldım gördün mü? İşte bunlar hep senin uğurun, senin kısmetin.

- Osman her şeyin bir zamanı vardır, kısmet şimdiymiş. Güzel şeyler şimdi oldu. Yarın ben okula başlıyorum. Sen işe.

- Evet, sabah Sabri Abi'ye uğrarım. Sonra Kayış Hüsnü'nün ufak bir işi var. Bugün onu halledersem sonra kesintisiz Sabri Abi sonra da ablamdayım. Sabah seni okula bırakayım çok soğuk.

- Hiç gerek yok, istersen metroya bırak yeter.

- Sabiha hazırsan ben aşağıda bekliyorum.

-Tamam geldim. Sabri abinin numarası var mı? Eve gelince seni arayayım.

- Dur yazayım eve gelince beni ara, geç gelme. Doğru eve gel.

- Osman ben de biraz sokak sokak gezeyim diye düşünüyordum. Sokaklar beni bekliyor zaten.

- Tamam tamam seninle başa çıkamıyorum Sabiha.

- Alo! Kiminle görüşüyorum?

- Ben Sabri, hanım kızım nasılsın? Yengene senden çok bahsettim o da seninle tanışmak istiyor. Sağ ol kızım. Bir dakika Osman'ı çağırıyorum.

- Alo Sabiha geldin mi? Her şey iyi miydi? Ben saat yediden sonra ancak gelirim olur mu? Yemek hazır mı? Gelirken seni ararım.

- Osman istersen sen git yarın devam ederiz.

- Olmaz Sabri Abi. Kumaşı serdin mi keseceksin. Hem siparişimiz çok fazla bitirmek lazım. Sabri abi şu küçük odayı bana versene paketlenmiş kumaşları Ali'yle oraya istifleyelim de dışarda kalmasın. Hem zannediyorum sana dört beş tane daha fazla manto çıkacak belki daha fazla bir keselim de görelim.

- Sağ ol Osman sen bu işin ustasısın.

- Sabri Abi ben bu işi çok seviyorum. Bana bilmece çözmek gibi geliyor. Büyük bir haz duyuyorum.

- Görüyorum gözüm sen bu masaya geldin mi dünyanı unutuyorsun ama sen bu masa başında büyüdün oğlum. Okuldan geldin mi hemen kesim masasına geçerdin. Biliyor musun Osman yengen de ben de senin için çok seviniyoruz Allah mutlu etsin. Hanım kızımı da çok sevdim. Aman onu ihmal etme.

- Sabri Abi annemlerden sonra ilk defa evin tadını çıkarıyorum. Sabiha aynı annem gibi becerikli, mutfağı, tertibi düzeni. Saygılı, eğitimli, iyi huylu.

- Osman'cım, yengen her zaman der ki bir insan güler yüzlü olursa iyi kalpli de olur. İyi kalpli insanların yanında bulunduğunuz zaman kendinizi iyi ve huzurlu hissedersiniz.

- Doğru Sabri Abi. Sağ olsun yengem de öyledir. Onun için sizde daima huzurlu ve başarılısınız, bir gün bile bağırıp çağırdığınızı duymadım. Hiç kimse de duymamıştır.

- Senin annen baban da öyleydi Osman'cım.

- Sabri Abi çayım bitti kesime geçiyorum. Sana beş manto fazla keseceğim.

- Sağ ol. Ali hadi oğlum kesime geçiyoruz. Bağlar yetecek mi?

- Sabri Abi bu bandılları makinacılara sen ve Ali'nin vermesi gerek. Siz verirseniz yetişir. Yoksa her şey karışır.

- Biliyorum Osman bir iki defa yaşadım. Şimdi yeşillere geçelim mi?

- Olur, ben kumaşları getirdim. Burada.

- Sağ ol Osman bu da bitti. Saat sekiz olmuş. Biz yerleştiririz sen eve git oğlum. Yarın devam ederiz.

- Emin misin Sabri Abi, beraber bitirelim lütfen.

- Teşekkür ederim. Hadi sen eve git. Yarın nasıl olsa buradayız. Bundan sonra Ali seninle çalışsın.

- Sabiha ben geldim. Neredesin? Uyudun mu? Sofra hazır sen niye yemedin? Meleğim lütfen ye beni bekleme. Sonra ben çok üzülürüm.

- Buradayım.

- Gene döktürmüşsün Sabiha. Kıymalı patlıcan ve pilav. Eline sağlık. Bu arada herkes kekini çok beğendi, "Tekrar isteriz," dediler. Sabri Abi seni çok seviyor. Yere göğe koyamıyor.

- Sağ olsun, ne yaptın bugün?

- Önce Sabri Abi'ye gittim. "Git Hüsnü'nün işini bitir de aradan çıksın. Ali de seninle gelsin şimdi tatil, adam yoktur Hüsnü'de," dedi.

- Doğru demiş.

- Ali, Hüsnü Abi, ben serdik kestik. Paketlemenin bir kısmını bitirdik. "Ben boşum, daha da tatil, hem boş duracağıma ben yaparım. Siz gidin Sabri Abi'ye selam ve hürmetlerimi götürün. En yakında onu ziyarete gideceğim," dedi. Sabri Abi'ye geçtik. Daha üç günlük işi var Sabri Abi'nin sonra ablama geçerim. Sen ne yaptın nasıl geçti?

- Osman bir günde çok şey öğrendim. Hem sınıfta sadece altı kişiydik. Akşam kurslarında on beş yirmi kişi oluyordu. O gün gördüğümüz öğretmenler geldi, Gabriela genel İngilizce, Gordon gramer ve heceleme yazma. Kitap verdiler ben de gelirken kendime defter aldım. Yemek yaptım. Tom'u doyurdum ve seni bekledim.

- Sağ ol meleğim. Koltuğa oturup ayaklarımı uzatabilir miyim? Bütün gün ayaktaydım.

- Tabii ki niye soruyorsun. Ben çay getireyim. Benim ev ödevlerime bir bakar mısın? Ama düzeltme yarın öğretmenle düzelteceğiz merak ettim doğru mu diye.

- Sabiha çok güzel inan hepsi doğru bir yerden kopya almadın değil mi?

- Niye kopya alayım Osman, ben öğrenmek için okula gidiyorum. Ve buna ihtiyacım var. Soruları doğru cevapladığım için sevindim. Çünkü bugün öğrendiklerimin soruları bunlar.

- Seni tebrik ederim meleğim. Görüyorum ki sen bugün dersi iyi dinlemişsin.

- Yarın işe ne götüreceksin Osman? Ne hazırlayayım?

- Bir şey hazırlama yarın öğlen Sabri Abi'denim. Öyle dedi.

- Sana sevdiğin sandviçten yapayım mı?

- Olur ama sabah yapalım. Taze olsun.

- Osman saat kaç? Ablanı hiç aramadık.

- Haklısın dur arayayım. O geç yatar. Gece kuşudur.

- Abla geç oldu ama Sabiha ısrarla "Arayalım ablan merak eder," dedi. Nasılsın? Bizde anlatacağımız çok gelişme var. Ben şimdilik Sabri Abi'deyim. Sonra sana geleceğim. Olur ama Sabiha'ya sorayım. Sabiha bir haftalığına tam gün okula gidiyor. Abla biz konuşalım seni hemen arayacağım.

- Sabiha, ablam "Yarın yemeğe gelir misiniz? Bende de haberler var," dedi. Nasıl yapalım? Yarın gelip seni okuldan alayım, eve uğrayalım sonra ablama geçelim olur mu?

- Akşamüstü trafik çok olmaz mı? Ben metroyla gelirim.

- Trafik olmaz hâlâ tatil.

- Tamam o zaman.

- Abla saat yediden sonra sendeyiz.

- Tamam mı meleğim?

- Don't make fun of me.

- Ne dedin sen? Aferin kız sen süpersin. Oldu bu iş artık seninle İngilizce konuşacağım. Yaşasın başardın meleğim.

- Benimle dalga geçme.

- Yok geçmem Sabi, ne haddime.

- Tamam Osman tamam seninle başa çıkamıyorum. Ben yatmaya gidiyorum.

- Gel kız gel buraya, Don't tease me.

- Bu daha iyi mi? Yani konuşma dili değil mi?

- That's right.

- Anladım. Bir çay daha ister misin Osman?

- İsterim meleğim. Gel sen de yanıma otur da çayın tadı çıksın. Sabiha yarın okula sorsan acaba cumartesi günleri ders varsa bütün gün gitsen nasıl olur?

- Nasıl yani?

- Haftada iki gün akşamları gidiyorsun ya onun yerine cuma akşamı ve cumartesi bütün gün. Acaba olur mu yarın bir sorsan diyorum.

- Osman sen çok acelecisin. Her şey hemen olsun istiyorsun. Bak yine koşuyorsun. İmtihanlar mart sonunda, daha çok var. Ben hazırlanırım merak etme. Sende yardım edersin. Hem cumartesi alışveriş günümüz Rose Teyze'ye söz verdin.

- Doğru onu unuttum.

- Sabiha daha saat on bir çay koysan da oturup biraz konuşsak; okulda, yolda, Sabri Abi'de, ablamda olanları bir gözden geçirsek. Ben bir arabaya ineyim. Bugün Sabri Abi'nin hanımı bize öğlen yemeği getirdi. Sana da Bursa'nın çok meşhur Lokum denilen çöreğinden getirmiş. Hüsniye yenge seni görmek istiyor. Çok iyi, marifetli hanımefendidir. Annem çok severdi yengeyi.

- Çay koyuyorum. Benim de canım çay istemişti. Hem çörekle iyi gider.

- Çok güzelmiş Osman, ısıtayım mı böyle mi yersin? Bu kekin tarifini alalım.

- Hafif tatlı, ısıtmaya gerek yok bence. Ben saate baktım Sabiha senin okuldan eve 15 dakika da geldik ama trafik yoktu sen kaç dakikada geliyorsun.

- Yarım saati geçiyor. Ne olmuş Osman, Büyük Patron ablanı mı aramış duyamadım çocuklar beni içeri ders çalıştırmaya çağırdılar. Harun'un tarih dersi varmış. Ama kitapları çok güzel her sorunun cevabı zaten kitap da vardı. Konu Vikinglerdi. Rusların esas kökeni nerden geliyormuş biliyor musun? Vikinglerden. Harun'un ders kitabından öğrendik. Cemali çok sevdim, çok akıllı ve çok kibar. Ne demiş Büyük Patron?

- Ben ablamın siparişi bin tane manto biliyordum. Patron ablama iki bin tane ceket sipariş vermiş. "Osman Bey artık benimle çalışacak bir ara uğrasın sizin ceketler için görüşmem lazım," demiş. Ve beni çok methetmiş. Ablam "Seninle gurur duyuyorum kardeşim, Sabiha'nın ışığı seni aydınlattı," dedi. Bana hatırlat da patronu arayayım sabah erken. İşlerimiz iyi gidiyor meleğim. Bak söyledim her şey çok iyi olacak hiç merak etme lütfen. Sabiha Harun'un ders kitabını okuduğunda hepsini anladın mı?

- Konuyu gayet iyi anladım. Ama anlamadığım yerlerin, açıklamasını Cemal yaptı. Hem bana hem Harun'a ders verdi. Çok hoşuma gitti. Çok akıllı efendi.

- Dayısına çekmiş.

- Günaydın meleğim. Sucuk çok güzel koktu bu sabah.

- Çünkü başka yerden aldık. Bu daha güzel. Patron'u arayacaktın.

- Kahvaltıdan sonra ararım.

- Hazır mısın Sabiha çıkıyor muyuz?

- Patron'u aradın mı?

- Arıyorum sen hazırsan çıkarız.

- Akşam ben gelip seni alacağım beni okulda bekle.

- Niye ben gelirim sen işine bak.

- Sabiha öğleden sonra patrondayım. Sana yakın. İşim bitince beraber eve döneriz. Hava iki derece olacakmış. İyi dersler meleğim. Başını ört üşüme.

- Günaydın Sabri Abi, ne oluyor aşağıda tadilat mı yapıyorsun?

- Gel Osman seninle konuşacaklarım var. Kahve mi çay mı istersin?

- Çay olsun abi.

- Plan şöyle: Makinacıları, astarcıları, overlok ve etek basma makinaları alt kata aldım. Çünkü küçük mutfak ve tuvalette orda. İkinci kat: Ütücüler, sipariş hazırlama, paketleme, teslimat yani bitiş bölümü. Üçüncü kat: Senin benim katım. Yani kesim bölümü, benim ofis, kumaşlar ve sampıllar. Son katı sadece halılara ayırmak istiyorum. O ayrı bir iş, her şey iç içe olmasın. Zaten kapısı kapalı olacak. Ne dersin oğlum?

- Bence çok güzel herkesi her yerde görüyorduk.

- Sen ne yapıyorsun? Benim için sen ve makinacılar çok önemli.

- Haklısın sen makinacıların yerlerini ayarla. Yeteri kadar kesim yapıldı ama astar kesmem lazım. Herhalde üç bine yakın oldu. Ben yine her beden için bin tane keseyim derim.

- Çok değil mi Osman?

- Değil abi. Patron ablamın bin tane siparişi vardı ya onu geri almış, herhalde sana verecek, ablama ceket vermiş. Ama öğleyin beni bekliyor gidip ceket için konuşacağız. Bence işi sana vermekle yerinde bir iş yapmış olur, zaten dört bin tane burada hazırlanıyorsa bin tane niye başka yerde hazırlansın.

- Haklısın ama Servet'e yeni sipariş vereceği kesin mi?

- Verecek sen ona üzülme. Abi madem yer değiştiriyoruz senin kesim masan başkalarının kesim masalarından kısa eğer yer varsa bir metre veya yarım metre uzatabilir miyiz? Bir de masanın üstü kuvvetli değil ağır kumaşta esniyor. Bu da kesimde hata yapabilir.

- Sen öğlene kadar buradasın değil mi? Ben hemen marangoza telefon edeyim. Gelsin kendin konuş. Ne istiyorsan en iyisi yapılsın. Bir de diyorum ki bir tane dikiş makinası buraya koyalım. Sampıllar da burada dikilsin. Aşağı kalabalık.

- İyi olur abi. Ama hiçbir makinacı sana kendi makinasını vermez, alışmıştır. Makinacı ve makina bir bütündür. Onları ayıramazsın. Hani Zeybek Mustafa Ali'yi hatırlıyor musun?

- Hatırlamaz mıyım Allah sağlık versin ne şiirler yazmış ne besteler yapmıştı makinasına. Babanda çalışıyordu, hiç unutmuyorum ilk geldiğim gündü elinde o meşhur tespihini sallayarak yanıma geldi. "Hoş geldin bey bak şimdi oturduğun bu makina var ya, iyi bak ona, öyle alışacaksınız birbirinize sevgili olacaksınız, dostun, atın avradın, umudun, bereketin, kulağında şarkın, midende ekmeğin, yüreğindeki sevgin geleceğin olacak. Belki sevdiklerinden ayrılacaksın ama ondan hiç ama hiç ayrılmayacaksın çünkü o seni hiç terk etmeyecek, en vefalı dostun, sana sen kadar yakın yani senin yârin olacak. Hadi işin kolay gelsin," demişti. Zeybeğin dediklerinin çoğunu yaşadım.

- Hoş geldin Marangoz Ali. Sabri Abi, ablamın masasını da Ali yaptı çok kullanışlı.

- Hoş geldin Ali, bir konusun bakalım, Osman ne istiyorsa önce onun masasını yapalım.

- Şimdilik boşum abi dört beş gün seninle çalışabilirim.

- İyi o zaman kesim masası ve makinacıların bölümü ilk olsun, onlar çok önemli.

- Bence büyük bir işi hallettik. Öğleni de yapmışız. Bir yemek yiyelim de beni geri bırakıp sen de patrona gidebilirsin. Giderken sana küçük bir halı vereyim de patrona götür. Bizlere çok yardım etti. Küçük bir hediyemiz olsun. Ne dersin?

- Öyle yapalım. Akşam dönünce neler olduğunu sana anlatırım.

- Hoş geldi Osman Bey, bu ne? Satılık halı mı getirdin?

- Hayır, Sabri Abi size küçük bir hediye gönderdi.

- Bu çok güzel, çok değerli bir Türk halısı. Benim hanım bayılacak buna. Başka var mı?

- Sabri Abi bu halıların toptancılığını yapıyor.

- Bizim mağaza zincirlerimizin üst katları ev eşyaları için, Sabri'yle konuşalım da bu işi de yapalım. Çay mı kahve mi istersin?

- Ablandan siparişi geri aldım. Nasılsa Sabri'de her şey iyi gidiyor bu siparişi Sabri bitirsin, ablana ceket siparişi vardı onu verelim. Sezonluk güzel bir ceket. İyi satılacağından eminim. Yalnız kumaş konusunda pek fikrim yok, çizimleri de burada. Kumaş kataloğunu istedim şimdi getirecekler. Sıra senin düşüncelerinde Mr. Aziz.

- Teşekkür ederim. Eğer yanlış hatırlamıyorsam ablam böyle bir ceket dikmişti. Ama kime dikti bilmiyorum. Çizimler çok benziyor. Ablamı arayabilir miyim? Örneği var mı bir soralım.

- Ben arayayım ablanın numarası bende kayıtlı. Senin telefonun yok galiba Osman?

- Abla selam. Hani sen bir ceket dikmiştin gecen sene sonra Kıbrıs'a annemlere gönderdin ya çoğu açık renkti. O ceketten var mı?

- Dur bakayım. İngilizce konuşuyorsun patronun yanında mısın?

- Evet çok heyecanlıyım lütfen bir bakar mısın? Ablam şimdi arayacak.

- Selam Mrs. Servet nasılsınız? Bu kardeşiniz bir harika. Şimdi senin işi konuşuyoruz. Veriyorum.

- Abla buldun mu? Yanda cepleri var, biraz büyük, uzun yaka. Yok evet aynı abla, çok rica edeceğim biriyle hemen bana gönderir misin? İnan benim için çok önemli.

-Ablam yaptığı işlerin örneklerini saklar. Babam da böyleydi. Şimdi gönderiyor. Yarım saatte burada olur. Yalnız benim bir önerim var, eğer aynı ceketse tamam aynısını yapalım ama yazlıksa niye kısa kollu, yakalı astarsız yazlık bir ceket olmasın. Derim seçim sizin.

- Niye astar koymuyorsun

- Olabilir tabii ama yazlık olduğu için daha hafif olur. Daha az masraf. Ama içinin dikişi temiz ve güzel olmalı. Renkler biraz koyu olursa daha çabuk satılıyor M&S da çalışırken bunu görmüştüm.

- M&S da mı çalıştın.

- Evet üretim ve tasarı bölümünde M&S in Kuzey'de büyük fabrikalarında çalışmıştım. Kumaşlara bir bakalım mı patron?

- Bakalım, yazlık olacağı için ince olması lazım değil mi?

- Uzun kollular kalın olabilir ama kısa kollu da yapacaksak ince olması lazım.

Ceket geldi Osman.

- İşte tam düşündüğüm gibi. Çok az değişiklik var hemen hemen aynı.

- Tamam o zaman hem kısa kollu astarsız hem uzun kollu astarlı yapıyoruz. Kumaşı seçer misin?

- Bu katalogdan mı seçeceğiz. Bence bu ceketin kumaşı çok güzel. Bundan var mı?

- Bir bakalım. Ben bunun çizimlerini şimdi hazırlatayım. Yarın benimle çalışır mısın? Değişikleri ve hesaplamayı yapalım.

- Olur, yarın sabah görüşürüz.

- Geldiğin için teşekkür ederim.

- Çok beklemedin değil mi Sabiha'm?

- Yok şimdi çıktım bak herkes yeni çıkıyor.

- Yarın burada çalışacağım. Beraber gelir döneriz. Bugün nasıldı?

- Çok iyiydi. Bazı şeyleri anlamakta artık zorlanmıyorum. Onun için de dersler daha zevkli oluyor.

- İyi çok iyi. Ne yapıyoruz? Ne yiyelim?

- Evde her şeyimiz var, gidince bir şeyler yaparım.

- Buraya yakın çok eski bir İtalyan restoran var. Adı Stockpot. İtalyan yemeği yemek ister misin? Beğenirsin güzeldir.

- Ben severim İtalyan yemeklerini. Kordon'da bir iki tane vardı, bir ara arkadaşlarla çok giderdik.

- Nasıl beğendin mi? Dondurmalı kekten de yemelisin çok güzeldir.

- Teşekkür ederim Osman gerçekten çok güzeldi. Hele kek dediğin kadar varmış.

- Afiyet olsun meleğim. Eve gidince bir çay içelim bugün hiç çay içmedim.

- Olur sana çay, Tom'a mama lazım. Acıkmıştır.

- Sabah mamasını vermedin mi?

- Verdim tabii ama bütün gün acıkmıştır. Bak şimdi nasıl konuşur, bize nasıl kızar.

- Eve gidince hatırlat da Sabri Abi'yi arayayım Sabiha'm.

- Olur, off hava ne kadar soğumuş.

- Sabiha dereceye bak -2 olmuş ondan üşüdün aman sıcacık evimize gidelim.

- Osman sen çayı koyarsan ben hemen Tom'u doyurayım. Tom küstün mü? Niye konuşmuyorsun? Gel seni kucağıma alayım da barışalım. Biliyorum sen Rose Teyze'yi özledin.

- Sabiha çayı koydum. Ben üstümü değişiyorum. Bugün bizi üç kişi aramış: Ablam, Sabri Abi bir de bilmediğim bir numara.

- Çay demlensin, sen ablanla, Sabrı Abi'yle konuş, ben ödev yapayım.

- Sabiha sana çay getirdim. Yardım ister misin? Ödevin nasıl gidiyor?

- Bitti. Bir bakar mısın? Yanlış varsa düzeltme öğretmenle düzelteceğiz. Ben sadece kendimi kontrol etmek istiyorum.

- İyi Sabiha'm, sadece üç kelimeyi yanlış yazmışsın. Bir de bir yerde ufak bir gramer hatası var o kadar.

- Teşekkür ederim. Sen de ne haberler var?

- Ben yarın Büyük Patronla çalışacağım. Daha önce de söyledim beraber gider beraber geliriz. Yarından sonra senin bir günün daha kalıyor değil mi?

- Evet öyle. Çok teşekkür ederim çok şey öğrendim Osman.

- Bir şey değil Sabiha'm beğendiysen ne mutlu bana. Ablam selam söyledi. "Ne yapıyorsunuz? Şurada iki üç gününüz kaldı," deyince ben de neler yaptığımızı söyledim. "Yemek yemek deyip kızın başının etini yeme," dedi. Sabri Abi yeni siparişine çok sevindi.

- Sabri Abi'ye yeni sipariş mi verdi?

- Şöyle olmuş: Sabri Abi'ye dört bin tane manto siparişi vermiş. Ablama da aynısından bin tane vermiş. Ablamdaki bin tane siparişi alıp Sabri Abi'ye verdi. "Zaten dört bini orda dikiliyor. Bin de orada olsun," dedi. Ablama da yarın tasarımların ve resimlerin üzerinde konuşacağımız, zannedersem iki sipariş verecek ama sayısı ne kadar olur bilmiyorum. İşte yarın bu iş için orada çalışacağım. Geçen gün de söyledim ya ayda bir gün Büyük Patronla çalışacağım.

- Hayırlı olsun Osman. Ben de çok çalışmak istiyorum sana yardımcı olayım ki çok geç vakitlere kadar çalışma. Çok yorulma.

- Yok Sabiha'm ben senin çalışmanı istemiyorum. Hem bu sene artık benim sorumluluğum var. Meleğim, hayatım senin sayende düzene girdi. Çok mutluyum, çok huzurluyum. Artık bir evim, beni bekleyen bir meleğim var. Nasıl geç vakitlere kadar çalışırım. Senin okul bitince artık nikâha hazırlanmalıyız Gerçi hazırlanacak bir şey de kalmadı. Ablam bizden daha heyecanlı.

- Osman inşallah her şey çok güzel olur. Ailem bana karşılıklı sevgi, saygı ve hoşgörü ile bir ailenin ayakta durabileceğini öğretti. Bu bizim evimizde hep vardı, az şeylerle mutlu olmayı şükretmeyi öğrendim. Hayatımda hiçbir zaman hiçbir şeye özenmedim.

- Biliyorum, görüyorum. Sen eşi bulunmaz birisin. Onun için seni çok seviyorum. Ben bazen Osman'ı Osman'dan kıskanıyorum. Seninle çok mutluyum. İyi ki hayatıma geldin.

- Sen de öyle Osman.

- İyi dersler Sabiha'cım, kaçta geleyim?

- Dünkü gibi Osman. Sana da bol şanslar dilerim.

- Sana da meleğim.

- Merhaba Osman, çok mu bekledin?

- Biraz önce geldim, dışarı soğuktu ben de içeride bekleyeyim dedim. Öğretmeninle konuştuk. Mr. Donald senden çok memnun. "Çok güzel öğreniyor, akıllı ama öğrenmek istediği için çok güzel öğreniyor. Uzun zamandır böyle öğrencim olmamıştı. Size söz veriyorum Sabiha'yı imtihanlara ben hazırlayacağım. Eminim başarılı olacak. Bize bir veya iki hafta kurs yeter. Zaten haftada 2 gün onu göreceğim hiç meraklanmayın. Tatilden sonra onu bir üst sınıfa almak gerek, bayağı ilerledi," dedi.

- Artık konuları hemen anlıyorum. Anladıkça da daha çok öğrenmek istiyorum. Çok hoşuma gidiyor. Belki de öğrencilik yıllarına dönmekten hoşlandım. Tekrar teşekkür ederim Osman. Hava çok soğukmuş. Sen ne yaptın bugün?

- İyiydi. Büyük Patron bana telefon almış. "Evlilik hediyesi," dedi ama biraz acayip bir durum, pek hoşuma gitti sayılmaz.

- Ne oldu kötü bir şey mi söyledi? Çok mutlu görünmüyorsun.

- "Evlilik hediyesi, sana telefon aldım. Çünkü sana istediğim zaman ulaşamıyorum. Bir sene herhangi bir ücret ödemeyeceksin ben ödeyeceğim," dedi.

- Eee ne var bunda? Bana kalırsa normal çünkü adam seni başkalarından arıyor. Belki hemen dönmeni istiyor o anda bir şey sormak veya seninle özel konuşmak istiyor ama sen ertesi sabah dönüyorsun. O zaman da işin hevesi kaçıyor veya geç kalıyor. Bana kalırsa çok iyi hem ben de hemen ulaşırım. Sen niye öyle düşündün.

- Birincisi büyük bir hediye. Beni rahatsız etti. İkincisi her şeyi bir sene o ödeyecek. Yani Osman bir sene bana hizmet etmen gerek bir yere gidemezsin, iplerin elimde gibi. Bana biraz ters geldi.

- Bana kalırsa öyle değildir. Sana hediye almış bir senelik ücreti de hediye. İkincisi adam senin değerini anladı kaçırmak istemiyor. Bence en önemlisi aradığı zaman sana ulaşmak istiyor. Adam işinin takibini düşünüyor. Benim fikrimi sorarsan adam senden çok kendi işini düşünüyor. Bu telefon da adamın işini kolaylaştırmış oldu.

- Galiba haklısın. Gerçekten öyle midir?

- Osman biraz düşün lütfen sonra evde tekrar konuşalım. Herhangi art düşünce olduğunu zannetmiyorum. Adam işini takip etmek istiyor. Hepsi bu. Bugün yemeği evde yiyelim.

- Olur uzun zaman balık cips yemedik.

- Tom da balığı çok seviyor.

- Sabiha sofra hazır mı?

- Hazır. Sen duştayken küçük patron aradı.

- Kim, ablam mı?

- Onun da eli kulağındadır, Sabri Abi aradı.

- İkisini de yemekten sonra ararım. Çay da koydun mu meleğim?

- Evet her şey hazır seni beliyoruz Tom da balık mama istiyor. Gel Tom önce seni doyurayım.

- Buyur çayın, hâlâ şu meşhur telefonu göremedik

- Arabada getireyim.

- Waoow. Motorola, gerçekten büyükmüş. Bir fikrim var: Bir sırt çantası alalım. Hem telefonunu hem de öğlen yemeğini taşırsın.

- Son çarem? Yarın akşam beraber alırız.

- Olur ben son gün ev ödevini yapmaya gidiyorum.

- Sana çay getirdim Sabiha, ödevin daha çok mu?

- Son sayfadayım ama lütfen bir bakar mısın?

- Hepsi güzel ama bir cümle var burada bir kelimeyi yanlış yerde kullanmışsın. Yani kullandığın kelimenin cümledeki yeri orası değil. Bir de bir iki kelime yazılışı yanlış. Niye sözlük kullanmıyorsun. Sözlüğün yok mu? Yoksa yarın Dillons'tan alalım

- Sen yarın ne yapıyorsun yine beni almaya gelecek misin?

- Patron ablamın siparişini geri aldı ya onun yerine ablama iki sipariş veriyor. Biri kısa kollu diğeri uzun kollu ceket. Her birinden bin tane. Fiyatı da iyi ablamı kurtarır. Ama yarın akşam sampil ceketleri istiyor. Çabuk olursa iyi olur çünkü ablamın işi yok. Onun için ben yarın bu işle meşgul olacağım. Bekir Abiler saat sekizde ablamda olacaklarmış.

- Örnek ceketler kesildi mi?

- Evet bugün hem çizdim hem kestim arabada. Yarın dikilir, ütülenir. Öğleden sonra teslim eder. Seni alır gelirim. Sen bu telefonun numarasını al da yanında bulunsun. Mrs Aziz rica etsem bir çay alabilir miyim? Ben sana "Sözlüğün var mı?" diye sordum cevap alamadım.

- Birçok konu girdi araya var da çok eski.

- Yarın en iyisinden alalım. Hayırdır geç vakit kapı çalıyor.

- O kadar geç değil Osman.

- Gel abla.

- Acaba geç mi oldu diye düşündüm. Ama gideyim hem çocukları göreyim hem de sampılları alayım dedim. Yarın fabrikayı çok erken açacağım Sultanlar da erken gelecekler ki öğlenden sonraya yetişsin. Nedir bu adamın derdi Osman çabuk çabuk? Nerde görülmüş çizilsin, kesilsin, dikilsin?

Abla biraz da hata bende. Ben işi bitireyim istedim. Bir de adam biz balayına çıkarız diye düşündü herhalde, ondan acele etti. Neyse iyi de oldu zaten senin işin yoktu.

- Var canım. Pazarcı Hindistanlı Sıddık'ın 500 tane Hindistan modelinde yakasız uzun ince kumaştan erkek ceketi var. İki yüzü kolsuz ama bir hafta yeter ona. Hadi göreyim şu telefonunu Osman.

- Dur ben getireyim. Çay ister misin Servet Abla?

- Açık bir çay isterim. Çok güzel, biraz ağır ama şükürler olsun seni çok çabuk bulacağım.

- Evet çok büyük ve ağır Sabiha'nın bir önerisi var. "Sırt çantası alalım da hem telefonunu hem öğlen yemeğini taşırsın," diyor.

- Aferin benim Sabiha'ma. Sağ ol canım, sen neler yapıyorsun Sabiha? Okul nasıl gidiyor?

- İyi oldu Servet Abla çok şey öğrendim. Şimdi konuları anlıyorum anladıkça daha çok öğrenmek istiyorum. Mesela bugün televizyon izlerken her şeyi rahatlıkla anladım.

- Gördün mü Osman, işte eğitimin farkları bunlar. Dilerim daha iyi olsun Sabiha'cım. Pazar günü birlikte olalım da neler yapmak lazım konuşalım. Ben bugün kuaförümden pazartesi için randevu aldım. İstediğin arkadaşların varsa saat 11'de Kuaför Karizma'ya gelsinler. Sahibi Yasemin'dir.

- Bir Sultan Abla var.

- Bugün uğramışlardı ben Sultan'a söyledim. Hadi ben gideyim yarın çok erken kalkacağım.

- Abla sana patınlarla kesilmiş kumaşları vereyim. Ben sabahtan Sabri Abi'ye uğrar gelirim. Sabri Abi fabrikasını düzenliyor. Çok güzel olacak. Bende yeni kesim masası istedim çünkü çok eski ve kötüydü. Senin Marangoz Ali geldi.

- Ali çok iyi sanatkâr hem de çalışkan. Biliyor musun Osman biz de değiştirmeliyiz. İki kat ama her taraf her tarafta biraz çeki düzen istiyor. Ne dersin ne zaman yaparız? Sen olmadan ben yapamam, enişten bu işleri sevmez ve karışmaz. Bak Büyük Patronla da çalışıyorsun kendine ofis yapmalısın yerimiz var.

- Abla ancak yaz olur, yaz sezonunda. Şimdi makinacıları kaldıramazsın veya seneye bu zaman. Zaten iki siparişin var.

- Doğru söylersin. Hadi Sabiha'cım hoşça kal, pazar günü görüşelim.

- İyi geceler Servet Abla, oğlanlara, Hasan Abi'ye selam söyle.

- Servet Abla biraz durgun gibi acaba bir şeye canı mı sıkılıyor?

- Bana öyle gelmedi. Hem canı sıkılsa söyler, içinde bir şey tutmaz o. Yani nasıl derler içindeki dışındadır. İyi oldu ablamın gelip patinleri alması. Yarın çok erken çıkmam gerek seni metroya bırakır akşam da gelir alırım. Olur mu meleğim?

- Niye yarın yine Büyük Patron'da mısın?

- Evet, bir çay daha içer miyiz Sabiha?

- Ben içmeyeceğim sana vereyim. Cumartesi önemli bir işimiz yok değil mi? Sadece yiyecek alışverişimiz var. Pazar günü Servet Abla'yla oluruz. Pazartesi büyük gün. Acaba vakit olursa cumartesi Duru'ya uğrayalım mı? Hem telefon numarasını verelim.

- Uğrayalım. Ben de sana soracaktım Duru'yla niye görüşmüyorsun diye sonra düşündüm biz fazla koşuşturduk, sen okula gittin. Ama evimizde telefon var arayabilirsin. Neyse yarın son gün.

- Günaydın meleğim, kahvaltıyı hazırladım. Bak bakalım eksik bir şey var mı?

- Yok valla her şey tamam yalnız Tom'u doyurdun mu?

- Nasıl doyurmam zaten onun sesine uyandım. Adam ağzını bir açtı. Suratını görecektin bir karış. Kedilerin bu kadar konuşkan olanına hiç rastlamadım. Mamasını verince şöyle bir suratıma baktı ki şaşırdım.

- Ne dedi anladın mı?

- Anlamaz olur muyum? Galiba önce ana avrat düz gitti. Sonra mamayı verince suratıma baktı ya. Aynen şöyle dediğini zannediyorum: "Alt tarafı bir mama, öldüm burada açlıktan tembel herif." Niye gülüyorsun?

- Aynen öyle demiştir. Eminim bana da bazen kızıp söyleniyor. Neyse Rose Teyze gelince halleder her şeyi. Ona çok alışkın mama zamanını biz ayarlayamadık herhalde. Kahvaltı için teşekkürler ben hazırlanayım mı?

- Olur ben de mutfağı toparlar hemen hazırlanırım.

- Ben hazırlandım sen biraz bekle de arabayı çalıştırayım hava çok soğuk.

- Arabayla mı gideceğiz?

- Seni metroya bırakacağım akşam da almaya geleceğim

- Gel gel, çok soğuk tabii ki soğuk olacak tam zamanı ama inşallah bizim büyük günümüzde yağmur olmaz. Hiç duydun mu? Buradaki Türkler der ki: İngiliz'in havasına, kadınına ve parasına güven olmaz.

- İyi havaya, paraya desinler de kadına öyle şeyler söylemesinler. Niye erkeğine değil de kadınına?

- Bilmiyorum meleğim ben de duydum, neyse şimdi tartışmayalım lütfen. Zorlu bir gün geçireceğim zaten. Kendine iyi bak akşama görüşürüz.

- Selam Osman, çok oldu mu geleli? Öğretmenle günler hakkında konuşacaktık. Beni bir üst sınıfa almak istiyorlar

- Biz öğretmenin Donald'la konuştuk ama istedim ki sen de ol. Cumartesi gününü sordum. "Cumartesi ders yapmıyoruz tanıtım gezi, İngiltere'de yaşamı öğretiyoruz. Ona Sabiha'nın ihtiyacı yok, merak etmeyin ben söz verdim imtihana hazırlayacağım," dedi.

- Selam Mr. Osman belki Donald söylemiştir ben Sabiha'yı bir üst sınıfa almak istiyorum çünkü bayağı iyi onun için günlerin değişmesi lazım. Salı ve cuma günleri nasıl olur?

- Bizde bir günün Cuma olmasını istiyorduk. Çok teşekkür ederiz.

- Ben teşekkür ederim. Başarılı öğrencilere ders vermek çok zevkli. Sabiha'dan çok memnunuz. İyi dileklerim onunla.

- Sabiha hazır buradayken sözlük alalım. Başka istediğin var mı?

- Olur alalım ama çok büyük olmasın.

- Ne yiyelim Sabiha'm ben çok acıktım. Hazır buradayız Çin yemeği ister misin?

- Evde bir şeyler hazırlarım, evde yesek.

- Yarından sonra evdesin. Hem bütün gün çay kahve içmekten başım ağrıdı. Patron durmadan kahve içiyor.

- Olur Çin yemeği yiyelim. Geçen yediğimiz güzeldi aynısından olsun.

- Nasıl beğendin mi Sabiha?

- Çok güzel, ben de senin gibi çubukla yemeyi denemek istiyorum.

- Doydum kendime geldim. Sabiha bu akşam çay istemiyorum. Üç gün kahve içmeyeceğim.

- Niye o kadar kendini zorluyorsun ki ikram ettiklerinde içmeyeceğim de içme.

- Doğru diyorsun ama konuşurken farkına varmıyorum. Çin süpermarketinden bir şey istiyor musun?

-Yok yarın yiyecek alışverişine gideceğiz ya oradan alırım eksiklerimizi.

- Evimize gidelim. Bugün bayağı yoruldum.

- Gidelim Tom bizi bekliyordur. Karnı da acıkmıştır. Servet Abla pazar günü ne zaman gelir acaba?

- Pazara çok var meleğim.

- Kahvaltıya gelecekse ona göre hazırlık yapalım diyecektim.

- Üzülme sorarız. Tom'u doyurdun mu? Benim yapacağım bir şey var mı? Ben yatıyorum. Hadi sen de gel. Bak geç olmuş.

- Ortalığı toplayıp geliyorum.

- Hoş geldin Servet Abla geç lütfen.

-Aman Sabiha bu ne güzel koku. Hemen de karnım acıktı. Kimse yok değil mi? Rahat olayım diye ev elbisemle geldim.

- İyi yapmışsın Servet Abla sana çiğ börek yaptım çay da hazır.

- Çaylar da benden abla ne iyi ettin de geldin.

- Sofra hazır hadi buyurun.

- Abla unutmadan sorayım, siparişlerden memnun musun? Astarsız olanlar çabuk biter.

- İyi, Allah bereketini versin. İnşallah devamı gelir.

- Abla dün Büyük Patronla bayağı konuştuk, "Bundan sonra seninle, Sabri Abi'yle bir de buluz, elbise diken Rum Niko'yla çalışacağım. Çok dağılmak istemiyorum," dedi. Yeni yıldan sonra sizleri ziyaret edip, fabrikaları görmek istiyor. Bunlar iyi haberler.

- Bir de kötü haber mi var yoksa?

- Öyle gibi ama şimdilik değil. Patron aynen şöyle dedi: "Osman duyduğuma göre ismini şimdi söylemeyim, mağazalar zinciri olan Londra'nın en büyük bir firması Çin'le çalışacakmış. Biliyorsun Londra'da isçilik ve vergiler çok pahalı. Bazı işlerden fazla kar kalmıyor. Bence şimdi değil ama üç veya dört sene sonra Londra'da tekstil biter gibi düşünüyorum. Onun için bildiğim kişilerle çalışmak istiyorum. Ben ve benim çevrem kazansın."

- Dur bir dakika Osman, sen mi söyledin adama çünkü senin fikrindir bu. İştahımı bozdun.

- Yok abla koskoca milyarlık iş adamı ben ne söyleyebilirim ki sadece dinledim. Başka yerlere iş vermeyecek sadece üçünüzle çalışacak. Bu da senin işsiz kalmayacağın demek. Daha çok iş garantin var.

- Öyle mi diyorsun.

- Tabii düşünsene kim iş verecek diye düşünmeyeceksin. Bak bir siparişi geri aldı yerine iki sipariş verdi.

- Doğru neyse biz kendi konumuza dönelim. Yarın büyük günümüz. Sizlerin mutlu günü benim de mutlu günümdür. Sabiha'cım ben kardeşimi çok severim. Onun için anne babamdan daha çok üzüldüm, çok tasalandım. Sonra aldı başını M&S'in fabrikasına kuzeye gitti. Bir seneden fazla kaldıktan sonra geri döndü. Allah'ın sevgili kuluyuz ki sen çıktın karşımıza, karşımıza diyorum çünkü ben hayatta hep istediğim bir kız kardeşti. Seni ilk gördüğümde çok sevdim. Şimdi hem oğlan hem de kız kardeşim var. Onun için çok mutluyum. Biliyorum siz çok mutlu olacaksınız. Ben de hep yanınızdayım. İyi ki geldin Sabiha iyi ki bizimlesin. Seni çok seviyorum.

- Sağ ol Servet Abla ben de sizleri çok seviyorum.

- Söylesene "Çok korkuyorum Servet Abla." Unuttun mu hani eve dönmek istiyordun?

- Evet doğru Servet Abla çok korkmuştum. Çünkü her şey o kadar çabuk oluyordu ki, konuşuluyor, düşünmeye vakit kalmadan kararlar alınıyor. Kimliğini bilmediğin çok yakın zamana kadar varlığından haberin bile yokken, koca bir hayat yoluna çıkıyorsun. Acaba diyorum gönlüm gurbetin yalnızlığını, tek başına olduğum için sığınacak birine mi ihtiyaç duydu. Çünkü Osman'ın yanında kendimi rahat ve güvende hissediyorum, yanımda olması bana huzur veriyor. Yarın büyük gün dilerim huzur mutlulukla gelsin.

- Tabii ki çok mutlu olacaksınız lütfen buna inan Sabiha. Gurbet sadece sana mı zor geldi canım benim herkese zordur. Nerede ise elliye gelen yaşımla neler gördüm, neler yaşadım. Ne haksızlıklarla karşılaştım. Annemler kesin dönüş yaptı Osman aldı başını Kuzey'e gitti. Birden ailemi kaybettim Tek başıma fabrika, iki küçük çocuk, sorumluluklar, devraldığım işi yürütebilmek çabası. Herkes bana çok sert çok katı biri der. İnsanlarla, kadın olmakla, gurbetle uğraşmak beni sert, katı yaptı. O dışarıdaki hayatımdır. Ama sevdiklerime gönlüm yufkadır. Benim sevgimden sende nasibini çoktan aldın. Yeter ki sevmesini bilelim canım sevgiyi nere koysan oraya yakışır. Siz benim ailemsiniz sizin sevginiz bana yeter. Dışarı kar bora olsa da umurumda değil. Sizlerle hayatım bahar gelin sizi bir öpeyim.

- Niye ağlıyorsunuz kadınlar. Bu güzel günümüzde ağlanmaz. İyilikler bizimle olacak. Hadi çay içelim mi?

- Ben getireyim birer börek ister misiniz?

- Ben isterim Sabiha'm.

- Ben de canım. Sabiha yarın ben mi alayım seni Kuaför Karizma'da Yasemin'le randevumuz var. Çok severim Yasemin'i çalışkan iyi bir iş kadınıdır. Ailesi ve işi önce gelir. Görünce sen de seversin. Saçların ve makyaj yapıldıktan sonra gelinliğini orada giyersin. Ama evde giymek istersen geliriz evde giyinirsin. Ben yanında olacağım sen nasıl istersen canım.

- Kırmızı kurdele aldık mı Servet Abla?

- Aldım canım hem de ipek olandan. Evden çıkarken Hasan Enişte'n bağlayacak olur mu? Çünkü ailenin büyüğüdür.

- Olur tabi. Teşekkür ederim Servet Abla.

- Osman yemekte misafirleri Sultan ve Bekir karşılayacaklar. Ben konuştum severek yaparız dediler. Zaman olunca ben ve Hasan'da kapıyla ilgileneceğiz. Rose Teyze'niz ve ailesini bizim masaya koydum yabancı kalmasınlar diye. Başka herhangi bir isteğiniz ve programda memnun olmadığınız bir şey varsa söyleyin lütfen.

- Her şey mükemmel sizi tebrik ederim Servet Abla.

- Bence de her şeyi çok güzel organize etmişsin abla sağ ol.

- O halde ben gidiyorum. Yarın on birde gelir seni alırım Sabiha'cım.

- Aman Servet Abla ne kadar güzel gelininiz var. Şimdi ben onu bir süslerim. Güzeller güzeli olur damat bile tanıyamaz.

- Sağ ol Yasemin'cim kalbi de yüzü kadar güzeldir. Ben de bir kız kardeş kazandım.

- Merak etme Servet Abla güzel düşünen insanların işi güzel biter. Allah mutlu etsin.

- Sağ ol Yasemin'cim yetişiriz degil mi?

- Yetiştiririm hiç merak etme ablam?

- Abla bu kim? Bu benim meleğim mi? Tanıyamadım çok güzel olmuşsun Sabiha'm

- Sağ ol Osman. Benim kardeşim zaten çok güzeldir. İki boya sürüldü o kadar. Hem sataşma zaten durgunlaştı. Ağlatırsan bütün boyalar akar.

- Aksın daha iyi o kadar güzel olmasın zaten.

- Şuna bak, sen hadi git de biz de giyinelim. Sen güzel kimmiş o zaman gör. Bir de kapıya baksana belki çocuklardır.

- Gel Sultan gel biz de hazırlanalım.

- Maşallah Sabiha'm Allah nazardan saklasın. Niye durgunsun Sabiha? Bu senin en mutlu günün gelinler hem ağlar hem gider. Gel giyinelim nikâha az kaldı.

- Tamam mı abla hazır mısınız?

- Hazırız Osman, yüzükleri aldın mı? Hasan nerede, kurdeleyi bağlasın?

- Buradayım Servet, burada. Maşallah güzel gelinimize.

- Nikâhınız da kıyıldı, hayırlı uğurlu olsun. Mutluluklar kardeşlerim. Resimci nerde Hasan? Gördüm buradaymış.

- Siz arkaya geçin ben kullanayım. Birazdan varırız.

- Epey kalabalık oldu. Çağırmadıklarımız da gelmiş değil mi?

- Bilmem abla benim gözüm Sabiha'dan başka bir şey görmüyor.

- Geçin bakalım. Sabiha içecek ne istersin atıştıracak bir şeyler getireyim mi?

- Teşekkür ederim abla su alabilirim boğazım kurudu.

- Biraz dinlenin de misafirlere hoş geldin diyelim. Osman şu gelenler Nikolas değil mi? Hani Dalston da bizim fabrikanın yanında bluz fabrikaları vardı. Annesi annemi hep ziyarete gelirdi. Her geldiğinde de bir mantoyla giderdi.

- Demek ki manto almaya geliyormuş.

- Selam Osman, selam Servet, bizi çağırmadınız ama biz geldik. Çünkü biz sizinle çok uzun seneler komşuluk yaptık. Çok güzel beraberliklerimiz oldu. Artık öyle gerçek dostlar kalmadı.

- Hoş geldiniz Niko buyurun size yer göstereyim.

- Nerden duymuş bu Niko acaba? Bak Sabiha şu gelenler Kayış Hüsnü ve eşi sen hikâyesini seviyorsun. Rose teyzeler daha gelmedi. Acaba kadın yine fazla mı içti? Peter geldi eşi ve kızlarıyla, yanımıza geliyorlar.

- Tebrik ederim. Bak Helen, Osman'ın güzel eşi. Sizleri tebrik ederiz.

- Geldiğiniz için teşekkür ederiz.

- Hoş geldiniz Peter. Masanızı göstereyim.

- Hos bulduk Servet. Helen tanımak istediğin Servet. Helen senin mantolarını çok beğeniyor. Artık tanıştınız kendi gelir.

- Tabii buyursun, her zaman beklerim.

- Osman ablan da sen de çok güzel Rumca konuşuyorsunuz.

- Ablamın ana dili. Annem "Rumca gibi Türkçeyi de güzel konuşsan çok sevineceğim," der ablama takılırdı. Sabri abiler geliyor. Baba yarım benim.

- Gel Hüsniye gel bak bu hanım kızımız Sabiha. Sizi tebrik ederim. Osman nikahta bulunamadık özür dilerim.

- Olsun Sabri Abi'cim burası daha iyi. Zaten nikâh çok kısa sürdü.

- Allah tamamına erdirsin. Çok mutlu olun. Seni gördüğüme çok memnun oldum Sabiha kızım. Sabri Abi'n seni çok methetti. Osman bizim oğlumuzdur. Eve de beklerim.

-Sağ olun siz de buyurun Hüsniye yenge.

- Nihayet geldiler. Rose Teyze sana bakıyor Sabiha şaşırdı galiba. Aman ya kadın yine sarhoş mu? Ondan geç kaldılar.

- Sabi benim güzel kızım. Ne kadar güzel olmuşsun. En iyi dikeklerim sizlerle olsun. Melek gibi olmuş George bak aynı melek.

- Hoş geldiniz buyurun. Rose Teyze ben Osman'ın ablasıyım. Bundan sonra sık sık görüşeceğiz. Masanızı göstereyim. Bizimle beraber oturacaksınız.

- Osman bu ne kalabalık yer kalmadı. On masa daha koydurdum. Dikkat ettim de babamın bütün arkadaşları ile bizim bütün tekstilciler gelmiş. Ne yapalım saymış gelmişler, hoş geldiler. Melkom Bey'in fabrikasındakileri Bekir sıkıştırdı. Hepsi çok iyi insanlar.

- Ay çocuklar çok yoruldum ama bu güzel yorgunluk. Herkes çok memnun ayrıldı. Hasan bir dakika bekleyin de geliyorum. Yardım edeyim mi merdivenleri çıkman için. Sabiha al bu çanta senin içinde takılan paralar var. Hepsi senin kardeşim.

- Kesinlikle olmaz Servet abla, asla kabul edemem senin hakkın, sen çok yoruldun, çok koştun, çok harcamalar yaptın.

- Takılar gelinindir adet böyledir. Kırmızı kurdele nasıl adetse, takı da gelinindir âdettendir. Düğün bizim, ne gerekliyse tabii ki yapmamız lazım, yaptık. Bak iki düğünümüz daha var siz de onlara yaparsınız.

- Benim içim hiç rahat değil Servet Abla.

- Sus ol be Sabiha şimdiye kadar hiç kızmadım ama şimdi kızacağım. Hadi ben gidiyorum, iyilikle kalın.

- Takılan paralar senindir meleğim. Kimse bir kuruşunu istemez. Hem sen merak etme ablamla konuşur hesabi paylaşırım ama istemez. Senin için rahat olsun.

- Bugün Servet ablayı çok takdir ettim. Çok yoruldu ama her şeyi çok güzel organize etmiş. Fazladan çok misafir olduğu halde hiç eksiklik çıkmadı. Herkes çok memnun ayrıldı.

- Gerçekten her şey çok güzeldi. Ama hoşuma gitmeyen önüne gelen senin güzelliğinden söz etti.

- Bence gurur duymalısın çünkü beni methetmeleri senin iyi bir seçim yaptığını gördüler. Beni değil herkes seni kutladı. Niye bunun farkına varmadın?

- Tamam, Sabiha tamam ben senle başa çıkamıyorum. Gel yardım edeyim de gelinliğini çıkaralım. Hem su yüzünü yıkayalım da o boyalar çıksın.

- Ben yıkarım. Amma taktın boyalara.

- Hayır yani o güzel yüzün çabuk bozulmasın. Sen sade birisin boya küpü olmana gerek yok.

- Anladım Osman ben duş alsam daha iyi olacak.

- Osman uyumuş bile anneme bugünü yazayım.

İşte büyük gün. Bugün büyük bir gündü anneciğim.

Ben önce beyaz bir elbise görmüştüm. Onu alıp nikahta giyerim diye düşünmüştüm. Ama Servet Abla ve Osman olmaz senin gelinlik giymen lazım. Her genç kızın hakkıdır dediler çok güzel bir gelinlik alındı. Giyince herkes çok güzel olduğumu söyledi. Ne yalan söyleyeyim aynaya baktığımda bende kendimi çok beğendim. Makyajla, gelinlikle kendimi tanıyamadım. Annem de benimle olsaydı dedim bu yüzden biraz buruktum anneciğim. Evden çıkarken kırmızı kurdeleyi Servet Abla'nın kocası Hasan Enişte'nin yerine babamın bağlamasını çok isterdim. Sarılsın iyi dilekler dilesin. Keşke nikâhta sen yanımda olsaydın sıkıca sarılıp her zaman ettiğin dualarını, iyi dileklerin söyleseydin. Nikâhtan sonra şöyle bir baktım da be-

nim taraftan hiç kimse yoktu. Kalabalıktı ama ben yalnızdım. Bir ara çalıştığım fabrikanın ütücü ablası var her zaman her şeyi özler. "Çüş be çüş. Sabiha'nın hiç kimsesi yok yalnız başına. Ama burası gurbet bizim kimimiz var ki?" dediğini duydum.

O zaman öyle ağlamak geldi ki içimden. Yüreğimde bir burukluk, içimde boşluk hissetim, biraz da korktum. Daha önce de çok korkmuştum çünkü her şey çok çabuk oluyordu. Biliyordum Osman beni seviyordu ama daha yeni tanımıştım yakın zamana kadar kimliğini bilmediğim, varlığından bile haberim bile yokken birden hayatı bölüşmeye karar vermiştik. Belki gelecekten korkmuştum Servet Abla'dan korkmuştum. Herkes "Osman'ın ablası dediği dedik çok sert bir iş kadınıdır," demişti ama bana öyle davranmadı. Sözleri çok yumuşak ve sevgi doluydu. Doğru mu diye düşündüm. Gözlerine her baktığımda sevgi dolu olduğunu gördüm ve alıştım. Yemek de müzik de vardı. Çok para takıldı. Servet Abla hepsini çantaya doldurdu. Eve gelince "Bunlar senin Sabiha!" dedi. Osman da "Evet öyle!" dedi. "Bunlar senin meleğim". İşte annecim siz olmadığınız için kendime, güzel bir gelecek olsun diye senin her zamanki duanı ben tekrarlıyorum. "Allah karşıma haddini, kendini ve edebini bilen güzel insanlar çıkarsın," diyorum. Canım annem nisan ayında görüşeceğiz. Bugün ben hazırlanırken Türk radyosunda Sunay Akın programı vardı: Şarkı dinliyorum yarısına ben eşlik ettim yarısına gözlerim. "Söylemek çok acıtıyor ama ben seni çok özledim anneciğim," aynen böyle diyordu. Seni çok özlüyorum, çok seviyorum canım annem.

- Tembel Mrs. Aziz hadi kalk kahvaltın bu sabah Mr. Aziz'den.
- Tamam geliyorum. Çay aldın mı getireyim mi?
- Hayır, her şey hazır bir sen eksiksin.
- Çok güzel bir düğün oldu hiç bu kadar beklemiyordum.
- Evet Servet Abla sağ olsun. Çok çalıştı.
- Senin arkadaşların, Duru hemen gittiler niye?
- Onların ev işleri varmış.
- Akşam vakti mi?

- Evet akşam, onlar Sguat evlerde yaşıyorlar. Onun için bu akşam yeni bir ev bulmuşlar. Oraya taşınıyorlar.

- İnanmıyorum Sabiha sen ne diyorsun. Bu bir suç. Onlar suç işliyor, şirketleri var çalışıyorlar. Niye doğru dürüst bir evde oturmuyorlar. Her an polis gelebilir onları tutuklar. Ve sınır dışı eder. Umarım bunları biliyorlardır.

- Evet biliyorlar. Eve geç vakit sadece yatmaya gidiyorlar.

- İnanmak çok zor senin bir bilgin var mı Sguat evler hakkında.

- Çok az.

- Sana akşama anlatayım unutturma.

- Niko çok güzel Zorba oynadı. Bayıldım.

- Evet çok güzel oynar "Annem için oynayacağım," dedi.

- Niye?

- Geçen hafta annesi ölmüş. Biz bazen hafta sonları toplanırdık, aile yemeği yerdik. Niko'nun annesi "Hadi Niko, bir Zorba oyna oğul," derdi. Hepimiz alkış tutardık.

- Rose Teyze çok ağladı Osman

- Evet seni çok seviyor.

- Seni de.

- Eh bizim anamız artık bize emanet, iyi bakmamız lazım. Paranı saydın mı Sabiha?

- Yok getireyim de say.

- Gördün mü? Hüsniye Yenge altın, Sabri Abi para taktı.

- Gördüm.

- Baba yarısı sağ olsunlar.

- Ne kadar Osman?

- 6.150 pound. İyi, üstünü tamamlayıp senin hesabına yatıralım. Bankaya evlilik belgesini ve gaz faturasını göstermemiz lazım. Sonra sana banka kartı versinler. Bankadan sonra Avukat'a gitmemiz gerek. Aynur Hanım, hem nikâhta hem yemekte vardı. Ablamla da iyi anlaştılar. Unutma anneni arayacağız. Hadi şimdi çevir lütfen.

- Ben mektup yazdım. Resimlerle mektubu atarım.

- Saçmalama, Sabiha, ablam olsa "Us ol be Sabiha us ol," derdi. Hadi kalk. İstersen ben dışarı çıkayım, sen konuş.

- Çevirdim bekle.

- Ver bana ver, günaydın anne nasılsın? Biz de iyiyiz, için rahat olsun, güzel bir düğün oldu. Mutluluk hepimizin olsun. Anneciğim. Sabiha'yı veriyorum. Ben dışarı çıkıyorum.

- Nasılsın anneciğim. Sana mektup yazdım resimleri de bugün alacağız, hemen sana göndereçeğim. Olur tabii, iki kopya gönderirim, abime de gönderirsin. Nasıllarmış, iyiler mi? Artık beni merak etmeyin. Mektupta yazdım her şeyi. Evet artık ilticacı değilim, serbestliğimi evlilikle alacağız, nisanda geleceğiz, seni çok özledim anneciğim. Şu an oturum gelmeden İngiltere dışına çıkamazmışım. Bugün avukata gideceğiz. Anneciğim ben de seni öpüyorum.

- Osman gel neredesin?

- Ne o çok çabuk?

- Annem "Fazla yazmasın," dedi, mektupla resimleri bekliyorum dedi.

- Hazır mısın, evraklar hazır mı? Gaz faturası da lazım. Yeni gelmişti gördüm.

- Evet hepsi hazır. Servet Abla'yı arayalım mı?

- Niye?

- Banka müdürü arkadaşı ya.

- Gerek yok meleğim, ben de aynı banka ile çalışıyorum. Şimdi de sen eklendin.

- Çıkmadan Rose Teyze'ye soralım, bir şeye ihtiyacı var mı?

- Ben arabayı hazırlarken sen sorar mısın lütfen?

- Tamam mı her şey?

- Ayy yine hızlandın Osman.

- Sabiha bu işler sadece bizim geleceğimiz bizim işlerimiz. Gel Sabiha bak bu kadını tanıyorum, direk ona gidelim.

- Selam Mr Aziz.

- Selam Elizabet. Benim eşimin burada hesabı vardı ama şimdi eksik evrakları getirdik. Biraz da para yatıracağız.

- Aile hesabı mı, tek mi?

- Şimdilik tek olsun 7.000 pound da para hesabına geçecek.

- Kartınızı buradan mı alacaksınız, yoksa adrese mi gönderelim?

- Ben gelip buradan alırım.

- Eşim gelip alacak. Mektup ne zaman gelir?

- Dört iş günü. İyi günler Mrs Aziz.

- Şimdi Avukat'a gidiyoruz. İnşallah ofisindedir.

- Paraya ekleme yapmışsın.

- Evet düz hesap oldu.

- Selam Aynur Hanım.

- Hoş geldiniz ben de sizi bekliyordum. Bütün işlemlerinizi hazırladım. Evlilik belgesinin kopyasını size verip orijinalini bu gün göndereceğim. Osman bir ara senin çalışma kart numaranı alayım.

- Yanımda hemen vereyim. Sabiha'ya ne zaman alacağız?

- Oturum gelsin. Yapılacak işlemler olacak. Ablanızla tanıştım. Sizi çok seviyor. "Sabiha'yı ben göstereyim belki başkaları ödemeyebilirler, çalışma vergisini ben ödemek isterim," dedi. Sabiha'cığım Servet Hanım seni garantiye alıyor. Çünkü bu olay çok hassas hele yeni evliliklerde çünkü devlet gelip kontrol ediyor. Ne dersiniz?

- Servet Abla'ya teşekkür ederim. Eğer o öyle istiyorsa.

- Tamam, o zaman, ben artık Servet Hanım'ın da avukatlığını yapacağım. Adresler gereken bilgiler ben de var. İşlemi bugün başlatıyorum. Herhangi bir sorum olursa yeni telefon numaranızdan ararım. Size mutluluklar dilerim.

- İşte oldu. Ne yapıyoruz?

- Osman ben bir çiçek alıp Servet Abla'ya teşekküre gitmek istiyorum. Bugün okul var, yarın da hepsini yemeğe davet etmek istiyorum.

- Sonra sen okula, ben işime, oldu mu?

- Teşekkür ederim.

- Aman da kimler gelmiş. Canlarım neler yaptınız, sizi öğlen yemeğine götüreyim mi? Sabiha'cığım teşekkür ederim, çiçekler senin gibi çok güzeller, gel seni bir öpeyim canım!

- Banka ve avukat işini hallettik. Bu arada teşekkür ederiz, Sabiha'yı sen göstermek istemişsin.

- Biliyorsun bizim tekstilde gösteriyorum derler de göstermezler. Şimdi çok önemli dönemdeyiz. Hem sonrası için de daha garanti olur.

- Peki ben?

- Sen zaten benim direktörümsün. Bilirsin Osman gelen olursa aile şirketi derim.

- Servet Abla ben sizi çarşamba günü yemeğe davet etmek istiyorum.

- Yorulma güzelim, dışarıda yeriz.

- Haftaya işe başlayacağım Ne isterseniz onu pişireyim.

- Senin yorulmanı istemem. İstersen Fatma Hanım sana yardım etsin. Mantı yaparsan çok sevinirim, zor olur mu çocuklar istiyordu? Fatma Hanım "Mantı yapmak için iki kişi lazım," diyordu.

- Çok iyi olur, Sabiha hadi yes de.

- Olur Servet Abla.

- Çok sağ olun kızlar, annemden sonra yeniden ailemi yaşıyorum.

- Us ol be Osman us ol yine beni ağlatacaksın.

- O zaman hadi biz gittik abla.

- Sabiha'm sen ne yapıyorsun? Sabri Abi'ye uğramam gerek. Ben büyük Patron'a geçeceğim, seni de götüreyim, okul çok yakın akşama gelir alırım, ne dersin?

- İyi derim de Rose Teyze'ye bir bakalım da öyle gidelim.

- Hadi sen bakıver, ben bekleyeyim.

- Çabuk geldin.

- Bakkal her şeyini getirmiş. “Ev çok iyi, sıcacık,” dedi.

- Beni o büyük kitapçıya bırakır mısın? İngiltere tarihiyle ilgili kitap bakacağım.

- Bırakırım tabii ama İngiltere tarihi çok büyük bir konu. Hangi konuyu seçeceksin? Ben de geleyim mi?

- Yok önce kendim bakayım.

- Telefon numarası yanında mı? Bu da senin paran.

- Alamam bu çok.

- Alman gerek belki bir şeyler görürsün, kalırsa beni bu akşam yemeğe götürürsün.

- Akşama görüşürüz.

- Çok bekledin mi Osman?

- Yok yeni geldim. Nasıl yeni sınıfın kolay mı zor mu?

- Yoo hiç zorlanmadım. Çok hoşuma gitti. Yeni kitap almam gerek.

- İsmini biliyor musun? İşte bu, hoca geçici verdi, alınca geri vereceğim.

- Hadi şu kitapçıdan alalım.

- Bak Osman, sorular ve cevapları da var.

- Kopya çekmek için mi?

- Hayatta o işi yapmam.

- Biliyorum istersen alalım. Sen aradığın kitabı buldun mu?

- Bölgesel tarih kitapları vardı. Stoke Newington, Haringey onları aldım. Önce oturduğumuz yerlerin tarihini öğreneyim istedim.

- Çok güzel bana da söyle olur mu? Ne yiyelim Çin yemeği ister misin? Bugün büyük Patron “Vietnam yemeği deneyin, Çin yemeklerinden daha lezzetlidir.” dedi. Bir yer görmüştüm, gidelim mi ister misin?

- Neden olmasın deneyelim.

- Nasıl beğendin mi?

- Hemen hemen aynı ama sade ördek daha çok hoşuma gitti. Çorba çok güzel. Çok değişik bir tat sevdim.

- Afiyet olsun. Sen birşey sevince, hoşuna giden birşey olunca ben çok memnun oluyorum meleğim.

- Teşekkür ederim Osman, ben ödüyorum tamam mi?

- Peki öde bakalım.

- Karagöz kasap kapanmış mıdır?

- Bakalım önünden geçeceğiz. Ne almak istiyorsun?

- Mantı için kıyma alacağım. Biraz var ama yarın kalabalık olacağız, sekiz kişi.

- O kadar kalabalık mıyız?

- Biz 6 kişiyiz, Rose Teyze ve Fatma Hanım da var. Tom'u da unutmayalım.

- Kasap açıkmış ben alayım mı?

- Ben alırım. Yan taraftan da un alalım.

- Kıymayı fazla aldın Osman.

- Olsun evde bulunsun.

- Rose Teyze uyumuş galiba.

- Çay ister misin Osman, geç oldu ama Patron ne dedi konuşmadık?

- Sen çay içmezsen ben kendime İngiliz çayı yaparım. Hem biraz konuşuruz olur mu?

- Olur.

- Patron bana ofis verdi. Bundan sonra siparişlerden ben sorumluymuşum.

- Kesim işlerini bırakamam dedim, "Gidersin ama bizim çalıştığımız kişiler olsun," dedi. Anladığım kadarıyla Patron gelecekten bayağı endişeli. Etek istedi, yarın gidip Arto'yu göreyim de bir iki örnek etek alayım. Haftaya fabrikaları gezmeye gelecek. Bu arada Patron seninle tanışmak istiyor istersen cuma günü seni ofise götüreyim tanış, hem yeni ofisi görürsün.

- Olur, Osman karışmış gibi olmayayım ama Servet Abla çok haklı. İki kat bomboş, bana kalırsa bir kat yeter Servet Abla'ya. Çocuklar özel okuyor şimdi bize de harcıyor, fabrikaya biraz çeki düzen versen, iki kat ama boş, bir katını kullansın, diğerini kiraya versin ne dersin?

- Doğru diyorsun Sabiha, onu bir konuşalım ama makinacıları şimdi kaldıramazsan yerlerinden kalkmazlar. Ancak işler hafifleyince olur ama ablamım her zaman işi vardır. Allah daha çok versin. Yarın evdesin değil mi meleğim?

- Evet öyle ama ödev de yapmam lazım.

- Vaktin olacağını sanmıyorum.

- Sabiha, Fatma Hanım çok güzel olmuş elinize sağlık. Yine yapsanıza kızlar, tadı damağımda kaldı valla.

- Rose Teyze sevdin mi?

- İlk defa böyle bir yemek yedim ama çok lezzetliydi. Çok hoşuma gitti. Teşekkür ederim.

- Telefon çalıyor.

- Selam George, yok merak etme bizimle beraber yemekteyiz evet zor oldu ama Rose Teyze'yi ayırmayalım dedik. Veriyorum.

- Selam oğlum evet Türk yemeği yedik ama çok güzeldi çok hoşuma gitti. Çok güzel insanlar, onları çok seviyorum. George eşin nasıl yine içkili mi bu akşam? Peki oğlum iyi geceler.

- Selam George, ben şimdi büyük bir Patron'la çalışıyorum. Senden bahsettim. Seni tanımak istiyor ne zaman gelirsin? Bir daha ki aya görüşelim. İyi akşamlar.

- Sabiha Abla iki hafta sonra bizim okulda Holocaust anması yapılacak o günleri yaşamış bir kadın gelecek, her öğrenci de bir şeyler hazırlamak zorunda. Senin bilgin var mı?

- Evet Holocaust Yahudilere yapılan soykırımdır. Üniversite tezimin içinde İkinci Dünya Savaşı da vardı. Benim İngilizcem yeterli değil, yardıma ihtiyacım var. Benim İngilizcem senin Türkçenle bu ödevi yapamayız Cemal. Rose Teyze de tarih öğretmeni o da katılır.

- Ben varım Sabiha Abla.

- Ben de varım Sabiha.

- Kadro tamam, Harun, Osman ve Rose Teyze.

- Bir dakikacık çocuklar başlamadan Fatma Hanım eve gitmek istiyor. Hasan bırakacak, bir hoşça kal desinler.

- Holocaust (Yahudilere yapılan soykırımdır). Hitler dünyaya egemen olmak için İkinci Dünya Savaşı'nı başlattı. Bedeli günahsız çocuklar, kadınlar erkekler ve iki yüz kişilik gaz odalarında yirmi dakikada son bulan hayatlarıyla Yahudiler ödediler. Yalnız Yahudiler değildi. Çingeneler hasta ve sakatlar, komünistler, sosyalistler, homoseksüeller de öldürüldü. On milyon insanın katledilmesine isim vermek çok zor. Bu eşi ve benzeri görülmemiş bir soykırımdır. İnsanları sınıflandırmak, küçümsemek, kendi toplumundan olmadığı için hayatlarına son vermek gibi bir sistem insanlık dışıdır.

Nazi mühendisleri 1940 yılında toplama kampları yapmışlar, insanları yirmi dakikada kül yığınına çeviren fırınları Polonya'da Auschwitz denilen yerde kurmuşlar. Mühendisler bu ölüm tuzakları binalar yerine keşke insanlık için güzel şeyler yapsalardı.

Hitler 1942'de Wannsee konferansında üst düzey komutanlarıyla aldığı Yahudileri yok etme kararı ile bir buçuk milyonu çocuk olan altı milyon Yahudi'nin hayatını bin yıllık tarihini, dinlerini, dillerini kültürlerini silmeye çalıştı. Avrupa'daki Yahudilerin üçte ikisi yok edildi.

1945'de Rusya'nın Kızıl Ordusu'nun gelmesiyle ölümler son bulmuş. Sağ kalanlarsa açlıktan ve hastalıktan çok kötü durumdaydılar. Çoğu yürüyen iskeletti. Hiç kimse evlerine dönmek istemedi. Artık evsiz hasta ve çok fakirdiler, tekrar kamplara yerleştirildiler.

Ağustos 1945'de Nürnberg'te bir uluslararası mahkeme kuruldu. Mahkemede yetkililer cinayet, ihmal etmek, sürgüne göndermek, eziyet ve işkence etmekle suçlandılar. Hitler ise kaçış yolunu intihar etmekte buldu. Subaylar ise değişik suçlardan yargılanıp 1949 yılında insanlık dışı suçlardan ömür boyu hapis cezası almışlardı.

Savaşın sonu büyük yenilgi oldu. Milyonlarca insan öldü. Sabiha'nın dediği gibi büyük bir soykırım yaşandı. Bulaşıcı hastalıklar, ekonomik krizler. Ülkelerarası sınırların değişimi insanların yoksullaşmasına sebep olmuştur.

- Evet Rose Teyze, şunu da eklemek istiyorum. Tezimi hazırlarken bazı kaynaklardan öğrenmiştim bu savaşta elli milyondan fazla kadın, erkek günahsız çocuklar öldü. İlk defa bu savaşta sivil halktan ölenlerin sayısı askerlerden çok fazlaydı. En çok üzüldüğüm bir buçuk milyon çocuğun ölmesidir.

- Evet Sabiha, dünya tarihi savaşlarında ilk defa bu kadar çok çocuğun öldüğünü görüyoruz.

- Doğru Rose Teyze.

- Çok teşekkür ederim Sabiha Abla, Rose Teyze.

- Bir şey değil Cemal, Sabi'ye geldiğinizde bana da uğrayın.

- Temize çekelim mi dayı?

- Cemal çok güzel bir ödev oldu. Ben de yararlanmak istiyorum bir kopyada ben alacağım. Teşekkür ederim Sabiha Abla.

- Çay, kahve isteyen var mı? Rose Teyze, çay mı kahve mi?

- Bizim çaydan Sabi.

- Dur canım, ben yapayım sen yoruldun. Herkes söylesin bakalım kim ne istiyor?

- Teşekkür ederim güzel bir akşam oldu. İyi ki varsınız.

- Hadi Osman yardım et de Rose Teyze'yi indirelim.

- Hadi çocuklar bittiyse gidelim.

- Abla çocuklar ödevi bitirsin biz biraz konuşalım.

- Yine ne oldu Osman?

- Abla, Büyük Patron bana ofis verdi. Bundan sonra onun siparişlerinin sorumluluğu bende. Haftaya gelip seni, Sabri Abi'yi ve Nikoları ziyaret edeceğiz. "Kendi bildiğim insanlarla çalışmak istiyorum," dedi. Sana tavsiyem, çok yayılmışsın iki kat çok büyük. İstersen seni bir kata taşıyalım, diğerini kiraya ver. Ne dersin?

- Evvela seni tebrik ederim yeni işin hayırlı uğurlu olsun. Başarılı olmanı dilerim. İkinci teklifine hayır diyorum çünkü sıkış tepiş yapamam, sıkılırım. Hasan'ın ofisi de var, kumaşlarımız var. Yok olmaz Osman olmaz.

- Olur abla sadece teklif ettim, karar senin. Yarın sendeyim astarsız ceketin kesimini bitireyim.

- Sabiha yarın ne yapıyorsun? Zamanın varsa gelip seni alayım da Pete'den bana perde seçelim, senin zevkini seviyorum. Sonra seni eve bırakırım.

- Olur Servet abla.

- Hadi çocuklar. Sabiha, yemek için çocukların ödevi için çok teşekkür ederim.

- Eğer faydalı olduysam ne mutlu bana ben de sizlerle olmaktan çok hoşlanıyorum Servet Abla.

- Sağ ol kardeşim, Yarın erken mi gelirsin Osman?

- Evet abla yarın kesimi bitireyim. Acaba Hasan Abi yarın bana yardım eder mi? Senin Ömer çok konuşuyor, az iş yapıyor. Hem de yanlış yapıyor. Ben yanlışı hiç kabul etmem.

- O babasının oğlu, babacığım da çok kızardı, yanlış yapılan bir şeye. Sabiha'cığım şöyle, bizim Osman'ın kesiminde bir yanlış olursa o yanlış ütücülere kadar gider ve sipariş geri gelir. Eğer yanlış büyükse iflas bile edersin. Eve gidince Hasan'a sorarım. Tekrar teşekkür ederim, güzel bir akşamdı.

- İyi akşamlar Servet Abla.

- Sabiha çayın var mı? Seninle gurur duyuyorum. Ne kadar güzel bir ödev oldu, bayıldım. Kalemine sağlık meleğim. Ansiklopedi gibisin, seni tebrik ederim. Böyle bilgili bir eşim olduğu için çok şanslıyım.

- Teşekkür ederim, ben de beni seven bir eşim, eşimin beni seven bir ailesi olduğu için çok mutluyum.

- Sıkıntıya düştüğün zaman sıcacık bir el senin elini tutuyorsa, sevgiyle şefkatle sımsıkı sarıp ben buradayım diyorsa, kalbin o sıcacık sevgiyle çarpıyorsa, işte bu en büyük mutluluktur Osman.

- Gel kız sana bir sarılayım. Benim şans meleğim.

- Kahvaltı hazır, Osman ne zaman gidiyorsun?

- Ne o acelen mi var, bir yere mi gidiyorsun?

- Yarın okul var, ödev yapmadım. Bu sınıf biraz ağır. Hem dünkü aldığım İngilizce imtihan kitaplarına bakmam lazım.

- Sen ödevini yap, ben gelince beraber çalışalım. Ben diyorum ki, acaba fabrikaya gitmesen de eğitimine devam etsen Sabiha'm.

- Osman defalarca konuştuk, şu anda olmaz lütfen bu konu kapanmıştır. Acaba kartım gelmiş midir?

- Hayır meleğim yarın gelecek. Bugün menüde ne var Mrs Aziz?

- İstediğin bir şey var mı?

- Et ve pilav olursa sevinirim.

- Olur tamam, güle güle Osman.

- Hoş geldin Servet abla, çay ister misin?

- Yok canım, çıkalım bir yerde içeriz, Rose Teyze'yi de alalım mı bir yere çıkmıyor?

- Olur, iyi fikir alalım.

- Hadi sen hazırlan, ben Rose Teyze'ye bakayım.

- Hadi kızlar gitmek istediğiniz yer varsa söyleyin. Bugün fabrikayı Osman'a devrettim.

- Servet Abla benim banka kartına bakalım mı, belki gelmiştir.

- Teşekkür ederim Servet Abla. Ne kadar güzel karşıladılar seni. Seninle gurur duydum, Müdür bile seni görmeye geldi.

- Sabiha'cığım ben Servet olduğum için değil. Patron Servet olduğum için onlarla çalıştığım için ilgilendiler.

- Anladım onun için Müdür Bey "Hoş geldiniz patroniçe Servet," dedi. Niye bana başka hesap açmak istediler?

- Herhalde biraz fazla para olunca faiz getiren bir hesap açmak istediler. Kartını güle güle kullan canım.

- Sağ ol Servet Abla. "Unutturma fotoğrafçıya uğrayalım," demiştin.

- Olur canım sıkıldın mı Rose Teyze? Nereye gitmek istersin?

- Perde için İslington'a gidince hâlâ duruyorsa Ted Kahve Bar'a uğrayalım mı? Geleneksel İngiliz yemekleri yapıyorlar.

- Olur Rose Teyze uğrarız. Ben çok hoşlanırım.

- Teşekkür ederim Sabiha, çok güzel bir seçim oldu, oğlanlar bayılacak. Hadi kızlar banka kartımızı aldık, perdelerimizi seçtik, fotoğraflar hazır değilmiş. Şimdi Rose Teyzenin kahvehanesine gidiyoruz. Bakın Ted Kahvesi doğru mu Rose Teyze?

- Evet hiç değişmemiş aynı.

- Biraz kalabalık mı?

- Her zaman kalabalıktır, sabah 7'de açarlar öğlenden sonra 4'de kapanır.

- Rose Teyze'yi tanıdılar.

- Her şey iyi mi başka bir isteğiniz olunca söyleyin lütfen. Mrs Rose benim ve ağabeylerimin öğretmenidir. Uzun zamandır görmüyorduk, eşi ile gelirdi bizim için çok değerlidir. Onu görmekten çok memnun olduk.

- Yemekler çok güzel Servet Abla, Osman'ı getirmeliyiz.

- Cidden çok güzelmiş. Tekrar gelelim Sabiha, Rose Teyze seni de tekrar getirelim.

- Burası dedelerinden üç kuşak belki şimdi dördüncü kuşak bilemiyorum. Oğlanlar biraz haylazdı, anne baba burada çalışıyor, ilgilenemiyor diye onlara özel ders verir, ev ödevlerine yardım ederdim. Ama hepsi şimdi yüksek okul mezunu.

- Rose Teyze çok sever kastirtli elma turtası, bir deneyin lütfen.

- Öğretmenimizi getirdiğiniz için teşekkür ederiz. Lütfen yine gelin, tatlılar bizden.

- Güle güle öğretmenim, George'ye selam söyleyin. Bir dahaki geldiğinizde adresinizi bırakırsanız Noel'de sizi ziyaret etmek isteriz.

- Teşekkür ederim. Bu akşam George'ye söylerim siz de annenize babanıza selam söyleyin lütfen.

- Yemekler çok güzeldi, Servet Abla bir de İngiliz mutfağı yok derler diye duymuştum.

- Onlar bizimkilerin uydurması canım, teşekkür ederiz Rose Teyze, çok güzel yemekti. Gitmek istediğiniz bir yer var mı?

- Teşekkür ederim.

- Peki o zaman sizi eve bırakayım. Ben de işe döneyim

- Sağol Servet abla, ben de yarın için ödevimi bitireyim.

- İyi akşamlar meleğim. Senin evde olman çok hoşuma gidiyor. Yemek ve çayım hazır, ev sıcacık. Daha ne isterim, bak fotoğrafları getirdim, bakalım mı? Sultan Abla'nın selamı var, konuşalım da sen bir ara, "Hiç aramadınız," dedi.

- Evet doğru hiç arayamadık. Hadi ver de fotoğraflara bakalım. "Hazır değil," demişlerdi.

- Ablam sizi bırakıp döndükten sonra bir bağırma herkes ofisin önünde toplandı. Meğer senin yanında bir şey dememiş gelince resimcilere güzel bir ders verdi. "Akşama hazır," demişler ben gelirken aldım. Kaç kopya istiyorsak yapacaklar. Çok güzel çıkmışsın meleğim. Annene ve annemlere gönderelim. Sen seç, kaç kopya istiyorsan, hemen bastıralım. Duyduğuma göre çok güzel bir öğlen yemeği yemişsiniz.

- Evet çok güzel ve özel yemekler isterdim ki sen de bizimle ol.

- Gideriz, cuma akşamı gidelim mi?

- Olmaz. Sabah yedide açıyorlar, öğlenden sonra dörtte kapatıyorlarmış. Cumartesi ve Pazar kapalı, şansın yok gibi.

- Şöyle yapalım istersen. Ben sabah erkenden Patron'a gideceğim. Arto'nun etekleri için görüşmemiz gerek, sonra Patron birlikte çalıştığı kişilerin iş yerlerini görmek istiyor. Ablamın, Sabri Abi'nin ve Nikoların. O geri döner ben de gelir seni alır birlikte yemek yeriz. Sen okula gidersin, ben işe ne dersin?

- Patron kendi mi dönecek?

- Onun şoförü var, benimle gelmez herhalde.

- Anlaştık çok iyi olur, ben senin de o güzel yemekleri tatmanı istiyorum.

- Ah benim hakikatli meleğim. Beni düşünmen çok güzel, sağ ol başımın tacı, gönlümün sultanı. O zaman Sultan Abla'nları yemeğe cumartesi mi pazar mı çıkaralım? İstersen pazar olsun, sen yemek yapma. Ne dersin?

- Dur arayayım bakalım, onlar ne diyecek?

- Sabiha sen konuş da ben şu gazeteciden iki zarf alıp geleyim de yarın resimleri postaya verir misin? Selam söyle Sultan Abla'na.

- Konuştum Sultan Abla, "Pazar akşamı olsun," dedi.

- Daha iyi, ben cumartesi ablamın kesimini bitiririm. Hadi sen seç, önce annene hangilerini gönderelim?

- İkimizin olandan beş tane var ama sonra da basacaklar. Abime de ikimizin resminden gönderelim.

- Lütfen sen seç annene ne istiyorsan, benim anneme de, ben de zarflarını yazayım, tamam mı? Bakayım şu ikimizinkinden bir tane salona koyalım. Ödevlerin bitti mi, soracağın bir şey varsa sor.

- Sen çalışacaksan istersen, Servet Abla bizi alışverişe götürsün. "Osman'ın işi olduğu zaman ben sizi götüreyim, nasılsa benim de Cumartesileri alışveriş günüm," demişti.

- İyi olur, ben de onun kesimini bitiririm. Pazarı da kendimize ayırırız. Dur arayıp soralım, hem de Patron yarın sabah seni görmeye gelecek diyeyim.

- Tamam mı, olur dedi mi?

- "Biraz geç gelin kuaföre gideyim," diyor. Ablam süslenmeyi çok sever, gördüğün gibi çok bakımlıdır. Genç kızken annemin verdiği harçlıkları hep süs için harcardı. Alışveriş için cumartesi gelip sizi alacak. Çay var mı? Ben biraz daha dolma istiyorum.

- İstersen çayın yanında kek de verebilirim.

- Ooo evde olduğun belli oluyor. Meleğim dolmayı yarın yerim. Kek istiyorum lütfen. Annenin adresini doğru mu yazmışım bir bakar mısın?

- Evet doğru yazmışsın. Normal postaya mı vereyim yoksa kayıtlı mı göndereyim?

- Kayıt yaptıralım da resimler kaybolmasın. Abinin adresini biliyorsan ona ayrı gönderelim istersen.

- Yok annem halleder, sen üzülme.

- Sabiha bu kekin yarısı yok, ne oldu?

- Rose Teyze'ye verdim çok seviyor, "Çay saatinde çok iyi oluyor, Sabi yine yap olur mu?" dedi.

- Kekime de ortak oldu.

- George'ye verdiğin sözleri unuttun galiba. Yarın yine yaparım.

- Haklısın meleğim. Bir gün güzel bir kek yap da ofise götüreyim.

- Olur, hurmalı yapayım, Osman telefon çalıyor.

- Baksana Sabiha, niye bakmıyorsun?

- Duru muydu Sabiha, ne diyor?

- "Sekiz Mart kadınlar günü için bir şeyler yazabilir misin?" diyor, daha erken ama ocağın sonundayız. "Şubat kısa, Mart yakın. Bir gün yemeğe çıkalım," diyor.

- Çok güzel, lütfen yaz yardım istersen ben buradayım.

- Nisan'da anneleri görmeye gideceğiz değil mi?

- İnşallah meleğim, oturumun gelmesi lazım ki giriş ve çıkış yapabilesin. Eminim yakın zamanda gelir. Senin imtihanın ne zamandı?

- Mart sonu.

- Selam Osman, çok merak ediyorum Patron'un gezisi nasıldı?

- Bayağı iyiydi, babamla da çalıştığı için ablamı da tanıyor. Araları bayağı iyiydi, hiçbir yerde kahve çay içmedi ama ablam çayın yanında bir şeyler de verdi. Hepsini yedi, en uzun sohbet ablamla oldu. Fabrikayı gezdi. Patron da bizim gibi "Servet Hanım bu iki kat size fazla değil mi?" dedi. "Sabri Beyi çok beğenirim, kibar efendi bir bey, devamlı çalışıyorum, çalışmak da isterim. Sabri Bey işini iyi yapar," dedi Sabri Abi'nin halıları çok hoşuna gitti. "Nisandan sonra bu işi başlatalım," dedi. Nikolar da sadece baktı hiç oturmadık. "Karmakarışık bir iş yeri," dedi.

- Yani beğenmedi mi?

- Öyle bir şey demedi ama hakikaten çok karmakarışık, derli toplu değildi.

- Bir de niye Sabri Abi'ye, "Nisan'da bu işi başlatalım," dedi?

- Çünkü Sabiha'cığım Nisan ayı vergi yılının başladığı aydır.

- Bak Osman, işte tam karşısı gördün mü Ed kafe?

- Ben burayı biliyorum. Arkadaşımın babasının yeriydi, acaba hâlâ onların mı?

- Boş masa var.

- Selam Osman.

- Selam Jack.

- Çok uzun zaman oldu görüşmeyeli. Nasılsın Osman? Peter "Osman'ı buldum," dedi. Gelin şu arka masaya geçelim de daha rahat konuşuruz.

- Geçen gün Servet gelmiş ablamın arkadaşıydı. Peki ama Bayan Rose ile yakınlığınız var mıydı?

- Biz Rose Teyze'nin evinde oturuyoruz. Eşim Sabiha.

- Memnun oldum Sabiha biz çok eski arkadaşız. Peter, Osman ve ben. "Üç silahşorlar!" derlerdi bize, hiç ayrılmazdık. Annenler nasıl fabrikanız duruyor mu?

- Annem ve babam Kıbrıs'a döndüler. Ablam işi devraldı o çalışıyor.

- En iyisini yapmışlar. Bizim hepimizin işi var ama babam gelmesin diye hepimiz birer gün veya yarım gün çalışıyoruz. Büyük abim Ed şimdilik dükkânın sorumlusu, artık çok yoruldular, çok çalıştılar. Hiç tatil yapmadılar. Babam sadece haftada bir gün geliyor. Bak ne diyeceğim Osman, haftaya pazara burada toplanalım mı? Peter de ailesiyle gelsin. Öğretmenimiz Rose'yı da getirin. Peki sen George'yi tanıyor musun?

- Yeni tanıştım.

- Hayret o da hep bizimle beraberdi. O bizden büyüktü abimlerle takıyordu. Onun için tanımıyor olabilirsin. Neyse pazar hep beraber olalım, Ablan da gelsin. Dur ben Peter'i arayayım, sizin için haftaya pazar uygun mu?

- Uygun Jack, ne tesadüf can arkadaşım. George da belki haftaya gelecekti, akşama konuşayım, belki o da bizimle olur.

- Ne yersiniz, heyecandan unuttum sormayı. Telefon numaranı ver de seni bir daha kaybetmeyeyim.

- Görüyor musun Sabiha, bazen dostları kaybedersin. Uzun zaman görmezsin ama görünce de bıraktığın yerden devam edersin. Sanki dün gibi Jack'i gördüğüme çok ama çok sevindim. Ne dersin pazar günü hep beraber olalım mı?

- Tabii neden olmasın. Senin dostların benim de dostlarım, kabul ederim.

- Yemekleriniz buyurun afiyet olsun. Peter'le konuştum selamı var. Pazar günü bütün ailesi ile burada olacak. Biz bazı özel günlerimizi burada kutlarız. Her Noel yemeğini dostlarımızla burada yeriz. Gelecek Noel yemeğine buradasınız hiç mazeret yok.

- Nasıl beğendin de mi Osman? Aklına bir şey gelmesin ama içtiğin çaya kadar parasını aldı. Gerçi benim hoşuma gitti. Ama benim kültürüm böyle değil.

- Bence de yediğimizin ücretini ödemek daha iyi. Şimdi pazar günü de göreceksin, herkes yediğinin parasını ödeyecek.

- Osman beni o büyük kitapçıya bırakır mısın, okula kadar vakit geçireyim?

- Olur, akşama gelip seni alırım. Biliyorsun bugün Patron'layım.

- Al bu harçlığın.

--Benim param var istemem.

- Belki hoşuna giden kitap görürsün, hem yarın alışverişe bensiz gideceksin yanında bulunsun.

- Teşekkür ederim.

- Selam Osman.

- Selam meleğim, bugünkü ders nasıldı?

- Bugün Hoca, benimle iki arkadaşa bir odada test yaptı. Sonuçları merak ediyorum, o iki arkadaş bu sınıfta bayağı eskiymiş, geçen sene imtihana girmişler, kazanamayınca okuldan ayrılmışlar, dört aydır tekrar dönmüşler. Sen ne yaptın Osman?

- Patron'la bugünkü gezi hakkında konuştuk. Arto'nun eteklerinin yeni çizimini yaptım. Ablamla Sabri Abi'ye devamlı iş var. İkisini de seviyor. Hoşuma giden de çok büyük bir iş adamı, aynı zamanda çok alçak gönüllü. Devamlı "Osman senin fikrin ne? Diye bana soruyor.

- Yani kendini beğenmiş, ukala değil mi diyorsun?

- Evet öyle, bir de herhangi bir şey hoşuna giderse fazla düşünmeden "Yapalım," diyor. Onun için Patron'la çalışmak hoşuma gidiyor. Bugün ne yemek istersin?

- Osman yediğimizde öğlenden sonraydı, ben acıkmadım bile. Hem sen yarın bütün gün ayaktasın dinlenirsin. Ben de evde bir şeyler hazırlarım.

- O zaman sen geçen gün pizza istemiştin, alıp eve gidelim olur mu?

- Oldu bile.

- Sabiha, Rose Teyze'ye de alayım mı?

- Hayır o akşam yemeklerini erken yiyor. Çoktan yemiş şimdi uyukluyordur ama yukarı çıkarken bir hatır soralım.

- İyi akşamlar Rose Teyze uyudun mu? Bir hatır sorayım dedim şimdi geldik. Tamam iyi geceler.

- Yatmaya hazırlanıyormuş. Çay istiyor musun Osman?

- Evet çok iyi olur. Ben de masayı hazırlayayım. Ablamı aramak lazım.

- Teşekkür ederim Sabiha, çay çok iyi geldi. Ablamı arıyorum. "Abla iyi akşamlar. Yarın fabrikayı kaçta açıyorsun? Evet beğenmiş. Zannedersem artık devamlı işin olacak. Abla geçen gün öğlende yemeğe gittiniz ya, onlar kimmiş biliyor musun? Tamam Rose Teyze'nin tanıdıkları ama bizim de tanıdığımız. Benim arkadaşım Jack vardı ya, evet üç silahşorlar, ablaları senin arkadaşınmış. Dinle haftaya pazara bizi ve Peterleri ailece öğlen yemeğine bekliyorlar. Bir yere sözün var mı? Tamam alışverişe siz gidiyorsunuz tamam mı? Ben de kesimi bitirmek istiyorum. Bana kim yardım edecek, Hasan Abi bayağı iyiydi. Yarın da yardım eder mi? Lütfen abla, Sabiha iyi. Selamı var, iyi geceler abla."

- Bu da bitti. Sabiha mektupları postaya verdin mi? Teşekkür ederim, yarın fotoğraflardan kaç kopya istiyorsan ablama söyle. Bugünkü sorular aklındaysa kontrol etmek ister misin?

- Yok, Osman bayağı geç oldu. Yarın akşam bakalım olur mu?

- Olur, gerçekten bugün ben de yoruldum, meleğim bir çay alabilir miyim?

- Çayın Osman. Biz kahve içmez olduk neden?

- Haklısın ama sen çayı çok güzel demliyorsun, kahveye fırsat kalmıyor. Saat kaç Sabiha? Geç değilse George'yi arayayım. Yarın çok işim var. Cevap yok, uyumuş olamaz, neyse o geri döner. Sabiha yarın alışverişten erken dönersen kek yapar mısın?

- Ben de yarın Osman'a kek yapayım diye düşünmüştüm. Hocaya sordum, imtihan Mart sonundaymış…

- İnşallah oturumun gelir de hemen gideriz. Zaman önemli değil artık, gördüğün gibi işim garanti sayılır. Evim var. Hayatımın yarısı çok sevdiğim meleğim var. Çok mutluyum, istediklerimizi yapmalıyız. Yatalım mı Sabiha?

-Tamam mutfağı toplayıp geliyorum. Yarın erken mi gidecek-sin?

- Çok erken değil, patroniçe fabrikayı dokuzda açacakmış, kahvaltıya sucuk var mı Sabiha?

- Var, sana güzel bir kahvaltı hazırlarım. Mr. Aziz acaba Servet Abla kaçta gelir? Osman, unutma Sultan Ablaları pazar akşamı yemeğe çıkaracağız.

- Evet hatırlattığın iyi oldu meleğim. Sen Pazartesi yeni işe başlıyorsun. Arto sana güzel bir makina ayarladı. Bekir Abi de bakımını yaptı. Bekir Abi ile Sultan Abla'nın arasında oturacaksın. Hayırlısı olsun makineci Sabiha.

- Teşekkür ederim.

- Yemek güzel olmuş eline sağlık meleğim. Bugün hiç oturmadım biliyor musun? Ceketleri bitirmek istediğim için de geç geldim, kusura bakma. Senin günün nasıl geçti? Yeni kartını kullandın mı?

- Hayır kullanmadım çünkü bende vardı, sen de verdin ya yetti. İstediklerimizin hepsini aldım. Rose Teyze "Siz ne kadar çok alışveriş yapıyorsunuz," dediğince Servet Abla da "Yapıyoruz, çünkü bir haftalık ihtiyacımız," dedi. "Sizden alıştım, ben de çok alışveriş yapıyorum ama her şey elimin altında oluyor. Sizin düzeninize alıştım," dedi Rose Teyze. Kasap çok hoşuna gitti. Kasap Mustafa'yla bayağı söyleştiler, gülüştüler. "Artık eti devamlı senden alacağım ama sosis ve burger de yapsana lütfen," dedi.

- Daha önceleri yapıyorlardı, annem alırdı.

- Servet Abla da öyle dedi. "Biz de alırız!" dedik. "O zaman haftaya yaparım, söz," dedi. Sen ne yaptın Osman?

- Hem kısa kollu ceketi hem de uzun kollu ceketin kesimini bitirdim. Şimdi astar kesimi kaldı. Patron aradı. Ablamın alt katı satılıktı, ablama ziyarete geldiğinde onu görmüş. Almak istiyor "Servet, sen bir konuş, pazartesi avukatımı göndereyim," dedi.

- Bayağı hızlı senin Patron.

- "Depoya ihtiyacım var," diyordu. Ablam için de daha iyi olur. Bu şimdiki kişiler çeşitli sebeplerden ablamı bayağı üzmüşlerdi. Yarın pazar geç kalkarız, bir çay daha alabilir miyim, meleğim?

- Çayın. Osman, patron aylığın için bir şey konuşmadı daha değil mi?

- Sabiha'm geçen gün de konuştuk ya, anladığım kadar iyi bir ücret verir diyorum, kocaman ofis verdi ve bildiğim kadar bana çok güveniyor. Herhangi bir şeye karar vermeden "Sen ne dersin Osman, bu konuda ne düşünüyorsun?" diye benim fikrimi alıyor. Diyorum ki, belki beni deniyor, biraz beklemek lazım.

- Doğru diyorsun, belki deniyor. Hay Allah bu saate kim telefon eder, korkarım sen aç lütfen Osman.

- George, yok yatmadık, Sabiha'yla oturuyoruz. Yarın pazar, iş yok. Evdeyiz. Evet, Patron seni bekliyor. Evet, cuma günü. Bir de sizin eski tanıdıklarınızmış pazar günü hepimizi, seni de öğlen yemeğine bekliyorlar. Evet üç silahşorlar. Ben de seneler sonra bu cuma günü gördüm arkadaşımı. Evet, Ed idareyi almış. Ed seni görmeyi çok istiyor. Çok memnun olacak. Patron anlaşırsanız halı işini sana vermeyi düşünüyor. Biz de seni tanıdığımıza çok memnunuz George. Annen iyi bugün, ablam ve Sabiha ile kız kıza alışverişe gittiler. Biraz önce Sabiha söylüyordu, çok memnun olmuş. Sabiha diyor ki "Burada mı kalacak? Odasını hazırlatalım mı? Evet, Fatma Hanım çarşamba günleri geliyor. Seni havaalanından alayım mı? Sabri Abi önemli değil, perşembe veya cumartesi olabilir. Patron cuma günü bekliyor. Perşembe günü görüşüyoruz. Güle güle George.

- George perşembe günü geliyor. Burada evde kalacakmış. Sen Fatma Hanım'a söyle de odasını hazırlasın. Ona vakit ayırmam için işlerimi ayarlamam lazım. Sabiha'm yarın kaçta yemeğe gidiyoruz. Sultan'la konuştunuz mu?

- Saat yedide onlar buraya gelecek, buradan gideceğiz.

- Teşekkür ederim Osman, iyi bir gece oldu. Sultan Abla ve Bekir Abi'nin de çok hoşlarına gitti.

- Evet Sabiha, mükemmel bir ailedir. Ama çocuklarından ayrı olmak Sultan Abla'nı çok üzüyor.

- Sultan Abla'nın en büyük derdi. Ben yarın yeni işime başlayacağım.

- Evet çok iyi olacak gör bak. Yarın seni yeni işine bırakırım, ablamın işleri bittikten sonra Arto ile işlerim olacak, görüşmek için gelir, sonra da seni alır evimize geliriz.

- Ne yiyoruz Sabiha? İstersen dışarıdan bir şeyler alıp geleyim mi, bugün ilk günündü, belki yorulmuşsundur?

- Hayır, dünkü yemeğin yanına hemen bir şeyler hazırlayacağım. Fazla uzun sürmez. Önce çayı koyayım.

- Sağ ol meleğim. Melkom Bey senden çok memnun, "İşi biliyor, yaptığı işlere baktım bayağı iyi. En iyi terzilerimizden biri olacak," dedi. Bekir Abi'n de çok memnun "Bayağı iş çıkardık, bir gün köşeyi döneceğiz Osman," diyor.

- Bugün çok güzel geçti. Çok zevkli ben cepleri etekleri birleştirdim, Sultan Abla fermuar cepleri taktı, Bekir Abi beliği takınca etek bitti. Melkom Bey geldi. Sultan Abla'ya "Bir tane fermuar taksın bakalım," dedi. Taktım geldi baktı. "Çok güzel laf istemez. Bekir bu kızı geldiği gün oturmalıydık bu makinaya," dedi. Bekir Abi de "O zaman boş makina yoktu Melkom Bey," dedi. Gülüştük. Gülerken de sen geldin.

- Olanlara şahit oldum ve çok sevindim seninle gurur duyuyorum meleğim. Yarın ablamın işi bitiyor bugün Patron'la konuştum elinde olan kumaşları yarın sabah gönderirse öğlenden sonra siz de kesime başlarım. Bu arada en az dört aylık işiniz hazırda var.

- Sofra hazır, Osman çay mı içiyorsun, ablan vermedi mi?

- Orda Türk çayı yok Sabiha'm. Teşekkür ederim benim sevdiğim pilavla et yapmışsın, ne çabuk oldu. Marifetli hanımım.

- Afiyet olsun.

- Ablam bugün çok meşguldü. Patron'un avukatı geldi. Ben de onlarla aşağı indim. Adam aşağı katı çok güzel yapmış, her şey yeni ve çok güzel, çok zevkli döşemiş. Ablamın gözü kaldı. Anlaştılar, avukat kapora verdi. Daha sonra üst kattaki adam geldi "Servet Hanım ben de geçen seneden beri satıyorum bana niye sormadınız?" dedi. Yarın Patron gelecek. "Öğlene kadar orada olurum," dedi. Gittikten sonra size gelirim. Çizdiğim eteklerin kesimini yaparım. Bir tane de kendine diksene Sabiha, çizimi, kesimi, dikişi bize ait el emeğimiz göz nurumuz. Sormayı unuttum fotoğrafçıya uğramadınız mı?

- Ablan kavga etmiş ya, tekrar morali bozulmasın diye sormadım. Hem Rose Teyze de yanımızda idi.

- Düşüncelidir benim meleğim.

- Hadi uykucu kalk işe gidiyoruz.

- Özür dilerim uyuya kalmışım. Neden bilmiyorum?

-Olur bazen, ben kahvaltıyı hazırladım.

- Günaydın Sabiha, dünkü düzen iyi miydi, değiştirelim mi?

- Yoo iyiydi. Bekir Abi.

- Hani aynı işi yapmaktan sıkıldıysan değiştirebiliriz.

- Ben çok memnunum üstelik çok hoşuma gidiyor.

- Sabiha'cığım ben sofrayı hazırlayayım, sen çay koyar mısın?

- Sultan Abla senle alışverişi özledim bir hafta sen de gelsene hem Rose Teyze seni soruyor.

- Olur gelirim. Sabiha bak kim geldi.

- Selam Sultan Hanım, selam güzel gelinimiz. Sabiha bak sana kolay okunan kitaplar getirdim. Sultan Hanım sana yemek kitapları bu kitaplarda Kemal Bey'in.

- Ben buradayım, ne oldu kütüphanecimizin bugün biraz canımı sıkılmış gibi.

- Kemal abi dün çok sıkıldım, çok üzüldüm. Sormayın başıma neler geldi?

- Türk kütüphaneci olduğum için haftada bir de hastanelerde, derneklerde çalışıyorum. Dün hastaneler günü sırası bendeydi. Homerton Hastanesine gitmiştim. Adamın adının Türk olduğunu gördüm. Hemen Türkçe "Geçmiş olsun nasılsınız?" dedim "Türk kitapları, magazin, Türk gazetesi de var, hangisini istersin?" dememe kalmadı, adam avazı çıktığı kadar bağırmaya başladı. "Git kadın git başımdan. Ben kitap falan okumam. Ben yarın fıtıktan ameliyat olacağım, siktir git başımdan," dedi. Bütün hemşireler başımıza toplandı. Çok terbiyesiz bir adam size bağırıyor, gerekeni yapalım onlara. Sinirlerinin bozulmuş olduğunu söyledim. O kadar çok üzüldüm ki, bana değil kitaba yapılan hakarete üzüldüm. Kendimi zor tuttum. Bu hastaneden sonra Hospice[2] gitmem gerekliydi. Hiçbir tedavinin cevap vermediği, artık yaşamlarının sonunu yaşayan insanlara hizmet etmekten büyük haz duyuyorum. Son defa insanların son isteklerini yerine getirmek ne kadar sevap belki böyle bir fırsat çok az kişiye nasip olur, diye düşünür ve buradaki işimi severek yaparım. Hele bu en sevdiğim kitap içinse. Hastalarla konuştum. İstedikleri kitapları, magazinleri verdim en köşede bir hasta beni çağırdı. Gittim "Senin için ne yapabilirim?" dediğimde

---

[2] Artık tedavilere cevap vermeyen çok ağır olan hastaların gittiği bir hastane.

"Çok şey yapabilirsin, kütüphaneci Bayan benim çok az bir ömrüm kaldı belki sadece bir hafta. Ben Hristiyan'ım, Hıristiyan olarak doğdum ama Hıristiyanlıkla ilgili hiçbir şey bilmiyorum, lütfen yardımcı olur musunuz? Kitap istiyorum Hıristiyanlıkla ilgili, geç de olsa Hıristiyanlığı öğrenmek istiyorum. Kaç gündür seni bekliyordum," dedi Hemen kütüphaneye döndüm, bütün Hıristiyanlıkla ilgili kitapları ayırdım ve yan tarafımızda büyük kilise var, gidip vikayı (papazı) buldum o bana kitaplar verdi, kütüphaneye gelip seçtiklerime baktı. "Ben yarın gidip hastayı ziyaret edeceğim, teşekkür ederim," dedi. Ben aksam iş çıkışı hemen kitapları götürüp gönül rahatlığı ile teslim ettim. Haftayı iple çekiyorum, inşallah yaşar diye. Önce işittiğim hakaretler için değil de son görevimde işe yarayan kitaplarım için kitap okuyan, kitap okumak isteyen biri için ağladım Kemal Abi.

- Üzgünüm, siz ki herkese yardım eden, herkes için bir şeyler yapmaya çalışan çok iyi birisiniz. Yumuşacık bir kalbiniz var. Hiç yakışmamış adamın bağırması.

- Görüyorsunuz değil mi, birisi sadece ufak bir ameliyat olacak diğeri ise hayatını son günlerini yaşıyor.

- Aynen öğle Sabiha'cığım.

- Bence kültür, başka kültürlerdeniz. Bizde pek kitap okunmaz. Ama bu millet metroda, otobüs durağında bile kitap okurlar.

- Doğru Kemal Abi, çok kitap okurlar. Hakney yüzölçümü 1900 dönüm, bu 1900 dönüm içinde 16 kütüphanemiz var.

- İlginç, ben çocukları Türkiye'ye anneme bıraktığımda çocuklara "Sizleri şimdiden özledim yavrularım," dediğimde kızım, "Anne ben çocuk kütüphanesini özledim," demişti.

- Hatırlıyorum kızınızı Sultan Hanım, ben her sene olduğu gibi bu sene de 23 Nisan Çocuk Bayramını kutlamak istiyorum hazırlıklara başladım. Geçen seneki gibi yemek işini sen üslenir misin? Neler yapacağını düşünelim. Bu sefer alışveriş paranı önceden vermek istiyorum. Geçen sene için tekrar özür dilerim. Bu sene hem benim bütçem hem de çocuk kütüphanesinin bütçesinden harcanılacak. Yani çekinmeden harcayabilirsin. Sen düşün bir öğlen tatilinde konuşalım. Biliyorsun her salı buradaki kütüphanedeyim.

- Bir çay daha ister misiniz?

- Zahmet olmazsa lütfen. Ben bugün sekize kadar çalışıyorum iş çıkışı bir uğrar mısın Kemal Abi? Bakın ben de artık herkes gibi Kemal Abi diyorum.

- Geçen sene çok güzel tabaklar almıştın. Sultan gene onlardan alalım mı? Beğendiğin her şeyin listesini ve fiyatını çıkarır mısın?

- Olur bu hafta sonu bakarım. Peçete, kaşık çatalları da oradan almıştım. Acaba ne kadar almamız gerekli? Geçen sene yetmemişti.

- Onları oturup konuşalım.

- Bizde gelebilir miyiz hocam?

- Herkes gelebilir. Abbas gelirseniz ben çok memnun olurum. Hem arkadaşlarım İsmail Işılsoy ve Kaan Güner, Türkçe küçük bir tiyatro gösterisi yapacaklar. Bir de müzik gurubumuz var, daha başka şeyler de olacağını tahmin ediyorum.

- Keşke efeler de olsaydı.

- Sorma Abbas, ne iyi olurdu? Halil İbrahim'e Allah rahmet eylesin. Neyse çay için muhabbetiniz için teşekkür ederim.

- Osman hoşgeldin yemek yedin mi, çay var içer misin?

- Sağ ol Sultan Abla, şimdi Sabiha'ya "Çayınız var mı?" diyordum. Yemek yedim ama çay içerim. Kemal Abi kumaş sermeye bana yardım eder misin? Sabah kumaşlar gelecekti geldi mi? Geldiyse görebilir miyim?

- Geldi. Biz de Arto'yla seni konuşmuştuk.

- Arto'yla konuştuk Kemal Abi sonra o da bize yardım edecek. Zaten yarından sonra işiniz bitecekmiş, onun için hızlı çalışmalıyız. Sabiha da işsiz kalmasın. Kumaşlar hepsi aynı kalınlıkta değil mi renk, kalite aynı mı?

- Ben baktım ama sen de bir bak istersen. Getirelim, hepsini mi keseceksin?

- Evet kesimi bitireyim de perşembe ve cuma yokum. Önce on iki ve on dört bedenleri keselim birer örnek, Bekir Abi hazırlasın da. Perşembe günü götüreyim. Sabiha bir çay daha alabilir miyim?

- Teşekkür ederim. Sabiha bu akşam belki biraz geç gidebiliriz ne dersin? Bekir Abi örnek etekleri dikecek. Ben de kesimi bitireyim. Kalmak istemezsen ben seni eve bırakır geri gelirim.

- Yok seni beklerim.

- Rose Teyze uyumuş mu?

- Çoktan uyumuştur. Bugün çok çay içtin, kahve ister misin Osman?

- İsterim, epeydir kahve içmedik. Günün nasıl geçti, meleğim?

- Daha iyi alıştım. Bekir Abi, Sultan Abla'nın işini bana benimkini Sultan Abla'ya verdi. Her işi öğrenmelisin "Haftaya herkes kendi eteğini dikecek," dedi, hem çok hızlıydık, "Bekir Abi rekor iş çıkardık," dedi. Sen neler yaptın?

- Evet bana da söyledi. "Bugün çok hızlıydık," dedi. Ablamın astarlarını kestim paketledim. Sonra bir baktım Patron yanımda duruyor, beni seyrediyormuş. "Çok dikkatli çalışıyorsun beni bile görmedin," dedi. Patron belki üst katı da alacak. Beraber yukarı çıktık, beğendi galiba ama araştırmalıyım. Pazartesi avukatı ve emlakçısı ile gelip fiyat biçecekler. Ablam "Aşağısı çok güzel," deyince "İstersen aşağı geçebilirsin Servet. Bakalım yukarı kat olursa yani bina bize ait olunca seninle oturup konuşmamız gerek. Benim depoya ihtiyacım var Servet, merkezde çok pahalı. Hem de halı işi olacaksa depomuz olması lazım. Şu anda depo sıkıntımız var," dedi. Ablam bayağı sevindi. Patron makinecileri ütücüleri dolaştı. Ceketleri beğendi. Cuma günü giderken iki ceket götüreceğim Amerika'ya oğluna gönderecek. Beğenilirse ablama daha fazla sipariş verir. Patron memnun ayrıldı. Ben de Arto'yla konuştum. Sen pantolon seviyorsun ya, "Bu eteklerin pantolonunu diker misiniz?" dedim. "Unuttun mu Osman geçen sene etekten çok pantolon kesimi yapmıştın," dedi. Sonra hatırladım. Sabiha geçen gün beli lastikli bir pantolon giymiştin ya getirsene bir bakalım. Bekir Abi'yle yarın konuşalım. Bir örnek dikiversin. Çünkü cuma günü patrona götüreceğim. Arto'da örnek yokmuş. Ne kokuyor Sabiha?

- Yarın için sana kek yapıyorum, o kokuyor. Akşam dışarıda yiyince zamanım kaldı. Abbas ve Koko haftada iki gün Hackney'de bir lisan okuluna başlamışlar.

- Ne oldu senin okulu beğenmediler mi?

- Yok çok beğendiler ama yol parası ve okul parası çok fazla geldi. Zaten neredeyse bir ay çalışmadılar. Kemal Abi "Sizin İngilizce öğrenmeniz lazım. Akşamları kahvelerde harcayacağınız parayı kursa verin," dedi. Okula da yürüyerek gidiyorlar, öğretmenleri Türk'müş. Osman, yarın bizim orada mı çalışacaksın? Çalışacaksan yarın öğlene bir şeyler hazırlayayım gel bakalım mutfakta neler var.

- Et sote ve pilav olsun mu, sen "Kolay olur," diyordun yorulmanı istemem.

- Evet kolay, sabah giderken buzluktan et çıkarmıştım.

- Yaşa sen benim hamarat meleğim. Yarın sabah seni bırakayım ben Türk bakkalından fabrikaya çay alayım, çünkü çok içiyorum biraz da çay molasında herkes yesin diye bir şeyler alıp geleyim. Bizim çay gibi karışık mı yaparsın? Eve lazım mı?

- Evet öyle yapıyorum, onun için beğeniliyor. Evde çayımız var, almıştım. Ama un alırsan memnun olurum.

- Tamam meleğim.

- Günaydın Sabiha, Osman yok mu?

- Günaydın Arto Bey bir yere uğrayıp gelecek.

- Bu çay saati çok güzel oldu ellerine sağlık Sabiha. Börekler kekler hepsi çok güzeldi. Kemal Abi bir şiir varmış benimle ilgili, "Haydi Abbas vakit tamam" sen bilirsin bu şiiri.

- Nerden duydun bu şiiri Abbas?

- Dün derste öğretmen okudu bize. "Bu senin şiirin Abbas," dedi. Yazarını unutmuş, sen bilirsin kim abi?

- Evvela siz oraya Türkçe dersi değil de İngilizce öğrenmeye gidiyorsunuz. İkincisi senin şiirin değil, yazarı Cahit Sıtkı Tarancı'dır.

- Kime yazmış, kimmiş Abbas, Kemal Abi?

- Cahit Sıtkı yedek subay iken, eli sakat olan bir emir eri varmış. Askerin adı Abbas oğlu Abbas'mış. Çok iyi anlaşmış iyi bir dost olmuşlar. Cahit Sıtkı şiiri ona yazmış. Anadolu'nun bağrından kopup gelen bu mert, samimi, sevgi yüklü askeri, Cahit Sıtkı çok sevmiş. Akşamları beraber yer içer, sohbet ederlermiş. Hepsini hatırlamıyorum ama şiir şöyleydi:

Haydi Abbas vakit tamam
Akşam diyordun, işte oldu akşam
Kur bakalım çilingir sofrамızı
Dinsin artık bu kalp ağrısı
Şu ağacın altında olsun
Tam kenarında havuzun
Ay'a haber sal, çıksın bu gece
Görünsün şöyle gönlünce
...

- Diye devam eder sonunu tam bilemiyorum.

- Yaşa be Kemal abi, Abbas'ın sayesinde biz de senden çok şeyler öğreniyoruz.

- Ben teşekkür ederim Arto. Abbas ve Koko lütfen hocanızı uyarın, siz oraya İngilizce öğrenmek için gidiyorsunuz. Türkçe dersi istiyorsanız ben veririm.

- Nasıl Bekir Abi, pantolon çıktı mı ortaya?

- Sen kesersin de olmaz m? Osman cep istiyor musun, eğer istiyorsan cep kesiver de dikeyim.

- Yok Bekir abi bu öyle olsun. Cuma günü zaten yeni çizim yapacağım. Bayağı güzel olmuş, eline sağlık kumaş da çok güzel. Koko hazırlasın da yarın sabah alırım.

- Sabiha yukarı çıkmadan Rosa Teyze'ye uğrayalım da bakalım George'nin odası hazır mı, geleceğini biliyor mu?

- İyi akşamlar Rosa Teyze, nasılsın? Evet, yarın burada olacak. Fatma Hanım odasını hazırladı mı? O zaman yarın akşam görüşürüz iyi geceler teyze.

- Osman ben cuma günü okuldan eve kendim dönerim. Çünkü sen bayağı yoğun olacaksın.

- Konuşuruz Sabiha'm. Yarın akşama kadar çok vakit var.

- Sultan Abla, Sabiha'ya izin var mı?

- Bugün işimiz bitti Osman, Bekir Abi'n bizden çok memnun. Biraz önce "Kızlar işiniz bitti," demişti.

- George burada. Ablam da bizi bekliyor. Bekir Abi'nin işi varsa seni de eve bırakalım mı?

- Sağ ol Osman, Bekir Abi'nin acelesi var, bu akşam evde maç seyredecek.

- İyi akşamlar Sultan Abla, yarın görüşürüz. Osman nerede?

- Servet Abla teşekkür ederim davetine eğer sen George'le iş konuşacaksan ben eve gidip bir duş almam lazım. Gelirken de Rose Teyze'yi getirelim. Ne dersin?

- Olur derim, oğlanlar seni görünce çok sevinecekler.

- Ne oldu meleğim, niye uzandın hasta falan olmadın değil mi? Ablam "Sabiha yorgun görünüyor," dedi.

- Bugün çok yoruldum. Bekir Abi bana etek verdi. "Hadi bakalım bugünkü dersiniz bayanlar, herkes kendi eteğini dikecek," dedi. Öğlene kadar Sultan Abla on, ben dört etek yaptım. Benim etekler derece ile geçti. Ama dört tane az denildi. Bekir Abi "Ziyanı yok, çünkü hatasız," dedi. Bunu duyan Abbas da başladı şarkıya: "Hatasız kul olmaz, hatamla sev beni Bekir Abi, dermansız dert olmaz öğrenirim Bekir Abi." Sonra da sırada kime kızdıysa şarkıyla onlara söylendi. Allah'tan Kemal Abi susturdu. Ben biraz da dikkatimi fazla verdim. Yeni bir işe başlamak, yeni bir konuda konuşmacının konuşmasını dinlemek kadar zordur. Konuşan kişi bizlere bildiği şeyleri aktarır. Ama yeni bir şey dinlemek yeni bir şey öğrenmek yeni bir konuyu anlamak için dikkatli olmak lazımdır. Öğreten veya anlatan kişinin alanında onunla olmak lazımdır. İşte bugün benim alanım, çok dikkatli olup hatasız iş üretmekti, onun için çok dikkatliydim. Bu da beni manen yordu. Yalnızca yanlış yapmamaya çalıştım. Ama sıkılmadım. Hayır büyük zevk aldım. Çünkü bir şeyler ürettim.

- Vay be, benim akıllı meleğim. Sen profesör olmalısın, eğitimine devam etmelisin.

- Tamam Osman tamam.

- George, ablamın yemeklerini çok sevdi. "Annem haklıymış yemekleriniz bir harika Sabiha. Bugün annemle alışveriş yaptığınız yerlere gittik. Kasap annemin çok hoşuna gitti. Özel burger ve sosis yapmış. Annem 'Sabiha'nın alışverişinden yapalım. Her şey evde olunca benim için hayat çok kolay oluyor,' dedi. Teşekkür ederim sizler sayesinde annemi fazla düşünmüyorum. Keşke İrlanda'daki yaşantım da burada anneminki kadar düzenli olsaydı," dedi. Esasında George için üzülüyorum. Eşinin içki sorunu var galiba. Kızlar yardımcı olmuyor mu Osman?

- O konulara pek girmedik meleğim. Yarın bütün gün Geoge'la beraberiz. Sabah seni bırakalım örnek etekle bugün ablamdan aldığım ceketleri Patron'a verip sipariş alalım. Çünkü sizin sadece bir haftalık işiniz varmış.

- Günaydın Patron, bu George.

- Selam George, buyurun toplantı odasına geçelim. Osman onlar ne?

- Ablamdaki ceketler Amerika için, bu da daha önce konuştuğumuz, diktiğimiz eteklerin pantolonunu kestim. Eğer beğenirseniz, bir bakın isterseniz.

- Bayağı güzelmiş, bunu konuşalım Osman.

- Siz iş konuşacaksınız. Ben ofise çizime geçeyim Patron.

- Hayır, senin de yanımda olmanı isterim. Halı işinden sorumlu müdürümüzü çağıralım, örnekleri bir görsün.

- Örnekler arabada, ben gidip getireyim.

- Şoföre söyleyelim getirsin, anahtar onda değil mi?

- Yok bende, araba sokakta.

- Sen arabanı garaja niye koymuyorsun? Her iki saatte para yatırıyorsun, anlaşıldı. Jay hemen gel, Osman'ın arabasını garaja koyun, örnek halılar var, onları da beraber ofise getirin lütfen. Bazen bu oğlanı anlamak zor, fiziki değil ama karakteri aynı benim büyük oğluma çok benziyor. Onun için kanım ısındı ona. Çok dürüst, çalışkan ve efendi. Böyle çalışan zor bulunur George.

- Evet Bey'im ben de böyle birini tanıdığım için çok şanslıyım. Onları tanımakla, benim ve annemin hayatı düzene girdi. Osman'ı ve eşini kardeşlerim gibi seviyorum.

- Teşekkür ederim. Jay giderken Mr. Fazıl'ı söyler misin onu toplantı odasında bekliyoruz.

- Ben beğendim Fazıl, sen nasıl buldun?

- Dokuma ve iplik kalitesi çok güzel. Süper.

- O zaman fiyatı siz ikiniz anlaşın, sen sipariş durumunu incele. Anlaşma yaparsanız hangi şubeye ne kadar onları sonra beraber konuşalım. Teşekkür ederim Fazıl. Şimdi bir de döşemelik kumaşlarımız var, onları öğlenden sonra yeğenim gelecek, onunla konuşuruz. Bu gördüğünüz marketler zinciri bana dedelerimden kalma. Yani Osmanlar gibi babadan oğula. Bu şirketler dedemin dedesinden ama benim dedem 1905'te burada başlatmış. Ben tekstil, halı, kumaşçılık, amcamlar da beyaz eşya, ev eşyası, parfümeri gibi şeylerden sorumluyuz. Ama benim oğlanlardan sadece en büyük oğlum benim işimi yapıyor. O da Amerika'da bu ismi yaşatıyor. Biri bankacı, en küçük oğlum hâlâ bizimle oturan bir doktor. George siz Osman'la eski arkadaş mısınız?

- Hayır Bey'im, benim aile düzenim biraz bozuk, eşim alkolik. İki tane kızım var, işim çok ağır, anneme, kızlara vakit ayıramıyorum. Bir gün artık çok sıkılmıştım, çok bunalmıştım, Londra'ya geldim, evi satıp, annemi alıp İrlanda'ya dönmek istiyordum. Ama annem "Katiyen gelmem burada benim kiracılarım çok iyi, benimle senin kadar ilgileniyorlar," dedi. Ben de onları tanıyınca sevdim, evi tamir ettirdim ve annemi onlara emanet ettim, annem de ben de çok memnunuz. İyi ki onları tanıdım. Az önce de söylediğim gibi. Onlar sayesinde annem ve ben çok huzurluyuz. Keşke İrlanda'daki hayatımda buradaki gibi huzurlu olsaydı ama yok.

- Her hastalığın bir tedavisi var. Denediniz mi? Tedavi olunca iyileşenler var, ben biliyorum. Lütfen deneyin George.

- Buraya gelirken kızlarla konuştum. Deneyeceğiz Bey'im.

- Biliyor musunuz beyler, ben bu koltukta elli seneden fazladır oturuyorum ama hiçbir çalışanımın, hiçbir müşterimin özeline girmemiş, kendimden de hiç kimseye bahsetmemiştim. Madem bu kadar samimiyiz, hadi sizi yemeğe götüreyim. Özel bir yer değil, benim her gün gittiğim yer. Gelince işimize devam ederiz.

- Yemek çok güzeldi Patron, teşekkür ederim.

- Ben de teşekkür ederim, sizi tanıdığıma çok memnun oldum. Hele ikimiz de İslington'da doğup büyüdüğümüz için daha iyi sohbet oldu.

- Biraz önce de dedim ya hayatımda ilk defa sizinle bu kadar samimiyim, herhalde ortamımız bunu icap ettirdi. George seninle çalışalım. Fazıl bu işi çok iyi bilir ve dürüsttür. Döşemelik kumaşlar da güzel, ben beğendim. Yeğen de bir görsün. Siparişlerde herhangi bir sorun olacağını zannetmiyorum, onları Fazıl'la dikkatlice konuşun. Karışıklık istemem. Daha ne kadar buradasın?

- Pazar akşamı dönüyorum, siparişlerde bir sorun olacağını zannetmiyorum, içiniz rahat olsun. Acil bir şey olursa ben gelirim. Buyurun siz de İrlanda'ya gelin, hem fabrikaları görürsünüz.

- Neden olmasın, gider miyiz Osman, günlük seyahat?

- Olur Patron gidelim.

- George, yeğenle de anlaştınız. Sen ve bizler sipariş durumlarına bakalım ve en kısa zamanda çalışmaya başlayalım. Gerekli bilgiler bende var. Zaten ben ilgileneceğim. Nasılsa tekstilde artık sorun yok, o iş Osman'ın. İyi, verimli bir gün oldu. George her zaman arayabilirsin. Osman pazartesi burada olur musun?

- Olurum Patron, ben de öyle düşünmüştüm.

- Peki anlaştık beyler, iyi hafta sonu dilerim.

- George, Sabiha'yı da okuldan alalım. Yalnız bir saat var çıkmasına. Bir yere gitmek ister misin?

- Burada bir kitapçı olacaktı. Kızlar kitap istiyorlar, liste verdiler.

- Dillions hemen burada çok büyük.

- Evet kızlar, ders kitapları istediler, liste bayağı uzun.

- Ben seni kitapçıya bırakayım, arabayı park edip, Sabiha'yı alıp geleyim.

- Tamam Osman.

- Selam Mr. Aziz.

- Selam Donald, Sabiha'nın test sınavı nasıl geçti? Merak ediyordu.

- Çok güzel, hemen hemen üç öğrencim aynı seviyede. Sabiha'da tek sorun imla sorunu. Konuşma, anlama güzel biraz yazmayı çalışın. Eminim, imtihanları geçecek Sabiha için çok kolay. Bak geliyor. Seni konuşuyoruz Sabiha, "İmtihanın gayet iyi," dedim.

- Teşekkür ederim Donald. İmtihan sonucundan iyi not aldığıma sevindim.

- Daha da iyilerini alacaksın. Üzülmene gerek yok. İyi akşamlar.

- Sabiha Dillions gidelim, George orada, kızların siparişi varmış. Senin istediğin bir şey var mı?

- Evet ben de İngilizce yazma ile ilgili kitap alalım diyecektim.

- Lisan bölümüne gidelim. Böyle kitaplar görmüştüm ilk geldiğimizde.

- Bu yeter Osman.

- Yok, bu da yazmayı öğretiyor, ikisini alalım. Bak Sabiha, George geliyor.

- Selam Sabiha biliyor musun bugün çok güzel bir iş anlaşması yaptık. Nerede yemek yemek istersiniz?

- Tebrik ederim George, çok güzel bir haber, seni kutlarım.

- Sizin sayenizde. Sizleri tanıyınca şansım ve yaşantım değişti. İyi ki varsınız. Anneme güzel haberi verelim.

- Yemek için teşekkür ederiz George. Ben kahvelerinizi yapayım Rose Teyze, sen ne istiyorsun?

- Sabi, Servet'in küçük kapta içtiği kahveden. Türk kahvesi.

- Sabiha ben de istiyorum.

- Herkes içiyorsa ben de denemek isterim Sabiha.

- Ooo bayağı güzelmiş. Bakıyorum ağız tadın değişmiş anne. Teşekkür ederim Sabiha.

- Rose Teyze su yağlı boya tablo çok hoşuma gidiyor, bu kadın kim? Meşhur biri mi yapmış bu resmi?

- Sabi, bu Bayan Lady Godiva. On birinci yüzyılda yaşamıştır. Godiva on yedi yaşında kendinden bayağı büyük olan Kont Leofric ile evlenmiştir. Evliliğin ilk yılları çok iyi giderken halktan gelen Godiva ile kocası arasında halktan alınan ağır vergiler yüzünde çok tartışmalar olur. 11. yüzyılda İngiltere'de vergiler çok ağırdı, halk artık isyan halinde idi. Godiva eşine vergileri indirmesini ister ricalarda bulunur. Fakat başarılı olamaz. Kont eşinin konuşmalarından öyle bunalmış ki Godiva'ya kabul edemeyeceği bir teklifte bulunur. Bulundukları şehrin sokaklarında at sırtında vücudunu sadece saçlarıyla örterek dolaşmasını ister, o zaman halkın vergi yüklerini azaltacağını söyler. Dindar olan karısının bu teklifi kabul etmeyeceğini düşünür. Fakat Kont'un düşüncesinin aksine Godiva teklifi kabul eder.

Ertesi gün Lady Godiva sadece saçlarına sarılarak sokaklardan geçişini tamamlar. Bu durumu öğrenen halk, dükkânlarını kapatır evlerine girerler Godiva'nın onurunu korumak için sokaklarda kimseler olmaz. Lady Godiva kocasına karşı direnişte galip gelmiştir. Kont da sözünü tutar vergileri çok aza indirir. Bu arada Lady Godiva İngiltere'de efsane olur. Cesareti, güzelliği, kararlılığı, halktan yana olması pek çok sanatçıya ilham kaynağı olmuştur.

- Çok teşekkür ederim Rose Teyze.

- Evet Sabiha, bu tablo dedemden kalma.

- İyi anlaşıyorlar George, çünkü ikisi de tarihçi.

- Osman biz her konuda anlaşıyoruz. Çünkü Sabi benim kızım. Hem artık İngilizcesi de daha iyi, rahatça konuşabiliyoruz.

- Teşekkür ederiz Rose Teyze. Daha da iyi olması lazım.

- Osman, yarın ne yapıyoruz?

- Sabri Abi "Öğlene doğru gelin, öğlenden sonra yokum," dedi. Bizim arkadaşlarımıza çok önceden verilmiş bir sözümüz vardı, öğleden sonra onlarla olmak zorundayız George.

- Tamam Osman, Sabri'den sonra ben de annemi merkeze götüreyim. Ana oğul başbaşa bir gün geçirelim. Pazar günü Edlere kaçta gideceğiz? Öğlen Pazar yemeğidir herhalde.

- Evet öyle George, iyi akşamlar yarın görüşüyoruz.

- İyi akşamlar, Azizler.

- Osman çay istiyor musun?

- İstemiyorum, geç oldu, haberleri seyredip yatalım.

- Osman, niye George'a sözümüz var dedin. Bizim kimseye sözümüz yok ki.

- Var meleğim var. Bekir'le konuşmuştuk sana ve Sultan Abla'na sürpriz yapacaktık. Yarın Sultan Abla'nın yaş günüymüş. "Bekir Abi yemeğe gidelim," dedi.

- Bilmiyordum. Güzel bir sürpriz olacak. Osman yarın Sabri Abi'den sonra işin yoksa Sultan Abla ve beni alışverişe götürür müsün? Sultan Abla'nın bildiği yer varmış, eğer beğenirsen oradan sana yemek kabı alalım.

- Olur, sen Sultan'ı ara bakalım, çalışmıyorlarsa alışverişten sonra yemeğe gideriz. Ben de bir duş alayım, bugün insanları dinlemekten kafam şişti.

- Osman, Sultan Abla'yla konuştum. İşleri yokmuş.

- Tamam meleğim. Sabri Abi'den sonra onlarla buluşuruz.

- Ben de öyle söyledim.

- Teşekkür ederim Osman, Sabiha çok güzel bir akşamdı. Hediyeniz için çok teşekkür ederim çocuklar. İyi ki varsınız.

- Sultan Abla, yeni hayatım, yeni yaşantım, seninle daha güzel. İyi ki varsın. İyi ki benimlesin.

- Sağol ben de senin ablan olmaktan çok hoşlanıyorum.

- Osman, Rose Teyze'ye bakalım mı, gelmişler mi?

- Gelmişler, bakmak ister misin?

- Yok ben yoruldum, sen bak istersen ben yukarı çıkıyorum. Aldıklarımızı yerleştirmem gerek.

- Çayını demliyorum. Çok güzel şeyler aldık. Hepsi de çok lazımdı, Osman.

- Niye daha evvel söylemedin. Yardım ister misin?

- Yoo ben yerleştirdim bile.

- Sabiha sen niye anneni aramıyorsun. Her Cuma arardın. Çay ne zaman hazır olur?

- Cuma günleri geç geliyoruz. Şimdi de geç oldu. Yarın hem seninkileri, hem annemi ararız. Cuma günü neler oldu anlatmadın.

- Cuma günü George'nin günüydü. Hem döşemelik kumaş hem de halı siparişleri aldı, bayağı memnun oldu. İkisi de İslinton'da doğup büyümüşler. Ortak yanları vardı, onun için muhabbet iyi geçti. George bana iş teklif etti, "İrlanda'ya gelin fabrikanın birine sen bakarsın birine ben, dedi.

- Sen ne dedin?

- "Şimdilik olmaz. Sabiha'nın eğitimi var, hem ablamı yalnız bırakamayız. Onun bize, bizim ona ihtiyacımız var," dedim. "Ne mutlu hep berabersiniz, birlik içinde," dedi. "George unutuyorsun, bu birliğin içinde sen ve Rose Teyze de var," dedim, bana öyle bir baktı ki, "Sağ ol," dedi.

- Osman, yarın öğlene kadar vakit var, George'le bahçeyi konuşur musun? Hani Eddie ile konuşacaktı.

- İyi ki hatırlattın meleğim, yarın konuşalım, yarın gidiyor.

- Günaydın George, bir isteğin var mı?

- Osman bahçeye bir bakalım.

- Dün akşam Sabiha ile konuşmuştuk. Bahçe bayağı büyük.

- Annem ufak bahçe evi istiyor. İrlanda'da çok güzel ve ucuz. Bahçe masası sandalye, bahçe tahta koltuk alıp size göndereyim.

- Olur ben de bahçeye şekil verir, çiçekler ekerim.

- Hayır Osman, yeteri kadar işin var. Kardeşim, ben Eddi ile dün konuştum. Bahçe evi gelince kuracak ve bahçeyi sizin istediğiniz şekilde düzenleyecek. Servet, annemi çok güzel bir yere götürmüş, oradan da çiçek ve ağaç ne isterseniz alırsınız. Bu asmayı keselim mi?

- Yok Sabiha çok seviyor, mart başında Sabri Abi gelip budayacak. Ondan sonra bak nasıl üzüm verecek gör bakalım.

- Ciddi mi söylüyorsun, buna çok sevindim babam da bu asmayı çok severdi. Eşyalar yola çıkınca seni ararım. Bilgin olsun diye.

- Olur George yemeğe çok vakit var. Bir yere gitmek ister misin?

- Annem o kadar methetti ki gidip şu bahçe çiçekleri satan yeri görelim. Anneme, Sabiha'ya da soralım. Servet'ten adresi alalım.

- Ablama sordum "Ben de geliyorum, oradan yemeğe gideriz. Şimdi çıkıyorum, dedi.

- Sizlere bayılıyorum, çok dakik insanlarsınız. Benim hayatımı hızlandırıyorsunuz. Keşke hepiniz İrlanda'da olsanız. Ne güzel olurdu. Artık düzenli bir şekilde her ay geleceğim Osman.

- Sabiha, ablam da geliyor lütfen anneni arayalım. Dur ben arıyorum. "Günaydın anne, nasılsın? Teşekkür ederim çok iyiyiz ama sen de iyi ol lütfen. Bak Sabiha'yı veriyorum.

- "Anneciğim nasılsın? Evet hava iyi daha önceki soğuklar yok. Herkes iyi o da şimdi gelecekmiş. Anne ben terzi oldum. Sultan Abla ve kocası ile ortak çalışıyoruz, bana her şeyi öğretiyorlar. Hiç hatasız dikiyorum. Hayır anneciğim oturumumdan daha bir haber yok. Alınca zaten hemen seni ararım. Ama daha çok erkenmiş. Ben de istiyorum gelip seni görelim. Ben de seni çok öpüyorum. Olur söylerim anneciğim."

- Annem seni de öpüyor Osman.

- Sağolsun, görmeden sevdim anneni meleğim.

- Ablam aşağıda Sabiha, hazır mısın George'la konuşuyor. Ne çabuk geldi. Herhalde ışınladı kendini.

- Ne güzel bir yermiş bayıldım anneciğim, methettiğin kadar varmış. Teşekkür ederim Servet.

- Daha erken mart başında çok güzel olur. O zaman ben kızları önce alışverişe, sonra buraya getiririm. Madem bahçeyi düzeltecek-siniz, niye bir bahçe kulübesi almıyoruz, ben de kendime bakmak istiyorum. İsterseniz az ileride böyle bir yer var.

- Servet, İrlanda çok ucuz, çok daha güzel kalite. Osman'la konuştuk, bahçe evi masa sandalyeler gelecek. İstersen bizimkilerle sana da göndereyim

- Teşekkür ederim düşündüğün için ama buradan alayım kendileri gelip kuruyorlar.

- Eddi seninkini de kurar. Ben konuşurum, lütfen hep siz birşeyler yapıyorsunuz, şimdi de benim sıram.

- Evet Servet lütfen.

- Tamam Rose Teyze, teşekkür ederim. Ama ücretini ödemek şartıyla.

- Osman, Servet benim genellikle yemek yemek aklıma gelmez ama sizin yanınızda çok acıkıyorum ve çok gülüyorum.

- O zaman bizimle olmaktan mutlusunuz.

- Evet abla, George bizim ve annesinin yanında huzurlu.

- Haklısınız inanır mısınız gitmek istemiyorum. Hadi hep beraber İrlanda'ya yerleşin.

- Çocuklar yemeğe geç kalıyoruz.

- Aman annem de acıkmış. Tamam annecim gidiyoruz.

- Aman Tanrı'm Servet sen misin, ay çok zaman geçti. Bazen seni çok aradım, çok özledim. Anne bak kim var burada?

- Servet'ciğim hoş geldin. Kızım hepiniz hoş geldiniz. Mrs Rose, hoş geldin. Aman ne büyük bir buluşma. Edd teşekkür ederim oğlum böyle bir ortamı hazırladığın için. Edd sen bize önce birer kahve veya çay ver de bakalım kim neler yapmış. Kızlar gelin buraya, bunlar hep böyledir birilerini buldular mı sakız gibi yapışırlar birbirine. Hepinizi tanıyorum oğullarım, kızlarım ama bir kızım daha olmuş.

- Jane Teyze, kızımız Osman'ın eşi, biliyorsun ben keşke bir kız kardeşim olsa derdim. Şimdi var, Sabiha'mız mükemmel biridir. Bu yüzden biz çok şanslıyız.

- Benim de kızım Jane, Sabi benim de kızım.

- Aramıza hoş geldin Sabi, nasıl beğendin mi buraları, alıştın mı kızım?

- Yok Jane Teyze, evlenmeden bir hafta evvel ben gideceğim diye tutturdu.

- Osman, kızımı utandırma. Söyle bakalım burada okulu bitirdin, Türkiye'ye bir daha okumak için gittin, gidiş o gidiş. Bir daha seni hiç görmedik. Nerelerde idin. Ne aradın ne sordun oğlum.

- Doğru Jane Teyze ama gelince hayatımda birçok problemler çıktı. Döndükten sonra babam fabrikanın anahtarlarını bana verdi, fabrika senin ben yoruldum, dedi ama ben çok sevdiğim babama karşı çıktım. Anahtarı almak istemiyorum. Çünkü annemin ve senin nasıl çalıştığınızı gördüm. Ben her çocuk gibi yatağımda değil de kesim masasının altında büyüdüm. Bizim ailece oturup akşam yemeklerimizi evimizde masa başında yediğimiz sayılıdır. Teşekkür ederim ne benim ne ablamın hiçbir şeyimizi eksik etmediniz ama her çocuk gibi benim de hayallerim vardı. Benim de isteklerim arzularım şikayetlerim vardı, onları anlatacağım annem ve babam çok çalışıyorlardı, çok meşguldüler sevgiye, ilgiye beraber olmaya ihtiyacımız vardı. Söylediklerim hem babamı hem de beni çok üzmüştü. Hem ben evleniyorum dedim. Çocuklarımı kesim masası altında büyütmek istemem. Akşam ailemle oturup yemek yemek, televizyon seyretmek isterim, onlarla oynamak, sorunları ile ilgilenmek isterim. Allah'tan ablam imdadıma yetişti, "Oğluna anahtar veriyorsun ben ne olacağım, bana niye teklif etmiyorsun," deyince babam anahtarı ablama verdi. "Hadi şu gelin hanımı getir de düğünü yapalım," dedi. Öyle biri yoktu, esasında çok önceden pupta tanıştığım biri vardı. Şansımı denedim. 6 ay zor dayanabildim. Çünkü alkolik biriydi. Babam ve annem ben evlendikten sonra kesin dönüş yaptılar. Boşandığım halde yakamdan düşmedi. Ben çok iyi maaşla M&S'in kuzeyde fabrikasında üretim müdürü olarak işe başladım. Bir seneden fazla çalıştım ama ablam çok yalnız kaldı. O da çok zor zamanlar geçirdi. Sonra bir gün geldi, "Ya benimle gelirsin ya da ben burada kalırım, bir yere gitmem," dedi. Ablamı ikna etmek kolay değildi. Mecburen onunla geri döndüm. Sonra gece gündüz demeden kendimi işe verdim. İşten başka bir şey düşünmez oldum. Zaman zaman ablama yardım ediyordum. Sonra bir gün kesim için gittiğim fabrikada Sabiha'yı gördüm. Sanki kışta baharı yaşıyordum. Osman bu senin ikinci şansın dedim ve evlendik. Çok mutluyum. Yeniden ailem oldu. Ablamla da iyi anlaşıyorlar. Sabiha bana uğur, şans, mutluluk getirdi. İşte Jane Teyze, benim hikayem.

- Zaman zaman Jack'la konuştuğumuzda sana çok kızıyordum böyle düşündüğüm için özür dilerim oğlum, gel seni bir kucaklayayım. Sen de gel kızım aramıza hoş geldin. Servet'ciğim duyduğuma göre sen düzenini iyi oturtmuşsun.

- Evet Jane Teyze. Çünkü bir kurulu düzen vardı, sizin burası gibi, babam çok iyi ismi olan patronlarla çalışıyordu, düzen onun düzeni, sağ olsun kardeşim hep yanımda. Onun hayatı düzene girince benim de huzurum yerine geldi. Çok huzurluyum kardeşimin söylediği gibi, Sabiha bize şans ve uğur getirdi.

- Hepiniz benim çocuklarımsınız. Ben sizleri kendi çocuklarımdan ayırmadım. Ama birden herkes yok olunca merak ediyordum. Peter'i görüyorduk hep sorardım. O da bilmiyorum derdi. Gördünüz mü George, Bayan Rose Tanrı çocuklarımızı korusun. Osman, önce çok üzüldüm ama Sabi'yi görünce sevindim. Dilerim hepiniz mutlu olun çocuklarım. George sen nasılsın oğlum. Annenden biraz birşeyler öğrenmiştim çok zaman önce, sonra onu da kaybettim.

- İyiyim Jane Teyze, annem burada yalnızdı. Ama şimdi Osman ve Sabi var, onları çok seviyor.

- Annee soruşturman bittiyse yemekler hazır.

- Tamam oğlum. Geliyorum ben de yardım edeyim, çok heyecanlandım. Herkesi birlikte görmek beni çok memnun etti.

- Bak Peter de geldi. Gel benim haylaz oğlum. Hani perdeler için ölçü alınacaktı.

- Tamam Jane Teyze yarın birini gönderiyorum. Ay ne güzel herkes burada. Hoş geldiniz, George nasılsın?

- Rose Teyze, Sabiha, Servet hepinizi görmek çok güzel. Yalnız benim anlamadığım bir şey var. Jane Teyze hepimizin teyzesi, anası. Hepimiz bu dükkâna, sizin evinize girip çıkmışızdır. Gerek evde, gerek dükkânda hep karnımızı doyurmuşuzdur. Ama bazılarımızı görmedik, tanımadık. Ama şu işe bak defalarca o eve girip çıkmış kişiler birbirlerini tanımazken seneler sonra yine karşılaşıyor. Bu bir tesadüf olamaz, bu bir kader mi Jane Teyze?

- Tabii ki olabilir. Peter siz üçünüz dünyayı kurtarma sevdasında, haylazlık peşindeydiniz. Nerde güzel film var, nerde eğlence var, siz orada. Demin de söyledim ya, kızlar sakız gibiydiler. Bir buluştular mı yapışırlar, vır vır ne konuşurlar anlamam. Edd ve George büyüktüler. İkisi de çok ağır efendiydiler. Hep dışarı çıkar, geç dönerlerdi. Yani aranızda gruplaşma olmuştu. Herkes kendi grubunda. Kafanızı kaldırıp biz neredeyiz, bu insanlar kim demediniz, ondan herhalde. Hadi buyurun Rose Hanım, çocuklarım afiyet olsun. Gördün mü Sabi, biz büyük bir aileyiz.

- Evet çok hoşuma gitti Jane Teyze.

- Sizinle vakit nasıl geçti anlamadım, benim uçağıma az kaldı. İstemeyerek ayrılmak zorundayım. Ama görüşeceğiz, her ay buradayım. Anneciğim hoşça kal. Jane Teyze seni görmek çok hoştu. Edde, biraz konuşalım mı? Hadi hoşça kal, Osman kendinize iyi bakın. Gidince ararım.

- Ben seni geçireyim George.

- Rose Teyze için elmalı turta.

- Ne oldu Bayan Rose, oğlunun gidişine üzüldün değil mi, bak biz buradayız, kalabalık bir aileyiz.

- Çok teşekkür ederim Jane, sizleri çok severim tekrar sizi görmek çok güzel ama George çok çalışıyor. İki kız çocuğu, alkolik bir karısı var, evde hiç huzuru yok.

- Üzülme, Rose Teyze gidince doktora gidecekler, Cara tedavi olacak. Bak biz seninleyiz.

- Teşekkür ederim Sabi, iyi ki varsınız kızım.

- Evet Rose Teyze, ben, Osman bak burada kaç kişiyiz seni hiç bırakmayacağız, yeter ki sen üzülme.

- Teşekkür ederim Servet, hepiniz çok yaşayın.

- Osman, adresi ve telefon numarasını ver de Rose Hanımı arada ziyarete gideyim.

- Ama Cumartesi gelmeyin yokum Servet ve Sabi ile çıkıyorum.

- Aa bak ne güzel.

- Benim gerçekten bugün çok hoşuma gitti. Jane Teyze, Edward Amca, arkadaşlarım, sevgili arkadaşım Helen çok yaşayın, iyi ki varsınız.

- Sağ ol Servet'ciğim.

- Ben de çok teşekkür ederim. Sizleri kendime çok yakın buldum. Sizleri çok sevdim.

- Sağol Sabi, aramıza hoş geldin. Bir kerelik değil, her zaman bekleriz.

- Rose Teyze lütfen üzülme, sıkılınca telefon et ben gelirim. İyi akşamlar.

- Teşekkür ederim Servet, iyi geceler.

- Kahve veya çay ister misin Rose Teyze?

- Hayır Sabi, ayaklarımı uzatacağım, çok yedim ve çok kahve içtim, iyi geceler kızım.

- İyi geceler Rose teyze, George inince seni arayacak.

- Teşekkür Osman, size de iyi geceler.

- Çay kahve ister misin Osman?

- Yok istemem Sabiha, Rose Teyze'nin dediği gibi ayaklarımı uzatıp oturacağım. Bakıyorum yine herkes seni beğendi meleğim. Gel şöyle yanıma otur.

- O zaman sen memnun olmalısın Mr. Aziz.

- Memnunum hem de çok. Bu arada hayat hikayemi öğrendin. Ama ben sana anlatayım dediğimde senin geçmişin beni ilgilendirmez, geçmiş geçmiştir zaten lütfen geleceğimize bakalım dedin, hatırlıyor musun?

- Hatırlıyorum. Ben bugün anlatılan geçmişini zaten biliyordum, yeni birşey yok. Yalnız Servet Abla'nın girişimi çok güzel olmuş.

- Evet ablamın bu iyiliğini unutamam. Ablam ekonomi ve iş idaresi okudu. Onun için başarılı, o bu işin eğitimini aldı. Fabrikada büyüdü, tekniği biliyor. Onun için ömrünü fabrikada geçirmiyor. Okulu bitince "Ben evleneceğim," diye tutturdu. Annem razıydı ama babam kararsızdı. "Bir araştırayım," dedi. Biliyorum aynı okuldansınız, sen tanıyorsun ama biz tanımıyoruz, bu adam hakkında bir bilgimiz yok. Herkes beklemedeydi. Bir Pazar sabahı, genellikte Pazar sabahı kahvaltıda herkes bir arada olurdu (sadece bazı Pazar sabahları) babam hepiniz masaya dedi. "Servet niye bu adamı seçtin, niye istiyorsun? Seviyorumu geç, niye?" diye sordu. Ablam birçok övgüyle, birçok nitelikle, güzelliklerle Hasan Abi'nin pazarlamasını yaptı. "Anladım Servet, tek birşey soracağım. O mu seni idare edecek, sen mi onu?" diye sordu. Ablam "Tabiiki ben idare edeceğim, söz bende biter," dedi. Babam "Tamam o zaman söyle, ailesi gelsin tanışalım," dedi. Annem biraz şaşkındı, daha sonra annem, "Bey niye böyle bir soru sordun kızımıza," dedi. Sevgili Nigar, ben soruşturdum. Biraz pısırık ve inatçı olduğunu öğrendim. Sorduğum soru kızımın ezilmesini istemediğimdendi verdiği cevap bana yetti. Her halde sen de anlamışsındır. İşte ablamın evlenmesi böyle oldu. Ama babam haklıydı. Hasan Abi sadece kendi işiyle ilgilendi, ablama hiç yardımcı olmadı. Ablam bu yüzden hep yalnız kaldı. Ama başarılı da oldu.

- Ben Servet Abla'yı beğeniyorum. Kendi ayakları üstünde duran, kuvvetli biri. Hem de ailesine çok düşkün. Özellikle sana.

- Seni de çok seviyor. Gördüğüm kadar, benden çok seni seviyor. Hep övgüyle bahsediyor.

- Evet doğru kötü düşündüğüm ve korktuğum gibi değilmiş. Böyle düşündüğüm için üzgünüm.

- Bu senin suçun değil, herkesin ağzı var konuşur. Ama ablam önce ailesini düşünür sana bunun izahını yapmıştı zaten.

- Evet şimdi her şeyi çok daha iyi anlıyorum. Kişileri tanımak lazımmış.

- Yarın iş var yatalım mı Sabiha? Yarın seni işe bırakıp. Ben Büyük Patron'a gideceğim çizimlerim olacak, fazla geç kalmam. Size iş getireceğim. Onun için akşama doğru uğrarım.

- Günaydın Arto, Cuma günkü pantolonun kumaşından varsa alabilir miyim? Bugün çizimini yapacağım. Kumaş varsa keserim diye düşündüm. Günaydın Bekir Abi.

- Osman bu muydu, ben pek emin değilim?

- Tastamam buydu Arto. Ben iki eteklik keseyim. Biraz da yanıma alayım. Akşama uğrayacağım. Bye Sabiha. Bye Arto.

- Hoş geldin Sultan Abla geciktin.

- Osman'a takıldım "fırından çörek alayım, çayla yiyin," dedi. Pazar nasıl geçti, Sabiha?

- Çok iyi geçti dükkân sahibi Jane Hanım aynı bizim gibi. Çocuklar hep beraber büyümüş. Herkes çok sevecen, çok samimiydi. Sultan Abla eğer vaktin varsa öğleyin pazara uğrayalım mı?

- Ben de sana soracaktım. Hatırlarsan Cumartesi sebze ve meyve almadık.

- İşte ben de onun için dedim.

- Ne o kızlar hâlâ iş başı yapmamışsınız.

- Senden iş bekliyoruz usta.

- Bugün hep beraber çalışalım mı? Ne dersiniz, herhalde yarın ben Osman'a çalışacağım.

- Afiyet olsun kızlar. Bütün makinecilere söyleyeceğim de sizden başlayayım dedim. İşimiz bitti ama -Osman bugün yeni siparişle dönerse 2 veya 3 gün sizlere ara versem ne dersiniz? Sultan Abla ile Bekir Abi çalışacak çok özür dilerim.

- Birşey değil Arto Bey neden olmasın. Biz de ev işimizi bitiririz.

- İyi ki bol bol sebze almışız Sultan Abla.

- Evet haklısın Sabiha.

- Kızlar bu son işiniz ama çok büyük beden akşama zor biter.

- Osman geldi.

- Hoşgeldin Osman.

- Hoşbulduk Arto biraz konuşalım mı? Selam Sultan Abla, Selam Sabiha.

- Nasıl işiniz bitti mi?

- Şimdi bitirdik Osman, son parçayı da birleştirdik. Arto söyledi mi, bize biraz ara verdi.

- Evet, Arto söyledi. Yarın sabah kumaşlar burada olacak kesimi çabuk bitirirsem aranız uzun olmaz. Zaten Bekir Abi de benimle çalışacak. Kemal Abi var, belki sadece bir gün veya iki gün. Sabiha daha işin var mı?

- Hayır Sultan Abla, dedi ya bitirdik. Yalnız Bekir Abi'nin arabasında pazar alışverişimiz var, onları alalım.

- İzin varsa biz gidelim Sultan Abla, bugün çok yoruldum.

- Olur Osman, beraber çıkalım da arabadakileri vereyim.

- Sabiha çok alışveriş yapmışsın, Sağol Sultan Abla, iyi akşamlar.

- İyi akşamlar Sultan Abla. Çok taze armut ve elma aldım hem bize hem Rose Teyze'ye o çok seviyor. Osman bu akşam balık ve patates yiyelim mi?

- Ooo canın mı çekti meleğim tabii yeriz. Sana çok güzel şeyler anlatacağım onun için hemen eve gidelim.

- Osman ben hemen çok çabuk bir duş alayım mı? Bugünkü kumaş çok kötüydü, iplikler hep üzerime yapıştı.

- Tamam ben sofrayı hazırlarım. Çabuk ol da balık soğumasın.

- Oh be dünya varmış.

- Rahatladın mı, bazı kumaşlar böyledir. İyi, çok çabuk çıktın sofra hazır, çayı da koydum. 2 veya 3 gün evde olmana sevindim meleğim. Ne yapacaksın?

- Ders çalışacağım, büyük fırsat. Duru'nun istediği yazıyı yazacağım, yemek ve Osman Bey'e kek yapacağım.

- İki üç gün sana yetmez, istersen sen bir hafta işe gitme.

- Saçmalama Osman, hadi söylesene ne anlatacaksın, neler oldu bugün?

- Çayımızı içerken anlatayım, çünkü kaçırmanı istemem konu güzel.

- Osman çayın. Ben mutfağı toparlayıp geliyorum.

- Gel beraber toplarız. Şimdi konuşacaklarımız var. Sabah işe gittiğimde Patron gelmemişti. Ben de pantolonların çizimine başladım. Biri omuzuma vurdu, arkamı dönünce baktım ki Patron. "Günaydın Osman, çay söylemedin mi? O zaman ikimize çay söyleyelim, gel ortalık tenhayken seninle konuşacaklarım var. Bak Osman, iki aydan fazla burada çalışıyorsun ve bu zaman zarfında Patron benim maaşım ne diye sormadın. Bu hem iyi hem kötü. Ben sana maaş vermesem böyle bedava mı çalışacaksın? İkincisi niye hakkını aramıyorsun? Bu kötü, hakkını araman lazımdı," dedi. Ben teşekkür ederek "Düşündüm ki, belki beni deniyorsunuz. İşimi nasıl yaptığımı, başarılı mıyım, değil miyim? İşinize yarar mıyım gerçekten bu işi biliyor muyum? Ben de siz ne zaman konuşacaksınız diye bekliyordum," dedim. Patron "Seni seviyorum çünkü sen bana her hareketinle büyük oğlumu hatırlatıyorsun. Onun karakterini bildiğim için senin bana sormanı bekledim. İşini iyi yapıyorsun, çok başarılısın, gerçekten de şimdiye kadar senin gibi bir elemanım olmadı. Sana çok güveniyorum. George'la toplantımızda da söyledim, artık tekstil işini düşünmüyorum, çünkü sen varsın. Ve sayende çok iyi bir yerdeyiz. Gelelim maaşına istediğin miktarı söyler misin, ayda ne kadar istersin?" dedi. "Lütfen Patron siz söyleyin," dedim. "Biliyordum böyle söyleyeceğini, bir de haftada en az dört gün burada olmanı istiyorum," dedi. "Patron, kesimini başkalarına teslim edemeyeceğim kişiler var. Bu kişiler de size çalışıyor. Onları yüzüstü bırakamam. Ama kesim olmadığı zaman dört gün değil, altı gün de burada olurum. Bildiğiniz gibi kesim her zaman olmuyor. Hem kesim çok önemlidir. İflasa kadar gidenleri gördük, duyduk. Ben kesim masasında büyüdüm, bu işin eğitimini aldım. Bu kişileri yarı yolda bırakamam. İsterseniz gelmediğim günler paramı kesin," dedim. "Bu kesimler ne kadar sürer?" diye sordu. Ben de "Siparişe ve kumaşına göre değişir. Mesela ablamın bin tane siparişi için üç gün harcadım. Pantolonların kesimi için bana bir, bir buçuk gün yeter. Sabah erkenden serilen kumaşı o gün kesip bitirmek lazım. Kumaşın gevşememesi, kendini salmaması lazım. Onun için bu işi çabuk ve hatasız yapmak lazım. Sonra paketlemesi var. Bu da çok dikkat ister. Mesela Sabri Abi'ye gittiğimde kesimi onunla yaparım, çünkü kesime çok önem verir paketlemeye pek karışmam o kendi yapar o zaman bir veya iki gün yeter," dedim. "Ben daha uzun sürer zannetmiştim. Dediğin gibi kesime gittiğin kişiler bize çalışan kişiler, yani işimizin bir parçası diyorsun, öyle mi?" diye sordu. "Aynen öyle Patron," dedim. "Kesimin olmadığı günler buradasın, anlaştık. Kesimde bizim işimizin bir parçası olduğu için sana 3000 Pound aylık veriyorum. Ama tekstilden sen sorumlusun. Biliyorum hata yapmazsın zaten ben de kabul etmem. Servet'in üst katı için adam biraz cıvıtır gibi olmuş. Onunla bir konuşur musun? Alt kat işleri neredeyse bitiyor," dedi. Maaş için teşekkür ederek "Yarın pantolon kesimi var. Oralardayım, bir ara gidip konuşurum," dedim. "Artık dikilen eteklerin, ceketlerin orada depolanmasını istiyorum. Oraya bir görevli koyup sorumluluğu sana vermek istiyorum. Şimdiden birini bulmağa çalış lütfen," dedi. İşte benim meleğim, benim şansım artık senin çalışmana gerek yok.

- Çok güzel Osman, seni tebrik ederim. Ama ben çalışacağım.

- Tamam anladım meleğim.

- Bak Osman, ben seni çok seviyorum. Ve seninle olmak benim dünyamı ve yaşamımı güzelleştiriyor. Hem seni seven güvenli bir omuza başını dayamak ne büyük bir şanstır. Ben de çok şanslıyım yanımda sen varsın. Ama ben çalışmayı seviyorum.

- Tamam meleğim, ben evde otur yemek yap, ortalık temizle demiyorum. Kariyerini yükselt okula git, daha iyi yerlerde çalış demek istemiştim.

- Teşekkür ederim. Belki bir gün o da olacaktır. Yarın neredesin?

- Yarın Arto ve Bekir Abi ile kesimi bitirelim ki, makinacılar işsiz kalmasın.

- Hadi beraber mutfağı toplayalım ve yatalım. Bugün Patron'la bayağı stres yaşadım.

- Patron güzel maaş vermiş Osman.

- Öyle ama sorumluluk büyük, inşallah altından kalkarım.

- Eminim sen başarılı olursun. Bu senin bildiğin iş. Daha önce de M&S yapmıştın değil mi?

- Ama orda sadece çalışıyordum ve tek başımaydım. Şimdi sen varsın. Sonra ben bir hata yapsam, Patron'un iş verdiği kişiler var, onların ekmek parası var. Fiziki sorumluluğun yanında bir de duygusal sorumluluk var. Onun için yüküm ağır meleğim. Neyse bakalım, her şeyi zaman gösterecek. Yalnız değilim, yanımda sen varsın ya bana yeter. Sabiha sana ufak elektrikli bir daktilo alalım mı? Hem yazılarını yazarsın, hem ders çalışırsın.

- Teşekkür ederim ama şimdi sırası değil. Belki daha sonra.

- Osman hadi kalk, kahvaltı hazır.

- Günaydın meleğim. Meleğim ne oldu bana, uyayakalmışım.

- Dün stresliydin ya, belki ondandır.

- Ne var kahvaltıda?

- Sucuklu yumurta yaptım, zeytin, peynir. İşe götürmen için de peynirli yumurtalı sandviç yaptım.

- Yaşa Sabiha'm, istersen sen yat daha erken.

- Yok, Duru'nun yazısını yazacağım ve yeni aldığımız kitaptan ders çalışmam lazım.

- Hoşçakal meleğim, akşama görüşürüz.

- Selam abla.

- Hoşgeldin Osman, hangi rüzgar seni ablanın mekanına attı?

- Müsaitsen biraz konuşalım istedim. Ama önce şu yukarı işini halledelim mi?

- Hadi yukarı çıkalım. Biraz önce burada idi, satacak galiba bir de sen konuş.

- Hayri Usta selam.

- Osman, hoş geldin oğlum nasılsın? Dükkân için geldiniz biliyorum, buyurun oturun konuşalım. Ben burayı sizden satın almıştım, isterim yine sizin işinize yarasın. Ben de babanlar gibi yoruldum. Burayı satıp kızıma ve oğluma birer ev alıp biz de kesin dönüş yapalım istiyorum. Onun için sık eleyip ince dokuyorum. Alacağım para isteklerime yetsin istiyorum. Eğer emlakçı parası olmazsa yetiyor gibi. Sen bir sorsan, şu senin ustana.

- Hayri abi, sorun emlakçı parasıysa ben ödeyeceğim, sana söz.

- Tamam anlaştık. Anlaştık Servet, söyleyin adama, yarın işlemlere başlayalım.

- Teşekkür ederim Hayri Abi.

- Kardeşim yemek yedin mi? Birşey söyleyeyim mi?

- Yok abla biraz konuşmamız lazım. Önce Patron'u arayalım.

- Selam Patron. Pantolon kumaşı eksik gelmiş. Bugün veya yarın, sabah erken gönderebilir misiniz? Teşekkür ederim. Ben ablama geldim, yukarı çıkıp konuştuk. Adam "Emlakçı parasını ödeyin vereyim size, kırmam, burayı sizden satın almıştım. Şimdi baban gibi kesin dönüş yapmak istiyorum. Emlakçı parası olmazsa yetiştiririm," dedi, ablam da "Söz emlakçı parasını ben vereceğim," dedi. Hayri Usta da "Tamam o zaman, söyleyin beyefendinin avukatı gelsin, anlaşmayı yapalım," dedi. Evet, yarın pantolon işim bitebilirdi ama kumaş eksik gelmiş. Olur öğlenden sonra benim işim hafifler herhalde. Sorun değil, kumaşları bekliyoruz. Görüşürüz. Olur ablamı veriyorum.

- Yok beyefendi, söz verdim emlak parasını ben vereceğim. Olur, konuşuruz. Bütün bina bizimdi. Yarın bekliyorum. İyi günler.

- Ben bir çay alıp geleyim.

- Yok abla, gel anlatacaklarım var. Çayı sonra içeriz.

- Üç bin pound çok ama çok güzel bir maaş. Ben de kesimi başkası yapsın istemem, sen yokken başıma neler gelmişti. Bunu yarın senin Patron'a da söylerim. Burası hakkında ne düşünüyorsun?

- Patron dikilen malların burada depolanmasını istiyor. "Birini bul ona teslim et. Ama mesuliyet sana ait, sorumlu sensin," dedi. Düşünüyorum öyle biri hiç aklıma gelmiyor abla.

- Ben birini düşünüyorum ama bilmem.

- Kim abla?

- Sabiha çünkü bu işte büyük mesuliyet var. Gelen malların, çıkan malların iyi, çok iyi hesaplanması lazım. Bizim işte de her şey oluyor sen daha iyi bilirsin.

- Bilmemki abla, kabul eder mi? Sonra lisanı henüz yeterli değil. Hem tek başına yapamaz, ağır iş.

- Önce ona sorumluluk verilecek anladığım kadar buna evet der. Lisana gelince bir öğretmen tutar, her gün ders aldırırız. İkincisi Bekir ve Sultan'ı da buraya alırız. Bekir'e ihtiyaç var, gelen malların dikişleri kontrol edilecek ufak tamirleri Sultan yapar. Bekir yine herkesin sampillerini diker. Eğer onlar gelirse Sabiha hayır demez. Hepsi içinde çok iyi olur. Burası kendi işleri gibi olacak. Bana kalırsa hepsi kabul eder.

- Ama Patron ne der?

- Şimdilik kimseye birşey söylemeyelim, yarın Patron'la konuşalım. Sen bana bırak bu konuyu ben konuşacağım.

- Benim konuşmam yakışık almaz. Hem zaten konuşmam.

- Biliyorum, belki sen yokken konuşurum.

- Oldu o zaman abla, gidip işimi bitireyim.

- Bekir Abi ben gidiyorum.

- Osman birşey mi oldu? Ablandan geldikten sonra çok düşüncelisin. Benlik bir iş varsa lütfen sakın çekinme söyle. Sen git ben paketlemeyi bitirir öyle giderim.

- Sağ ol Bekir Abi. Hoşça kal Arto.

- İyi akşamlar Osman.

- Hoş geldin Osman, bugün hep senin sevdiğin yemekleri yaptım. Ne oldu Osman canın sıkılmış gibi yanlış bir şey mi oldu? İnşallah hasta falan değilsindir.

- Dur meleğim telaşlanma. Bugün ablama uğradım, Hayri Abi'yle konuştuk. "Ben emlakçı parası vermem, alacak kişi verirse sattım," dedi. Ablam da "Ben veriyorum," dedi. Patron vermezse ablam verecek. Aşağı inince "Niye böyle birşey yaptın?" deyince, "Önceden burası bizimdi. Sonra patron sana çok iyi davranıyor, çok güveniyor. Burayı depo yapmak istiyormuş sorumluluk yine sende olacak. Kaç yere bölüneceksin, dedi. Neyse yarın Büyük Patron ve avukatı gelecek. İşlemler başlayacak. Bunlara kafam takılı. Neyse sen bugün neler yaptın Sabiha'm?

- Ders çalıştım, yemek yaptım, Duru'nun istediği 8 Mart Kadınlar Günü ile ilgili yazdım. Hadi sofra hazır.

- Yarını bir atlatsam meleğim. Sabah ben erken kalkmam lazım. Arto'nun işini bitirirsem, öğlenden sonrayı Patron'a ayırayım.

- Osman benim bilmediğim bir şey mi var, sen çok düşüncelisin.

- Depo işi hoşuma gitmiyor, çok dikkat isteyen bir iş. Bir iki sene evvel ablam neredeyse siparişleri teslim edemediği için iflas ediyordu.

- Niye, makinacı problemi mi oldu?

- Hayır teslimatı orda çalışan adam kendine yapmış. Yani ceketler çalındı. Adamı da bulamadık. Ablam ne kadar üzülmüştü. Onun için oranın sorumluluğunu almak istemiyorum. İyi birini bulmak çok zor. Yemekler çok güzel olmuş, eline sağlık iyi ki yanımdasın meleğim. Hadi göstersene bugün ne yazdın?

- Oku bakalım nasıl bulacaksın?

Kadınlar ve kadınlarımız.

8 Mart Kadınlar Günü, 1857 yılında Amerika'nın Newyork şehrinde tekstil işlerinde çalışan yüzlerce kadın çok düşük ücret aldıkları ve çok uzun saatler çalıştırıldıkları için protesto ve grev başlatmışlardı. Bu grevlerde 120 kadın öldü. 8 Mart 1857 tarihinden tam 52 yıl sonra Danimarka'nın Kopenhag şehrinde düzenlenen Kadın Sosyalist Enternasyonal toplantısında alınan kararla 8 Mart Kadın Günü olarak kutlamaya başlandı. 1977'de Birleşmiş Milletler genel toplantısında kadın hakları barış günü olarak kabul edildi. Rusya'da 1917'de Ekim devriminden sonra kadınların eşitsizliğine dair eskiden kalma bütün yasalar kaldırılmış, kadın ve erkeğin yasal eşitliği getirilmişti. Kadının politik, ekonomik ve hukuksal tam eşitliği ilan edilmiş oldu. Sovyet kadının her alanda hak ve eşitliğine kavuşması, Sovyet toplumunda önemli bir güç kazanmıştır.

Türkiye'de ilk kadın eylemi 1828'de İzmirli kadınlar tarafından yapılmıştır. İzmirli kadınlar ekmeğe yapılan zammı 3 gün protesto ettikten sonra ekmeğe yapılan zam geri alınmıştır. Ayrıca Türkiye'de 1921 yılında Dünya Emekçi Kadınlar Günü olarak kutlanmıştı. Ama 1975 yılında kutlamalar ülkeye yayılsa da 12 Eylül darbesiyle durdurulmuştur. 1984 yılından itibaen tekrar Dünya Emekçi Kadınlar Günü olarak kutlanmaktadır.

Atatürk, çağdaş değerlere sahip bir devlet kurmuştu, toplum yaşamında her alanda yenilikler yapılmıştı. 1924 yılında yapılan bir kanunla kadın eşitliğini kazanmıştı. Sağlanan eşitlikle kadınlarımız toplumumuzda çok önemli bir yer kazanmıştır. Her türlü meslek dallarında hizmet vermişlerdir. Toplumumuzda da kadınlarımıza verilen hukuki ve sosyal haklarla yurdumuz ileriye taşınmıştır. Tarihimizde bebeğini beşikte bırakıp cepheye savaşmaya giden, cephane taşıyan kahraman kadınlar vardır.

Halide Edip Adıvar milli mücadele kadınlarımızdandır. Modern kadın hareketlerini başlatan kadın yazarlarımızdandır.

İlk kadın doktorumuz, ilk kadın öğretmenimiz, pilotumuz, fotoğrafçımız, güzellik kraliçemiz, ilk tiyatro ve ses sanatçılarımız, ilk profesörümüz. Kadınlarımız, toplumumuz için parlayan yükselen sesler olmuşlardır.

Kadın şefkattir, kadın sabırdır, kadın fedakârlıktır, kadın annedir. Bütün kadınlarımız kadınlar gününüz kutlu olsun.

- Çok güzel olmuş Sabiha'm. Okuyunca bütün sıkıntım geçti. Yüreğine kalemine sağlık. Sen hep yazmalısın. Çünkü çok başarılısın. Cemal bu yazıyı görse hemen ister. Harun da, "Ben de dosyama koyayım, lazım olacak Sabiha Abla'cığım," der.

-Evet, Harun her zaman "Sabiha Abla'cığım," der.

- İkisi de seni çok seviyor. Yatalım mı Sabiha'm?

- Çay içmeyecek misin?

- Yarın erken kalkacağım. Biraz dinleneyim meleğim. Yarın için bana dua et.

- Sen iyi görünmüyorsun Osman, bana söylemediğin birşey mi var? Bugün ters giden birşey mi oldu?

- Yoo her şey anlattığım gibi ne bir eksik ne de bir fazla.

- Sultan Abla günaydın. Osman erkenden çıkıp gitmiş. Hiç duymadım ama dün akşam çok üzgündü ne oldu bilmiyorum.

- Evet Bekir Abi'nde "Osman'ı senelerdir tanırım, ilk defa çok üzgün gördüm. Sordum birşey söylemedi," dedi. Hatta Arto Bey de Bekir Abi'ne sormuş: "Osman'ın canı çok sıkılıyor galiba," demiş. Bekir biraz önce çıktı, "Ben bugün erken gideyim Osman'ın yanında olayım," dedi.

- "Bugün büyük gün," dedi bakalım, görelim. Kusura bakma Sultan Abla seni erkenden kaldırdım. Ama en yakınımsın. Olur öğrenirsem sana söylerim.

- Günaydın Bekir Abi erken gelmişsin.

- Dün sıkıntılıydın, yanında olayım dedim. Sen gittikten sonra eksik olan kumaşlar geldi.

- Sağol Bekir Abi. Sonra anlatacağım. Kumaşları serelim mi? Öğlene kadar kesimi bitirelim.

-Tamam Osman, paketlemeyi düşünme, ben yaparım.

- Bekir Abi öğlene doğru Büyük Patron gelecek, ablamın üst katını alacak. Patron gittikten sonra gelirim. Konu kısaca şu: Patron bugün aldığı yeri depo yapmak istiyor, "Sorumlusu sensin," diyor, ben istemiyorum. Onun da sorumluluğunu almak istemiyorum, bu zamanda dürüst birini bulmak çok zor Bekir Abi.

- Sen şimdi kendini kesime ver her şey hallolur, ben yanındayım.

- Günaydın beyler ben de geliyorum. Size kahve getirdim.

- Maşallah elin hızlı. Osman kesimi bitirdik. Hadi paketlemeye geçelim mi?

- Geçelim Bekir Abi, çalışınca biraz kendime geldim.

- Osman, Servet Hanım arıyor.

- Tamam, geliyorum.

- Bekir Abi patron gelmiş, geçirince gelirim. Arto benim gitmem lazım ama geleceğim.

- Hoş geldin Patron.

- Mrs. Servet'le aramız iyi. Avukat yukarıda işlemleri yapıyorlar. Ben bilmiyordum, bu bina hepsi sizinmiş. Eh gene sizin sayılır, hep beraberiz. Ne oldu senin canını sıkan birşey mi var? Umarım her şey iyidir. Osman canını sıkan neyse söyle lütfen.

- Teşekkür ederim, yok olursa söylerim. İçim rahat değil ben yukarıyı bir kontrol edeyim. Abla sen baktın mı?

- Yok ben seni bekledim. Hadi sen bir bakıver.

- Kusura bakmayın Beyefendi, Hayri Abi pek düzgün bir adam değildir. Osman pek güvenmez bu adama.

- Öyle birine benzemiyor ama Osman kafasını ona mı takmış?

- Yok ona değil ben size anlatayım siz karar verin. Osman kafayı şu depo işine taktı. Oraya bulacağınız kişinin çok dürüst, çalışkan, hesabı kitabı çok iyi bilmesi gerekir. Bundan 3 sene önce benim depocum gelen malları kendine göndermiş. Nerede ise iflas ediyorum. Adamı bulamadık. Çok üzülmüştük.

- Ne yapmak lazım Servet, bir düşüncen var mı?

- Var ama siz ne dersiniz, Osman ne der bilmem. Sadece güven için deponun sorumluluğunu Osman'ın karısına verelim diye düşünüyorum. Üniversite mezunu ekonomi okumuş, çok akıllı bir kız. Ben "Gel benimle çalış," dedim, gelmedi. Etek fabrikasında dikiş dikiyor, daha doğrusu öğreniyor. Sosyalist bir kızdır, fakat fazla dürüst, aklına yatmazsa kabul etmez.

- Aynı kocası. Peki yalnız yapabilir mi?

- Ben şöyle düşündüm. Annemin babamın dostları Sabiha'nın da yakın arkadaşları. Bekir Londra'nın çok iyi bir sampilcidir. Sizin sampillerinizi hep o diker, karısı da iyi bir terzidir. Çok güvenilir, çok iyi bir ailedir. Senelerdir tanıyorum. Üçü yukarıyı gayet güzel idare ederler. Hem Bekir yanlış dikişleri tamir eder. Bazı beden ve şirket isimleri değiştiriliyor, mesela eğer burada dikilip Amerika'ya gidecekse beden ve şirket isimleri değiştirilir, ben Hindistan'a diktiğimde öyle oluyor. Hem gerçek bir terzi oldukları için hatalar sizden değil depodan döner.

- Bence iyi fikir ama Osman ne der bilmem, bir soralım. Geç kaldılar ne oldu acaba?

- Belki avukatı yalnız bırakmak istememiştir. Bir kahve alır mısınız?

- Olur alayım. Geldiniz mi, nasıl işler tamam mı?

- Tamam bey. Adam biraz acaip, nerdeyse cayıyordu. Osman bey gelince toparlandı.

- Çok teşekkür ederim, sen gidebilirsin. Yarın sabah ofiste bekliyorum. Osman bu kadar sıkıntın, üzüntün var da niye benimle konuşmuyorsun?

- Neyi patron, anlamadım.

- Şu depo işini.

- Evet açıkçası çok riskli, bu zamanda iyi birini bulmak çok zor. Acaba sizin tanıdığınız var mı? Bazen kontrol edemiyorsun. Ablamın başından böyle bir olay geçti.

- Evet ablan anlattı. Benim tanıdığım biri var ama henüz tanışmadım.

- İyi o zaman, gerçekten sorumluluk verilecek biri mi?

- Görüyor musun Servet, işte bu adamı bu yüzden seviyorum. Benim işimi benden fazla düşünüyor. Evet oraya birini bulduk. Servet ve ben, senin hanımın en uygun kişi diye düşündük. Sorumluluğu ona vermek istiyorum.

- Acaba kabul eder mi, hem tek başına henüz tam İngilizceye vakıf değil.

- Biz onu da düşündük. Bizim sampilcimiz ve karısı, üçü burayı gayet iyi idare ederler sanıyorum, yeter ki sen rahat ol. Dikkat ettim de, Osman sen önce vicdanınla düşünüyorsun sonra aklınla. Demin de söyledim ya benim işimi benden çok düşünüyorsun. Kesim yaparken seyrediyorum, bir etek fazla çıkarmaya uğraşıyorsun. Aklını kullanarak zamanını kullanarak beni düşünüyorsun. Senelerimi verdiğim iş hayatımda ilk defa böyle biriyle çalışıyorum. Seni tanıdığıma çok memnunum Osman. Biliyor musun Servet, Osman'ın şimdiki ofisinde Osman'dan önce beş kişi çalışıyordu. Osman onların işini tek başına yapıyor ve daha verimli, daha güzel fikirlerle, hem de daha başarılı.

- Patron fikriniz çok güzel ama Sabiha ne der bilmiyorum?

- Bakın benim vaktim var üçünü de bugün göreyim konuşayım. İsteyen kabul eder isteyen etmez, hem ben konuşacağım siz değil çağırın hepsi gelsin. Siz gitmeyin Sabiha'yı almaya benim şoför gitsin. Bekir Abileri ben hallederim Patron.

- Sabiha, Patron burada seninle tanışmak istiyor. Lütfen gelir misin? Evet, araba gelip seni alacak. Biz avukatla yukarı işini hallediyoruz. Evet alacak. Hadi meleğim.

- İnşallah emrivaki yaptınız demez. Bekir Abi'yi arayayım.

- Bekir Abi eline 12 beden bir bandil al gel, patron görmek istiyor. Ayrıca Sultan Abla'yı da alıp ablamın ofisine geliyorsunuz. Bekliyoruz. Merak etme iyi şeyler olacak.

- Osman, çok güzel bir eşin var. Selam güzel bayan, nasılsınız? Ben tanışalım istiyordum ama kısmet bugünmüş. Ani oldu ama ben istedim kusuru bakma. Okul nasıl gidiyor?

- Teşekkür ederim. Öğrenmeyi seviyorum. Öğrenip her şeyi anladıkça çok hoşuma gidiyor.

- Güzel konuşuyorsun. Osman, Sabiha Fazıl'dan daha iyi telaffuz ediyor. Seni kutlarım kızım, Osman, Fazıl'ı gayet iyi anlıyor ama ben anlayamıyorum. Nasıl alıştın mı İngiltere'ye?

- Evet alıştım. Tarihi çok seviyorum, burada her taraf tarih, hoşuma giden de İngilizler tarihe çok önem veriyorlar ve koruyorlar. On sekizinci hatta onaltıncı yüzyıldan kalma binalar var.

- Doğru biz tarihimizi koruruz. Mesela evini tamir ettireceksin, devlet der ki tamam tamir ettir ama şeklini bozma, aynı olacak.

- Evet buna şahit oldum.

- Gelin Bekir, Sultan.

- Siz iki kardeş bizi yalnız bırakır mısınız?

- İsterseniz ben kalayım.

- Yok Sabiha'nın İngilizcesi iyi, sana ihtiyacı yok. Sanırım onlar da uzun seneler burada oldukları için problem yoktur. Teşekkür ederim. Eveet gelelim bizim işimize. Osman benim oğlumla aynı karaktere sahip. Ve çok başarılı elli seneyi geçen iş hayatımda hiç böyle bir elemanım olmadı. Benim işimi benden çok düşünür. Bir etek fazla nasıl çıkartırım diye düşünür. Çalışkan dürüst, işini bilen çok saygılı biri. Osman'ı oğullarım kadar severim, bunu eşime de söyledim. Dün konuştuğumda sesi çok kötüydü. "Ne var?" dedim, söylemedi. Sabah kendimi burada buldum. Geldiğimde "Nedir problem, neye üzgünsün?" dedim. "Ben bu depo işini almak istemiyorum," dedi. Şaşırdım ama "Bu senin işin sebep ne?" diye sorduğumda "Oraya güvenilir birini bulamam. Bilmediğim insanlara da idare veremem. Sonra Servet de böyle bir olayı yaşadı, maddi ve manevi çok kayıpları oldu, nerdeyse iflas ediyordu," dedi. Belki siz de biliyorsunuzdur.

- Evet biliyoruz Servet, binlerce pound zarara uğradı. Çalışan adam malları kardeşine göndermiş, Servetin arabasını da alıp kayboldu, çok aramıştık ama bulamadık.

- Zavallı Servet. Ben de o zaman şöyle düşündüm ve Osman ve Servet'e şöyle bir teklifte bulundum: Deponun sorumluluğunu Sabiha'ya verelim. Bizimkiler şaşırdılar "Olmaz!" dedi Osman. "Niye?" dedim, "Kız üniversite mezunu hesabı kitabı var. Bizden biri ama yalnız tek başına olmaz," dedim. Servet de "Yakın baba dostlarımız var," diyerek sizden övgüyle bahsetti. "Bekir Bey'in bizim sampilcimiz," olduğunu söyledi. Kabul ederseniz siz yine sampil işinize devam edersiniz. Sultan Hanım'ın da çok iyi bir terzi olduğunu çok kibar bir bayan olduğunu öğrenince ben bu üçlü burayı çok güzel idare eder diye düşündüm. Böylece "Ben de Osman'ı kaybetmem," dedim. Şimdi diğer konu bu bina artık bizim. İkisi Servet'in ikisi benim. Bakın bakalım hangi katı istiyorsunuz. Kararınızı Osman'a bildirin. Benim teklifim bu, ne dersin Sabiha evet mi? Düşünün karar verin. Osman yarın bana bildirsin. Osman benim için çok önemlidir, inşallah o da bu teklifime katılır. Çünkü teklif benden geldi. Hoşça kalın.

- Osman ve Servet ben teklifimi yaptım, kendileri bilir. Yarın bana haber verirsin Osman, Servet. Hoşça kalın.

- Ben de sizinle aşağı geliyorum.

- Gelin birer kahve içelim. Hepimiz şok olduk.

- Sen biliyor muydun Servet?

- Hayır, dün öğlenden sonra arayıp "Avukat gelip üst kat için imza atacak, sen de yanında olur musun?" dedi. Öğlene doğru karşımda görünce şaşırdım. "Akşam Osman'la konuştum, sesini hiç beğenmedim. Bir problem mi var, evde mi birşey oldu?" diye sordu. Hepsine "Hayır!" dedim. Osman, Patron'u anlatıyorum gelmeyecekti, avukatı gelecekti, erkenden karşımda görünce şaşırdım.

- Abla dün senden çıktıktan sonra beni aradı, "Sesin çok bozuk ne oldu?" dedi, "Birşey yok!" dedim. "Yarın geleceğim konuşuruz," dedi.

- Bizim korkumuz bu fırıldak Hayri'nin bir numara yapmasıydı. Osman, "Abla depo işi canımı sıktı," demişti. Patron gelince Osman'ı aradım. "Abla ben bu depo işini yapmayacağım. Gerekirse istifa etmeyi düşünüyorum," dedi. "Sen gel bakalım adam burada onunla konuş," dedim. Ama çok üzüldüm. Sapsarı bir suratla geldi. Patron, Osman'ı öyle görünce bana işaret etti. Osman'a döndü, "Sıkıldığın şey ne ise bana söylemelisin, nedir problem, lütfen anlat," dedi. Osman "Yok bir şey," dedi ve Yukarı avukatın yanına çıktı. Ben de Patron'a Osman'ın sıkıntısını anlattım. Osman'la avukat işleri bitirip gelince Patron avukatını gönderdi. Sonra depo işi için Sabiha'yı önerdi. Osman "Olmaz çalışmaz. Hem tek başına yapamaz, kesinlikle olmaz," dedi. O zaman ben sizi önerdim, "Zaten çok yakın arkadaşlar, şimdi beraber çalışıyorlar," dedim, "Bekir'in çok iyi bir terzi" olduğunu söyledim. "Benim zamanın var üçünü de çağırın tanışıp konuşayım," dedi. Osman da size haber verdi. Yani her şey çok çabuk oldu. Bizi bile içeri almadı gördünüz, "Bu benim işim," dedi.

- Neyse her şey ablamın anlattığı gibi birden oldu, siz bilirsiniz ben kimseyi zorlayamam. Düşünün kararınızı bildirin adam da işine baksın. Ben de kendime başka yol çizeyim. Ben yukarı çıkıp fırıldağa bir bakayım, avukat bazı kâğıtlar bırakmış, onları alacağım.

- Ben de birşey sormuyorum düşünün, kararınızı verin. Benim de astarcılara bakmam lazım, siz konuşun.

- Hanımlar siz bilirsiniz ama bu iş bana uygun geldi. Tabii fiyat ne olur bilmem. Burası kendi işimiz gibi olacak. Siz karar verin ben senelerdir Osman'ı tanıyorum bu kadar üzüldüğünü hiç görmemiştim. Niye bu kadar üzüldü, onu da anlamadım.

- Belki de işini kaybedeceğine karar vermek onu üzmüştür. Sen ne diyorsun Sabiha?

- Bilmiyorum Sultan Abla, beni evden aldılar. O zamandan beri şaşkınım, önemli bir şey olduğunu anlamıştım.

- Sabiha belki seni aldırmalarına sebep, fırıldağı bırakmak istemediler. Çok pis bir adamdır. Eğer o burada olsaydı ben buraya gelmeyi düşünmezdim Ama Patron "Bütün bina bize ait, dedi. Servet'e de yapmadığı kalmadı. Allah'tan Servet çok iyi bir insan, ondan kurtuldu.

- En son adam "Emlakçı parasını vermezlerse satmam," demiş. Servet Abla da "Ben veriyorum," demiş, ben de şaşırmıştım Servet Abla niye bu kadar çok para veriyor diye.

- Pislik adamdan kurtulsun diye. Neyse kızlar siz düşünün ben bu işe talibim ama karar sizin.

- Bekir Abi yine her şey çok hızlı gidiyor. Yine çabuk kararlar veriliyor. Ama konu Osman olunca sular durur. Niye bu kadar tedirgin anlamadım?

- Bak Sabiha burada konu yalnız sen değilsin, beni ve Bekir Abi'in işten aldılar. Çünkü Patron buradayken bizlerle tanışmak istemiş, adamın hakkı. Üçümüz çalışacağız. Biz uzun senelerdir ne adamlarla çalıştık. Geçenlerde sen de şahit oldun şımarık bir kız, sekiz kişinin geleceğini hiç düşünmeden nasıl bitirdi. Servet'in depo sorumlusu adam ekmek yediği dükkânı soydu. Servet yüzlerce poundunu, arabasını kaybetti, iki evini sattı. Üzüntüsü de bir yana. Bu olay aklıma geldikçe, ben de hâlâ çok üzülürüm. Osman bu olayları gördüğü, yaşadığı için tanımadığı kişilere güvenmez. Senelerdir Osman'ı tanırım. Tabii ki siz bilirsiniz, karar ikinize kalmış.

- Bekir Abi biz işe dönelim mi? İşi yüzüstü bırakıp geldik. Sabiha, Sultan Abla sizi eve bırakayım mı?

- Ben bırakırım Osman, sen işine git. Kağıtları aldın mı, vallahi iş bitmeden bu adama hiç güvenim yok.

- Benim de. Şimdi bana "Yok pahasına sattım," dedi.

- Bak terbiyesize. Aman inşallah tez günde kurtuluruz.

- Amin Servet, biraz önce Sabiha'ya da söyledim. Çok pis bir adamdır.

- Aman Bekir, çok pislik, bulaşmadığı, dolandırmadığı insan yok. Kızlar ben iplikçiye gideceğim sizi bırakayım. Önce hanginizi bırakayım, çünkü ters yöndesiniz.

- Beni bırakır mısın Servet Abla, çamaşır yıkıyordum.

- Oldu Sabiha, iplikçi de sana yakın zaten.

- Güle güle, görüşürüz Sabiha'cığım. Güle güle Sabiha.

- İplikleri aldım. Sultan istediğin birşey var mıydı sormayı unuttum. Bu akşam erkenden gidip yatacağım. Sabiha'nın yanında sormadım. Sultan ne diyorsun?

- Ne diyeyim Servet. Bekir "Ben bu işe talibim," diyor, eğer düşünürsek hiç fena fikir değil. Çok kişiyle muhatap olmayacağız sen de yanımızdasın. Bekir, yine sampilleri dikecek o da güzel. Biz de siparişlerle ilgileniriz, hesabı da Sabiha tutar. Bilirsin sizleri çok severiz. Osman'ı yarı yolda bırakamayız. Bakalım Sabiha ne diyecek? Şu anda gayet sessiz, hayırlısı olsun.

- Teşekkür ederim Sultan. Ne demek istediğini anladım. İyi ki bizimlesiniz.

- Biz senelerdir sizinleyiz, Servet. Ben gözümü Nigar Abla'yla açtım. Sen, Osman elimde büyüdünüz. İyi ki siz de varsınız. Bir ara ben Sabiha'yla konuşurum. Biz bu işlere senelerimizi verdik o daha çok yeni ve tecrübesiz. Bekir sordu, "Her şey yine çok çabuk oluyor," dedi.

- Tamam Sultan, teşekkür ederim. Bir şey olursa ara lütfen.

- Ararım Servet, hepimiz için hayırlı olsun.

- Osman neredeyse paketleme bitti.

- Bekir Abi ben bu akşam eve erken gitmek istemiyorum. Lastikli pantolon beş yüz tane hadi onu keselim.

- Olur Osman, ben masayı hazırlayayım.

- Ben de paketlemeyi bitireyim.

- Beyler size kahve getirdim.

- Sağ ol Arto, bu çok iyi oldu. Arto bu şimdiki keseceğimiz beş yüz adet, paçası lastikli pantolon. Bugün kesiverelim, paketleyelim yalnız modeller karışmasın. Makinecilere Kemal Abi versin. Bu akşam kesimi bitirirsek, makineciler yarından sonra başlasınlar.

- Çok iyi olur Osman. Şimdi overlokçuları arayayım da yarın gelsinler.

- Osman masa hazır ben de yardım edeyim de paketleme bitsin zaten çok az kaldı.

- Tamam Bekir Abi.

- Kesime geçiyorum Bekir Abi, ara vermek ister misin? Saat kaç oldu. Sabiha'yı arayayım da yemeğini yesin.

- Sabiha ben biraz gecikeceğim, henüz işim bitmedi. Ne dedi bir daha ararsa oldu de yok de. İstemiyorum Sabiha, ben bu işi istemiyorum, o kadar. Konuşacak bir şey yok, sen keyfine bak.

- Bekir Abi, evden Patron aramış.

- Osman biliyorsun biz senelerdir sizinleyiz. Dün adam bizimle konuşurken Patron'un değil de baban gibi konuşuyordu. Senden övgüyle bahsetti. Yalnız sen kendi başına karar veriyorsun. Siz hiç konuşmadınız herhalde, oturun karşılıklı bir konuşun. Adamı bir dinle, senin gönlün olsun diye hepimizi işe aldı. Osman, Patron seni seviyor, bir dinle, niye istemediğini anlat. Ben senin yanındayım Sultan ve ben bu işe talibiz. Sabiha da "Osman isterse sular durur," dedi. Sakin kafa ile bir düşün. Hem bak eskisi gibi hepimiz yine beraber olacağız. Senin yanındayım, seni asla bırakmam.

- Teşekkür ederim Bekir Abi, ben de sensiz yapamam. Peki sakin kafayla düşüneceğim ama Sabiha'nın bu işe gönüllü olduğunu zannetmiyorum.

- Biz gidersek o da mecburen gelecektir. Peki sen ne diyorsun? Eğer üçümüz bu işi kabul edersek, seni memnun eder miyiz?

- Başlarında sen olduğun için. Tabii ki kabul ederim ama senin için ağır bir yük olacak.

- Bilirsin ben ne ağır yükler taşıdım, yeter ki gönlümüz rahat olsun. Yeter ki beraber olalım.

- Sağ ol Bekir Abi, beni rahatlattın.

- Beyler daha ne kadar işimiz var.

- Kesim bitti Arto, sen de yardım edersen paketlemeyi bitirelim, fazla sürmez.

- Oh be bitti. Saati de on yaptık.

- Bekir Abi sabahladığımız günleri unuttun galiba.

- Çok teşekkür ederim. İşçiler dağılmadan sayende işe başlayacaklar. Hakkın ödenmez Osman.

- Ödenir Arto'cuğum, ödenir.

- Sabiha ben geldim.

- Hoş geldin Osman, geç kaldın.

- Kusura bakma, benim işim böyle. Arto'nun işçileri dağılmasın diye kestik ve paketledik, yarın overlokçular, öbür günde siz iş başı yapıyorsunuz. Yemeğini yedin mi? Ben bir duş alıp yatmak istiyorum. Dün ve bugün zor bir gündü.

- Biraz konuşalım mı Osman?

- Kusura bakma Sabiha, bu akşam sadece uyumak istiyorum.

- Günaydın Osman, kahvaltı hazır. Biraz konuşalım mı?

- Bak Sabiha eğer Patron'un iş teklifi için konuşacaksan, o iş beni aşar adam üçünüze bir teklifte bulundu, ister kabul eder ister etmezsiniz, sizin bileceğiniz bir konu. Ben bu konuda konuşmak istemiyorum. Kabul veya reddiniz varsa, Patron "Bana bildirin," dedi. Bugün konuşun kararınız neyse Patron'a bildirin. Akşama görüşürüz.

- Olur Osman. Güle güle.

- Sultan Abla, Osman benimle konuşmak istemiyor. Tamam ben Servet Abla'yı arayayım. Sana dönerim.

- Sultan Abla, Servet Abla'yla konuştum, "10'da burada olun," dedi. Peki çayı koyuyorum gel.

- Gel Sultan abla. Osman nerdeyse benimle konuşmak istemiyor. Çok moralim bozuldu. Birden kendimi yapayalnız hissettim. İki akşamdır yemek yemeden duş alıp yatıyor. "Konuşalım mı?" diyorum, "Eğer patron işi ise, bu iş beni aşar. Adam üçünüzü çağırdı teklifini yaptı. Kabul etmek etmemek sizin bileceğiniz iş," diyor. Çok çabuk kararlar alınıyor.

- Bak Sabiha, ben seni çok severim. Osman'ı çok küçük yaşından beri tanırım. Senin gibi ilk geldiğimizde sağ olsun Nigar Abla bana çok kol kanat germişti, hakkını ödeyemem. Bir de sen çok şanslısın, biz hepimiz seni çok seviyoruz. Anlamadım niye negatifsin, Patron'un konuşmasını duydun. Sanki Osman'ın Patron'u değil de babası gibi konuştu. Bence bu işi bize Osman'ı memnun etmek için verdi.

- Belki kendi kapitalini kendi çıkarını düşündüğü için bize bu işi vermiş olabilir.

- Tabii ki olabilir. İkinci büyük problem, fırıldak Hayri. Akşam Bekir Abi'n de söyledi. "Elini kolu sallayarak çıkıp gitmeyecek, mutlaka bir pislik yaparak gidecek." Osman'ın bütün endişesi bu herhalde. Çünkü ilk defa Osman'ı bu kadar endişeli görüyorum. Sonra Osman'ın işi çok ağır bir de bu iş yüklendi. Çocuk bunalıma girdi, hepimiz şimdi onun yanında olmalıyız, Sabiha'cığım.

- Ben kimsenin karşısında değilim, konuşalım istedim.

- Peki Sabiha sen bu işi ister misin, istemez misin?

- Bilmiyorum, hiç bir fikrim yok.

- Niye bugün kararını vermek zorundasın Sabiha. Üçümüz orda olacağız, sen "Hiç bir fikrim yok mu?" diyeceksin.

- Herşey çok çabuk oluyor.

- Sabiha bak güzelim, yalnız sen değil, biz de aceleyle çağırıldık. "Ben buradayken gelsinler tanışalım," demiş. Ve bizi tanıdıktan sonra iş teklif etti. Kabul mü değil mi? Bugün söylememiz lazım. Olay bu.

- Peki siz bu işi kabul ediyor musunuz?

- Sen kabul edersen ben de kabul ederim. Yoksa ben işime devam ederim. Benim için değişen birşey olmaz, belki daha az belki daha çok kazanırım ama çalışma şartlarının daha rahat olacağına eminim. Sen de yanımda olacaksın.

- Peki o zaman ama Osman'la konuşmam lazım.

- Dün Bekir Abi'n de birşeyler söylemek istemiş. "Ben o işe karışmıyorum, herkes kendi kararını versin," deyip kesip atmış.

- Evet aynısını bana da söyledi.

- Bana kalırsa şu anda bunalmış bir durumda, bırakalım fazla üstüne gitmeyelim. Sen kararını ver, ben kararımı vereyim. Bekir Abi'n kararını versin, adama söyleyelim. Telefon Sabiha.

- Alo Servet abla, Sultan Abla, burada konuşmaya dalmışız. Bir sorayım "Sultan Abla, Bekir Abi gelip alsın mı?" "Gelsin!" diyor. Tamam görüşürüz. Ben hazırlanayım.

- Günaydın kızlar, hoş geldiniz. Ben size bir çay getireyim. Sonra da Osman yukarı çıkmıştı bakayım pislik adamla kapışmasın. Siz kararınızı düşünün gelince Patron'u arayıp neticeyi söyleyelim.

- Servet ben gelip çayları alayım, sen yukarıyı kontrol et lütfen. Çaylarınız geldi, kızlar.

- Evet kararınızı bekliyorum.

- Bu sabah Sultan Abla konuştuk, kararım evet, Bekir Abi.

- Eğer sen evet dersen ben de evet diyorum. Öyleyse iş başı kızlar. Geldiniz mi Servet? Osman, kızlar bu işe evet diyorlar.

- Kimse birbirinin etkisi altında kalmasın. Bu iş mesuliyetli bir iş olacak. Ama rahat, kendi işiniz olacak gerçekten isteyip istemediğinizden emin olmak istiyorum. Hatır için evet demeyin sizin işiniz, siz çalışacaksınız. Bu işe başladınız mı yarım bırakıp gitmek olmaz. İyi düşündünüz mü?

- Evet. Üçünüz de evet mi? Patron'u arıyorum.

- Günaydın patron. Teşekkür ederim iyiyim. Yok evet bazı işler var onlar için üzülüyorum. Teşekkür ederim iyiyim Patron. Evet burada vereyim.

- Buyurun Patron. Evet Osman bugün iyi, yok sorun yok. Yukarıdaki adama üzülüyor. Peki olur söylerim. Biz sizi karar için aramıştık. Bir dakika Osman'ı vereyim.

- Buyurun patron, evet kabul ediyorlar. Vereyim. Sabiha Patron.

- Günaydın Patron. Teşekkür ederim iyiyim evet, bu işi kabul ediyorum. Hayır kimsenin baskısı olmadan kendi isteğimdir. Hoşça kalın. Bekir Abi'yi veriyorum.

- Günaydın patron. Evet bu işi isteyerek kabul ediyorum. Biliyorum. Ben her şeye hazırlıklıyım. Biz neredeyse yirmi beş seneyi geçti buradayız, hayır hiç kendi işim olmadı. Teşekkür ederim. Evet ilk geldiğimiz günden beri onlarlayız. Çok iyi tanıyoruz. Bizi seçtiğiniz için memnun kalacaksınız. Teşekkür ederim biz de öyle Patron. Bir dakika veriyorum.

- Günaydın Patron. Evet bu işi kimsenin baskısında olmadan kabul ettim. Evet başarılı olacağımızdan çok eminim. Ben de teşekkür ederim. Olur Osman'ı veriyorum.

- Buyurun patron. Evet söylerim ben tahmin ediyorum. Adamın çıkması bir aydan fazla sürer zannediyorum. Aa öyle mi? Çok iyi. Her katı mı? Evet yarın sizdeyim. Gelince konuşalım. Söylerim.

- İşi kabul ettiğiniz için teşekkür ediyor. "Fakat şimdi kendi işlerinde çalışmaya devam etsinler. Biz çalışmaya ancak nisan ortasında başlayabiliriz," diyor yarın onunla olacağım detayları konuşacakmış. Abla seni yarın arayıp bina hakkında konuşmak istiyor, bütün binayı tamir ettirmek istiyorum, kapılar ve asansörü değiştirelim. Ben de hepinize işi kabul ettiğiniz için teşekkür ederim. Gördüğünüz gibi, adam işine kimseyi karıştırmıyor. Hepinizle ayrı ayrı konuştu. Yani durum şunu gösteriyor, ben buradayım ama yokum. Siz ve patron varsınız. İş yerinde de böyle kendi işi olmayan kişi diğer işe asla karışmaz. Zaten Patron karıştırtmıyor. Her şeyde çok dikkatli. Bana baktığında benim ne düşündüğümü anlıyor. Umuyorum yarın maaşınızı konuşacaktır. Açıp size soracaktır. Aklınızda olan varsa bana söyleyin lütfen. Abla "Servet'e selam söyle yarın onunla konuşacağım. Yukarıdaki adam için üzülmeyin, yetkililerle konuştuk Haftaya bu işi bitireceğiz," dedi.

- Ciddi misin Osman, ben bir ay sürer diyordum. Çok sevindim. Tamir işine de çok sevindim. Babamdan sonra uzun zamandır tamir etmemiştik. Ama makinacılara ne yapmalı kalkmazlar.

- Sen merak etme Servet, ben gelip makineleri kurarım.

- Sağol Bekir. Hadi hep beraber yemcğe gidelim, kaç gündür doğru dürüst bir şey yiyemedim. Şu adamı kazasız belasız bir def etsem.

- Çocuk sevindir Servet Abla.

- Doğru diyorsun. Sabiha var mı biri?

- Buluruz. Servet Abla.

- Bekir Abi biz Arto'nun işini bugün bitirelim. Şimdilik sizler kimseye birşey söylemeyin. Biliyorsunuz sezon değişikliği için mart başı fabrikalar yine iki veya üç hafta kapanır. Bu arada biz de düzenlemelerimizi yaparız. Nereye gidiyoruz abla?

- Sabiha, nehir kıyısındaki pup yemeklerini seviyor ne dersiniz, olur mu?

- Oldu bile. Abla sen kızları al biz yemekten hemen sonra işe dönelim, zaten çok ara verdik, Arto merak etmiştir. Bekir Abi sen yarın burada ol. Ofisin yanına bir makina koyun.

- Ben ayarlarım Osman, sen merak etme.

- Sağol Bekir çok iyi olur.

- Tamam kızlar ayıp olmazsa biz gidelim. Sabiha ben Arto'nun işini bitirip öyle gelirim merek etme.

- Tamam Osman.

- Bekir Abi fazla iş yok değil mi, bu akşama bitiririz.

- Bir şey kalmadı, tahminim üç yüz kadar kalmıştı.

- Yaa neredeye kayboldunuz? Osman bir sorun mu var?

- Var Arto, var. Ablamın üst katında fırıldak Hayri oturuyor. Benim Patron orayı almak istedi. Depo yapacakmış. Benim korkum bir pislik yapmasın. Ablama zarar vermesin.

- Aman inşallah kurtulursunuz, Servet Hanım'a neler yaptı herkes biliyor. Osman duyduğuma göre Servet Hanım'ın deposunda çalışan fırıldağın yeğeniymiş. Doğru mu?

- O zamanlar öyle denildi ama fırıldak "Yemin billah böyle birşey yok, adamları tanımıyorum," dedi. Günahı boynuna Arto. İnşallah ablama zarar vermeden çıkar gider.

- Çok şükür bitirdik Arto ne zamanda biter bu iş, bir ay mı daha fazla mı?

-Teslimat bir buçuk iki ayı bulur. Sana çok teşekkür ederim Osman.

- Beraber kapatalım mı, sen kapatır mısın?

- Ben kapatırım, iyi geceler beyler.

- Sabiha ben geldim, uyudun mu?

- Hayır seni bekledim.

- Çay var mı? Ben bir duş alayım.

- Yapmıştım ama soğudu herhalde, bir bakayım.

- Çay ve kek. Şimdi konuşalım mı Osman?

- Bak Sabiha, şu günlerde çok şeyi düşünmem gerek ve bazı şeylere karar vermem gerek. Yani biraz çıkmazdayım. Senden ricam biraz anlayış göstermen. Mesela "Her şey çok çabuk oluyor, çabuk karar veriliyor," deme lütfen, çünkü bazı yerde bazı zamanlarda durum onu gösteriyor. Evliliğimizi acele ettim doğru, çünkü acele etmemiz gerekiyordu. Ben sana üzülme diye söylemedim, nisan ayında yeni bir kanun çıkıyormuş: Buraya öğrenci, çocuk bakıcısı olarak gelen, iltica eden kişilerin evlilik yoluyla oturum almaları bu kanunla bitiyormuş. Patronun avukatı İngiltere'nin en tanınmış, en iyi avukatlık bürosu geçenlerde bizim olayı sordum. Aynur hanım da aynısını demişti. "Dilerim mart ayında oturumunuz gelir, sonra çok zor," dedi. O günden beri endişeliyim. İkinci durum şu fırıldak olayı. Evet çıkıp gidecek ama eli boş gitmez, bir pislik yapıp da gidecek. İnşallah zararı büyük olmaz. Üçüncüsü omuzlarımda çok büyük bir yük var benim. Çok çalışmam, çok dikkatli olmam lazım, hiç hata yapmamalıyım. Bütün siparişler benden çıkacak. Benimle çalışanların da hata yapmamaları lazım. Herkesin ekmek parasının yükünü çekmek çok zor. Bir de üstüme bu depo işi yüklenince delirdim. Yüküm ağır Sabiha, yüküm çok ağır.

- Esasında rahat olman gerek Osman. O gün Patron konuşurken ben seninle gurur duydum. Bekir Abi de söyledi ya, "Adam sanki bir çalışanı değil de oğluymuş" gibi konuştu. Eğer sana güvenmese, seni sevmese bu kadar sorumluluğu vermezdi herhalde. Sana güveni sonsuz. Ben de elimden geleni yapmaya çalışacağım ötekiler gibi her zaman ben de senin yanındayım. Ne mutlu sana herkes seni çok seviyor.

- Seni de Sabiha seni de herkes çok seviyor. Diliyorum ki her şeyin üstesinden gelelim. Herhalde yarın Patron seni arar maaşınızı söyler bilemiyorum. Yarın bir yere çıkarsan haber ver lütfen.

- Yok, bir yere çıkmayacağım, ders çalışacağım. Dün Duru uğradı, yazımı çok beğendi. "Kadınlar gününden iki gün sonra anneler günü, lütfen anneler günü için de bir şeyler yazar mısın?" dedi. Hazır evdeyken yarın onu yazmaya çalışacağım. Bir de Rose Teyze'ye inerim. Yani evdeyim.

- Oldu o zaman hadi yatalım.

- Alo Sabiha ben geliyorum. Bir istediğin var mı?

- Sadece sen eksiksin. Şimdi çayı koyuyorum.

- Yemekten sonra ablamı arayalım. Merak ettim bugün ne yaptı acaba?

- Olur hatırlatırım, günün nasıl geçti?

- Patron'u öğlen yemeğine Edd Kafe Bar'a götürdüm. Çok hoşuna gitti. O da bir sokak altta doğup büyümüş. Bana evlerini gösterdi. "İsterseniz burada oturabilirsiniz," dedi. Jane Teyze'nin sana selamı var. Patron'un hanımına iki yeni pantolon götürmüştüm. Yarın dikeceklerinizden. "Bunlar ne?" dedi. Ben de "Tasarımı, kesimi, çizimi, dikimi hepsi bize ait," dedim çok güldü. Patron'un sekreteri Osman Bey siz burada olunca Patron çok keyifli oluyor, çok gülüyor. Sizden önce sizin ofisinizdekilere hep bağırır kızardı. Aman siz her gün gelin. Telefon çalıyor. Sabiha sen bakar mısın? Ben çay alıyorum.

- İyi akşamlar Servet Abla bizde seni arayacaktık. Nasılsın, bugünün nasıl geçti? Çok iyi, evdeydim. Yemek, biraz ders çalıştım. Göçmen Dergisine anneler günü için bir şeyler karaladım. Evet geçen gün andık. Osman, Harun bu yazını görse "Bana lazım olur Sabiha Abla'cığım bir kopya alayım," der demişti. Ben de onları özledim. Evet yarın iş başı yapacağız. Dur Servet Abla, Osman istiyor.

- İyiyim abla sen nasılsın? İnşallah kazasız belasız bir gün olmuştur. Çok iyi, yarın Patron'dayım. Bekir Abi, Sabiha, Sultan yarın işe dönüyorlar. Eniştem ofiste mi çalışacak? İyi çok iyi. Yanında biri olsun. Patron'un sana selamı var. Yarın mimarını gönderecek. Aman üst kata çıkmayın. İstersen ben geleyim mi? Sen hangi katları istediğini söyledin mi? Ne ilave istiyorsan mimara söyle. Çok iyi düşünmüşsün abla. Patron girişi değiştirmek istiyor sana söyledi mi? Patron "Bizde gidelim," dedi ama ben "Önce ablam bir konuşsun sonra gidelim," dedim. Fırıldak bizi görünce şımarır diye düşündüm. Aynen öyle abla. Olur söylerim onun da selamı var.

- Çay istiyor musun Osman?

- Evet bir tane daha içebilirim. Kek var mı? Fazla varsa yarın işe de götürebilir miyim? Hadi Göçmen Dergisine yazdığın yazıyı göstersene çok merek ediyorum.

- Bak bakalım beğenmediğin yeri söyle de değiştireyim. Rose Teyze yardım etti. Tarihi yerleri onunla yazdık.

Sabırlı fedakâr, karşılıksız, bitmeyen sevgileriyle bütün annelerin anneler günü kutlu olsun.

Anneler günü anneleri anmak ve onları onurlandırmak için bütün dünyada farklı günlerde kutlanır

Anneleri anmak eskilere dayanır. Çok eskilere gidersek Yunan mitolojisinde Ana tanrıçalar için bahar festivalleri tertiplenirmiş, bu 5. yüzyıla dayanıyor diye biliyorum.

1908 yılları arasında ABD'de yasayan Ann adında bir öğretmen annesi öldükten sonra kimsede bulamadığı ilgi ve sevgiyi kaybetmenin üzüntüsü ile annesine özel anma günleri tertip eder. Bu anma günlerinin bir diğer gerekçesi ise Ann "Çok çalıştığım için anneme yeteri kadar ilgi gösteremedim. Bu yüzden kendimi suçlu hissediyorum," demiştir.

Ann'in çalışmaları ile 1914 anneler kongresinde anneler günü kutlamaları kabul edilmiştir. O tarihten beri Amerika'da 10 Mayıs'ta anneler gününü kutlanır.

Ülkemizde ise 1955 yılından beri mayıs ayının ikinci pazarı anneler günü kutlanmaktadır.

Yasadığımız bu hayatta dünyanın en sabırlı, en fedakâr, sevgi dolu anneleriyle karşılaşıyoruz.

Belki hatırlarsınız, Gülsüm Ana'yı. Trafik kazası geçiren, bilincini kaybeden yatağa bağımlı olan, kimsenin sahip çıkmadığı Rus gencine sahip çıkar. Ona sevgi olur, hayata tutunacağı bağ olur. En önemlisi ona anne olur, işte anneler böyledir.

Ben politik bir gazeteyi sattığım için tutuklanıp bir buçuk sene hapis yattıktan sonra annemin yazdıklarını tesadüfen bulduğum günlüğünde okuyunca çok üzüldüm.

Beni her şeyden fazla üzen annemi çok üzmüş olmamdı. Annem bir öğretmendi. Biz anne kız hep aybaşını beklerdik. Zorluklar içinde okuyordum. Annemin günlüğünü bulduğumda. Beni 20 sene ceza almış kadar üzdü. Hepsini değil bir bölümünü okuyayım:

Bugün çiğdemleri gördüm Sabiha'm. Sarı, beyaz, mor. O kadar güzeldiler ki canım kızım. Senin gibi, soğukta ışıtan güneş gibiydiler.

Senin gibi hayat dolu tazeciktiler. Sen benim kokulu çiğdemimsin canım kızım.

Artık sonbahar İzmir'de rüzgârlar başlar. Ama bu rüzgârlar senin saçlarını savurmayacak, sonbahar yağmurları saçlarını ıslatmayacak. Çünkü artık sen kapalı kapılar arkasındasın. Artık senin özgürlüğün gardiyanların beline bağlı anahtarlarda takılı.

Masal ülkesinin masal güzeli iken deli rüzgarlarla savruldun. Kendini bora tayfuna yakalattın.

Keşke mümkün olsa da seninle yer değiştirsek, ben orda olsam sen de dışarda olsan.

Biliyor musun Sabiha'm, ben senin umudunun adını özgürlük koydum. Dışarı çıktığında senden önce uzun yıllar o havayı solumuş o sıkıntıları çekmiş kişilerin ağırlığı, onların kokuları üstüne sinecek pırıl pırıl güneş gözlerini kamaştıracak. Bunlara da hazır ol kızım. Seni her ziyarete geldiğimde, hani çok uzaklardan bile görünen gözetleme kulesi var ya o kule benim içimi bir tuhaf ediyor. O kuleyi gördüğümde hiçbir şey duymuyor, görmüyorum. Kuleye bakarak sana ulaşmak için yarım saat yürüyorum yağmur kar, kızgın güneş de olsa hiçbiri umurumda değil, yeter ki yarım saat veya kırk beş dakika seni göreyim. Sana gelen merdivenler başlayınca kendimi toparlıyorum, senin beni neşeli çok iyi görmen için. Ama her seferinde "Sen yine ağlamışsın," diyordun. Ben bahanelerle "İyiyim esas sen bana seni anlat, haftaya ne istiyorsun ne getireyim?" diye sorardım. Hep de kitap isterdin. İsteklerini liste yapardık. Hayatımda zamanın bu kadar çabuk geçtiğine ilk defa şahit oluyordum. Senin yanında vakit çok çabuk geçiyordu. Hele seni demir kapıların ardında bırakmak var ya, bu acıya hiçbir anne şahit olmasın, hiçbir anne böyle bir şeyi yaşamasın Sabiha'm. Güzel kızım keşke ben orada olsam sen dışarıda.

Başka bir anne; geçenlerde bir yerde okumuştum: Albert Einstein'in annesini devamlı okula çağırıp Albert Einstein'den şikayet ederler, çocuğun okula alışamadığını, çok aptal olduğu hiçbir şey anlamadığını söylediklerinde, anne her zaman oğlunu savunur "Onun çok akıllı bir çocuk olduğunu," söyler. Nihayet bir gün anneyi çağırıp oğlunun okuldan çıkışını verirler.

Albert "Ne oldu anne, niye artık okula gelmeyeceğim?" diye sorunca, "Oğlum öğretmenlerin senin artık bu okulda öğreneceğin bir şey kalmadı, çünkü sen çok akıllı ve çok zeki olduğun için sana öğretecek şeyleri bitmiş, biz de başka bir okul bakarız," demiş.

Seneler sonra 1909 yılında Albert, Zürich Üniversitesi'nde profesör olur, Nobel Fizik Ödülü'nü kazanır. Bu sırada annesinin ölümünü öğrenir ve eve döner. Annesinin eşyaları arasında okuldan atılış belgesini bulur. Oradakilere, "Anneme teşekkür ediyorum. Bugün profesör olduysam çeşitli ödüller aldıysam annemin sayesinde, 'Bana hep çok akıllısın oğlum,' derdi. Annemin övgüleri ile bugüne gelmişim," der.

Anneler üzüntülerimizle, sevinçlerimizle, her neyle karşılaşırsak, ne olursak olalım, gerçek sevgisiyle, övgüsüyle bizleri bağrına anbasan anneler, anneler gününüz kutlu olsun.

- Çok güzel çok beğendim. Bu dergiyi alıp saklayalım. Geçenlerde yazdığın ne oldu onun dergisini aldın mı?

- Aldım kitaplıkta.

- Biriktirelim güzel bir hatıra, belki bir gün yazdığın kitabı da kitaplığına koyarsın. Sabiha biliyorsun değil mi? Yarın dikeceğimizi senin pantolonundan kopya çekmiştim. Onun için bir tane de kendine dik lütfen. Çünkü çizimi, kesimi, tasarımı, dikimi, her şeyi bizim.

- Gerçekten doğru Osman. "Dikişi de benden olsun. Hatırlat da Bekir Abi'yi arayayım," demiştin.

- İyi akşamlar abi nasılsın? "Bugün fırıldak sessizmiş," dedi ablam. Yarın iş başı mı Bekir Abi, hadi bakalım. Bekir abi sizin yarın dikişine başlayacağınız pantolonu Sabiha'nın pantolonundan fikir alarak, çizmiştim. Bir tane ona dikin. Evet biz de öyle dedik, ben Arto'yla konuşurum. Oldu tamam sen halledersin. Evet patrondayım. Evet senin diktiğini söyledim, yarın cevabını alırız. Hayır o konuya hiç girmedi. Belki yarın bir şeyler söyler. Sultan Abla'ya selam söyle. İyi geceler.

- Günaydın Osman, erkencisin. Hanımın sana selamı var çok teşekkür etti. "Çok rahatmış. Çok sevdim," dedi.

- Her şeyi bize ait.

- Söyledim. Tasarımı, kesimi, dikişi hepsi Osman'dan dedim. Bugün herhalde seni arar. Bugün ne yapıyorsun?

- Niko'nun bluzlarına bir göz atmak istiyorum. Sonra depo işini konuşalım giriş çıkışlar teslimatlar nasıl olacak? Kâğıt işleri nasıl düzenlenmeli. Sizin bir öneriniz var mı? Eski sisteme devam mı edeceğiz, yoksa yeni bir sistem mi lazım?

- Bugün bunları halledelim, depodan evrakları, yapılan bütün işlemleri istedim bir göz geçirelim. Ne oldu? Niko'nun bluzunda bir hata mı gördün? Onlar da çok dağınık insanlar.

- Bütün evraklar bunlar mı? Herhalde siz de bir kontrol edin.

- Nasıl Osman bir şey buldun mu?

- Evet kumaşlardan başlarsak kot numarası önemli. Kesim yaparken ben de kullanıyorum. Depoya kimden ne kadar giriş yapılmış? Kumaşın kot numarası, rengi, ne kadar, nereye çıkışı veya kime gideceği, dikili işler için nereden kaç tane geldiği, kime kaç tane gideceği. Bedenler. Sipariş numarası.

- Çok güzel beğendim. Sekretere ver de daktilo etsin bir görelim. Bir de lütfen çay söyler misin?

- Tamam Patron verdim. Sabiha kek yapmış yer misiniz?

- Yerim, ablanda çok güzel bir kek yedim. Nereden almış acaba?

- Ablama soralım. Kıbrıslı Türk fırını var, o her zaman oradan alır, ben sorarım.

- Bu da çok güzel, çok beğendim. Dur Hanım arıyor Osman. "Osman Bey burada vereyim de kendin söyle."

- Bir şey değil. Evet bu modeli hanım giyiyordu, çok rahat görünüşü vardı. Oradan aldım. Biraz da değişiklik yaptım. Rahat modeldir. Siz istediğiniz herhangi modelin örneğini gönderin, çizer, keser, dikeriz; etek, ceket, pantolon. Resmini gönderin yeter. Evet gayet ciddiyim. Lütfen beni şımartıyorsunuz. Ben çok teşekkür ederim. Patronu veriyorum.

- Öyle mi? Hay yaramaz getirsinler de biz de sevelim. Akşama gelince ben de konuşayım. Almaz Hanım, alır mı sana söyledim, o artık ailemizden biri. Söylerim olur.

- Oğlumun yeni oğlu oldu. Adı Jordon, benim adımı vermişler. Gurur duydum. Hanım "Osman'ın ücretini öde lütfen," diyor. Ben "O artık ailemizden," dedim. Osman biz Servet'le konuştuk, alt katı ve bir üst katı istiyor. Bize de üçüncü ve onun üstü kalıyor. Sonra bir ara seninle gidelim de nerelere ne lazım bir bakalım. Bekir'e makina lazım. Kızlara ve sana ofis. Bugün depo ve fabrika modellerini gösteren kataloglar ısmarladım. Kendileri gelip kuracaklar Servet'e de söyledim. Bekir ve kızların maaşları hakkında herhangi bir düşüncen var mı? Ben bu maaş işleri yapan araştırmacı şirketler var, IDS diye bir firmadan teklif istedim. Bekir bizim bütün örnek dikişlerimizi yapacak. Hatalı işleri düzeltecek benim tahminimce benim hanımın dikişlerini yapacak. Sabiha'nın indir kaldır işlerine yardımcı olacak. Sultan Hanım hem Sabiha'ya hem de Bekir'e yardım edecek. Sabiha da girdi çıktı siparişleri teslimden sorumlu olacak, doğru mu Osman? Tamam insanlar özenerek çalışacakları için, maddi yönden onları desteklemek lazım. Biliyorsun ben artık yabancılarla çalışmayacağım. Bu grup kendi insanlarımla çalışacağım. Bu arada bir Hindistan firması bize teklif göndermiş. Bir bakıp değerlendirir misin lütfen?

- Patron bir de şimdi değil, eğer Sabiha oturumunu matrta alırsa, nisanda bir hafta Türkiye'de Sabiha'nın annesini, bir hafta Kıbrıs'ta benim ailemi gidip bir görelim tanışalım istiyoruz. Kimse birbirini tanımıyor.

- Doğru, gerçekten siz balayı bile yapmadınız. Tabii ki hakkınız. Gidebilirsin. Osman sen depoya elektrikli daktilo mu istiyorsun?

- Hayır bu benim özel isteğim, özel siparişim. Sabiha bir Türk dergisine ara sıra yazılar yazıyor. Ona sipariş verdim.

- O zaman bir tane de depoya ısmarlasaydın.

- Yok hiç gerekmez. Sabiha orada da kullanır.

- Tipik Osman. Hayır o Sabiha'nın. Depo için yeni sipariş verelim. Depoya çok lazım. Neyse gelen kataloglarda daha neler lazımmış bakarız.

- Ben şu Hindistanlı'nın siparişi neymiş ona bakayım.

- Bir şey buldun mu Osman?

- Buldum, ablam dikmişti altı ay önce. Hatta kesimini ben yapmıştım. Kolsuz uzun ceket genellikle Pakistanlı beyler giyiyor.

- Mary bir dakika gelir misin? Bu siparişe cevap yazar mısın lütfen. Biz mağazalarımızda böyle bir modeli satmıyoruz. Açıklama istersen veya soracağın her şeyi Osman Bey'e sorabilirsin. Çünkü tekstilden Osman Bey sorumlu. Teşekkür ederim.

- Biliyor musun Osman, dün akşam Liz'le seni konuştuk. Bana aynen şunları söyledi: "Huysuz yaşlı adam görüyorum ki son üç, dört haftadır bir rahatlık, bir gevşeme var. Bu herhalde Osman'dan kaynaklı çünkü akşam günlük konuşmalarımızdan çıkardığım şeyler. Sen Osman'ın karakterini, oğlumuz John'un karakterine benzetiyorsun. Özlediğin oğullarının sevgisini Osman'da bulmaya çalışıyorsun yani özlem gideriyorsun. Osman dürüst, terbiyeli, çalışkan. Çocukluğu fabrikada geçmiş, eğitimi bu yönde almış. Bu işi gerçekten bildiği için sen de iş yönünde de bir rahatlama görüyorum. Osman sana biraz da nostalji yaşatıyor. Doğup büyüdüğün mahallede ufak bir kahvede yemeğe götürüyor. Senin yaşında birlikte olduğun kişileri yeniden tanıtıyorsun. Yani Osman seni kabuğundan çıkardı, senin katı kurallarından seni çekip aldığını zannediyorum. Ne dersin?" Öyle olmadığını söyledim ama yatağa yattığım zaman düşündüm. Karım Liz haklıydı. Gerçekten içimde bir rahatlık var. Hatta bir hafta burayı sana bırakıp oğullarımı görmeğe gitmek istiyorum. Onları gerçekten çok özledim.

- Bilmem yapabilir miyim Patron?

- Yaparsın hem de çok güzel yaparsın. Şimdi değil ileride. Şimdi bu işi düşünme.

- Kataloglar geldi Bey'im. Buraya mı, yoksa toplantı odasına mı götüreyim?

- Toplantı odasına lütfen. Teşekkür ederim Mary.

- Bende yardım edeyim Mary

- Teşekkür ederim Osman Bey. Biraz çok.

- Çok güzeller ama bu kadar lüks istemeyiz patron.

- Askılıklar güzel, ikiye ayırmalıyız gelen mallar gidecek mallar.

- Söylemeyi unuttum. John "Ceketleri çok beğendiğini," söyledi. Amerika işine dikkat edip siparişleri hatasız yapmalıyız. Onun için Amerika siparişlerini Servet'e vermek istiyorum. Bu siparişleri senin depodan yapalım. Servet öteki yaptığı siparişlerde sıkışırsa bazı siparişleri Sabriye versin. Neyse sen ayarlarsın eminim. Bir ara John'la konuş. Küçük beden istemiyormuş. Numaranı verdim seni arayacak. Kumaş seçimini, ne kadar gidecekse hepsini yarın konuşalım. Şu an Amerika'da gece yarısı onun için yarın konuşalım. En üst kata halıları depolayalım. Sabri'nin sistemi güzeldi, biz de öyle yapalım.

- Bizim marangozumuz var, çok iyi biri isterseniz hepsini o yapsın, çok güzel kesim masası yapar.

- Oldu sen bir konuş. İyi tanıyor musun?

- Bizim bütün fabrika değişikliklerini o yapar. Sabri Abi'nin dört katını da o düzenledi. Adamın işi bu inşallah fazla işi yoktur.

- Tamam. Yani bu katalogları istemiyorsun öyle mi?

- Bir kere çok pahalı, ikincisi fazla lüks, burada sadece ofis değil. Biraz da inşaat olacak herhalde. Hayri çıkıp gitsin de değişikliğe öyle başlasak diyorum. Ablam bir pislik yapar diye korkuyor.

- Haftaya çıkıyor, Osman onu problem etmeyin. Hiçbir şey yapamaz. Burada kanunlar var yapsın da görelim neler olur. Servet'e söyle, rahat olsun. Artık ben varım. Yarın kumaş toptancısı burada olacak seni tanıştırmak istedim.

- Eğer Amerika işine çok önem veriyorsanız. Her sipariş sadece yüz ve iki yüz olacaksa, bunu Bekir Abi ve kızlar da yapar. Zaten şu anda beraber çalışıyorlar. İşin içinde Bekir olduğu için, hem de iş çok kaliteli çıkar. Ama çok acele olmasın. Zaten ben de burada olmadığım zamanlar oradayım.

- İnsanlara çok yük vermeyelim. Ona göre ücret vermek lazım. Bu konuyu bir düşünelim Osman. Yarın iki randevumuz var, kumaşçı ve Amerika. Sen neler yapacaksın.

- Depo kâğıt işlerini ayarlamak gerek. Yani tamirden sonra çalışmalara başlamalıyız. Şimdilik Sabiha gelir. Sonra da duruma göre ötekiler gelirler. Tabii duruma göre ben depoya çok önem veriyorum. Yanlış bir işlem olsun istemem. Devamlı kontrolüm altında olacaklar.

- Çok güzel, o zaman yarın görüşüyoruz.

- Tamam Patron yarın görüşüyoruz.

- Osman hoş geldin. Ofise geçelim mi bir şey sormam gerek?

- Tamam Arto ben de seninle konuşmak istiyordum. Sendeki siparişler iki ay sürer demiştin. Sonra başka siparişin var mı?

- Beş yüz tane etek siparişi geldi. O da üç haftada biter. Çok kolay iş. Ama senin işin aceleyse ben onu sonraya bırakayım.

- Yok hayır sen siparişini al, ben Amerika'dan haber bekleyeceğim. Lütfen Arto, Amerika işlerinde hiç yanlış olmasın. İstersen Bekir Abi'yi başına koy. İlk işimiz iyi olsun ki, başka işlerde alalım.

- Merak etme Osman. Ben her şey için teşekkür ederim.

- Selam bizimkiler. İşiniz var mı?

- Çok az işimiz kaldı. İstersen Sabiha'yı götürebilirsin Osman.

- Hazır mısın Sabiha? Hadi Arto biz kaçtık. Sabiha ablama uğrayalım mı, bakalım bugün ne yapmış?

- Selam Abla. Nasılsın, günün nasıl geçti?

- Hoş geldiniz size görmek çok iyi. Sabiha nasılsın canım? Size çay getireyim.

- Getirme abla bugün çok yoruldum, eve gidip ayaklarımı uzatacağım. Sana güzel haber. Amerika'ya gönderdiğimiz ceketler çok beğenilmiş. Şu anda elinde siparişin var mı, ne kadar sürer? Yarın Amerika ile konuşacağım.

- Şu anda Selbys'in işlerine başladım. İki veya üç ay sürer. Sıkıştırırsak 2 ay diyelim.

- Olur yarın konuştuktan sonra seni ararım. Çünkü Patron Amerika işini sadece sana vermek istiyor. Ama ne kadar sipariş alırız bilmiyorum. Abla senin marangozu arar mısın? Konuşmam gerek. Bir de Patrona çörek almışsın çok beğenmiş, "Nereden almış Servet?" diye soruyor. Bu arada senin keki de çok beğendi Sabiha, sana da teşekkür etti.

- Yaşar Halim Fırını'ndan almıştım. Yarın Patron'da mısın Osman?

- Evet abla depo ve tamir işlerini konuşmamız lazım. Sen birinci ve ikinci katı istemişsin.

- Evet, çalışanlar her zaman her yerde görüyorsun makinacılar, ütücüler, finiserciler. Alt kata tuvalet, mutfak hepsi sığacak mı?

- Olmazsa ütücüleri yukarı alırız. Mimar telefon etti işi çıkmış yarın gelecekmiş.

- Bir şey olursa ara lütfen. Fırıldağı gördün mü?

- Makinacılar görmüş, "Dolap kapılarını çıkarıyordu," dediler.

- Elleme ne isterse alsın bizim için boş daha iyi. Sakın kendini üzme ve karışma lütfen.

- Yaşar Halim'e mi gidecekseniz? Ben de geleyim. Oğlanlar çörek istedi. Sabiha, Harun yazını çok beğendi. "Her dergi çıktığında bendc istiyorum," dedi.

- Ben de onları çok özledim. Servet Abla hafta sonu görüşelim mi?

- Olur valla hepimiz bunaldık. Çıkıyorsanız hazırlanayım mı? Hasan biz çıkıyoruz.

- Tamam Servet ben kapatıp gelirim, belki geç olur beni beklemeyin.

- Çıkıyoruz hoşça kal Hasan Abi.

- Görüşürüz Osman.

- Selam Osman, Servet. Newington'a gidiyorsanız beni de bırakır mısınız?

- Evet oraya gidiyoruz. Ne oldu araban tamirde mi?

- Sabiha sen benimle gel canım. Dükkânda görüşürüz Osman.

- Osman bak bu kektendi. Bir kilo aldım.

- Abla çok aldın değiştirelim.

- Hayır Sabiha da işe götürsün diye fazla aldım. Ne olmuş o adamın arabasına?

- Satmış, Türkiye'ye gitmek için büyük araba alacakmış.

- Cehenneme kadar yolu var.

- Ablam üzülme çok az vakti kaldı. Fırıldak ne dedi biliyor musun? "Bugün acenteden adamlar geldi. Bayağı sorular sordular. Biz kısa bir zamanda anahtarları teslim alırız," dediler. Ben bir veya iki ay sürer diyordum Osman, dedi. Ben de "Bu çok büyük bir firma abi yaparlar, işleri bu," dedim.

- Oh iyi oldu. Biraz korksun. Oldu çocuklar hafta sonu buluşuyoruz.

- Güle güle Servet Abla. Çocuklara selam söyle. Hafta sonu görüşürüz.

- Bu akşam ne yiyoruz Sabiha? Bir şey alıp gidelim mi? Çok acıktım sen de yorgun görünüyorsun. Ne istersin? Sen pizza seviyorsun. İster misin?

- Olur olur. Bu kurabiyelerden Rose Teyze'ye de verelim o seviyor böyle şeyleri. Ben hemen çayı koyayım.

- Gel bakalım çoktandır, diz dize oturmadık. Muhabbet etmez olduk meleğim. Sana elektrikli daktilo siparişi verdim. Haftaya gelir herhalde. Sana pantolon diktiniz mi? Sabiha ben diyorum ki tamirler bitince önce sen gel başla sonra da bizimkiler gelsin bilmiyorum duruma göre belki hep beraber başlarsınız. Önceleri ben daha fazla sizinle olmaya çalışacağım. Yani işler oturuncaya kadar.

- Çok iyi olur. Benim için önemli olan hatasız, kusursuz işler yapalım. Bugün Sultan Abla'yla konuştuk. Kendi tuvaletimiz bir de ufak mutfağımız olsun lütfen Osman.

- Anladım öğlenleri işyeri yemeği, bazı eve de götürmeler. Hoş geldin Nigâr Hanım.

- Yok öyle değil. Ben akşam yaparım sorun değil ama çay kahve öğlen de aperatif şeyler hazırlamak için, çalışma şartları ne nasıl olacak Osman.

- Cumartesi Pazar herkes evinde, ama acil bir iş veya teslimat varsa hepimiz orada olacağız. Akşam ben oradaysam sen ve Sultan biraz erken çıkabilirsiniz. Ama işimiz varsa çalışılacak. Bunun pazarlığı olmaz. Telefon çalıyor, Bekir Abi herhalde.

- Selam Bekir Abi. Biz de Sabiha ile depo çalışmalarını konuşuyorduk. Diktiğin ceketler Amerika'da çok beğenilmiş. Patron Amerika dikişlerini ablama vermek istiyor. Ben de 100-200 tane etek veya pantolon olursa, Bekir Abi ile kızlar diker dedim. Ne dersin?

- Biz üçümüz zaten bir veya bir buçuk günde yüz taneyi çıkartıyoruz, sorun değil. Yüz, iki yüz siparişi kimse kabul etmez zaten. Bizim için sorun değil. Eminim kızlar da benim gibi düşünür.

- Patron "Amerika işlerini Servet'e vermek istiyorum," dedi. Etek ve pantolonları siz yapın, ekstra para kazanın diye düşündüm. Çünkü patron bizim grubun dışına çıkmak istemiyor.

- Osman senin için rahat olsun. Para önemli değil, biz yine birlikteyiz hiç sorun etme lütfen.

- Bu arada Patron'un hanımının sana çok selamı var. Çok teşekkür ediyor. Daha Patron'a söylemedim. Ama ben kesim masasını sizin oraya kurmak istiyorum. Yalnız duyduğuma göre kızlar ufak mutfak ve tuvalet istiyorlarmış. Mimar yarın gelince beni arayacak, ona söylerim. Senin isteğin veya bir teklifin var mı?

- Yok ben de kızlar gibi düşünüyorum. Geçen gün Servet'te iken gördüm tuvaletin önünde halk kuyruk oluyordu, hiç iyi değil Servet'e söyledim. Kesim masasına gelince iyi fikir. Zaten kumaşlar bizde, hep beraber paketleme yaparız. Hiç olmadı hafta sonu gidip kesimi beraber yaparız.

- Maaşlar hakkında bir fikrin var mı Abi?

- Bak Osman sen piyasayı bizden daha iyi bilirsin, bizim hakkımızı bizden daha çok koruyacağını biliyoruz. İşe başlamadan birçok yeni teklifler geldi. Güzel olan bir kenarda oturup ne yapayım demeden bazı işleri yetiştirmeye çalışacağız. Bu benim en sevdiğim çalışma şekli.

- Tamam abi iyi geceler.

- Meleğim sormak istediğin bir şey var mı?

- Yok, çünkü anladığım kadarıyla masa başında oturup vakit geçirmektense çeşitli işleri yetiştirmek, başka işlerle uğraşmak ve daha çok seninle vakit geçirmek benim için çok güzel.

- Sen de Bekir Abi de aşağı yukarı aynı şeyleri düşünüyorsunuz. Sultan ne düşünüyor biliyor musun?

- O hepimizden önce bu işi kabul etti. Nedenini bilmiyorum ama fabrikayı polis bastıktan sonra Sultan Abla insanlardan kaçar oldu. Ben yoksam ara zamanlarda kitap okuyor. Eskisi gibi kadınlar bizim masada toplanmıyor.

- Ben de gördüm çoğunlukla dışarı çıkıyorsunuz. Peki sormadın mı?

- Tabii ki sordum, "pek samimi olmayalım Sabiha," dedi. Benim için fark etmedi. Zaten hoşlanmıyordum devamlı dedikodu yapıyorlardı. Şimdi daha memnunum.

- Dedim ya zaten az zamanınız var. Tamirden sonra hepinizi almak daha iyi olacak. Yalnız Arto ile konuşmam lazım. Bekir Abi'nin de devamlı sizinle olması çok güzel. "Hep beraber olacağız," deyip durdu. Arto'dan mı memnun değiller acaba? Esasında onlar çok güzel ceket dikerler niye etek dikiyorlar anlamadım hem parası daha az. Neyse bir bildikleri vardır herhalde. Bana çay var mı Sabiha? Biraz da patronun kurabiyesinden verir misin? Sen yedin mi? Yesene çok güzelmiş.

- Yok geç oldu yarın yerim. Osman bugün kütüphaneye gittik ne zamandır benim istediğim bir kitap var. Bu kitabı biri almış ama kitap geri gelmiyor. Devamlı uzatıyorlar. Kemal abiye sordum yarın o da gidip bu kitabi isteyecek.

- Tamam meleğim okula geldiğin gün. Dillons Kitapevi'nden bakalım. Neyle ilgili?

- Bizim İzmir'de çok meşhur Elhamra Sineması vardır, bazı haftalar dünya klasikleri diye bazı filmleri getirirdi. Annem çok severdi, biz de giderdik. Orada görmüştüm ve aylarca bu filmin etkisinde kaldım. Filmin adı "Çizgili Pijamalı Çocuk"tu. Bu filmin kitabını çok aradım bulamadım. İnsanlık tarihinin en utanç verici olaylarından biri olan Yahudi soykırımı zamanlarında geçiyor. Bir Alman subayın oğlu ile kampta yaşayan bir Yahudi çocuğun arkadaşlık hikayesi. Buradan şunu çıkardım: Bütün çocuklar hangi milletten, hangi ana babanın, hangi ırktan, hangi dinden olursa olsunlar bütün masumiyetleri ile büyüklerin aksine birbirlerini gayet iyi anlıyorlar. Bu çocukları göçmen dergisinde 23 Nisan'da yazmak istiyorum.

- Yaz meleğim, sen hep yaz konu bayağı ilginç. İstersen bu kitaba ben yarın bakayım.

- Teşekkür ederim ertesi gün ben oradayım, bakarım. Okuldan önce kitapçıya uğrarım.

- Yok yok bence sen okuldan sonra uğra. Oraya gidince kendinden geçiyorsun. Okuldan sonra uğra. Ben de gelir seni oradan alırım, ne dersin?

- Doğru kitabevine gidince vaktin nasıl geçtiğini anlamıyorum. Öyle yapayım. Yarın benim pantolonu mu dikeceğiz? Bir de acaba Servet Abla'ya dikelim mi dedim? Bekir Abi "Bakarız," dedi.

- Sabiha, ablamı düşünme. Ona da başka bir şey dikersiniz. Bildiğin üzere Patron Amerika işini ablama vermek istiyor. Ama "Servet pantolon ve etek dikmez hem de iki yüz etek onun için az," dedi. Ben de yüz veya iki yüz etek, pantolonu kimse dikmez," dedim. "Ama isterseniz Bekir ve kızlar diker," dedim.

- Evet dikeriz. Çünkü biz üçümüz olunca günde yüz yirmi ya da yüz otuz tane dikebiliyoruz Geçen gün yüz altmışa çıktık. Artık ben de hızlandım.

- Eğer böyle bir işi yaparsanız ücreti maaşın dışında olur diye düşünüyorum, bilmiyorum. Yarın Patron'la bu konuyu konuşacağız. Belki yarın erken gelirim mimar öğlenden sonra gelecekmiş. Değişikleri konuşmak için.

- Günaydın hazır mısın Sabiha?

- Kahvaltın hazır. Ben de hazırlanayım.

- Hadi akşama görüşürüz Patron'un çöreklerini ayırmıştım, aldın mı?

- Aldım iyi günler ben uğrarım. Bugün kaç tane pantolon çıkardığınızı akşama söylersin.

- Günaydın Osman bugün çok şeylere karar vermeliyiz.

- Olur Patron. Ablam çörek gönderdi. Çay söylediniz mi?

- Söyledim, gel çayın soğumasın. Oğlan birazdan arar. Akşam Liz senin ve pantolonun çok güzel reklamını yaptı. John "Ben de isterim," dedi.

- Ben de akşam bizimkilerle konuştum şu etek ve pantolon işini, "Biz dikeriz, yüz altmış taneyi bir günde çıkarıyoruz," dediler. Ütüyü de ablam da yaptırdık mı iş tamam. Patron ben bir şey istiyorum.

- Sen pek bir şey istemezsin hadi hayırlısı.

- Ofise bir tane kesim masası istiyorum. Çok yararlı olacak. Benim acil buraya gelmem gerektiğinde kızlar, Bekir paketlemeyi yapar. Hem kumaşlar da depoda.

- Osman daha ofis başlamadan sen insanlara bir yığın iş verdin hangisini yapacaklar.

- Dün bana hepsi ne dedi biliyor musun Patron? "Boş oturmaktansa, çeşitli işleri yetişmek için koşuşturmak çok daha iyi bizim için. Yani Amerika için etek ve pantolonlar ütü hariç hepsi bizden çıkacak. Biz zaten bir günde yüz altmış etek dikiyoruz," dediler. Ütüden gelen malları paketleyip gönderecekler bu da kendi işleri. Yani iki yüz eteği bize bir veya iki haftada teslim ederler.

- Bu kadar işin altından nasıl kalkacaklar, maaşları ne olmalı? Sen benim kafamı karıştırdın, Osman.

- Ben de ara ara orada olacağım. Hem sipariş devamlı değil. Geldiği zaman yapacaklar. O zaman ben onlarla olmaya çalışırım.

- Bilmiyorum düşünmeliyim. Ben böyle süper elamanlarla hiç çalışmadım, düşünmem lazım. Hah oğlan arıyor. Oğlum. Günaydın. Evet akşam kaçırdım konuşmanızı. Osman burada, ona veriyorum.

- Günaydın Mr. John. Evet şimdi babanızla onu konuşuyorduk. Büyük beden istemişsiniz. Tamam biliyorsunuz biri astarlı diğeri astarsız göndermiştik. Kumaşı aynı mı olsun yine yazlık bir kumaş mı olsun? Pantolonlar için bize bir veya 2 ay müsaade verebilir misiniz? Çünkü taşınma, yerleşme işimiz var. Bir de bizim ihracaat kötü, problemimiz var. Ne kadar gönderebiliriz, onu da öğrenelim. Evet doğru Mr. John siz çok satılan modelinizi bize gönderin yeter.

Bu konuştuklarımızın listesini bize fakslayabilir misiniz? Ben pantolonlardan yarın birer tane size postalarım. Renk konusunda ne düşünüyorsunuz. Bizde genellikle siyah tercih edilir. Sizde hangi renk daha çok sevilir. Doğru evet. Kumaş seçerken ona göre seçmeli diye düşündüm. Ben de çok teşekkür ederim. Rica ederim beni şımartıyorsunuz. Babanızı veriyorum.

- Evet akşama görüşüz. Öyledir, John öyledir.

- Bugün Arto'dan size dikilen pantolonlardan birer tane alayım da yarın gönderelim. Bir telefon edeyim de akşama iki tane hazırlasınlar.

- Niye iki, ha iki modeldi değil mi unuttum. Oğlum seni beğenmiş, "Baba işini bilen biri," diyor. Ara buradan.

- Alo Arto nasılsın? Bana bugün diktiklerinden bir tane lastikli, bir tane düz paça pantolon hazırlar mısın? Yarın Amerika'ya göndereceğiz. Akşama uğrar alırım. Nasıl gidiyor her şeyi mi? Tamam görüşürüz.

- Kumaşçınız geldi beyim, telefonla konuştuğunuz için beklettim.

- Toplantı odasına al bizde geliyoruz. Teşekkür ederim Mary. Senin diyeceğin bir şey var mı Osman?

- Hoş geldin Bay Ethan çay kahve ister misin? Tanıştırayım. Osman Aziz benim yeni tekstil müdürüm.

- Ooo ben bu soyadı biliyorum.

- Bende size tanıdım Mr Ethan. Babam sizden kumaş alırdı. Harun Aziz.

- Nasıl iyi mi baban, kız kardeşin nasıl? Bunlar Londra'nın en dürüst en çalışkan ailesidirler. Çok çalıştım ben onlarla. Seni tekrar görmek çok güzel.

-Mr Ethan daha çok karşılaşacaksınız. Artık kumaşları bana değil Osman'a teslim edeceksiniz. Artık depomuz Osman'ın babasının fabrikası. Biz yazlık ceket, pantolon ve etek kumaşları istiyoruz. Örnekler getirdin mi?

- Getirdim beyim. Bu çanta olduğu gibi sizin istedikleriniz için.

- Çantayı bize bırakabilir misin? Seçelim size geri veririz. Fiyatları var mı? Bir görelim lütfen.

- Bunlar bizim şimdiki pantolon kumaşları. Kırmızı, mavi ve beyaz var mı? Bir de bu ceketin kumaşından başka renk olabilir. Mesela bordo bu çok güzel. Dikilince çok güzel olur.

- Bu çocuk anlıyor işten. Buyurun fiyat listem burada.

- Sipariş çok olunca yüzde kaç indirim yapıyorsunuz Mr Ethan?

- Bilmem ben artık böyle indirimler yapmıyorum. Ama siz çok eskisiniz. Bir bakalım.

- Ben söyleyeyim on top alırsak bir top bedavaydı değil mi Mr. Ethan? Çok kumaş alacağız, Amerika'ya büyük siparişlerimiz var. Artık devamlı ve beraber çalışacağız.

- Doğru Mr. Ethan, sen müşteri arama biz de kumaşçı.

- Ne yapalım istediğiniz gibi olsun, anlaştık.

- Ben birkaç güne sizi arar ne kadar kumaş alacağımızı söylerim.

- Geldiğin içi teşekkür Mr. Ethan, bundan sonra çok görüşeceğiz.

- Umarım beyim umarım.

- Evet Servet, çörekler için teşekkür ederim. Çok güzel. Öyle mi sizde binanın planı var mı? Yoksa söyle önce bize plan çizsin. Biz üzerinde konuşalım. Gelelim mi? Ne diyorsun Osman?

- Hazır mimar orada. Çok daha iyi olur, herkes istediğini söylesin.

- Servet biz geliyoruz.

- Servet Hanım "Burası kapanacak," dedi. İki tane tuvalet ve işçiler için mutfak istiyor. Eğer kapanırsa bayağı yer kazanacaksınız. Asansörü ne kadar büyük istiyorsunuz bilmiyorum. Çok büyük olmazsa tuvalet ve mutfak arasına sıkıştırırım.

- Asansör bir rail boyundan küçük olmasın. En az üç ve dört rail girebilsin. Ne dersiniz Patron?

- Esas şu senin deponun yerini merak ediyorum. Hep beraber oraya çıkalım mı?

- Patron marangozumuz Ali.

- Selam Ali. Ben Jordon.

- Selam beyim. Merak etmeyin her şey çok daha iyi olacak. Osman biliyorsun Sabri Bey'in fabrikası da böyle dört kattı, Şimdi çok iyi oldu.

- Hep beraber bir depo katına çıkalım.

- Kesim masası bayağı büyükmüş Osman. Üç tane makina koyulursa ne kadar yer kalır Mimar Bey söyler misin?

- Ben söyleyeyim, kesim masası şöyle duvara yakın, 3 metre, makinalar yan sol tarafa, çünkü aydınlık olması lazım. Onlar da üç metre. Ofis aynı yerde mi kalacak? Ölçüsü ne kadar olacak?

- Patron kızlar bir tuvalet bir de küçük mutfak istiyorlar.

- Servet sen de mutfak istedin. Sabri'yi ziyarete gittiğimizde iki tane mutfak görmüştüm iş yerinde iki mutfak ne arıyor demiştim.

- Bey'im bizde adet işçilerimiz ve bizler öğlen yemeklerimizi evden getiririz, ısıtma veya aperatif şeyler hazırlamak, çay, kahve yapmak için mutfağı kullanırız. Herkesin bütçesi her gün dışarıda yemek yemeğe uygun değil.

- Bilgiler için teşekkür ederim. Servet yarın asansörcüler gelecek haberin olsun. Mimar Bey siz de burada olursanız iyi olur diye düşündüm ne dersiniz?

- İsabetli olur beyim, acaba kaçta gelecek?

- Sende numaraları var değil mi Servet?

- Evet var ben size vereyim.

- Herkese teşekkür ederim Mimar Bey planlardan iki kopya istiyorum. Evet servet el kaldırıyor inşaatla o ilgileneceği için bir kopyada Servet'e yapalım lütfen. Yarın bir şey sormak isterseniz, biz ofisteyiz. Osman bence her şey çok güzel olacak. Plan üzerinde seninle konuşalım. İyi aksamlar. Yarın görüşürüz.

- İyi akşamlar Patron.

- Bekir abi seni kapıda gördüğüm iyi oldu. Bu akşam oturup konuşalım mı?

- Ben de kızlara söylemiştim. İsterseniz Servet'te olsun.

- Önce kendimiz konuşalım abi. İşiniz çok yoksa ben Sabiha'yı alıp gideyim, siz de işten çıkınca doğru bize gelin, anlaştık mı?

- Oldu tamam Osman.

- Selam Arto hazır mı benim pantolonlar? Bugün kimi gördüm biliyor musun? Yahudi Ethan'ı?

- Hâlâ yaşıyor mu o adam?

- Hiç değişmemiş. Sorma bir pazarlık yaptım. Şaşırırsın on top kumaşa bir top bedava kumaş istedim. Patron'un yanında bir şey diyemedi. Patron da "Hadi anlaşın Osman'la sen müşteri biz de kumaşçı aramayalım," dedi. "Eh olsun bari ne diyeyim ki," dedi ama yüzünden düşen bin parçaydı.

- İyi yapmışsın Osman, senelerce bize az mı kazık attı. Adam sayemizde milyoner oldu. Görür gibiyim siyah uzun ceketi, eskimiş evrak çantası, yuvarlak gözlükleri.

- Aynen Arto, bugün öyleydi. Hiçbir değişiklik yoktu. Bu adam hiç ihtiyarlamıyor. Neyse ben bizimkilere bir bakayım.

- Selam kızlar. Nasılsınız kızlar? Bugün kaç tane?

- Yüz seksen tane.

- Ciddi misin Sabiha, çok güzel. O zaman Sultan Abla'ndan izin isteyelim mi? Sultan Abla, Bekir Abi seninle konuşacak, biz gidelim siz de çıkınca gelin oldu mu? Hadi hoşça kal Sultan Abla.

- Sağ ol Arto. Yarın görüşürüz.

- Sabiha bugün erken çıktık alınacak bir şeyler varsa alalım.

- Akşam için bir şeyler alalım mı, ne yapayım?

- Bu akşam bir şey yapma. Çünkü Bekir Abi'nin bir tanıdığı bize yakın bir yer açmış, çok güzel döner yapıyormuş. Onu deneyelim. Siz sofrayı kurarken biz de alıp geliriz. Daha erken Rose Teyze'ye de alayım.

- Ama söyle de yemeğini yemesin.

- Gel Sultan Abla hoş geldin. Bir şey hazırlamadım, dönerciyi deneyeceklermiş.

- Evet Seyfi Usta çok eski tanıdığımız. Bayağı iyi döner yapıyor, inşallah bozmaz.

- O zaman sofrayı kurayım, çayı koydum. Geldiler bile Rose Teyze'ninkini verdin mi?

- Verdim, afiyet olsun. "Ne yiyeyim diye düşünüyordum," dedi.

- Sağ ol Bekir Abi, gerçekten çok güzelmiş. Süper makinacılar yüz seksen mi, gerçekten yüz seksene mi çıkardınız?

- Evet Osman yüz seksene çıkardık hem de erken ayrıldık. Ama fermuarı yok, bel takmak yok, cep yok, küçük beden. 180 çıkarmasaydık ayıp olurdu. Sabiha da bayağı hızlandı. Hem de hatasız yapıyor. Güzel olan da bu.

- Şimdi ben de onu konuşacaktım hepiniz buradasınız. Ben bugün Amerika'nın kotunu öğrendim yüz yirmi ile iki yüz civarındaymış. Ben diyorum ki, Amerika'ya gidecek etek ve pantolon dikişleri sizden çıksın. Ütüyü de Servet Hanım'da yaptırırız. Ne dersiniz? Olursa Patron biraz çelişkili "Maaşları ne olur?" diye kararsız kaldı. İsterseniz bu yaptığınız işleri kaç gün sürerse hesaplayın onu maaştan ayrı versin. Yani maaş artı yüz seksen etek. Nasıl kabul mu başka bir önerisi olan var mı?

- Bana kalırsa çok güzel ama verir mi?

- Bence de en uygunu.

- Ben de aynı düşünüyorum.

- Tamam teklifinizi yarın söyleyeceğim. Ofise tuvalet ve küçük mutfak, bana bir kesim masası.

- Zaten Osman'ı kesim masasız düşünemezdim.

- Sağ ol Sultan Abla, bak Bekir Abi, ablam benimle dalga geçiyor. Nigâr Hanım'a söylerim valla.

- Bulsak da söylesek. Osman çok özledim annem kadar severim.

- O da seni çok severdi. Şimdi önemli bir konu daha. Ben diyorum ki binanın tamirinden sonra ben Arto'yla konuşayım. Siz üçünüz de başlayın. Sabiha martta oturum alırsa biz nisanda iki hafta yokuz. Zaten çoğu yerler Paskalya'ya kadar kapalı olacak. Arto her sene kapatır biliyorsunuz. Sultan Abla çocukları görüp gelsin. Dönünce çok hızlı çalışıp kendimizi göstermeliyiz.

- Ben çok memnunum Osman yine eskisi gibi beraber olacağız. İnsanlar sizinle çalıştığımız gibi değil. Bir ara Sultan "Gidelim!" diye tutturdu. Sonra "Sabiha'yı bırakamam," dedi. Şansına Sultan bak her şey çok iyi olacak.

- Beni düşündüğün için çok teşekkür ederim Sultan Abla. Senin Nigâr Abla'n varsa benim de Sultan Abla'm var. İnan abla her şey çok iyi olacak. Gör bak.

- Evet ben de öyle hissediyorum. Osman bizi bir araya getirdiğin için sana da çok teşekkür ederim.

- İyi ki siz de varsınız. Elbette sizleri düşünmem gerekti. Çünkü annem babam da öyle isterlerdi. Saat daha erken annemi arayayım da konuşun Sultan Abla.

- Anne nasılsın, uyudun mu? Bak burada biri senle konuşmak istiyor.

- Nigâr Abla'cığım nasılsın iyi misin? Bilmiyorum sesini duyunca çok duygulandım. Osman'ı veriyorum.

- Yok bir şey anne Sultan Abla bugünlerde çok duygusal. Yok anne kim ne söyleyebilir biz buradayız. Sabiha'yı veriyorum. Teşekkür ederim.

- Anne siz nasılsınız, oturumu alırsak hemen geleceğiz. Tabii annemi ve sizi görelim diye. Sonra yeni işe başlayacağız. Evet Servet Abla'nın yanında. Yok Sultan Abla bugünlerde biraz duygusal. Melkom Bey'i tanıyor musunuz? Evet onun fabrikasını polisler basmıştı. O günden beri biraz duygusal. Tabii siz hiç merak etmeyin. O benim ablam geldi veriyorum.

- Nigâr Abla insanlar çok değişti senin zamanın gibi değil. Ücret az veriliyor. Çocukları özledim. Yani hepsi bir araya geldi. Sesini duymak o kadar iyi geldi ki bilemezsin. Evet doğru hatırladım. Çok haklısınız biz de öyle yapıyoruz Sabiha bana yetiyor. Görünce siz de çok seveceksiniz. Kızımız çok özel Nigâr Abla, aynı bizler gibi. İnşallah ablacım. Zaman zaman beraber oluyoruz. Söz arayacağım Nigâr Abla, Osman'ı veriyorum.

- Tamam anne merak etme her şey çok iyi olacak. Evet öyle hepsinin başındayım. Ablamla da beraberiz siz kendinize iyi bakın. İyi akşamlar anne.

- O zaman yarın tamiri sorayım ne zaman bitecek diye. Arto'yla konuşayım. Durum belli olunca biletini alalım abla sen git çocukları gör. Biraz rahatlarsın. Sonra sıkı çalışacağız. İkincisi maaşınız çok güzel olacak. Bekir abi, gene örnek sampil dikecek. Siz de ayda bir Amerika'ya etek veya pantolon dikeceksiniz maaşın dışında artı geliriniz olacak. Siz size olacaksınız karışan görüşen yok kendi işiniz. Hiç üzülmeye gerek yok. Sultan Ablacığım hadi biz yedik seni yemeğin soğudu, lütfen inan çok güzel günlerimiz olacak. Biliyorsunuz ben çok güzel şeyler söyleyemem. Bu grupta kimsenin üzülmesini istemem, geleceğimiz çok güzel.

- Hadi Sultan Abla bak hep beraberiz. İstersen yarın alalım biletini sen yarın git.

- Yok her şey yerli yerine otursun. Gitsem de orada rahat edemem, aklım burada kalır. İş kurulsun başlayalım. Gideriz sorun değil.

- Sultan Abla, ben hep sana sordum "Sultan Abla ne var?" diye niye bana hiçbir şey söylemedin. Bak Bekir abi ne diyor. Dönmeyi düşünmüşsün. Hani ben çok yakınındım.

- Güzel kızım Sabiha'm. Sen hayata yeni adım atıyorsun yeni bir hayat yeni insanlar. Ben kendi problemlerimle niye kafanı dağıtayım. Sen de aşağı yukarı benim gibisin bize alışmaya çalışıyorsun, neyse ben de inanıyorum, her şey çok iyi olacak. Geleceğimiz Osman'ın, senin sayende sizlerle çok güzel olacak.

- Eminim ablam eminim çok güzel olacak. Ben çaylarınızı tazeleyeyim. Buyurun bunlar ferah çaylarımız. Ben yeni bir hayata alışmaya çalışıyorsam, sizler de beni ve kendinizi üzmeyin lütfen. Bak ne göstereceğim.

- O ne Sabiha bizi alkışlıyor musun?

- Hayır bir elin nesi var iki elin sesi var. Niye gülüyorsunuz?

- Doğru Sabiha'm gel seni bir öpeyim, benim güzel kardeşim.

- Doğru meleğim. Bundan sonra hep beraberiz.

- Osman biz Patron'un elemanları olarak mı çalışacağız? Yoksa vergimizi kendimiz mi ödeyeceğiz?

- Unuttum söylemeyi, hepimiz Patron'un elemanlarıyız. Merak etmeyin, vergileriniz Patron'un şirketince ödenecek. Benim vergim ödendi mi ödenmedi mi diye düşünmeyeceksiniz.

- Gördün mü Sultan, bu da ihtiyarlık garantisi.

- Yarın hepsini konuşacağım Bekir Abi, merak etmeyin her şey çok güzel olacak.

- Her şey için teşekkür ederim çocuklar.

- Biz teşekkür ederiz Sultan Abla, iyi geceler.

- İyi geceler Sultan Abla yarın görüşürüz.

- Ne oldu bu Sultan Abla'ya, anlamadım.

- Hani fabrikaya polis baskını olmuştu ya Sultan Abla bu olaydan çok etkilendi. Hayriye Hanım iyi arkadaşıydı. Çocuklarının tedavisi için buradaydılar. Çünkü çocuğun Kıbrıs'ta tedavisi mümkün değilmiş.

- Belki konu çocuk olduğu için Sultan da kendi çocuklarını hatırladı. Çocuklarına özlemi mi arttı ne dersin olabilir mi?

- Olur tabii ama şımarık bir kızın yaptığı terbiyesizlik, Özkan ailesinin, sınır dışı edilmesine küçücük hasta bir çocuğun tedavisinin yarım kalmasına, ailenin geleceğinin, umutlarının sonu olması Sultan Abla'yı çok üzdü. Bir de ben bu akşam başka bir konuya takıldım. Sultan Abla annenle konuşurken "Az para veriyorlar," dedi. Acaba benimle işi bölüştükleri için mi öyle söyledi, o zaman ben kendime başka bir iş bakayım.

- Saçmalama meleğim. Seninle ilgisi yok sen onlarla çalışmaya başladığından beri Bekir Abi üç defa sampil dikmeye gitti, daha önce Sultan'ı yalnız bırakmıyordu. Hem Bekir Abi "Sabiha'yla çok güzel iş çıkarıyoruz," dedi. Şimdi bir şey söylemek olmaz soğukluk yaratırız. Şurada bir ay belki daha az kaldı. Tamirat bitince yeni işinize başlayacaksınız. Zaten bir iki haftaya kalmaz fabrikalar kapanır. Yazlık siparişler biter, kışlık siparişler başlar. Hem de yeni vergi yılı başlar. Bazı fabrikalar isim değişikliği yapar. Söyleyeyim de Servet Hanım fabrikayı kendi üstüne alsın. Bu kadar işin arasında bir de Servet'le uğraşamam.

- Fabrika senin adına mı?

- Evet biliyorsun fırıldağın pis işleri yüzünden. Neyse artık sorun yok. İnşallah bu ara oturum gelir de gider büyükleri görürüz.

Patron'a söyledim. "Hiç sorun yok ne zaman isterseniz gidin," dedi. Artık bizim de işimiz garanti meleğim. Sana çok güzel bir hayat vaat ediyorum. Her şey çok güzel olacak. Sormadım sen memnun musun bu yeni işten?

- Önce de söylemiştim masa başında veya makina başında oturmaktansa çeşitli işleri yetiştirmek, başka işlerle uğraşmak, seninle birlikte daha çok vakit geçirmek benim için çok güzel olacak. Tabii çok memnunum.

- Hadi o zaman yatalım. Yarın seni kitapçıdan alıyorum doğru mu?

- Doğru, aynen öyle.

- Neler aldın Sabiha, yeni ders kitabı mı aldın?

- Evet Hoca bu kitabı almamızı söyledi çünkü bizi imtihana hazırlamak için başka bir bölüme aldı. Bundan sonra 4 kişi olarak ders göreceğiz. İlk sayfasına bu akşam evde bir bakmak istiyorum.

- Olur birlikte bakarız, burası çok güzel bir okul Sabiha özel eğitim veriyorlar. Bizim de bu akşam çok konuşulacak şeylerimiz var. Bu kitaptan niye üç tane aldın?

- Biri bana Türkçesini bulup birlikte okumaya çalışacağım, biri Harun'a, biri Kemal Abi'ye. Kemal Abi istemezse Rose Teyze'ye veririm diye düşündüm.

- Çok güzel düşünmüşsün meleğim. Bu akşam ne yiyelim?

- Kebap alıp evde yiyelim mi? Çaylar da benden.

- Oldu Sabiha ama önce ablama uğrayalım, neler tamir edilmiş, asansörcü bugün neler yapmış bir bakalım?

- Olur.

- Selam millet. Hâlâ çalışıyorsunuz galiba. Bekir Abi sen de mi buradasın?

- Neler yaptınız abla?

- Asansör sizin katta çıktı. Büyütme işi ve kapatmayı bu akşam bitirmek istiyoruz ki kapılar kapansın. Artık kaçta biter bilmem? Yarın Bekir bizimle sen de buradasın değil mi? Makinaları indirelim diyoruz. Pazara biterse pazartesi makinacılar taşınır. Bana kalırsa iki hafta sonra herkes taşınır. Bugün fırıldak geldi "Haftaya binayı size teslim edeceğim," dedi.

- Evet pazartesi teslim etmesi gerekiyor. Avukat aradı "Pazartesi, öğlenden sonra taşınabilirsiniz," dedi. Herhalde ben bu hafta buralarda olurum. Yarınki duruma göre Arto'yla konuşmak lazım. Yarınki duruma bakalım.

- Olur Arto zaten "Bu işten sonra iki hafta fabrikayı kapatmak zorundayız," dedi.

- İyi o zaman biz de işimize bakarız. Abla bana ihtiyacınız var mı, kalayım mı?

- Yok ama sabah erken gelir misin? Kızları ben haftalık yiyecek alışverişine götürürüm. Sen nasılsa burada olacaksın. İş bitince pazar günü alt kat sanayi temizleme aletleri ile iyice temizlenecek. Sonra da iç ve dış her yer temizlenecek. Yani tertemiz işe başlayacaksınız. Önce alt kat yerleşirse daha iyi olacak.

- Tamam o zaman yarın sabah erkenden buradayım. İyi akşamlar. Bir şey olursa arayın.

- Tamam kardeşim. Yarın sorumluluk sende. Hadi iyi akşamlar.

- İyi akşamlar Servet Abla. İyi aksamlar Bekir Abi.

- İyi akşamlar Sabiha.

- Sabiha seni eve bırakayım ben döneri alıp geleyim. Rose Teyze balık yer, bu akşam bir şey istemez, yarın da beraber alışveriş gününüz. Sizi ablam götürecek.

- Bugün çok yorulduk abla ama değdi. Bina babamın zamanından daha güzel olacak.

- Asansör neden bizim katta bitip tekrar üst kata başka kapıdan, yeniden başlıyor?

- Patron güvenlik için öyle düşündü çünkü halılar, bitmiş işler ve kumaşlar orda olacak. Orasının emniyeti için. Bence daha iyi. Her şey ayak altında olmayacak.

- Nasıl Sabiha herkes yeni işten memnun mu? Sultan ne diyor?

- Sultan Abla depresyondaydı ama şimdi çok iyi, bu yeni işe çok sevindi.

- Sabiha'cım eğer gurbete geldiysek yeni hayatın getirdiği şartlardan dolayı farklı topraklarda yaşıyorsak o memleketin diline, insanlarına, o memleketin kültürüne ayak uydurmak zorundayız. Gurbet bazen bizlere çok şey de öğretir. Kimseye bağlı kalmadan tüm zorluklara göğüs gerek ayaklarını sağlam bir şekilde yere basabildiğini gösterir. Yeni insanlar tanımak, yeni hayatlar tanımak, bilmediğimiz bu yaşam şekline dahil olmak fırsatını verir. Arkasını toplayan anne sıkıştığında maddi yardımı olan baba olmadan nasıl hayat sürdürülüyormuş öğrenmek güzel bir deneyimdir. Zaman zaman hepimiz depresyona gireriz. Bazen insanlarla iletişim bozuklukları yaşarız. Duygularımızı net bir şekilde anlatamayız. Bunun için kaygılanırız. Başlıca neden özlem, özlemek, özleriz, özlenmeyecek şeyleri bile özleriz. Ama madem buradayız yarınlarımızı düşünüyorsak bu duygularımızı bir kenara koyup ortama uyum sağlamalıyız. Bunun aksi olursa hayatımız kararır, başarılı olamayız.

- Ne oluyor ya, benim ailem de neler varmış. Sabiha dergiye makale yazmaya başladı Ablam iyi bir konuşmacı oldu. Evet Cemal bir şey mi diyeceksin?

- Harun sınıf birincisi oldu. Müdür sabah konuşmasında "Harun'u tebrik etti ve okulumuzun en iyi beyin grubunda," dedi.

- Harun gel annem seni bir öpeyim kuzum.

- Anne ben artık kuzu değilim, ben yetişkinim ve aynı zamanda çalışkan bir öğrenciyim, biraz önce senin de dediğin gibi. Ayaklarımın üstünde durmaya çalışıyorum.

- Us ol Harun, us ol, sen hâlâ benim bebeğimsin.

- Sofra hazır.

- Geliyoruz Fatma Hanım. Hadi benim güzel ailem buyurun yemeğe.

- Harun ben bu kitabın filmini görmüştüm çok etkilenmiştim. Bugün kitabını buldum. Senin ilgini çeker diye bir tane de sana aldım. Hatırlarsan holocaust (Yahudi soykırımı) ile ilgili bir ödev hazırlamıştık. İşte bu olay o zamanda geçiyor. Kampta görevli bir Alman subayın oğluyla kampta yaşayan bir Yahudi çocuğun arkadaşlıklarını anlatıyor.

- Sabiha Abla benim bir kompozisyon yazmam lazım. İki farklı kültürde yaşayan çocuklar, iyi arkadaş olabilir mi?

- İşte bu senin kompozisyonun ta kendisi.

- Lütfen yardım eder misin?

- Eğer edebilirsem. Osman benim okul çantam arabada rica etsem getirir misin? Dün bu iki çocuğu yazmıştım. Bu yazıyı 23 Nisan Ulusal Egemenlik ve Çocuk Bayramı'nda dergide koymak istemiştim. Ama sadece karalama şimdi üstünden geçelim. Türkçeden İngilizceye çevirelim. Osman sana da ihtiyacımız var.

The Boy in The Striped Pyjamas (Çizgili Pijamalı Çocuk)

Bu haftaki okuduğum kitap gerçekten beni çok etkiledi. Olay insanlık tarihinin en zalim, en utanç verici zamanlarından Hitler'in yaptığı soysuzluk (Holocaust) Yahudi soykırımı. Sadece Yahudiler değildi. Yaşlılar, hasta ve sakatlar, sosyalistler, komünistler, çingeneler, homoseksüeller ve çocuklar da vardı. Benzeri görülmemiş bir soykırımdı. İnsanları sınıflandırmak, küçümsemek, kendi toplumundan olmadığı için bu insanların hayatlarına son vermek gibi bir sistem oldukça insanlık dışıdır.

Kitapta iki ayrı ırktan birbirlerini ilk defa görüp arkadaş olan iki çocuktan bahsediliyor: Yer Auschwitz de Nazilerin toplama kampı. Bu kampta görevli bir Alman subayının sekiz yaşındaki oğlu Bruno ile kapta ölümü bekleyen sekiz yaşındaki küçük Yahudi Shmuel çok iyi arkadaş oldular.

Bruno'nun getirdiği ekmek ve kekleri yer, beraber cest oynarlardı. Düdük çaldığında Shmuel hemen toparlanır kampa, koşardı. Bir gün Shmuel geldiğinde çok üzgündü. Arkadaşı "Ne oldu neden üzgünsün?" diye sorduğunda. "Babamı dün akşam götürdüler hâlâ gelmedi, çok merak ediyorum." Bruno "Ben de merak ediyorum, orda içeride ne var, gelebilir miyim? dedi. "Gel ama bu elbiselerle olmaz. Yarın sana çizgili pijama getireyim, bak toprak çok yumuşak telin altından geçebilirsin," dedi Shmuel.

Ertesi gün Bruno arkadaşının getirdiği pijamaları giyip kendi giysilerini orada bıraktı. İçeri girdiğinde iskelet gibi dolaşan insanları gördü. Bir barakada sıkış tepiş insanlar vardı, hepsi çizgili pijamalıydı. Birden içeri bir Alman subayı girdi. "Hadi yürüyün çabuk koşun duş almaya gidiyorsunuz," dedi ve hepsini ufak çok sıcak bir binaya doldurdular. "Üstünüzü çıkarın," dediler. Sonra kapılar kapandı.

Annesi babası Bruno'yı ararken kampa giden kapının açık olduğunu gördüler. Tel örgünün yanına geldiklerinde Bruno'nun elbiseleri gördüler. Annesi çıkan dumanlara doğru haykırdı: "Bruno Bruno" ama çok geçti.

Hiçbir çocuk nerede, hangi ana babanın evladı, hangi dinden, hangi ırktan, hangi milletten olursa olsun aynı masumiyette büyüklerin aksine birbirlerini çok daha iyi anlıyorlar. Lütfen dünyayı çocuklara bırakalım. Çocuklar iyi yaşasın.

- Çok acı, gerçek bir hikâye. Sağ ol Sabiha, çocuklara çok yardımcı oluyorsun.

- Ben onları çok seviyorum. Hem ev ödevlerine yardımcı olmak çok zevkli oluyor.

- Biz de seni çok seviyoruz Sabiha Abla. İyi ki dayım seni buldu. Ne söyledim ki gülüyorsunuz?

- Çok güzel söyledin Cemal'im ona gülüyoruz. Tam yerinde bir söz. Çocuklar artık Sabiha Abla'nızı, dayınızı daha çok göreceksiniz. Çünkü artık biz hep beraberiz. Beraber çalışacağız.

- Her şey için çok teşekkür ederim. Biz kalkalım çünkü yarın erken kalkacağız. Abla fabrikayı sen mi açarsın ben mi açayım?

- Yok sabah ben açayım. Sonra sana devrederim. Malum haftalık alışverişimiz var.

- Güle güle Sabiha Abla yine gel ben seni çok özlüyorum.

- Cemal, annenle konuştuk bundan sonra her hafta bir gün yemekte beraber olacağız.

- Doğru mu anne? Yemek ve ödev günü yaşasın.

- Hoşça kalın çocuklar.

- Sabiha, ablamda yemekler güzel oluyor ama çay yok geç mi oldu çay içsek?

- Yok geç değil hemen demlerim.

- Oh be insanın evi gibi yok. İşin bitince gel de konuşalım.

- Hatırlat da konuşulacak çok şey var demiştin.

- Evet meleğim. Bugün patronla çok uzun konuştuk haftalıklar için. Bekir'e bin iki yüz veya bin üç yüz, sana bin yüz, Sultan'a bin pound düşünüyor. Artı Bekir yine Sampil dikişlerini dikecek, siz üçünüz etek ve pantolonları dikeceksiniz. Biz onlarla konuşmadan bir hesap yapalım: Siz ne kadar çıkarıyordunuz? Mesela Sultan ayda kendi başına bin pound çıkarıyor mu? Benim hesabım eğer yüz seksen etek çıkarırsanız, Sultan'ın hesabı haftada 1200 yapıyor. Yüz altmış etek çıktığını düşünelim sekiz yüz veya ona yakın. Yani Sultan'ın maaşı fena değil ne dersin? Buna ilave dikilen eteklerden gelen para da var. Maaş artı dikilen etek parası.

- Bana kalırsa çok güzel bir maaş ve rahat çalışma ortamı. Sultan Abla'nın en sevdiği şey. Güzel hem çok güzel ama Bekir Abi'yi bilemem neler yapacak?

- Bekir de maaş ve dikişler, özel sampil dikimleri olacak. Sana yardımcı olacak. Peki senin maaşına ne diyorsun?

- Ben çok memnunum hiç sorun yok. Ne verirseniz kabulüm.

-Teşekkür ederim temiz yürekli meleğim. Bu arada bana da zam geldi. Ve ayrıca Patron her sene bana ikramiye verecek.

- Şimdi bir ev alalım mı?

- Ben de düşündüm ama önce gidip şu büyükleri görelim, işimiz bir otursun. Sonra konuşuruz. Her şey çok güzel olacak meleğim. Başka güzel bir haber. Bugün Patron'un avukatı geldi. Patron ona senden bahsetti. "Üç gün sonra bir dava araştırması için pasaport ofisinde olacağım. Sabiha'nın işine bakarım nereye gelmişler takıntı var mı diye? Osman sen gerekli bilgileri bana yaz lütfen," dedi. Ben de lazım olan bilgileri verdim. En azından nerede olduğumuzu öğreniriz. İçin ferah olsun.

- Çok iyi olmuş, çok sevindim, teşekkür ederim. Yarın istediğin bir şey var mı?

- Yok sen çok güzel alışveriş yapıyorsun. Bir hafta boyu evde her şeyimiz tam oluyor. Yarın beni erken kaldır Sabiha, çok iş var.

- Olur kaldırırım. Yemek ne istiyorsun? Yarın evdeyim istediğini yaparım.

- Sarma yapabilir mısın?

- Yaparım zamanım var. Osman, Sabri abi asmayı ne zaman budayacak?

- Herhalde yarın uğrar neler oluyor diye gelip bir bakayım demişti. Gelirse asmayı ne zaman budayacaksın? Diye sorarım.

- Servet Abla çok teşekkür ederim çok güzel bir alışveriş ve güzel zaman geçirdik. Dur bekle sabah kek yaptım fabrikada yersiniz.

- Ben teşekkür ederim hamarat, kardeşim. Sabiha söylemeyi unuttum. Selby işleri çok güzel bu hafta uğradı, annene bir manto seç, ben anneme teyzeme ayırdım. Bakarsın oturum gelince hemen gideriz her şey hazır olsun.

- Olur Servet Abla gelirim.

- Sabiha ben geliyorum, bir isteğin var mı? Çay demler misin?

- Hoş geldin Osman. Bayağı geç oldu. Yemeğini yer misin yoksa dinlenecek misin?

- Yemeğimizi yiyelim. Ablamın yeni katı çok güzel tertemiz, mutfağı çok güzel oldu. Boşluk kapandı. Yarın çok erken gideceğim. Yarın sizin mutfak yapılacak ve bütün bina sanayi makinaları ile temizlenecek.

- Yerleşme nasıl oldu?

- Makinacılar, astarcılar, ilik düğmeciler aşağıda, ütücüler ve iş bitimi temizliği yapan kişiler, ablamın, Hasan abinin ofisi ikinci katta. Kesim masası bizde olduğu için ablamda yok. Çok güzel oldu yarın bizim katta çalışma var. Bana kalırsa önümüzdeki hafta sonu her şey biter. Artoy'la konuştum. Haftaya kapatacağı için sizin ise gitmenize gerek yokmuş.

- Yani Pazartesi iş yok mu? Artık Arto'ya değil yeni işimize başlıyoruz öyle mi?

- Evet öyle. Ben diyorum ki bilet alalım, Sultan gidip çocuklarını görsün, sen de bir hafta her gün okula git, imtihan için iyi olur diye düşünüyorum ne dersin? Hem Kemal Abi iki hafta bize yardım edecek.

- Yani demek istiyorsun ki bize iki hafta ihtiyacınız yok. Benim için uygundur. Ben de imtihana hazırlanırım.

- Sabiha ben yarın okulu arar konuşurum. İstersen sen Sultan'ı ara sor bakalım ne diyor. Geç değil şimdi arar mısın lütfen?

- İyi akşamlar Sultan Abla. Osman'la konuşuyorduk Osman diyor ki, en iyisi Osman'ı vereyim o daha iyi anlatır.

- Selam Sultan Abla, Bekir Abi de orada mı? Sabiha topu bana attı ben anlatayım: Arto'yla konuştum. Fabrika en az iki hafta kapalıymış. Ben de diyorum ki biletini alayım sen git çocukları gör, Sabiha da bu boşlukta okula gitsin. Kemal abi iki hafta bana ve Bekir Abi'ye yardıma gelecek. Yerleştirme bitince yeni işinize başlarsınız. Şimdi hemen cevap verme düşün ve bana söyle ki biletini alayım. Paskalya tatili yakın olduğu için bilet bulmak zor olur.

- Teşekkür ederim Osman Bekir'le konuşayım seni ararım.

- Arto "Benim elemanlarımı alma," dedi mi?

- Biliyorsun Arto çok kibar biridir. İçinden geçse de söylemez.

- Evet gerçekten çok efendi. Ama babası da öyle zaten. Telefon Osman.

- İyi akşamlar Bekir Abi. Tamam ben yarın Sultan Abla'nın biletini alırım. İki hafta değil mi? Doğru çok iyi olacak. Yarın görüşürüz. İyi akşamlar.

- Bekir Abi'yle maaş meselesini konuştun mu?

- Önce seninle konuşmak istedim yarın onunla da konuşurum. Yarın sen neler yapacaksın?

- Yemek yapacağım, 23 Nisan Çocuk Bayramı yakın yazımı dergiye göndermek için hazırlayacağım. Ders çalışmam gerekli. Unutma okulu arayacaksın.

- İyi akşamlar meleğim. Çok acıktım. Mektup mu yazıyorsun?

- Evet anneme yazdım. Oku istersen.

Canım anneciğim nasılsın? Biliyor musun artık kaskatı soğuklar azaldı, artık kar buz yok, yollarda kolay yürünüyor. Benim hayatımdaki yollar da engelsiz. Osman'ın yeni patronu Osman'ı çok sevdiği, ona çok güvendiği için bazı sorumluluklar verdi, bir kısmında ben de varım. Depo sorumluluğunu bana verdi. Sultan Abla ve Bekir Abi ile çalışacağız. Osman'ın deyimiyle "kendi işimiz". Bu arada ben artık çok güzel etek ve pantolon dikiyorum. Maddi bir sorunumuz yok. Rahat ve huzurlu bir yaşamım var, lütfen annecim için rahat olsun. Oturumu alınca hemen gelip seni göreceğiz. Gerçekten seni çok özledim. Gelince biraz da Osman'ın anne ve babasıyla da vakit geçireceğiz. Tekrar sana uğrayıp İngiltere'ye geri döneceğiz.

Servet Abla da bizimle beraber seni görmeğe gelecek. Biliyorum sen de Servet Abla'yı çok seveceksin. Tam senin tarzın. Sen hep şöyle dersin. İnsanlar kitap gibidir. Üst kapağına bakıp kitabın içindekiler için karar vermeyin. Okumak lazımdır. İnsanlar hakkında da tanımadan karar verilmez. Karar vermek için zaman ve tanımak lazımdır. Çok doğrusun annecim senin bu düşünceni Servet Abla'da yaşadım. Bana "Çok sert, çok katı asabi biridir," dediler. Ama zamanla onu tanıyınca, sevecen altın gibi bir kalbi olduğunu gördüm. Ailesi için her fedakarlığı hiç düşünmeden yapan iyi bir abla. Beni de çok seviyor. Sen görünce kararını verirsin. Bunları senin için rahat olsun diye yazıyorum. Artık beni düşünme diye yazıyorum. Yazıyorum dedim de Duru'nun her ay çıkan Göçmen dergisinde bazen yazılar yazıyorum. Dergileri biriktirdim. Gelirken getireceğim anneciğim. Biliyor musun anne geçenlerde Servet Abla, Sultan ve ben konuşuyorduk. Sultan şu günlerde biraz canı sıkılıyor her halde çocuklarını özledi diyoruz. Sultan dedi ki buradaki Türkler hep der ki gurbet benden her şeyimi alıp götürdü. Servet Abla, Sultan'a dedi ki "Sultan gurbetin götürdüklerinin yanı sıra düşün bir bakalım getirdikleri de var. Bence gurbet bizlere, kimseye bağlı kalmadan tüm zorluklara göğüs gererek ayaklarını sağlam bir şekilde yere basabildiğini gösteriyor. Yeni insanlar tanıyıp onların hayatlarını, dillerini, kültürlerini tanımış oluyorsun. Mesela ben devamlı arkamı toplayan annem, sıkışınca maddi yardımı olan babam olmadan hayat nasıl sürdürülürmüş, öğrenmek benim için çok güzel bir deneyim oldu. Kimsenin yardımı olmadan işimin kadını oldum. Çünkü başka seçeneğim yoktu. Bana emanet edilen bir işyeri vardı. Bu işi yürütmem lazımdı. Kimseden yardım isteyemezdim. Dik durmam lazımdı aksi olsaydı, o zaman gurbet beni yok ederdi. Başarılı olmayı öğrendim gurbet sayesinde. Sultancım ufacık şeyleri dert etmeyelim. Bak yeni işiniz çok güzel üçünüzün de başarılı olmanızı dilerim." dedi.

- Çok güzel olmuş. Ablamı da yere göğe sığdıramıyorsun.

- Yoo değil sadece konuştuklarımızı yazdım. Hepsi bu.

- Evet ablam haklı babamlardan sonra çok sıkıntılar çekti, çok kişilerle cebelleşti. Tek başına kaldı. Ben dönünce rahat etti.

- Hepiniz onu yalnız bırakmışsınız. Peki Hasan Abi yardımcı olmadı mı?

- O en baştan karışmadı "Ben bu işleri bilmem," dedi. Neyse şimdi Londra'nın en başarılı kadın yöneticisi. Şimdi sıra sende meleğim senin de çok başarılı olacağını biliyorum.

- Teşekkür ederim Osman. Her şey senin sayende oluyor. Ben kariyer peşinde koşmuyorum. Günlük görevlerimi yerine getiriyorum. Bu çalışmalar da hoşuma gidiyor. Çünkü içinde sen varsın. Ortak alanımız oluyor. Beraberliğimizde negatif bir ortam olsun istemem. Zaten buna da sebep yok. Kötü yorgun bir gün geçirmişsen, senin yanında, seninle olmak isterim. Her şeyimizi paylaşmalıyız. Çünkü hayatımızı paylaşıyoruz. Bu paylaşmanın içinde sevgi saygı ve samimiyet olmalıdır. O da var zaten.

- Teşekkür ederim meleğim ben de aynı fikirdeyim. Seninle hayatım değişti, Huzurlu başarılı, mutlu bir yaşantıya adım attık. Hep söylüyorum çok iyi bir geleceğimiz. Mutlu yaşantımız olacak.

- Ben zaten çok mutluyum Osman.

- Gel kız seni bir öpeyim, güzel meleğim.

- Alo Sabiha, Sultan'ın biletini aldım, senin kursunu 2 hafta uzattım. Pazartesi başlıyorsun. Programı öğretmenin seninle konuşacak. Ne yapıyorsun?

- Teşekkür ederim çay yaptım Rose Teyze'ye iniyorum.

- Selam meleğim çok acıktım ve çok yoruldum.

- Yemek hazır, çayın ve kekin de var.

- Gel şöyle bir oturalım. Ne yazıyorsun Sabiha?

- Rose Teyze bugün bana İrlanda'yı anlattı. İrlanda'yı yazıyorum sana da okuyayım da yanlışlarımı düzeltir misin lütfen?

- Tabii ki. Sabiha benim İrlanda'mın tarihi çok eskidir.

İrlanda'nın tarihi çok eskilere dayanıyor. On iki bin beş yüzyıl önce yazılmış bilgilere göre beş veya altıncı yüzyılda (Galik) gal lisanı ile manastır keşişleri tarafından İrlanda tarihi yazılmaya başlanmıştır.

Manastır, kendilerini dine adamış rahip ve rahibelerin yaşadığı yerdir. Keşişhane de denilebilir. Dördüncü yüzyıldan itibaren yaygınlaşmıştır. Buradaki kişiler din, bilim işleriyle uğraşmaktadır. Kendi mülkleri olan araziyi işleterek kendi ürünleri ile kapalı bir ekonomi içinde yaşarlardı. Manastırlar bazen cezalı din adamlarına hapishane olmuştur. Daha sonralar manastırların zenginliği ve kudreti artmıştır.

Sekizinci yüzyılda İrlanda Vikingler'in akımına uğramıştır. Dublin gibi birçok yerleşim yerlerini kurmuşlar. Ama hiçbir zaman adayı tam olarak ellerine geçirememişlerdir. Vikingler yılın büyük bir kısmını denizlerde geçiren, ticarette usta, onurlarına son derece düşkün, korsan ve tüccar bir kavimmiş. İrlanda'ya yeni bir motivasyon getirerek, ekonomiyi değiştirip alışverişlerde gümüşü kullanmışlar. Genellikle Dublin ve çevresinde yerleşmişler.

On birinci yüzyılda İrlanda'ya Normanlar gelmiş. O dönemde İngiltere de Normanlar tarafından yönetilmiş. 1840'lı yıllar İrlanda tarihinin en kötü yılları olmuş ve kıtlık başlamış. Binlerce insan açlıktan ölmüş, bir kısmı Amerika'ya ve başka ülkelere göç etmiş. 1916 yılında Paskalya Ayaklanması olmuş.

1922 yılında yapılan anlaşmayla Güney İrlanda, İrlanda Bağımsız Devleti adıyla bağımsızlığını kazanmış. Kuzey İrlanda ise Birleşik Krallığa bağlı kalmış. Halen de öyle.

İrlanda'da yaşayan İngilizler, Galler ve İskoçlar zamanla Protestanlığı benimsemelerine rağmen İrlandalıların çoğu Katolik kiliselerine bağlı kalmışlar.

İrlandalılar için patates çok önemlidir. On altıncı yüzyılda Amerika'ya giden İngilizler oradan İrlanda'ya patates getirmişler. Böylece patates İrlandalıların temel yiyeceği olmuş. Halk neredeyse karnını patatesle doyuruyormuş.

1845'lerde çıkan büyük kıtlık patates kıtlığı olarak biliniyor. O dönem milyonlarca insanın açlıktan öldüğü ve göç etmek zorunda kaldığı bir dönemdir.

Cadılar Bayramı diye bilinen İrlandalıların Samhain dedikleri yazın bitimi kışın başlangıcı olan bir festivaldir. İskoçyalılar Welshlerde kutlarlar. On sekizinci yüzyılda İrlandalılardan kalabalık bir grup Amerika'ya göç edince bu festival o yıllardan beri orada da coşkuyla kutlanmaktadır. İrlandalılar on altıncı yüzyıldan beri kutladıkları Samhain yaz sonu festivali inançlarına göre karanlığın başlangıcıdır. Kış olduğu için hava çok erken kararır, karanlıkta ruhlar ve melekler çıkar. Bir inanca göre bu festivalin ilk gününde doğanlar için evlerini ziyarete geldiği düşünülerek küçük hediyeler bırakılırdı. Bu festivalde Kelt ve Gal halkı ev ev dolaşıp yiyecek değiş tokuşu yapar, komik elbiseler giyerek kötü huylu ruhları taklit eder, çeşitli şakalar yaparak eğlenirdi.

On dokuzuncu yüzyılda sadece akşamları mumlar yakarak ölenler anılırdı. İyi huylu, kötü huylu meleklerin geldiğine inanırlardı. Buna da Trick Treat yani iyilik ve hile derler. Şimdilerde çocuklar hile veya iyilik diyerek özel dikilmiş elbiseler giyerek kapı kapı dolaşıp iyilik veya hile derler. Karşılığında şeker, para, kek ve meyveler toplarlar.

İrlanda viskisi de bayağı meşhurdur. İlk defa 1494 yapılmaya başlamıştır.

Bir de İriş Dansı var: İriş dans Celts ve Druidslerden gelmiştir. Dini kutlamalar ve özel günlerde müzik eşliğinde yapılan bir danstır. Özel ayakkabılar giyilir, kızlar çok güzel ama içinde mutlaka yeşil renkli olan elbiseler giyerler.

Tabii pup kültürünü de unutmamak gerekir. Bir şeyler içmekten ziyade komşularla, arkadaşlarla toplanıp sohbet ederek, yemek yenir, müzik dinlenir.

- Çok güzel olmuş Sabiha, kalemine sağlık.

- Teşekkür ederim Osman. Rose Teyze İriş dansı çok seviyormuş. O da George de herkes gibi küçükken İriş dansı öğrenmiş. İrlanda'yı anlattıktan sonra benden de "Türkiye'yi özellikle de Osmanlı zamanını dinlemek" istediğini söyledi. Ben teşekkür ettikten sonra "Bu sene bu festivali beraber kutlayalım," dedim. Ayrıca "Anlattığı şeylerden çok keyif aldığımı, birçok şey öğrendiğimi, seve seve Türkiye'yi Osmanlı'yı anlatacağımı" söyledim. Beni dinlerken hoşlandığını görüyorum, anlıyorum. Tabii İngilizcem şimdi daha iyi olduğu için, her şeyi daha iyi anlıyorum. Bu da benim hoşuma gidiyor. Çünkü daha iyi anlaşabiliyoruz. Bu arada Sultan Abla ne zaman gidiyor?

- Pazar günü akşam uçağı ile gidecek. Bugün Bekir Abi'yle çarşı pazar dolaşıp hazırlıklarını yaptılar. Bir telefonla ara istersen.

- Olur ararım. Fabrikada durum nasıl?

- Çok iyi bina babamın zamanından daha iyi oldu. Her şey tertemiz, yeni ilaveler var. Bir üst kat kaldı. Fırıldakla hesabımız bugün kesildi. Pazartesi sırada orası var. Ama sadece depo olacak. Bir ara uğrayalım da sen de gör. Ablam "Uğrasın da yeni mantolardan annesine alsın," dedi. Pazara ablamda yemekte miyiz?

- Evet çocuklara sözümüz var. Hem hazırladığım bu İrlanda yazısını Harun'a vereceğim o biriktiriyor. Harun'u seviyorum çok sakin çalışkan. İnsanlara değer veriyor, büyüklerine özen gösteriyor, saygılı, gerçek bir beyefendi. Yolu açık olsun.

- Evet çok çalışkan okul ikincisi imiş, Harun'la iftihar ediyorum. Ben de senin gibi iyi bir geleceği olacağına eminim.

- Ben Cemal'i de çok seviyorum. Çok rahat bir yapısı var. Oluruna bırakmış her şeyi sanki gelişi güzel yaşıyor. Güzel ve iyi şeyleri seviyor. Çok mutlu bir çocuk. Yüzü hep gülüyor. Hiçbir şeyi dert etmiyor.

- Evet bebekken hiç ağlamazdı. Çok usluydu sesi çıkmazdı. Ablam "Osman bu çocuk salak olmasın," derdi. Ama o da çok çalışkan. Harun'dan daha çok arkadaşı var. Daha sosyal. Aman öyle olsun.

- Osman, Sultan Abla'ya hediye almadık çocuklara bir şeyler alsaydım.

- Sabiha, Sultan Ablanın biletini ben aldım yeterlidir herhalde.

- Tamam o zaman yeterli tabi. Senin çayını vereyim de Sultan Abla'yı arayayım.

- Osman telefon çalıyor, Sultan Abla herhalde...

- Selam George her şey çok iyi üç dört gündür hep beraberdik. Evet İrlanda'yı anlattı. Hiç merak etmeyin biz beraberiz, Osman'ı veriyorum.

- Selam George. Evet bu aralar birçok işle aynı anda uğraşıyorum. Pazartesi Patron'dayım. Bir bakarım. Haftaya olur mu George? Daha bir rahat olacağım. Ben ilgilenirim merak etme. Çok iyi olur, bekliyoruz.

- George Patron'un "Halı siparişlerini gönderdim haberin var mı?" diyor. Bir de "Sizin bahçe eşyaları bu hafta gelsin mi?" diye sordu, ben de "Haftaya gönderin", dedim. "İki hafta sonra ben de oradayım," dedi.

- Meleğim yarın pazar lütfen erkenden kalkmayalım, bu hafta gerçekten çok yoruldum.

- Olur, geç olmadan Sultan Abla'ya güle güle diyeyim.

- Osman fabrikayı tanıyamadım. Ne kadar güzel olmuş. Kapı da değişmiş. Her şey çok güzel, çok yeni. Bizim katı çok merak ediyorum. Servet Abla fabrika çok güzel olmuş inşallah hayırlı işlerle çalışın.

- Sağ ol canım gel de içerileri gör. Osman, Patron telefon etti. "Yarım saat sonra orada olacağım," dedi. Seni aramış ama ulaşamamış. Ben de yolda buraya geliyor dedim. Hasan'ı gönderdim o çöreklerden alsın.

- Abla koskoca patronu da bize çevirdin ya sonumuz iyi olsun.

- Olacak kardeşim, olacak, sen hiç meraklanma. Şans artık bize uzaktan değil yakından bakıyor. Yanlış insanlarla doğru yolda yürüyemezsin kardeş. Yarı yolda bırakıverir elini. Biz şimdi doğru insanlarla kendi insanlarımızla beraberiz. Eminim birlikte başarılı, birlikte mutlu olacağız.

- Çok doğrusun ablam, artık hep beraberiz.

- Evet Servet Abla artık hep beraberiz. Bugün Rose Teyze "Eller çoğalınca işler hafifler," dedi.

- Hoş geldiniz Patron.

- Bakıyorum da ailece buradasınız. Pazar günü sizi ayaklandırmadım inşallah.

- Yok beyim ben çalışıyorum çünkü makinacılarım yarın işe dönüyor eksik bir şeyler olsun istemem. Osman'la Sabiha bana yardıma geldiler.

- Buyurun ben size fabrikayı gezdireyim Patron.

- Servet Hanım çay ve o kekten isterim.

- Siz merak etmeyin ikisi de hazır.

- Buyurun kek ve çayınız.

- Teşekkür ederim Servet, sana da Osman'a da teşekkür ederim. Fabrika şahane olmuş. İnanın ben bu kadar güzel olacağını hiç düşünmemiştim. Sabiha Hanım sizin katınızda çok güzel olmuş. İyi çalışmalar olsun. Osman depo hakkında ne düşünüyorsun?

- Yarısı üç katlı askılıklar olsun giysi için, yarısı halılar için raflar. Üst kat sadece bunlar için.

- Çok güzel şimdi alt kat dikim işleri, ikinci kat Servet Hanım ve eşinin ofisi, ütücüler ve iş bitimi kontrolü, üçüncü kat Sabiha Hanım'ın ofisi, üç dikiş makinası, kesim masası. Bazı kumaşlar bunlara dikilecek kumaşlar diyebilir miyiz ve ufak bir mutfak gelince yiyecek bir şeyler bulmam için. Son kat halılar ve dikilmiş siparişler. Doğru mu?

Üçü birden "Evet doğru Patron," dediler.

- Ben burada kaleme almadığınız çok büyük eksiklik gördüm. Ne dersiniz?

Herkes birbirine baktı büyük sessizliği Patron bozdu:

- Benim ofisim nerede?

Büyük bir sessizliği yine Patron bozdu:

- Şaka yaptım. Ona bakarsanız Osman'ın da ofisi yok.

- Osman'ın küçükken altında, büyüyünce üstünde yaşadığı kesim masası var ya Bey'im

- Doğru diyorsun Servet Hanım.

Hep beraber güldüler.

- Osman bu durumda sen en az bir hafta daha ofise uğrayamazsın doğru mu?

- Salı veya çarşamba gelirim Patron.

- Tamam o zaman çarşambaya görüşürüz. Hoşça kalın bayanlar, Servet çay ve kek için teşekkür ederim.

- Osman ben bu adamı anlayamadım. Gayet samimi konuşuyor, işi bittiği anda hemen mevzuyu kapatıyor.

- Evet iş yerinde de öyle toplantıda çok önemli bir şey konuşuluyor. "Bitti mi?" diyor "Bitti!" dediğinde toplantı bitmiştir. Halbuki o konuyu etraflıca konuşmak gerekirken toplantıyı bitiriyor.

- Konuşmayı sevmiyor galiba.

- Herhalde ben de henüz çözemedim.

- Hadi çocuklar eve gidiyoruz değil mi? Yemek hazırdır. Çocuklar da sizleri görmek için sabırsızlanıyorlar. Cemal arayıp durdu. Sabiha manto seçtin mi?

- Servet Abla onlar çok uzun annem o kadar uzun giymez.

- Sabiha kısalar var gel benimle, ben de anneme, teyzeme aldım. Çünkü kumaşı çok güzel. Bu kumaştan bir daha bulamayız. Bak şu yukarıda var. Hangi renk istersen seç.

- Lacivert olsun Servet Abla. Annem koyu renk sever.

- Tamam canım. Bir de kendine al.

- Teşekkür ederim Servet Abla biliyorsun iki tane var, hem önümüz yaz.

- Harun, Cemal biz geldik.

- Anne Sabiha Abla'm var mı?

- Evet burada gelirsen görürsün.

- Yemek çok güzeldi Servet Abla, beraber olmaktan da çok mutlu oluyorum.

- Ben de kardeşim ben de hepimiz seni çok seviyoruz.

- Sabiha Abla İrlanda yazını saklayacağım. Şimdi sana iş yok biraz beraber vakit geçirsek ya.

- Cemal ben ilk sertifika imtihanları için iki hafta bütün gün okula gideceğim. Yarın başlıyorum. Ama Harun okulun yanındaki büyük kitapçıyı görmek istiyordu. Bir gün buluşabiliriz.

- Dayınız fabrikaya bakarsa Sabiha Abla'nızı okuldan alır, hem kitapçıya gider sonra da sizi Çin sokağına götürürüm. Kabul mü?

- Yaşa anne. Yuppii...

- Abla, George haftaya bahçe eşyalarını gönderecek sen bahçeyi hazırladın mı?

- Eddi kuracaktı ya.

- Eddi kuracak ama temizleyip tertiplemek lazım ki Eddi gelip kursun.

- Hatırladım geçen sene Arto'da çalışan iki oğlancık gelip temizlemişlerdi. Şimdi işleri yok onları çağırsak olur mu Osman?

- Olur yarın Kemal abiye soralım. Yemek için teşekkür ederim abla.

- Rose Teyze yatmış mıdır?

- Yatmıştır bayağı geç oldu meleğim, sen bana bir çay koyar mısın? Ablamın çayı hiç güzel olmuyor.

- Biz ona demlikle Türk çayı alalım, o zaman seversin.

- Sabah seni ben bırakayım.

- Yok ben metro ile giderim,

- Meleğim ben bırakayım, sen kendin dönersin kaçta çıkacağını bilmiyoruz.

- Evet doğru söylüyorsun.

- Hoşça kal Osman sende mi geliyorsun?

- Evet ödemeyi yapacağım ve oradaysa öğretmenin Donald konuşalım. Bak geliyor.

- Günaydın Mr. Aziz bu iki hafta kurs çok iyi oldu. İyi haberim var sizin gireceğiniz imtihanda beni panele seçmişler umarım karşılaşırız.

- İmtihan kaç saat sürer.

- Genellikle bir saat ama bazı öğrenciler çok yavaş, süresiz zaten yazılı test bitince sözlüye geçilir. Beş veya on dakika karşılıklı günlük şeyler konuşulur. Mesela yolda bir arkadaşına rastlama, fırında, alışveriş istasyonda biletçiyle konuşma gibi yani her gün yaşadığınız olayları, tiyatro etmek. Çok zevklidir. Sabiha arkadaşların altı numaralı odadalar. Ben de geliyorum. Buyurun Mr. Aziz sizinle vezneye gidelim. Ben de sizinle geliyorum bu sefer biraz iskontolu olacak.

- Teşekkür ederim Donald. Akşam kaçta çıkarlar?

- Üç buçukta ders biter, Mr. Aziz.

- Teşekkür ederim. İyi günler dilerim.

- Ben de Donald.

- Senin evde olmam çok hoşuma gidiyor Sabiha. Ev sıcacık, yemek ve çayım hazır.

- Biz Egelilerde şöyle bir deyim vardır: On dönüm bostan yan gel yat Osman.

- Ha hahaa hoşuma gitti, bu ben miyim meleğim? Ama Osman bugün on dakika bile oturmadı.

- Ne yaptın?

- Depo temizlendi boyandı. Askılıkla raflar geldi. Yarın onların monteleriyle uğraşacağız. Gerçekten çok güzel olacak.

- Benim anladığım kadar merdiveni ve asansörü kaldırdınız. Asansör bizim kata kadar sonra yukarı nasıl çıkılacak?

- Evet Sabiha en üst kata çıkış sadece bizim kattan olacak. Aşağıdan gelen asansör bizim katta bitiyor. Sonra yan taraftan ayrıca üst kata çıkan bir asansör var. Onunla depoya çıkabilirsiniz.

- Niye böyle bir şey yaptınız ki.

- Patronun düşüncesi, herhalde halılar çok kıymetli diye böyle düşündü.

- Sultan Abla'dan haber var mı?

- Çocuklar çok sevinmiş. Hep beraber yatmışlar. "Anne burada kal gitme," diyorlarmış.

- Ahh canlarım.

- Bak Sabiha bu yüzden ben annemi çok takdir ederim. Bizi hiç yanından ayırmadı. Kıbrıs'a tatile bile bizi yalnız göndermedi. Az tatil yaptık ama hep beraberdik.

- Evet Servet Abla da "Öyle!" dedi.

- Senin günün nasıl geçti meleğim?

- Çok iyiydi ama İtalyan kız çok konuşuyor iki de bir lafa karışıyor. Öğretmenin lafını kesiyor. Yani bir gün boyu bence tabii sadece benim fikrim, sorularıyla lafa girmesiyle, kendi fikrini ortaya koymasıyla en az bir, bir buçuk saatimizi yedi. Öğretmen son derste, "Dersten sonra seninle konuşalım Bianca," dedi.

- Eminim "Çeneni kapa Bianca," demiştir. Kek var mı?

- Evet yaptım yarın götürelim diye.

- Sağ ol. Ödevin var mı yaptın mı?

- Evet Rose Teyze yardım etti. Karşılıklı sorular sorup cevapladık. Oyun oynar gibi soru cevap yaptık. Bu işi çok iyi biliyor.

- Tabii otuz sene öğretmenlik yapmış. Sabiha, sabah seni ben götüreyim de Patron'a uğrayıp sonra işe döneyim.

- Emin misin? Benim için gelme, metroyla giderim.

- Yok hem seni bırakayım hem planlar lazım mimar hepsini Patron'a teslim etmişti.

- Olur o zaman. Servet Abla nasıl koşuşturuyor aşağı yukarı makinacılar, astarcılar, Kemal Abi'yi pek beğendi. "Ne akıllı adam keşke benim menajerim olsa," deyip durdu. Gördün mü Osman bir haftayı da bitirdik. Çok çabuk geçti. Ama çok şey öğrendim. Yarın Servet Abla alışveriş için kaçta gelecek?

- Niye telefon edip sormuyorsun? Bu telefon senin için alındı. Anneni aradın mı? Bugün Cuma.

- Evet aradım, sana çok selamı var, "Sizlerin iyiliği için dua ediyorum," dedi. Servet Abla'yı arayayım.

- Selam Servet Abla. Sahi mi bizde seni konuşuyorduk annemin sana çok selamı var. Yarın kaçta buluşuyoruz? Tamam olur. Rose Teyze'ye de söyleyeyim. Çocuklara çok selam söyleyin. İyi geceler.

- Yarın kaçta geliyormuş? Erken gelmese de biraz uyusam.

- Selam söyledi, "Ben de telefonu elime aldım seni arayacaktım," dedi, 11'de burada olacak.

- Teşekkür ederim Servet Abla. Ben önce Rose Teyze'nin paketlerini taşıyayım.

- Dur ben de yardım edeyim, karışmasın. Amma sıcacıkmış içerisi Sabiha.

- Evet Servet Abla çok rahat ettik, ben bu sene hiç üşümedim. Rose Teyze'nin alışverişini sen mi yerleştiriyorsun o kendisi mi yerleştiriyor?

- Kendisi yerleştiriyor.

- Servet Abla haftaya George geliyormuş, Fatma Hanım'a söyler misin George'nin odasını da hazırlasın.

- Olur söylerim, Sabiha senin son haftan değil mi? Cemal soruyor bu hafta gelelim de hem kitapçıya hem de yemeğe gidelim. Sen üç buçukta çıkıyorsun değil mi? Bize de uygun. Hadi hoşça kal kardeşim.

- Güle güle Servet Abla. Çocuklara çok selam söyle.

- Hoşça kal kardeşim.

- Alo Sabiha geldiniz mi? Kasaba uğradınız mı?

- Uğradık biliyorum etle pilav istiyorsun değil mi? Ne zaman gelirsin?

- Aynen. Bu gün sizin makinaları kuruyoruz. En geç beşte evde olurum.

- Teşekkür ederim meleğim eline sağlık. Seninle olmak çok güzel.

- Ben de teşekkür ederim iyi ki varsın Osman. Fabrikada bugün ne değişiklikler oldu?

- Üst kat bitmek üzere Koko, Kemal Abi'yi görmeye gelmişti. "Hadi orada dikileceğine biraz işin ucundan tutun" dedi. Tutuş o tutuş akşama kadar bizimle canı çıktı. Bekir Abi makinaları kurdu. Yarın gidelim de sen de gör.

- Yarın Servet abla çalışıyor mu?

- Evet çalışıyor. Çünkü bu hafta Evans'in siparişini teslim etmesi gerekiyor. Tamirat nedeniyle biraz gecikti. Ama bu hafta bitirir sanıyorum.

- Okula gitmeseydim yardım ederdim.

- Meraklanma sen de gelecek pazartesi yeni işine başlıyorsun. Pazartesi gidip şu depo dokümanlarını alayım da sen gelmeden işi bir düzene koyayım bir hafta falan beraber çalışırız. Sonra sana teslim ederim. Çünkü senin sorumluluğun bu. Senin için dikim işi sonra gelir. Ama ben inanıyorum ki çok başarılı olacaksın.

- İnşallah, sen yanımda olduğun için başarılı olacağıma eminim. Yeni işim için çok heyecanlıyım.

- Meleğim bana bir çay daha verir misin? Kek varsa alabilirim.

- Kek yok ama sütlaç var ister misin?

- Tabii hem de iki kap olsun.

- Günaydın abla Osman'ı veriyorum.

- Günaydın abla kahvaltı ediyoruz, hadi sen de gel. Olur kahvaltıdan sonra geliriz. Bir istediğin var mı?

- Sabiha Abla'm "Ne zaman geleceksiniz? Kadro tamam, bir siz eksiksiniz," diyor.

- Öyle diyorsa gidelim.

- Burası çok güzel olmuş. Nasılsın Kemal Abi?

- Evet Sabiha gerçekten çok güzel oldu. Güle güle çalışın. Bol şans diliyorum.

- Teşekkür ederim Kemal Abi. İnşallah başarılı oluruz.

- Sen olursun Sabiha.

- Koko sen de burada mıydın? Servet Abla "Kadro tamam bir siz eksiksiniz," demişti.

- Hayırlı olsun. Sabiha gerçekten güzel bir mekân. İşiniz ve şansınız bol olsun.

- Sağ ol Koko, siz işe ne zaman dönüyorsunuz?

- Arto Bey "İki haftalık iş var," dedi. Kemal Abi Bu işin devamı var mı?

- Zannediyorum var Koko.

- İyi bari kira birikti de.

- Üzülme oğlum arkanızda ben varım.

- Sağ ol Kemal Abi'cim.

- Sabiha imtihan ne zaman?

- Mart sonu.

- Senden sonra ben de denemek istiyorum.

- Dene derim Koko çünkü sen iyi konuşuyorsun.

- Arkadaşlar karanlık olmadan çıkalım çünkü elektrikler yarın yapılacak.

- Kemal Abi yarın buradasın değil mi? Koko sen de gelip Kemal Abi'ye yardım et ben öğlenden sonra burada olacağım.

- Teşekkür ederim Osman biz sabah burada oluruz. Hepinize iyi akşamlar.

- Abla biz gidiyoruz.

- Hadi gelin yemek yiyelim de sonra gidin. Hem bir konuşsaydık Bekir'in, Kemal Bey'in, bu çocuğun paralarını ayarlamak lazım.

- Abla bu akşam gidelim yarın erken kalkıp Patron'a gideceğim. Öğlen burada olurum. Adamların paralarını düşünme ben ayarlarım. İyi geceler.

- İyi geceler Servet Abla çocuklara selam söyle.

- İyi geceler Sabiha.

- Günaydın Patron.

- Günaydın Osman işler bitti mi?

- Bugün yukarı depo bitiyor, elektrikler bağlanacak. Ben Depo dokümanlarını alayım pazartesi Sabiha işe başlayacak ona kağıt işlerini hazırlamam lazım.

- Sekretere söyleyelim. Bütün evrakları hazırlasın biz bir yemek yiyip gelelim. Sonra ben de seninle geleyim de son durumu göreyim. Merak ediyorum.

- Olur patron.

- Selam Servet.

-Hoş geldiniz Bey'im yukarı da çok güzel oldu.

- Gerçekten çok güzel olmuş koca bir depo benim düşündüğümden daha büyük, daha derli toplu olmuş. Sizle çalışmak çok güzel. Osman o köşeyi niye böldün.

- Ben şöyle düşündüm: Çizimi tasarımı biten siparişlerin burada olduğum zamanlar kesimini ve paketlemesini bitireyim, buraya istifleyeyim ki dikime hazır olsun.

- İlginç bir düşünce görelim bakalım.

- Hoş geldin Sabri abi. Bak patron da burada.

- Selam Bey'im nasılsınız? Depo çok güzel olmuş. Düzenlemesi de çok güzel. Ben de değiştireyim bu düzen benimkinden daha kullanışlı. Halılara daha çok yer lazım. Osman ben bir hafta için Türkiye'ye gidiyorum. Akşamları fabrikaya uğrar mısın?

- Tabii ki uğrarım. Ne oldu inşallah iyilik içindir?

- Meraklanma oğlum Isparta'ya halı siparişi vereceğim yerinde göreyim, anlaşmayı görerek yapayım istedim.

- Çok güzel Sabri iyi düşünmüşsün. Biz de nisan sonunda halı işine başlayalım diyoruz. Siparişi verirken bizi de düşün lütfen.

- Benim de gidiş sebebim bu, şimdi sipariş vereceğim kişileri pek tanımıyorum gidip yerinde görmek istedim. Sizlere karşı mahcup olmak istemem Bey'im.

- Olmazsın Sabri, ben sizlerle çalışmaktan çok memnunum.

- Beyler çaylar hazır burada mı içersiniz aşağıya mı gelirsiniz?

- Servet'cim ben yarın çok erken yola çıkıyorum. Fabrikada işlerim var. Gelince borcun olsun.

- Olur Sabri Abi. Ama ceketin çok güzel.

- Patron, Sabri abi her şeyini kendi diker.

- Öyle mi? Yani erkek giyimi diker misiniz?

- İstedikten sonra dikilir Bey'im. Neyse beyler dönünce görüşelim. Türkiye'den istediğiniz bir şey var mı?

- Yok Sabri abi hayırlısıyla git, güle güle gel.

- Güle güle Sabri, bizim siparişleri de unutma.

- Unutmam Bey'im. Sizin siparişler için gidiyorum.

- Sabri'yi beğeniyorum düzgün bir adam ve işini çok iyi yapıyor. Neyse tekrar teşekkür ederim. Fabrika gerçekten çok güzel oldu. Emeğinize sağlık.

- İyi işlerde, huzurla çalışalım Bey'im. Bu Liz Hanım'a.

- Liz'i şımartıyorsun Servet. Nedir bu?

- Manto, Evans'a diktik neyse ki perşembe günü teslimatını yapacağım. Tamirat sebebiyle geç kalacak diye çok korkmuştum ama cumartesi pazar da dâhil çok hızlı çalıştık. Kumaşı çok güzel.

- Cidden çok güzelmiş. Servet benim seneler önce deve tüyü renginde bir ceketim vardı, çok seviyordum. Aynı bu kumaştandı.

- Dikelim Bey'im, Osman çizsin ben dikerim.

- Gerçekten diker misin Bekir.

- İşimiz bu Bey'im.

- Siz sadece Liz'i değil beni de şımartıyorsunuz. Çok teşekkür ederim. Bir yerleşin de Liz de sizleri tanımak istiyor. "Seni bu kadar değiştiren insanları ben de tanımak istiyorum," diyor.

- Buyursun tanışalım Patron. Biz de onu tanımak isteriz.

- Osman yarın ne işle meşgulsün?

- Depoyu bitirmeğe çalışacağız, Sabiha'nın kâğıt işlerini düzenlemem lazım.

- Servet bu siparişten sonra işin var mı?

- Osman kesmişti. Uzun kollu ve kısa kollu Amerika için ceketlere başlayacağım.

- Tamam bol şans diliyorum. Hoşça kalın.

- Bende sizinle geleyim Patron.

- Olur gel bakalım. Osman sarf edilen paraları ve bu çalışanların paralarını hesapla da verelim. Oturup bir hesap yapalım. Her şey çok güzel oldu.

- Evet gerçekten güzel oldu. Ben her şeyin hesabını tuttum. Marangoz Ali, Kemal, Koko ve Bekir bizimle çalıştılar. Bazılarını siz ödediniz ama ben gene nereye ne verilmiş ne verilecek hepsini yazdım.

- Teşekkür ederim. Benim sağ kolum. Yarın görüşüyoruz.

- Yarın sabah sizinleyim.

- Sabiha bu koku ne, yaprak sarması mı yaptın?

- Evet Osman için yapmıştım. Ama sana da verebilirim.

- Yok sarmaysa kimseyle paylaşmam. Seninle bile.

- Bir vakitler başımdan böyle bir olay geçmişti. Sofra hazır.

- Ellerine sağlık. Çok güzel olmuş meleğim. Yarın seni ben götürüyorum. Patronla hesap kitap yapacağız Koko'nun haftalığı ne kadardı biliyor musun?

- Bildiğim kadar Abbas'tan fazla. Çünkü kalite kontrolünü de Koko yapıyor. Ama kesin ne kadar bilmiyorum. Bence Kemal Abi'yle konuşsan daha iyi olur.

- Olur öyle yaparım. Meleğim gel yanıma otur da konuşalım.

- Mutfağı toplayıp geliyorum.

- Osman kaçtır sesleniyorum duymuyorsun. Kahvaltı hazır.

- Bu sabah kendimi yorgun hissediyorum. Keşke tatil olsa da uyusam.

- Senden ilk defa böyle bir şikâyet duydum. Herhalde fabrika işleri seni çok yordu.

- Evet öyle meleğim. Dün patron da "Yorgun görünüyorsun," dedi.

- Lütfen bu akşam eve erken gel Osman.

- Yarın benim son günüm ablan ve çocuklar gelecek, biz Çin sokağına gideceğiz. Sen de gel hep beraber olalım.

- Çocuklar çok yoruldu ben de yarın onları yemeğe çıkarayım. Gönülleri olsun.

- Nereye götüreceksin?

- Bekir abinin kebapçısına götüreyim diye düşündüm.

- İyi düşünmüşsün gerçekten çok güzel ve lezzetli. İyi çalışmalar.

- Meleğim okulu da bitirdin yarın benimle yeni işine başlıyorsun. İmtihanlar ne zamanmış sordun mu?

- Üç hafta sonra Donald haber verecek.

- Bugün kimse bana dokunmasın. Pijamamı bile çıkarmayacağım.

- Osman yarın benim için bir şeyler hazırladın mı? Boş durmak istemem.

- Meraklanma bir yığın iş seni bekliyor. Patron bizim kata telefon istiyor, Sabiha hatırlat da yarın müracaatını yapayım.

- Günaydın Bekir abi nasılsın Sultan Abla çocuklar iyi miymiş?

- Günaydın Sabiha ben iyiyim ama Osman çok yoruldu. Emeğine de değdi çok güzel oldu. Sultan Abla'n "Bir hafta daha kalayım," dedi. Ben de olur dedim. Haftaya pazar burada olur.

- Herhalde çocuklara kıyamadı.

- Hepimize ilk gün hayırlı uğurlu olsun. Sabiha sen bu getirdiğim evraklara bak sırala biz kendimize göre bir düzen kuralım, sen düşüncelerini söyle. Ben geleceğim Bekir Abi, biz ablamın uzun kollu bin tane Amerika siparişi var ya onu keselim. Çay var mı Sabiha?

- Var da mutfağa bir düzen kurmalıyız.

-Ben lazım olacak şeyleri aldım. Sonra eksikleri tamamlarız. Şimdilik idare edelim. Sen bizim çaydan getirdin mi Sabiha?

- Evet getirdim.

- Nasıl gidiyor Sabiha?

- Bu giriş çıkışları deftere mi yazacağız? Yoksa hepsi için ayrı kart mı tutalım veya örneğin bu kot numaralı siyah bin tane ceket Servet Abla'dan geldi, beş yüz tane Amerika'ya John gönderildi.

- Çok güzel düşünmüşsün. Yalnız burada kişilerin isimleri değil de şirket isimleri olması lazım. Bir de eğer kart kullanılacaksa bir örnek çizebilir misin? Oturup onun tartışmasını yapalım. Hangisi daha pratik, hangi sistemde daha az yanlış yapılabilir? Çünkü bu işte yanlış kabul edilmiyor.

- Anladım.

- Nasıl gidiyor Sabiha?

- Kart çizimi; şirketin adı, sipariş numarası, kodu, kumaş rengi, ürün, sipariş, teslimat tarihi. Yani şöyle: Aziz LMD 45 siyah uzun kollu ceket sipariş bin, teslimat beş yüz 14 /3/ 1984. Böyle ama her şirket için bir kart olursa sipariş tesliminde her iki karta birden işlemek lazım. Bir de farz edelim kart kayboldu. Ayrıca bir deftere kartlardaki bilgileri yazsak daha iyi olmaz mı?

- Çok güzel beğendim. Deftere de yazma bence bir sipariş için üç işlem yapacaksın. Bana göre gerek yok. Kartlar zaten bir çekmecede olacak. Sadece sen işleyeceksin. Bunu uygulayabiliriz. Teşekkür ederim. Öğle olmuş, herkes ne yiyor?

- Osman sizin kasabın kardeşi köfte restorandı açmış sadece köfte yapıyor denemek isterseniz gidip alayım.

- Ben de geleyim de Sabiha'ya kırtasiye ile ilgili şeyler almak lazım. Bir istediğin var mı Sabiha?

- Yok teşekkür ederim. Servet Abla'ya da sorun o köfteyi sever.

- Teşekkür ederim çocuklar beni de düşündünüz. Çok lezzetli Bekir kim bunu yapan?

- Sizin kasabın küçük kardeşi.

- Karagöz Mustafa mı?

- Evet o.

- Sabiha Abla hatırladın mı geçen defa gittiğimizde Mustafa bir köşede yığınla köfte yapıyordu. Rose Teyze "Bunlar ne?" demişti.

- Valla pes abla sizle başa çıkılmaz Rose Teyze'ye Türk kasabını, Türk yemeğini, Türk usulü haftalık alışverişi öğrettiniz. Patron'u, Yaşar Halim çöreğine, dönerine alıştırdınız. Pes valla. Zaten Patron'un hanımı "Beni de götür lütfen ben de tanışmak istiyorum, merak ediyorum seni bu kadar değiştiren insanlar kim?" demiş.

- Hakikaten geçenlerde geldiğinde milyonları olan adam eski sandalyede oturup döner yemişti, çok şaşırmıştım teşekkür etti ve "Böyle güzel döner ilk defa yiyorum," demişti, değil mi Osman?

- Evet bazen geldiğinde "Bugün menüde döner var mı?" diyor.

- Osman patron için şuraya güzel bir masa ve rahat bir koltuk alalım.

- Alalım kardeş çünkü bu adam çıkıp çıkıp gelecek.

- Yarın öğlen tatilinde çıkıp alalım evden de güzel bir örtü getireyim, çatal bıçak güzel tabak.

- Belki o zaman yemez Servet. Belki şaşalı hayattan bıktı.

- Haklısın olabilir Bekir. Ama biz biraz düzgün olalım. Adam milyoner bir patron. Osman bir ara inip Hasanı gör, fabrikanın isim değişikliğini nisan gelmeden bitirelim.

- Olur abla şu kesimi bitireyim de aşağı inerim. Sabiha sana üç tane karton aldım bir tanesi halılar için bir tanesi kumaşlar için diğeri de dikilen ürünler için. Hepsinden ikişer tane hazırla da patrona verelim matbaada basılsın.

- Bence hepsinden beş veya altı tane çizeyim de biraz çalışalım bakalım nasıl gidiyor, basımı ona göre yapılsın. Tabii yine de sen bilirsin.

- Doğru "Bakalım kartlar ne kadar işe yarayacak?" diyorsun peki öyle olsun. Ben diyorum ki şu köşeye bir ofis yapalım. Hem patron gelince otursun, hem de evraklar orta yerde olmasın.

- Çok iyi düşündün Osman.

- Evet Osman çok isabetli olur.

- Durun marangoz Ali'yi arayalım. Tamam yarın burada olacak "Bence büyük bir eksiklikti," dedi.

- Benim işim bitti sayılır paketlemeye yardım edebilirim.

- Teşekkür Sabiha ben de ofisi çizeyim.

- Nasıl gidiyor? Ben de geldim.

- Valla Sabiha bu işi çok iyi götürüyor. Arto'dan bile hızlı.

- Nerdeyse beş yüzü bitirdik yarın da beş yüzü bitirirsek ablamın işi tamam.

- Peki bu kesilen siparişi kumaşlar kartına mı yazacağım?

- Evet Sabiha ilk işin kaç top harcadık, kodu ne, hangi kumaş, ne kesildi, nereye gitti?

- Yarın ona göre kartta değişiklik yapmam gerek. Osman ofisin telefon müracaatını yapacaktın. Yaptın mı?

- Evet yaptım, iş yeri olduğu için bir haftada gelirmiş. Bekir Abi sana da anahtar yaptıralım bulunsun.

- Hadi benden eyvallah, eve gidip şöyle bir yatacağım. İlk günümüz güzel geçti inşallah her gün böyle olsun.

- Olacak abim meraklanma. Her şey iyi olacak. İyi geceler. Hadi biz de gidelim Sabiha, şu çizdiğin kartları al da evde bir göz gezdirelim. Sabiha sen Cuma okula gidiyorsun değil mi?

- Hayır gitmiyorum. İmtihandan evvel biraz dinlenmek istiyorum. Diğer öğrenciler de öyle yapacaklar. Hem yeni işime odaklanmak istiyorum.

- Emin misin Sabiha, öğretmenin senin okula gitmeyeceğini biliyor mu söyledin mi?

- Gayet eminim. Yalnız cuma günü telefon edelim. İmtihan gününü öğrenelim. Son gün Donald ve 4 öğrenciyle öyle konuştuk, imtihana kadar okula gitmeyeceğiz ama telefon edip imtihan gününü ve imtihanın nerede olacağın öğreneceğiz.

- Peki bana niye söylemedin.

- Kusura bakma bu ofis işinden vakit kalmadı. Eve gidince yemek ortalık derken unutulmuş. Yarın için öğlene bir şeyler hazırlayayım. Ne istiyorsun Osman?

- Bir şey hazırlama ablam "Yarın öğlen bendensiniz," dedi. Yarın Servet'teniz.

- Osman Cumartesi, Pazar çalışacak mıyız?

- Sen ve Sultan hayır. Ben duruma göre giderim. Zaten Cumartesi senin haftalık alışveriş günün. Ha şu olabilir, teslim edilecek ürünler, acele bazı işler olursa çalışılacak. Bugünün nasıldı?

- Çok zevkli idi. Paketlemeyi de sevdim. Bulmaca gibi hem bedenen hem kafayla çalışıyorsun. Güzel. Bayağı iyiydi.

- Yarın ben kesimi yapayım. Marangoz Ali gelsin ofis işine başlasın. Bekir Abi'yle sen paketlemeyi yaparken ben bir patrona uğrayayım, hem bu kartları benim masamda senin için çizeyim. Sonra size yetişirim.

- Olur küçük patron.

- Yok ben patronluk istemiyorum. Evimde yatağımda rahat uyumak istiyorum. Meleğim patronluk çok zor iş.

- Ofis bitti. Bayağı güzel olmuş. Ali nereden buldun bu desenli tahtaları?

- Osman uzun zamandır atölyemde saklıyordum. "Bu Osman abime yakışır," dedim.

- Çok güzel olmuş, teşekkür ederim Ali.

- Osman telefonun çalıyor.

- Evet patron ablamın kesimini bitirdim. Şimdi size geliyordum, evet Amerika için ceketleri kestim. Yarından sonra Servet dikime geçiyor. Tamam kısa zamanda oradayım.

- Ben geldim millet. Ali çok güzel olmuş, vernik mi sürdün kokuyor, yarına biter mi?

- Biter Osman yerlere bir şey istiyor musun? İki tane prizi içeri aldım. Elektrik lazım olur diye.

- Sağol Ali, Patron yarın gelecekmiş de.

- Servet haklı. "Bu adam çıkıp çıkıp gelecek," demişti.

- Osman dedi, Bekir Abi.

- Doğru. Biz nerdeyse bitirdik Osman, Patron'la overlok makinası için konuştun mu?

- Yarın geldiğinde söyleriz diye düşündüm Bekir Abi, hani Arto'da cepli bir etek dikmiştiniz, onun kumaşı nasıldı? Biz de var mı?

- Burası tamir olurken birçok kumaşı Servet'e indirdik bir gidip bakayım.

- Dur ben de geleyim beraber seçelim. Bir de yukarıya bir reil kendimize ayıralım, diktiklerimizden birer tane koyalım. Ben patronla beraberken oğlu aradı. Bu eteği yok satmışlar. Şimdilik beş yüz tane istiyor. Çizimini getirdim. Kumaşını bulalım, yoksa sipariş verelim.

- Osman bu toptan beş yüz tane çıkar.

- Olsun biz yine buna benzer kumaştan sipariş verelim. Biliyor musun Bekir Abi çok eksiğimiz var.

- Evet biliyorum. Görüyorum.

- Bekir Abi yarın etekleri keselim. Patron gittikten sonra seninle Sabri Abi'nin fabrikasına uğrayalım.

- Olur Osman uğrarız.

- Hoş geldin patron. Hoş bulduk çocuklar. Servet bizim oğlan senin diktiklerinden çok memnun. Ceketlere ne zaman başlıyorsun?

- Osman kesimini bitirdi. İplik siparişi verdim, yarın başlarım. Bin tane kesilmiş. En geç üç veya dört haftada teslim ederim.

- Liz'e gönderdiğin ceketin kumaşı nerede satılıyor yerini öğrendin mi?

- Öğrendim. Adresi ve telefon numarasını Osman'a verdim.

- Bu işin bitince bin tane de o kumaştan bayan ceketine başlayabilir misin? Osman çizimini yapmıştı. Eğer başka siparişin yoksa. Çünkü bu sipariş de Amerika için olacak. Osman sen gerekli siparişi ver, bir ceketlik de bana kumaş alır mısınız lütfen?

- Alırım patron ama niye biz de bu siparişin bir miktarını sizin beğendiğiniz renkten yapmıyoruz? Çok güzel bir renk.

- İş sizin ben sadece sordum. Keklerim de geldi teşekkür ederim. Sabiha biliyor musun, bugün buraya geliş sebebinin ikincisi sana güzel bir haber getirdim. Bugün bizim avukat geldi. Senin oturumun imzadan çıkmak üzereymiş. Avukat "Belki ufak bir soruşturma yaparlar, çünkü ilticadan dönüşü olmuş veya yapmazlar yani en geç üç haftada mektubunu alır," dedi. Ben zaten söyledim. "Benim çalışanım ben garanti veriyorum," dedim. Avukatım "Merak etmeyin, ben not düşürmüştüm," dedi. Mektubu alınca beni arayın lütfen.

Sabiha hemen Patron'a sarıldı, o da Sabiha'yı bir babanın çocuğuna sarıldığı gibi kucakladı. Herkes çok duygulanmıştı. Servet ağlıyordu. Herkes birbirine sarıldı.

- Yahu beni de duygulandırdınız. Yalnız anlamadığım, bu güzel habere niye ağlıyorsunuz?

- Sevinçten Patron sevinçten.

- Kusura bakma Servet, sevinçten ağlandığını ben hiç görmemiş ve duymamıştım. Neyse sayenizde onu da öğrendim.

Herkes güldü.

- Neyse kek ve çaya teşekkür ederim. Benim hanım haklı, sizler beni değiştirdiniz, sevinirken ağlamayı, ağlarken gülmeyi, duygularınızı, sevginizi. Hiç saklamadan, rahatlıkla gösteren verici gayet samimi insanlarsınız. Yağmurlu, puslu, karanlık bir havada, parlayan güneş gibisiniz. Sizleri seviyorum.

- Kusurumuza bakmayın Patron. Ağlayıverdim.

- Servet dedim ya çok rahat ve samimisiniz. Hayata hangi pencereden baktığın önemli. Hayatın bizlere sundukları deminki gülücükleriniz gibi olsun, hep gülelim. Hadi ben gidiyorum. Biraz daha sizinle kalırsam, eve gittiğimde Liz "Bu adam kim tanımıyorum," diyecek.

- Ben de geliyorum Patron.

- Gel bakalım, Osman.

- Sabiha kesin oturumu alırsın adamın garantisi var.

- Sağ ol Bekir Abi.

- Ben geldim Bekir Abi, istersen Sabiha'yı eve bırakalım da seninle Sabri Abi'nin fabrikasına gidelim. Dün uğrayamadım. Bir de Sultan Abla geldiğinde hemen bankaya gidelim hesap açtıralım. Maaşı oraya yatacak. Bize overlok makinası lazım deyince patron ne dedi Abi?

- "Olur alın. Osman bana hatırlatsın," dedi.

- Nasıl Sabiha kartları beğendin mi?

- Beğendim Osman çok güzel, bir iki hafta deneyelim. Dünkü ceket kesimini yazdım. Bugün beş yüz tane etek keseceksiniz. Onu da ilave ederim. Overlok makinası ne zaman gelecek? Kesilenlerden biraz overlok Sultan Abla'ya hazır olsun.

- İyi fikir Sabiha.

- Bir şey değil Bekir Abi. Rose Teyze "Eller çoğalınca işler azalır," der. İrlanda ata sözüymüş.

- Bu söz hoşuma gitti Sabiha.

- Beyler haftaya ben bir gün izinliyim. İrlanda'dan Rose Teyze'nin bahçe eşyaları gelecek. Onlarla uğraşmam gerekli.

- Osman, Donald'ı arayacaktık.

- Sabiha sen niye aramıyorsun? Hadi lütfen arar mısın?

- Teşekkür ederim, adresi pek anlayamadım Osman'ı vereyim.

- İmtihan 28 Mart'ta'ymış, çok iyi 28 sevdiğim bir rakamdır.

- Bak gördün mü nasıl anlaştın? Sınav sabahı ben seni götürürüm. Ablamın okuduğu üniversitede. İnşallah sana da uğur getirir. Bugünlerde her şeyimiz iyi gidiyor. Allah yolumuzu açık etsin.

- Maşallah de Osman, bir haftada bitti.

- Evet bitti. Yarın gelecek misin, Bekir Abi?

- Benimle işin varsa geleyim Osman ama yoksa Arto bir toptancıya etek dikiyormuş. "Cumartesi pazar gelir misin? On iki bedenleri dikersen çok memnun olurum," dedi.

- Tamam Bekir Abi, kumaşlar kesilmiş mi? İstersen şimdi git çünkü pazar günü Sultan Abla gelecek.

- Sultan akşam geç gelecek, işim yoksa gideyim. Kumaşlar kesilip overloklanıp gelmiş.

- Hayırlı olsun, selam söyle.

- Benden de Melkom Bey'e ve Arto Bey'e çok selam söyle Bekir Abi.

- Olur söylerim Sabiha, iyi akşamlar pazartesi sabahı görüşürüz.

- Hadi meleğim biz de gidelim.

- Abla biz gidiyoruz. Yarın kaçta gelirsin?

- Osman sen burada olacaksın değil mi?

- Evet abla.

- O zaman sen gelince ben çıkarım. İyi akşamlar.

- Hoş geldin Sultan Abla özlemiştim.

- Ben de Sabiha, inan ben de özledim. Anneme, çocuklara hep sizi anlattım. Teşekkür ederim Osman biliyor musun çok iyi oldu. Çocukları, annemi görmek bana bayağı iyi geldi. Tekrar sana çok teşekkür ederim.

- Artık istediğin zaman gidersin Sultan Abla.

- Bekir akşam anlattı her şey çok iyiymiş. İnşallah bizlere nazar değmez çocuklar.

- Değmez Sultan Abla hep beraberiz. İş olsun da çalışalım. Ne oldu Bekir Abi, bir şey mi oldu sanki canın sıkılmış gibi?

- Osman dün Arto, Kemal'le beni yemeğe götürdü. "Türkiye'de deri işleri yapan bir yakını varmış 'Sana istediğin kadar malzeme göndereyim,' demiş. Geçenlerde Denizlili Düz Ahmet uğramıştı. O "Arto burayı bana satsana," diye tutturmuştu. İş fazla yok abiler, fabrikayı satarsam bu senelik vergimi öder, borçları bitirir, tertemiz bir yeni işe başlarım. Her şey hazır dikilmiş gelecek makinacı, overlokçu, dikim derdi olmayacak," diye düşünüyorum dedi. "Babana sordun mu?" dedik "Önce sizinle konuşayım," dedim dedi.

- Bak Bekir Abi çatlamalar başladı.

- Deme be oğlum insanı korkutuyorsun. Bak bizim işimiz iyi, Servet'in işi iyi, Sabri Abi iyi.

- Tamam abi tamam, bir şey demedim. Bugün telefoncular ve otuz top kumaş gelecek. Haberiniz olsun.

- George'nin hepinize selamı var. Sabiha yarın bahçe eşyaları gelecek. Ustalar dokuzda bizim evde olacaklar. Önce bizim bahçe sonra ablamın bahçesi derken bütün gün ben yokum arkadaşlar.

- Sen merak etme bir şey olursa yeni telefondan ararız, Osman.

- Sağ ol Bekir abi.

- Çok güzel oldu Osman, elinize sağlık ustalar. Osman istersen sen yukarı çık biraz dinlen Fatma Hanım senin sevdiğin yemekleri yaptı. Ben bir fabrikaya bakayım, Sabiha'yı da alıp geleyim.

- Olur valla çok yoruldum bugün. Ofisi Bekir abi kilitlesin.

- Eline sağlık Osman sayende bahçe çok güzel oldu.

-Siz de sağ olun enişte.

- Osman dün Düz Ahmet geldi. "Hasan benim hesaplara hemen başlama, belki Arto'nun fabrikasını satın alacağım, ona göre vergi ayarlaması yaparız," dedi. Arto neden satıyor? Çatlarlar başlıyor mu dersin?

- Şimdilik değil Hasan Abi. Arto'nun Türkiye'den bir yakını "Sana deri giysiler, çantalar göndereyim, bu işi yap," deyip duruyormuş. O da "Satıp vergi borçlarımı temizleyeyim, yeni vergi dönemine borçsuz başlayayım," diye düşünüyormuş. Bekir Abi söyledi.

- Evet bu sene gelen müşterilerim hep vergilerden şikayetçi.

- Neden baba?

- Oğlum bak anneni düşünelim. İşçinin vergisi, kazancının vergisi, fabrikanın vergisi, arabasının vergisi, gelir vergisi, oturduğumuz evin vergisi. Dahası da var...

- Baba bize bir Robin Hood gerekli.

- Evet gerçekten gerekli, ben Robin Hood'u çok severim.

- Biraz anlatsana Sabiha Abla.

- Bildiğim kadarıyla Robin Hood on yedinci yüzyılda yaşamış. O zaman da devlet yöneticileri halktan çok fazla vergi alıyorlarmış. Alınan vergiler yüzünden halk çok fakir duruma düşmüş. Robin Hood'un fakirlere vermek için zenginlerden çaldığı paralar sebebiyle Kral Richard ve Prens John onu kanun kaçağı ilan etmişler. Robin Hood zenginlerce tanınmasa da halk onu soylu bir halk kahramanı olarak kabul etmiş.

- Yaşa Sabiha, Robin Hood ancak bu kadar güzel anlatılır. Bilgine ve ağzına sağlık canım.

- Benim öğretmenim bile bu kadar güzel anlatmıyor Sabiha Abla.

- Teşekkür ederim ama siz beni şımartıyorsunuz. Ben sadece okuduklarımdan aklımda kalanı anlattım.

- Ben de teşekkür ederim Sabiha. Yeni bahçede ne zaman kebap istiyorsunuz söyleyin de hazırlanayım.

- Sen ne zaman istersen Hasan Abi.

- Bizim bahçe nasıl oldu Osman?

- Çok güzel oldu. Rose Teyze çok beğendi. Hemen oğlunu aradı teşekkür etti.

- Ben unuttum, George'u arayıp teşekkür etmeliyim. Hemen arayayım.

- George'nin selamı var.

- Şimdi sıra çiçeklerde Sabiha, Cumartesi erken gidelim de çiçekçilere de uğrayacağız.

- Olur Servet Abla, Osman asma budanacaktı.

- Olur Sabiha, yarın Sabri Abi'yle konuşayım. Abla Sultan Abla'ya banka hesabı açarken bir sorun olmadı, değil mi?

- Yok ne sorun olabilir ki? Helen "Şimdi para yatıracak mısınız?" diye sorunca ben de "Hayır şimdi değil ama her ay Sultan Hanım'ın maaşı bu hesaba yatacak," dedim, "Sorun değil," dedi. Kartı gelince bana telefon edecekler, gidip alırız.

- Teşekkür ederim abla hadi o zaman biz gidelim. Bugün bayağı yoruldum.

- Yeni telefonumuz çalıyor. Alo Servet Abla. Tamam hemen aşağıya geliyorum. Sultan Abla postacı benim adıma bir zarf getirmiş, ama Rose Teyze'ye vermemiş. Ablam da "Gel postacıyı yakalayalım," diyor.

- Aman koş Sabiha'cım oturumum gelmiştir, koş.

- Selam Rose Teyze, postacı ne dedi?

- "Bir aşağıdaki sokaktayım," dedi. Çok zaman olmadı.

- Sabiha bak arabası burada. Sen bekle ben sağa sola bakayım.

- Gerek yok abla bak geliyor.

- Gördüm.

- Kimlikler avukatta ama travil kartım var, bak resmim, adım soyadım hepsi var. Teşekkür ederim.

- Hayır bayan parayı kabul edemem, bu benim işim.

- Hadi gözümüz aydın kardeşim, senin kadar ben de çok sevindim. Osman'ı bekleyelim hep beraber açarız.

- Olur abla.

- Osman gelmiş araba burada.

- Osman biz geldik.

- Çok merak ettim. Neymiş oturum mu?

- Açmadık seninle açarız dedik.

- Hadi Sabiha açar mısın lütfen?

- Hayır sen aç Osman.

- Evet oturum gelmiş. Her İngiliz vatandaşının kazandığı haklardan yararlanabilirsin, onlar gibi vergini ödeyeceksin. Seçimlere katılma hakkını sahipsin vs. vs. gözün aydın meleğim.

- Ben hepinize çok teşekkür ediyorum Buraya geldiğimde tek başımaydım, ama şimdi çok sevdiğim bir ailem var. Özel teşekkürüm Sultan Abla, Bekir Abi için. Geldiğimin ikinci günü onları tanıdım ve onlarla bu yola çıktım. Ben çok şanslı bir kişiyim ki sizler yanımda benimlesiniz. Hepinize çok teşekkür ederim.

- Hepimiz şanslıyız Sabiha biz bir bütünüz. Hemen Patron'u arayalım.

- Abla sen arar mısın? Sen daha iyi anlaşıyorsun.

- Evet Patron postacı getirmiş, biz gidip aldık. Hayır ağlamıyoruz. Olur bir dakika, Sabiha seni istiyor.

- Yok ağlamıyorum ama çok heyecanlandım. Evet çok sevindim. Burada bir dakika veriyorum.

- Alo Patron evet çok sevinçliyiz. Yok kimse ağlamıyor, peki Patron götüreyim. Çok teşekkür ederiz.

- "Bu akşam herkesi yemeğe götür ben öderim," dedi.

- Sağ olsun. Ben diyorum ki eğer isterseniz Fatma Hanım yemek yapmıştır, isterseniz ekstra alabiliriz. Hem çocuklar Sabiha'yı kucaklamak isteyeceklerdir. Siz bilirsiniz teklif var ısrar yok.

- Ben çok memnun olurum. Böyle bir günde çocukları görmezsem çok üzülürler.

- Herkes ne diyor? Abla sen kızları eve götür. Biz de Bekir Abi'nin köftecisinden köfte alıp gelelim.

- Tamam Osman, köfteci eve yakın bir porsiyon da Rose Teyze'ye bırakır mısın?

- Yok, Rose Teyze'yi de alın gelin. Bizimle olmayı çok seviyor.

- Doğru söylüyorsun abla bu güzel günde onu ayırmayalım.

- Ben telefon edeyim de hazırlansın. Hadi bugün erken gidiyoruz. Bugün bizim günümüz. Her günümüz böyle olsun, hep beraber olalım güzel ailem.

- Sağol Servet, çok güzel bir gün ve çok güzel bir geceydi.

- Sen de ana yadigârı Sultan'cım sen de sağ ol, bak artık yine beraberiz. Biz büyük bir aileyiz.

- Ben de teşekkür ederim, beni de ayırmadığınız için.

- Nasıl ayırırız Rose Teyze? Sen bizim büyüğümüz baş tacımızsın. George'yi arasaydık beni aramıştır.

- Çayları ben koyarım Servet Abla, istersen sen telefon et.

- Evet George biz hep beraberiz. Neyi kutluyoruz biliyor musun? Sabiha'nın bugün oturumu geldi. Birlikte yemek yiyelim dedik. Gel George bekliyoruz. Olur söylerim. Herkes sana el sallıyor. İyi geceler.

- Selamı var, "İşlerimi ayarlarsam haftaya ordayım," dedi.

- Ben tekrar hepinize çok teşekkür ederim. Hele içinizden şu ikisine bayılıyorum.

- Biz de Sabiha Abla, bizde seni çok ama çok seviyoruz. Sabiha Abla biz Cemal'le dün konuştuk. Sen aileye katıldıktan sonra hep güzel şeyler oldu. Annem artık çok mutlu. Dayım da artık çok mutlu, eski dayımıza kavuştuk. Annemin ve dayımın işleri düzeldi. Bizim çok sevdiğimiz bir ablamız oldu. Seninle her şey çok değişti. Sabiha Abla sen bizim uğur böceğimizsin. Canım ablam iyi ki dayım seni bulmuş.

- Ben değil Harun kalbim onu buldu. Doğru söyledin aslanım Sabiha bize bereketi uğuruyla geldi. Bizim uğur böceğimiz.

- Gerçekten öyle hepimize uğur getirdi. Allah onu kem gözlerden korusun.

- Teşekkür ederim Sultan Abla. Teşekkür ederim çocuklar hepimiz birlikte mutlu yaşam olsun.

- Beni unutmayın eğer Sabi ve Osman olmasaydı. Ben İrlanda'da ihtiyarlar evinde olacaktım. Ama bak sizinleyim. Herkes sırayla Rose Teyze'yi kucakladı.

- Sabiha yarın bir ara Avukat Aynur Hanım'a uğrayalım. Bekir Abi sen depoyu açar mısın? Fazla geç kalmayız.

- Tabii ki açarım ama yarın patron mutlaka ziyarete gelir.

- Evet doğru söyledin Bekir. Osman gelirken Patron'un çöreklerinden alır mısın?

- Olur alırım abla hadi biz kalkalım. Her şey için teşekkürler abla.

- İyi geceler. Güzel bir gündü. Dilerim böyle daha çok güzel günlerimiz olsun.

- Olacak Sultan olacak.

- Meleğim, gel söyle diz dize çoktandır oturmadık.

- Şu mektubu bir daha görebilir miyim Osman?

- Bak bakalım. Haftaya imtihanın var. Sonra ver elini anneler.

- Evet. Yarın annemi arayıp müjdeyi verelim. Servet Abla'yla konuşup hazırlıklara başlamalı.

- Evet öyle meleğim ama şimdi yatalım, bayağı geç oldu.

- Selam millet biz geldik. Abla sen de burada mısın? Ne oldu bir sorun mu var?

- Patron geliyormuş. Avukat ne dedi?

- "Bu işi senelerdir yapıyorum Sabiha'nın oturumu çok çabuk geldi. Doğrusu şaşırdım. Çünkü ilticadan dönüş vardı. Belki soruşturma olur diye bekliyordum. Size söylemedim ama biraz endişeliydim. Ama normal evliliklerden daha çabuk geldi. Şimdi serbestlik damgası basılmış pasaportu bekliyoruz," dedi.

- Çok güzel Sabiha'cım tekrar tebrik ederim kardeşim.

- Abla biz zaten biliyorduk, Patron bugün gelir demiştik. Bunda heyecan yapmana gerek yok ki.

- Hanımı da bizle tanışmak için geliyormuş.

- Gelsin çok kibar bir kadın ben tanışmıştım.

- Ama benim kuaföre gitmem gerek

- İşte bu büyük problem Mrs. Servet. Şimdi sorun anlaşıldı. Git hadi ne duruyorsun?

- Az zamanım var.

- Şu aşağıda bir kuaför var oraya git.

- Git Servet Abla geldiklerinde ben seni çağırırım.

- İyi o zaman ben gittim.

- Servet küçüklüğünden beri hep böyle bakımlı olmak ister.

- Biraz fazla Sultan Abla. Annem kendi harçlığını ona verir, o da süs malzemelerine yatırırdı. Deli ederdi anacığımı.

- Yapacağımız bir şey var mı Osman, yemek yerler mi acaba?

- Bekir abi gelsinler de konuşuruz.

- Belki Liz Hanım burada yemek istemez.

- Gördüğüm kadarıyla gayet kibar çok hanım bir kadın. Neyse gelsinler bakalım. Sabiha senin hesapların tamam mı? Sultan Abla, sen ve Bekir Abi etek dikimine başladınız, ne zaman biter? Ablam da Patron'un işine başladı değil mi Bekir Abi?

- Evet Osman her şey senin dediğin gibi hiç merak etme.

- Asansör geliyor Osman her halde onlar.

- Sultan Abla, sen berberin numarasını almıştın ablamı arar mısın?

- Hoş geldiniz, Sultan Abla, ablam da burada arama.

- Buyurun Liz Hanım. Bu Sabiha Osman'ın eşi.

- Ay canım pek güzelmiş. Merhaba oturumunu almışsın tebrik ermeye geldik. Seni kutlarım.

- Teşekkür ederim size görmek de çok güzel.

- Bekir Abi'miz ve eşi Sultan.

- Benim terzilerim sizlere çok teşekkür ederim. Sizleri tanıdığıma çok memnun oldum Jordon'dan dinliyordum, aynı onun anlattığı gibisiniz. Jordon sizleri çok seviyor.

Herkes teşekkür etti.

- Çay veya soğuk bir şey içer misiniz?

- Servet, ben Sabiha ve Osman'la şu depo işini konuşmak istiyorum. Sabiha'nın kartlarını kontrol edelim. Liz, fabrikayı gezmek istiyordu. Sonra da ona dönerle köfte yedirelim diyorum.

- Tamam Patron.

- Bekir Abi sen halledersin. Kişi başı tabak ve öteki malzemeleri de versinler geri götürürüz.

- Servet o benim işim meraklanma.

- Nasıl güzelim fabrikayı göreyim diyordun? Neler gördün?

- Neler görmedim ki Jordon. İnsanların ekmek parası için nasıl çalıştıklarını. Servet söyledi bazen on saat hatta mal teslim olacaksa yetişmesi için sabahlarlarmış. İnsanlar ne zorluklarla para kazanıyor. Servet dedi ki "Her okul tatilinde bir ay veya iki hafta Osman ve Servet bir yerde çalışmaları lazımmış ve babası dermiş ki '10 lira getirin size 100 lira vereyim. Sadece paranın nasıl kazanılacağını öğrenmelisiniz,' diyormuş." Bence güzel bir deneyim değil mi Jordon? Ay çok güzel bir şey koktu o ne?

- Döner ve köfte değil mi çocuklar? İlk geldiğimde bana döner getirdiler önce hiç sesimi çıkarmadım herhalde yiyemem diye düşündüm Ama çok sevdim Liz.

- Hadi buyurun kusura bakmayın çok lüks değil Mrs. Liz.

- Bu yaşta yeni şeyler öğrenmek yeni tatlar denemek lüks olmaktan daha önemli Osman. Şimdi bana sayar mısın Servet burada neler var? Döner, köfte, bulgur pilavı, pirinç pilavı, salatalar, ayran ve pide, biz Türkler ekmeği çok severiz ekmeksiz bir şey yemeyiz.

- Bu ne kadar güzel bir tat bayıldım Jordon. Dediğin kadar varmış. Artık ben de döner ve neydi sen yanlış dedin Jordon. Köfte değil mi ben de köfte yemeye geleceğim. Sabiha deminki çaydan ben de denemek istiyorum. Evet Türk çayından lütfen.

- Hepinize çok teşekkür ederim. Sizleri tanımak, Türk yemeklerini tatmak çok güzel. Jordon'u benim huysuz ihtiyari değiştirdiniz sizin sayenizde evimiz tekrar eski huzuruna kavuştu. Bence sizleri tanıdıkça değişti. Osman'ı çok seviyor ve çok güveniyor. Hep oğullarının onun yanında olmasını isterdi. Bunca sene hep tek başına çalıştı artık yoruldu. Osman'ı da oğluna çok benzetiyor, işi de şimdi daha iyiye gidiyor. Onun için de rahatladı, ben onun adına da Osman'a teşekkür ederim. Bazı yerde bazı zamanlar tesadüflere ihtiyacımız var. Neyse iyi ki varsınız çocuklar.

- Liz'in dediği gibi ben de sizlere çok teşekkür ederim. Evet Osman'ı oğlum gibi seviyorum. Fiziği değil ama huyu, karakteri aynı benim oğlum gibi. Liz, "Oğlunun özlemini gideriyorsun," diyor ama değil Osman işini iyi biliyor. Defalarca denedim. Dürüst, saygılı, çalışkan ve paradan önce beni düşünen bir eleman yani benim oğlum olsa aynısını düşünürdü. Önce Londra tekstilinin geleceğinden endişeliydim, huzursuzdum ama şimdi rahatım. Bu da Osman sayesinde. Döner ve neydi Liz evet köfte için teşekkürler. Osman yarın ofiste görüşüyoruz. Hoşça kalın.

- Vay be patron gerçekten Osman'ı çok seviyor.

- Aman Bekir Allah nazardan korusun de.

- Hadi millet bu ziyareti de atlattık. Bakın bize çiçek de getirmişler. "Haftaya Sabiha Hanım'ın imtihanı var. Başarılar dileriz. Haftaya da onu kutlarız."

- Geçer, ben eminim bak Patron'la Liz Hanım da gayet iyi konuştu Osman.

- Ama ders çalışmıyor Sultan Abla. İnşallah geçer. Şurada kaç günü kaldı ki. Duydunuz yarın ben yokum. Sabah uğrar akşam da erken gelirim. Unuttum Bekir Abi, Kayış'ın dikilecek sampili varmış. Bir ara kumaşı alırsan yarın keserim de sen dikersin.

- Olur Osman yarın bir ara uğrar alırım.

- Ben geldim her şey iyi mi, Bekir Abi, Kayış'a uğradın mı? Patron çek verdi. "Eksiklerinizi alın, dedi. Hep beraber oturup ne eksiklerimiz var, bir liste yapalım. Liz Hanım'ın bizlere hediyesi bir buzdolabı ve fırın üç güne kadar gelecekmiş. Ne o bayanlar pek sevindiniz.

- Sevindik değil mi Sultan Abla, fırın çok iyi oldu.

- Gerçekten çok iyi oldu. Bir de tabak takımı alsak iyi olacak derim.

- O iş bayanların, siz halledersiniz.

- Bugün çok yoruldum meleğim, uzun zaman ofisi ihmal etmiştim bayağı iş birikmiş. Çay yaptın mı Sabiha?

- Yaptım biraz da kek var. Liz Hanım memnun kalmış mı Osman?

- Evet çok memnun kalmış, "Yemekler çok lezzetliydi, insanlar çok doğal ve çok rahattılar yani oldukları gibi. Onun için onları çok sevdim," demiş.

- Patronla tatil işini konuştuk. Hemen avukatı aradı. Teşekkür etti ve "Bizim işler açılmadan annelerini görmeye gidip gelecekler, pasaport olmadan çıkamıyorlar," dedi.

- Ne demiş?

- "Size döneceğim," demiş. Pasaport gelmeden bilet alamayız. Ama siz hazırlıklarınızı yapın. Ablam tutturdu ben yokken Kemal Bey ilgilenir mi diye? Yarın hatırlat da Kemal Abi'ye soralım.

- Rose Teyze'ye kim bakacak?

- Ablam sadece bir hafta yok. Fatma Hanım'la konuşur bir şeyler yaparız. Dert etme. Ben bir tane daha çay alabilir miyim?

- Bugün öğlen Servet Abla ve Hasan Abi'yle yemek yedik. Hasan Abi çayı çok sevdi sonra gitmiş birçok çay almış. Teşekkür ettik. "Bana günde bir bardak çay verir misiniz?" dedi.

- Patron senin kartları bastırıyor. Herhalde haftaya gelir. Nasıl dolap istiyorsun çekmeceli mi, yoksa kapılı mı?

- Çekmeceli olursa herhalde kilitli oluyor. Ona giriş çıkış kartlarını koymak ve kilit altında tutmayı uygun görüyorum. Kapaklı dolaba boş işlem kartlarını ve bazı kırtasiye malzemelerini koyarız diye düşündüm.

- Hiç fena fikir değil. Yani iki dolap istiyorsun. Bir masa, sandalye.

- Evet şimdilik bu kadar. Benim daktilomu da ofise getirmek istiyorum.

- Tamam yarın toplantıda isteklerini söyle lütfen. Yarından sonra ben seni imtihan salonuna bırakır. Patron'a giderim. Bir saat sonra gelir alırım olur mu?

- Tamam.

- Nasıl geçti imtihan Sabiha soruların hepsini yaptın mı?

- Evet yaptım. Sözlü soruda kadın çok acayip bir soru sordu: "İngiltere'ye neden geldin?" dedi ne cevap vereceğimi şaşırdım.

- Ne dedin?

- Bitirdiğim üniversitenin mastırını yapmayı düşünüyordum. Onun için gelmiştim dedim.

- "Bu imtihanda başarılı olursan, yüksekokula gidebilirsin," dedi.

- Bayağı ırkçı bir soru sormuş kadın. Ama çok güzel cevap vermişsin seni tebrik ederim. Bakalım sonuç ne olacak ne zaman öğreneceksin?

- Okula bildireceklermiş çünkü okul müracaat etti. Donald'a yarın telefon edelim.

- Edelim hayırlı olur inşallah.

- Ne oldu Sabiha öğrenmiş mi?

- Bir saat sonra o bizi arayacak, imtihan heyetini görmeye gidiyormuş.

- Selam Donald teşekkür ederim bir dakika, Sabiha'yı vereyim de ona da söyler misin lütfen?

- Selam Donald, evet fazla zorlanmadım ama sözlüde kadın acayip bir soru sorunca biraz şaşırdım İngiltere'ye neden geldin? dedi cevabım "Bitirdiğim üniversitenin mastırını yapmak için gelmiştim," oldu. Evet anladım. Peki benim cevabım iyi mi? Teşekkür ederim. Olur haftaya uğrar, alırız. Tekrar her şey için teşekkür ederim.

- Sınırda geçmişim yani bir not eksik olsaymış kalırmışım. Ama olsun geçtim. Donald "Öğretmenler öğrencileri şaşırtmak için sözlüde böyle acayip sorular sorar. Haftaya gelin de sertifikanı vereyim," dedi.

- Tebrik ederim Sabiha'cım önemli olan geçmekti. Şimdi anneleri görmeğe mi gidiyorsunuz?

- Hayır Sultan Abla pasaportu bekleyeceğiz damgalanıp bize gelmesi lazımmış.

- İnşallah Sabiha'cım o da olacak meraklanma.

- Tebrik ederim tembel akıllı kadınım. Neyse geçtin.

- Sağ ol Osman.

- Osman İzmirli Kibirli Serpil vardı. Hatırlıyor musun, hep kitaplarla gezerdi. Her sene imtihana girer geçemezdi.

- Ben de hatırlıyorum. Kimseyle pek konuşmazdı. Bir gün ihtiyar makinacı "Yeter be kızım geç artık şu sınavları, ben Yemen'de savaşa gitseydim, çoktan terhisimi almıştım," demişti.

- Hatırladım Sultan, kız ihtiyara çok kızmış bir hafta işe gelmemişti.

- Uzun çalışma hayatımızda çok insanlarla karşılaştık Sabiha iyisi, kötüsü, üç kağıtçısı, efendisi çeşitli kişiler, çeşitli hikayeleri olan insanlar.

- İhtiyar çok ihtiyar mıydı?

- Hayır Sabiha değil, aşağı yukarı benim yaşımda. Bir Pazartesi işe geldi saçları bembeyaz olmuş O zamandan beri lakabı ihtiyar kaldı. Çok iyi makinacıydı. Harun Abi onu çok tutar ve çok korurdu.

- Hâlâ buralarda mı Bekir Abi?

- Valla bilmiyorum Osman, Sabri Abi'ne sor bildiğim kadar onun yakınıydı galiba.

- Bugün döner ve köfte benden millet ama Servet Abla ve Hasan Abi'yi de davet edelim.

- O zaman öğlen oldu sayılır.

- Tamam bana yol göründü demek. Ne kadar alayım, içecek ne istiyorsunuz?

- Dur Bekir Abi paranı vereyim.

- Gelince verirsin Sabiha.

- Bekir aşağı inerken Servet'e söyle yemeğe gelsin.

- Olur Sultan söylerim.

- Biz de geldik neyi kutluyoruz Osman.

- Beni Hasan Abi, ben imtihanımı geçtim. İngilizce ilk sertifika imtihanı.

- Tebrik ederim Sabiha, bunu geçtiysen resmi yerlerde çalışabilir, üniversiteye girebilirsin Anahtar Sabiha anahtar.

- Tebrik ederim benim akıllı kardeşim gel bir seni öpeyim. Artık hazırlıklara başlarız.

- Hayır Abla pasaportu beklememiz lazım. Damgalanıp bize geri gelmesi lazım. Ama siz hazırlığınızı yapın. Pasaport gelince biletleri alır gideriz.

- Yola çıkıyormuş gibi heyecanlıyım Sultan, Rose Teyze'ye ara sıra bakar mısın?

- Sabiha'yla konuştuk her akşam işten çıkınca uğrayacağız. Siz merak etmeyin.

- Sabiha o güzel çayınızdan var mı?

- Var Hasan Abi demleniyor. Nihayet Bekir Abi de geldi. Servet Abla Osman söyledi mi? Liz Hanım bize hediye olarak buzdolabı ve fırın gönderecekmiş.

- Yaşasın. Tatil sonrası ben düşünüyordum. İyi olmuş, sağ olsun Liz Hanım. Sabiha annene haber verdin mi? Ben bizimkilere oturumu söyledim, çok memnun oldular dört gözle bekliyoruz dediler.

- Oturumu söylemiştim ama İngilizce sınavını söylemedim abla.

- Annen ne sever en çok ne giyer Sabiha?

- Öğretmen olduğu için senelerce döpiyes giyerdi, eve gelince hemen soyunur elbise ve hırkasını giyerdi.

- M&S'dan güzel hırkalardan almak lazım. Anneme de alalım. Hem oranın çayını annem çok sever çay da alalım.

- Sultan Ablanın annesine de almıştık.

- Çok teşekkür ederim. Döner şahaneydi, Sabiha bana bir çay verirsen alıp da gideyim müşterim gelecek.

- Dur, ben de geliyorum Hasan.

- Sultan Abla ben yine sana yardıma geliyorum. Esasında etek dikmek çok hoşuma gidiyor.

- Bekir Abi biz seninle Kayış'ın kumaşını keselim. Modeli hoşuma gitti. Bundan iki tane diker misin abi? Benim yarın ofise gitmem gerek. Haberiniz olsun.

- Sabiha sen yemek hazırlarken ben bir duş alayım sonra da George'yi arayalım. Hem de sen anneni ara lütfen.

- Ne o kötü bir haber mi var meleğim?

- Yok hep aynı şeyler annem abimi aramış "Az bir süre için kardeşin ve Osman gelecekler, gelirsen çok sevinirler," demiş. O da "İmkânsız gelemem, işim çok," demiş. "Anne izin alabilirsem gelirim ben bir bakayım," dememiş. Abim çok değişti hiç böyle değildi. Tanıyamıyoruz.

- Üzülmeyin bazen insanlar zor zamanlar yaşıyor. Bak ben de ne kötü günler yaşamıştım. Ama şimdi senin sayende çok iyiyim. Bırakın o da düzelir. George'i arayayım.

- Ne diyor George?

- Sana çok selamı var. Bu hafta sonu gelmeyi düşünüyormuş, "Madem Türkiye'ye gideceksiniz Paskalya tatili çok yakın gerekirse fabrikaları kapatırım. Kızlar Londra'yı seviyor iki haftalığına annemi de alıp otele yerleşiriz. Sizin pasaportlar gelince bana haber verin," dedi.

- Şimdi pasaportun gelmesini bekleyeceğiz. İnşallah tatilden sonra gelmez.

- İnşallah meleğim. Meraklanma bugüne kadar her şey iyi gitti, her şey çok güzel olacak. Abine de üzülmeyin belki bazı sıkıntıları vardır.

- İnşallah Osman. Yarın Patron avukatı ile tekrar konuşur.

- Biliyor musun meleğim, çocukluğumda annemle tatile gider gibi heyecanlıyım. Sonraki yıllarda pek tatil yapmadım. Ablam "Pazar günü bizi alışverişe götürür müsün?" dedi. Ne diyorsun meleğim gidelim mi?

- Olur tabii hediyelikleri alırız. Ben cumartesi bütün işleri bitiririm. Pazar da bize kalır.

- Ben ayakkabı istiyorum ama İzmir'de Ruhi'den alırız. İzmir'e gidip de uzun Ruhi'ye uğramazsak olmaz. Hem işimin bir parçası biliyorsun.

- Tekstilci değil mi o? Ayakkabı işiyle uğraştığını bilmiyordum.

- Patronun her işi benim de işim oluyor. Halı, ayakkabı, tekstil bizim. Beyaz eşya, parfümeri, mutfak eşyaları Patron'un abisinin. Geçen gün Patron "Çanta işini de alalım mı Osman?" dedi.

- Ne dedin?

- Bir şey demedim ama çok iş altından kalkamam meleğim.

- Osman kahvaltı hazır.

- Tamam beni seni bırakayım, Bekir'in diktiği ceketi alıp gideyim akşama erken gelirim.

- Osman erken gelmişsin.

- Evet Avukat telefon etti "Akşama uğrarız," dedim.

- Hadi hayırlısı çocuklar.

- Çok sevindim çocuklar hadi gidin ben kapatırım burayı. Ama telefon edin lütfen.

- İyi o zaman biz çıkıyoruz. Bekir Abi eve gidince ararım.

- Selam Bekir Abi form doldurmamız lazımmış onu doldurduk. Ama Avukat Aynur Hanım "Haftaya gelir," dedi. Hayırlı olsun da bekleriz. Evet öyle doğru söyledin. İyi akşamlar Bekir Abi.

- Günaydın millet çok sıcak börek aldım. Sabiha da çay yapar.

- Ne o, ceketi geri mi getirdin Osman?

- Bekir Abi Amerika için düşünmüştüm. Patron da çok beğendi ama ben biraz değişiklik yaptım. Seninle kumaşlara bir bakalım. Patronun ölçüsünde yapalım isterse giyer istemezse, Amerika'ya göndeririz. Ne dersin?

- Çok iyi olur ama güzel bir kumaş bulmamız lazım. Sana da bir tane dikelim tatile gidiyorsun Osman hem bu modeli beğendin.

- Olur Bekir Abi beni düşündüğün için teşekkür ederim. Biz de bakalım yoksa Sabri Abi'ye bakarız.

- Vardır oğlum bayağı kumaşımız var Servet'te de var. Buluruz.

- Hoş geldiniz çocuklar. Sabiha bu senin en şanslı müvekkilimsin. Her şey çok çabuk oldu pasaportunuz geldi.

- Biz de size çok teşekkür ederiz Aynur Hanım.

- Osman her şey için teşekkür ederim. Baktın mı nereye basmışlar damgayı?

- Evde bakarız gel uçak biletlerini alalım.

- Nasıl yani günleri bilmiyoruz ki?

- Ben ayarladım. Cuma buradan çıkacağız. Haftaya perşembe sabahı İzmir'de ablamın uçağına binip beraber Kıbrıs'ta olacağız. Salı günü İzmir'e geri döneceğiz. Cumartesi akşam da Londra'ya uçuşumuz var. Bileti ayarladım sadece parasını ödeyeceğim.

- Ne zaman yaptın bu işleri hiç söylemedin. Servet Abla biliyor mu?

- Hayır bilmiyor. O zaman uğrayıp söyleyelim. Belki yapacağı işler vardır.

- Selam Abla biz geldik.

- Hoş geldiniz çocuklar.

- Sabiha Abla'm gelmiş. Çok özlemiştim Sabi Abla'cığım. Dayıcım hoş geldin.

- Abla bu senin biletin.

- Pasaport geldi mi? Hiç söylemediniz

- İşte söylüyoruz. Biletine bak bakalım istersen değiştiririz fakat en makulü bu.

- İyi beğendim. Yani beş gün Kıbrıs beş gün İzmir. Hiç fena değil. Beğendim. Ne kadar tuttu?

- Uzun zaman tatil yapmadığın için bu biletler sana bedava imiş.

- Sağ olun kardeşlerim.

- Kaç gün için gidiyorsunuz anne?

- Ben on gün Sabiha ve dayınız iki hafta. Söz yazın sizi Kıbrıs'a tatile göndereceğim.

- Sabiha Abla sen de söz ver. Her Pazar bize yemeğe geleceksiniz. Söz mü?

- Söz Cemal söz.

- Şimdi tatile gidebilirsiniz.

- Cemal'ciğim bu tatil değil mecburi bir ziyaret. Anneannen deden beni tanımıyor. Ben de onları tanımıyorum. Benim annem dayınızı, annenizi tanımıyor. Herkes birbirini merak ediyor, tanışmak istiyordu, onun için gidiyoruz. Büyüklerimizi ziyarete gidiyoruz.

- Oldu o zaman Sabiha Abla. Hadi gidin ama güzel hediyeler getirin.

- Rose Teyze ne olacak?

- George paskalya tatili için haftaya geliyor, kızları alıp iki hafta otelde kalacaklar.

- İyi o zaman.

- Sabiha bak annen karşıda, üzerinde kahverengi mantosu var.

- Nerden bildin? Anne buradayım.

- Anneciğim çok özlemiştim.

- Kızım, canım benim, benim canımsın.

- Hoş geldin Osman oğlum hoş geldin.

- Hoş bulduk anneciğim. Lütfen ağlamayın bak hep beraberiz. Ne olur ağlamayın. İzin çıkınca geldik. Lütfen ağlamayın. Sabiha siz şurada bekleyin, ben arabayı almaya gideyim. Evin adresini yazar mısın Sabiha?

- Bir yere gitmek ister misiniz?

- Yok oğlum yemek hazır. Hem uzun yoldan geldiniz dinlenin.

- Ne kadar güzel bir ev bahçesi ve bahçede kuyuda var. Eviniz çok güzelmiş Sabiha. Ne o hâlâ ağlıyor musunuz?

- Kusura bakma oğlum, bunlar sevinç gözyaşları. Çok mutlu olun benim ve her annenin isteği evlatlarının mutlu olmasıdır. Bugün en mutlu günümüz.

- Teşekkür ederim. Sabiha da demliyor ama bu çay çok güzeldi.

- Afiyet olsun oğlum.

- Sabiha siz annenle konuşun, ben müsaadenizle yatayım çok yoruldum.

- İyi geceler oğlum.

- Gel Osman burası benim odamdı, burada yatacağız.

- Öyle mi çok güzel. Lütfen sen annenle konuş, ben yatarım.

- Ooo mis gibi börek kokuyor.

- Annem senin için yaptı. Osman konuşmamız gereken şeyler var. Biraz konuşalım mı?

- Nedir? İnşallah iyi şeylerdir. Konuşalım.

- Tabii ki iyi annem, biz buradayken evleri paylaştırmak istiyor. Ama abimle konuşmadan bizimle konuşmak istedi.

- Buyurun sofraya çocuklar bahçeye hazırladım. Ama soğuk derseniz içeri taşırım.

- Yok anne burası daha iyi.

- Bir evimiz burası, bir evimiz Karşıyaka Bostanlı'da bir de annemin doğup büyüdüğü bizim de her yaz gittiğimiz, anneannemin Foça'da büyük bahçeli evi var. Ben dedim ki biz Foça'yı alalım sen burada otur. Karşıyaka'daki evden bin lira kira geliyor. Birini abime verecek birini bize.

- Sabiha lütfen sen seçme annen seçsin, o ne istiyorsa kime ne vermek istiyorsa o karar versin. Lütfen annecim siz karar verin.

- Ben burada oturmak isterim. İlk evimiz babaları da burayı çok severdi, çocuklar burada doğdu. O zaman abine telefon edelim tapudan birini bulalım gelsin, bu işi bitirelim.

- Uzun'a bir alo diyeyim, hem de tanıdık var mı diye sorayım. Onların çevresi çoktur.

- Sabiha tanıdıkları varmış. "Siz yorulmayın bir günde hallederiz," dedi.

- Abini arayayım. Sabiha seni istiyor.

- Tamam abi senin olsun, hayır annem burada kendi evinde oturacak. Evet Osman'ın arkadaşı var o bir günde hallederiz demiş. Tamam ben sana haber veririm.

- Ne diyor Sabiha?

- Anne bu ne biçim biri olmuş tanıyamıyorum artık.

- Ne dedi kızım?

- "Ben Karşıyaka'daki evi istiyorum. Ona göre köy senin olsun," dedi. "Burada annem mi oturacak?" dedi, "Evet!" dedim.

- Sabiha sen akşam "Ben Foça'yı istiyorum demedin mi?" Bırak alsın.

- Bir ara Foça'ya gidelim de Osman da görsün. Telefon çalıyor.

- Alo, evet ben annesiyim bir dakika, vereyim. Osman oğlum arkadaşın Ruhi Bey.

- Selam Uzun, bilmem bizimkilere bir sorayım.

- Anne, Sabiha, Uzun bizi bu akşam yemeğe davet ediyor ne dersiniz?

- Siz gidin ben gelmeyeyim.

- Biz sensiz bir yere gitmiyoruz.

- Oğlum ben tanımıyorum.

- Tanışırsın anne.

- Tamam Uzun geliyoruz, adresi Sabiha'ya söyler misin?

- Bu sesi sanki tanıyorum, hiç yabancı gelmedi anne.

- Hadi giyinin bir şey almak lazım mı? Çiçek, şarap gibi.

- Şu köşede tatlıcı var, ben baklava alayım. Bir de çocuklar sizin zamanınız az, şu oğlanın işini yarın bitirin verelim, ben daha rahat olacağım.

- Olur anne hem bu akşam konuşur hazırlıkları yapar. Abimi ararız.

- Otuz beş numara, şu kahverengi kapı.

- Çocuklar ben sanki bu evi biliyorum. Neyse benzettim herhalde.

- Buyurun buyurun. Aaaa! Seyhan Teyze, Sabiha. Osman ne alaka yahu? Nermin Seyhan Teyzeler geldi.

- Neler oluyor anlatın bakalım? Seyhan Teyze, Osman benim üniversiteden arkadaşım. Dört sene beraber kaldık, hiç ayrılmadan, beraber yaşadık. Bak şu işe, Sabiha da bizim kızımız. Ben Londra'dan gelirken, annem ve teyzem, "Sabiha'yı bul, o bizim kızımız bulmadan gelme," dediler, dönünce de, "Neden Sabiha'yı bulmadan geldin?" deyip durdular. Osman'ı gördüğümde "Evleniyorum," dedi, keşke sorsaydım kim diye ne ihmalci adamım. Nasıl bir hikâyeniz var Osman?

- Kuzeyde M&S fabrikasında üretim müdürlüğünde çok iyi ücretle iş bulmuştum. Babamlar Kıbrıs'a kesin dönüş yapmışlardı. Fabrikayı ablama verdik ama ablam bunalmıştı. İşi çok ağır ve tek başına idi. Bir gün geldi. "Ben artık işe gitmeyeceğim. Ya benimle dönersin ya da ben burada kalacağım," dedi ağlamaktan gözleri şişmişti. Bütün gecede ağladı. "Babamlar gitti, sen aldın başını buralara geldin. Artık gücüm bitti burada kalacağım," dedi. Onunla Londra'ya döndüm. "Ama fabrikada çalışmam senin yanındayım. Ben kendi işimi yapacağım," dedim, kabul etti. Fabrikalara kesime gidiyordum. Bir gün devamlı gittiğim bir fabrika annemin babamın dostları olan, gerçekten çok sevdiğimiz bir ailenin yanında Sabiha'yı gördüm. Çok beğendim. Ailenin yardımıyla evlendik. Ablam Sabiha'yı çok seviyor, Sabiha hepimize uğur getirdi. Dağılan ailemiz onun sayesinde tekrar toparlandı. O gün gördüğün Büyük Patron bana mağazalar zincirinin tekstil işini verdi. "Ben Sabiha'nın ailesini, Sabiha benim ailemi tanısın diye kısa bir ziyaret yapalım," dedik. İşte bizim hikâyemiz bu Uzun.

- Çok ilginç değil mi Seyhan teyze.

- Evet ben de sayenizde hikayelerini öğrendim.

- Anne ben sana yazmıştım.

- Osman'ın ağzından dinlemek daha iyi oldu.

- Annemleri arayıp söyleyeyim hemen.

- Alo anne merhaba, ben Sabiha'yı buldum. Haberiniz var mı? Hani benim üniversiteden arkadaşım vardı ya, evet Osman işte o Osman bizim kızımız Sabiha'yla evlenmiş. Buradalar, Seyhan Teyze'm de burada. Dur veriyorum.

- Osman benim teyzem, annem, Seyhan Teyze'm, hep beraber büyümüşler. Çok uzun yıllar beraber olmuşlar. Teyzemle Seyhan

Teyze'm sınıf arkadaşı beraber üç sene öğretmen okulunda okumuşlar. Bütün Foça "Üç kardeşler," derler. Hâlâ birbirlerine çok düşkündürler.

- Teşekkür ederim Ruhi, iyi oldu kızlarla konuştuğumuz. Büyük bir şok içindeler, yarın sabah kahvaltıya bekliyorlar. Ama ben diyorum ki bu çocukların zamanı çok az, biz bu tapuyu halledelim de, rahat olalım.

- Olur teyzem, bizim işimizi yapacak adam abimin arkadaşı. Bir soralım, neler lazım evrakları hazırlayalım. Salih sabah uçağı ile gelir akşam döner sen üzülme. Ben her şeyi ayarlarım. Dur abimi arayıp neler lazımmış soralım.

- Sabiha senin, Salih'in ve Seyhan Teyze'min nüfus cüzdanı, evlerin tapuları, harçlar. Söyleyelim de Salih nüfus cüzdanını benim ofise fakslasın işlemler olur, gelince nüfusunu gösterir.

- Yarın olmaz da öbür gün mü Ruhi oğlum.

- Biz evrakları yarın sabah abime verelim, o işleri ayarlasın. Öbür günde tapu işleri hâlolur. Abim sizin yanınızda olacak "Merak etmesinler," dedi. Evrakları hazırlayalım. Abime verelim kahvaltıya ben de sizinle geleyim. Kızları göreyim, özledim.

- Eve gidince hemen abimi arayalım annecim. Ruhi abini faks numarasını bildirelim.

- Sabiha benim faks numaramı yaz. Bize yetişmezse sekreter abime gönderir merak etmeyin.

- Çok teşekkür ederiz, her şey çok güzeldi.

- Ben de teşekkür ederim, Uzun sabah nerede buluşacağız.

- Abimin ofisinde Seyhan Teyze'me yakın o biliyor. Kızlar İzmir'e gelince orada buluşurlar.

- Evet bize çok yakın Osman.

- Osman şu sokaktan aşağı in, sola dön.

- On iki numara, asmalı ev.

- Ne kadar güzel ev anne, güle güle oturun, ben olsam burada otururum. İzmir çok karışık.

- Zaten aşağı yukarı buradayım çünkü birazdan göreceksin çocukluk arkadaşlarımla, kardeşlerim demek daha doğru senelerdir hiç ayrılmadık. Gelin içeri girelim de biraz nefeslenelim.

- Seyhan geldiniz mi, Seyhan?

- Geldik, Ulviye gel.

- Hadi sofra hazır, gelin sizi bekliyoruz. Ruhi'n de geldi.

- Tamam hemen geliyoruz.

- Selam, Osman hiç değişmemişsin oğlum. Acaba diyorum bize geldiğinde, Sabiha'mızı denizde falan mı gördün? Nasıl bir kısmetmiş bu şaşırdık Sabiha.

- Kısmetmiş teyzeciğim, eviniz çok güzel olmuş anne, biz de tamir ettirelim. Olur mu?

- Diyoruz annene Nuri Abi'n yapıverdi bize. Seyhan biraz üzgün gibisin, niye?

- Üzgün değilim, çok mutluyum. Çocuklara evleri verdim. Sabihaların zamanları az, bitsin istiyorum. Sadece oğlanı biliyorsun Aliye. Osman'ı çok sevdim. Sanki çok önceden tanıyorum gibi.

- Kahvaltı çok güzeldi Aliye Teyze çok hoşuma gitti.

- Ege kahvaltısı, Osman beğendiğine çok memnun olduk. Annenin yemekleri de çok güzeldir. Şanslısın damat. Ulviye arayan kim?

- Nuri'ymiş. "Teyzem rahat olsun, her şey yarın sabah için hazır. Faks da geldi. Öğlene kadar bitecek selam söyle," dedi.

- Gördün mü Seyhan her şey iyi gidiyor.

- Sağ olun kardeşlerim.

- Abim sabah dokuz uçağıyla geliyormuş, "Saat on'da beni havaalanından alır mısınız?" dedi.

- "Alırız!" deseydin Sabiha, doğruca tapuya gideriz.

- Neyse bu iş de bitti. Daha sonra evi yıkıp dört katlı bina yaptırırım. Anne unutmadan söyleyeyim. Kiracıya söyledim, bu aydan sonra kira benim hesabıma yatıracak.

- Abi niye böyle bir şey yaptın?

- Ne o Sabiha, ev bugün itibariyle benim değil mi? Kirayı almak da tabii benim hakkım. Bunda bir yanlış yok ki.

- Tamam oğlum. İkiniz de güle güle kullanın. Hayrını görün. Kaçtaydı senin uçağın?

- Hemen çıkmam gerek. Enişte beni havaalanına götürür müsün?

- Tabii ki götürürüm Salih. Hadi Sabiha hazır mısın?

- Biz geldik anne. Ne o sen ağlamışsın canım annem. Üzülmene değmez.

- Evet anne, üzülme değmez. Biz burayı ve köydeki evi çok güzel tamir ettiririz. Hem biz senin yarı burada yarı bizim yanımızda kalmanı istiyoruz. Bu konuda hiç itiraz kabul etmeyiz.

- Kusura bakma Osman, abim böyle biri değildi tanıyamıyorum.

- Ama giderken biraz üzgündü sanki hep yere bakıyordu. Bana mı öyle geldi Sabiha?

- Bana da öyle geldi inşallah, iyi bir şey yapmadığını anlamıştır.

- Yarın ne yapmak istersiniz hanımlar, sizi nereye götüreyim?

- Köye gidelim mi anne?

- Osman'a sor kızım.

- Siz nereyi isterseniz ben giderim.

- Hadi köye gidelim. Sabiha iyi ki sen burayı aldın kızım.

- Sen gör bak nasıl tamir olacak. Hem burası hem köy evimiz Nuri Abi'yle konuşalım. Osman'a deniz kenarını göstereyim. Şunu da bilmeni isteriz anneciğim senin para sorunun yok, ben göndereceğim. Bizim durumumuz iyi. Ben senin doğduğun büyüdüğün evi ata hatıralarımız var diye seçtim. Bir de biliyorsun ben denizi çok severim. Böylece sen arkadaşlarınla olacaksın. Biz de gelince denize gireriz. Hadi çıkalım öyleyse.

- Kızları bir arayalım.

- Geldiniz mi Seyhan? Hadi çay yaptım, gelin. Seyhan ne oldu sen ağlamışsın. Canım benim oğlan mı canını mı sıktı?

- Anlatırım Aliye, geliyoruz.

- Evet Sabiha ve Osman haklı, değmez, artık rahat ol. Uzun bir süre arayıp sormaz. Bak biz buradayız, Sabiha ve Osman seninle ne diyorlar: "Yarı burada yarı orada olursun." Biz hep söylüyoruz, "Gel bizimle ol diyoruz," sen gelmeyince biz de her hafta İzmir'e iniyoruz. Bak çocuklar tamir ettirmek istiyorlar, gel biz hep beraber olalım. Sen İzmir'de olunca aklımız sende oluyor. Hadi gel artık. Siz ne zaman gidiyorsunuz Sabiha?

- Aliye teyze yarından sonra gideceğiz ama beş gün sonra gelip beş gün daha annemle kalıp döneceğiz. Osman'ın işi çok ağır, fazla kalamayız.

- Sağ olsunlar, bu kadar da gördüm ya, Aliye çocukların mutlu olması benim en büyük sevincim, mutluluğum. Hava kararmadan Osman'ı deniz kenarına çıkar Sabiha.

- Osman kıyıya inelim ister misin?

- Evet çok merak ediyorum acaba aynı mı, değişiklikler var mı?

- Annen çok üzüldü Sabiha. Eminim paradan değil, abinin tutumundan dolayı.

- Aynen öyle. Bak ne çabuk anlamışsın ama Salih Bey'in umurunda değil. Çok terbiyesiz olmuş. Annem olmasa ben abimle artık konuşmak istemem.

- Sakın böyle bir şey yapma. Biz daha yakın olacağız, onu yalnız bırakmayacağız, biz geliriz, o gelir. Para da göndeririz. Hiç sorun değil.

- Teşekkür ederim Osman.

- Anne sen gelme, geri dönmek zor olur. Biz beş gün sonra buradayız.

- Annenlere çok selam söyleyin. Bu paket onlar için. Buyursunlar gelsinler. Benim misafirim olsunlar.

- Olur annecim söylerim. Hoşça kal lütfen hiçbir şey için üzülme. Artık ben varım, ikinci oğlunuz.

- Sağ ol tabi ki oğlumsun.

- Biletler, pasaport yanında mı Sabiha? İstersen sen burada bekle arabayı verip geleyim.

- Uçak inmiş Sabiha. Kapıya gidelim.

- Ablamı gördün mü? Bak el sallıyor.

- Nasılsın Servet Hanım?

- İyiyim Osman, Patron'un selamı var, "Ayakkabı işine bir göz atsın. Osman'ın hesabına tatil parası yatırdım," dedi. Bu adam seni çok seviyor.

- Abla, Liz ve oğlu da aynı şeyleri söylediler. Artık ihtiyarladı. Hep tek başına çalışmış. Artık yorulmuş. Tekstilde eskisi gibi parlak değil. Biraz panik olmuş herhalde. Tam o sırada ben karşısına çıktım. Bana güvendi işimiz de çok iyi. Halı işine, Amerika işine başladı. Sana da "Osman'ın sayesinde işimizde yükseliyoruz," demişti, hatırladın m?

- Hatırladım kardeşim. Annen, nasıl Sabiha seni görünce sevindi mi?

- Sevindi Servet Abla, Osman'ı da çok sevdi.

- Bizimkiler de seni sevecek eminim. Ne çabuk geldik iniyoruz bile…

- Abla bu bavullar ne, Londra'yı mı taşıdın?

- Sizin de hediyeleriniz var. Babamı gördünüz mü? Bakın el sallıyor.

- Hoş geldiniz çocuklarım ikinci kızım hoş geldin, Sabiha. Anneniz evde sıkışmayalım diye gelmedi.

- İyi de yapmış baba, ablamın bavullarından sığamazdık zaten.

Hepsi güldüler.

- Anneciğim seni ne kadar özledim bilsen.

- Beni bırakıp gittiniz.

- Hoş geldiniz. Hoş geldin ikinci kızım Sabiha, hoş geldin güzel kızım. Anneni niye getirmediniz? Çayınız hazır. Teyzeniz de börek yapmış. Bak geldi bile.

- Hoş geldiniz çocuklarım hoş geldiniz. Aman da pek güzelcikmiş gelinin Nigâr. Allah uzun beraberlikler versin. Hoş geldin kızım. İyi bir yaşamınız güzel günleriniz olsun.

- Teşekkür ederim teyze.

- Baba yapılacak bir işin var mı yardım edeyim?

- Yok Osman, biliyorsun ben tatildeyim. Siz anlatın bakalım neler oluyor benim fabrikamda? İşleriniz iyi mi? Tekstil ne alemde? Bina gene bize mi ait?

- Osman ben anlatayım sen kısa kesersin. Ben detaylı Patron'u anlatacağım.

- Harun birazını da yarına bırakın, bak saat iki olmuş çocuklar yoldan geldi. Biliyorum gurbetçilerin ilk akşamı hep böyle olur, sanki bütün seneleri, bütün özlemleri, bütün geçmişleri bir akşama sığdırmak isteriz.

- Doğru geç olmuş. Ama ben eski günlere gittim. Osman haklı Servet, tekstil tehlikede, vergiler, işçilik çok pahalı bir de bu Çin çıktı. İşiniz zor kızım. Patron'a gelince ben Mr. Jordan'ı çok iyi tanıyorum huysuz, işinde çok titiz biriydi. Demek ki Osman'a güveni sonsuz, bir de oğluyla aynı kefeye koymuş. Eh artık ihtiyarladı. Kendine işi bilen, dürüst bir yardımcı bulunca da rahatladı. Siz şanslı çocuklarımsınız ki böyle biri karşınıza çıkmış. Her şey hayırlı olsun, sizler huzurlu, mutlu, işiniz iyi olunca bizler de çok huzurlu oluruz. Yarın da kızım Sabiha'yı dinlerim. Hoş geldin kızım şimdi iki kızım oldu. Ben çok şanslı bir ihtiyarım. Haydi iyi geceler çocuklarım.

- Baba, adam Osman'ı çok seviyor, karısı bile "Siz bu ihtiyar huysuz adamı çok değiştirdiniz, bazen ben bile tanıyamıyorum ama iyi oldu, şimdi daha sakin," diyor. "Tek başınaydı ama şimdi Osman var," dedi.

- Hediyeleri açmadık anne.

- Hadi yarın kahvaltıda açarız, Servet iyi geceler kızım.

- Günaydın çocuklarım.

- Günaydın anne.

- Ne güzel böyle kalabalık Nigâr. Osman al bu arabanın anahtarları, Sabiha'ya şu Kıbrıs'ı bir göster. Öğlen gelin ama akşam da yemeği dışarda yiyin. Sabiha'ya güneşin batışını göster. İngiltere'de göremezsiniz.

- Olur baba. Hadi Sabiha hazırlan.

- Hoş geldiniz. Nasıl kızım beğendin mi Kıbrıs'ımızı? Güney'e geçtiniz mi?

- Baba Sabiha tarihi çok sever, bana Kıbrıs tarihini sordu ama anlatamadım. "Babama soralım," dedim.

- Valla kızım Kıbrıs'ın tarihi o kadar eski, o kadar karışık ki nerden başlasak bilmiyorum. Milattan öncelerine kadar dayanır. Yani senin anlayacağın Ada uğrak yeri olmuş. Bizanslılardan sonra Araplar, sonra Şovalyeler Adası olmuş, İngilizler, Cenevizliler, Venedikliler 1570'lerde de adayı Osmanlılar ele geçirmiş. 1870'lerde emin değilim, Osmanlılardan İngilizler kiralamışlar. 1925 Lozan Anlaşması'yla İngiliz sömürgesi olmuş. 1950'lerde Rum isyanları başladı. Rumlar Yunanistan'la birleşmek amacıyla çeşitli örgütler kurdular. Tabii ki Türkler de karşıtı olarak örgütlendiler. Yani huzurumuz bozuldu. Sonra bildiğin gibi 1974'te Ada'daki bu karışıklığa son vermek için Türkiye adaya askeri müdahalede bulundu. Şimdi biz Kuzey Kıbrıs Türk Cumhuriyeti adı ile kuzey bölümündeyiz. Yani ada ikiye bölündü. Kıbrıs'ı çok severim. Çilekeştir. İşte kısaca anlattım. Kızım şu anda aklımda olanlar bunlardı.

- Teşekkür ederim babacım çok şey öğrendim ama herhalde o karışıklıkta siz burada değildiniz. Hayır kızım biz 1949 senesinde İngiltere'ye gittik. Bir gezip gelelim dedik baktık ki Londralı olmuşuz. Öyleydi değil mi Nigarcım?

- Öyleydi Koca Harun. Öyleydi, ilk defa evden anacığımdan ayrılmak çok zor geldi. Ama sonra alıştım. Ama biliyor musun Sabiha'cım senelerimi verdiğim o gurbeti ben şimdi özlüyorum.

- Bu sene gelin anne, biraz da bizimle olun.

- Gelin tabi neredeyse torunlarınız sizi unuttu.

- Gidelim mi Harun?

- Gidelim Nigâr gidelim.

- Yarın da ben Sabiha'yı gezdireyim.

- Kızı berbere falan götürme Servet.

- Baba şu anneme bir şey söyle.

- Ne söyleyeyim kızım annen haklı.

- Ne çabuk bitti sayılı günler.

- Anne, ablam gerçekten çok yoruldu. Biraz da İzmir'i görsün, Sabiha'nın annesini tanısın. Artık beraberiz istediğiniz zaman kaçın gelin. Şimdi sıra sizde, sizi bekliyoruz.

- Kardeşim doğru söylüyor anne, sıra sizde. Hadi hoşça kalın, kendinize iyi bakın.

- Hoşça kalın, sizleri bekliyoruz.

- Hoşça kal kızım geleceğiz, kendinize iyi bakın, annene selam söyle.

- İzmir çok değişmiş Osman.

- Evet abla hem de çok büyümüş.

- Burası mı? Aman Allah'ım ne güzel ev. Bak annen kapıya çıktı Sabiha, aynı annene benziyorsun.

- Hoş geldiniz çocuklarım hoş geldiniz.

- Hoş bulduk anneciğim.

- Hoş geldin Servet kızım, seni gördüğüme çok sevindim, iyi yaptınız geldiniz, hasretimizi giderdik.

- Annemler de aynısını söylediler, Seyhan Abla.

- Annecim bu bavulların hepsi ablamın.

- Osman lütfen sataşma Servet Abla'ma.

- Görüyor musun anne bunlar böyle. Birbirlerine hiç laf söyletmezler.

- Olsun oğlum ne güzel birlik, sevgi mutluluk getirir. Hadi çayınız hazır biraz da atıştırmalık yaptım. Bahçeye mi içeriye mi hazırlayayım?

- Bahçe çok güzel anne bahçede yiyelim.

- Oh be, ne güzel çiçekler ağaçlar, güller.

- Abla sen bir de annemin Foça'daki evini gör, bayılırsın. Deniz kenarı.

- Yarın gidelim mi?

- Gidelim de seni orda bekleyenler var, bakalım tanıyacak mısın?

- Bakalım belki tanırım. Börek çok güzel olmuş Seyhan Abla.

- Hadi hediyeleri açalım Sabiha.

- Niye bu kadar zahmetler Servet'ciğim, bana sizler zaten hediyesiniz. Canım çocuklarım.

- Osman Lavely cottage. Çok güzel küçük ev ama bu çok güzel. Anneciğim tam size yakışır.

- Artık burası Sabiha'nın Servet.

- Annecim lütfen bir daha ben bu lafı işitmek istemiyorum. Tekrar edersen beni çok ama çok üzersin. Burası senin. Sadece isim değişikliği yaptık. Servet Abla, annem nedense bilmiyorum "Hazır buradasınız size evleri paylaştırayım," dedi. Karşıyaka'daki evi abim aldı. Burayı ben istedim. Çünkü annemin annesinden kalmış, annemin doğduğu, çocukluğu gençliği. Sonra senin de tanıyacağın arkadaşları hep buradalar. Annem hâlâ gelir burada kalır. Bu ev çok güzel bir miras, onu korumalıyız diye düşündüm. Onun için ben burayı istedim.

- Ne kadar güzel düşünmüşsün Sabiha seni tebrik ederim. Annecim seni de tebrik ederim çok güzel, iyi huylu dürüst bir evlat yetiştirmişsin. Biz de çok şanslıyız ki, böyle güzel insanlarla karşılaştık. Hem biliyor musun Sabiha, çok uğurlu bir kız. Bize uğur getirdi. İşimiz düzeldi ailemiz tekrar bir araya geldi. Şimdi çok mutlu, çok huzurluyuz. Seni de tanıdığıma çok memnun oldum. Ben de Osman ve Sabiha gibi sana anne demek istiyorum.

- Tabii ki anne diyebilirsin, çok memnun olurum. Sen de benim kızımsın. Şanslıyım iki kızım var.

- Seyhan geldiniz mi? Çay hazır.

- Geliyoruz Ulviye misafirimiz de var.

- Servet'ciğim biz üçümüz burada doğup burada büyüdük. Birbirimizi çok severiz ve birbirimize çok düşkünüz. Seyhan'a gel diyoruz. O gelmeyince her hafta İzmir'e gideriz, her gün telefonlaşırız. Bize bu kasabada üç kızlar derler. Hadi sizde söyleyin de Seyhan artık buraya dönsün. Nuri'nin planını düşündünüz mü Osman? Bak iyi insan sözünün üstüne gelir, Nuri de geldi.

- Ne tesadüf değil mi kardeşim Ruhi ile can arkadaşız, biz bir yaz buraya geldik sizinle tatil yaptık. Ama Osman bunları bilmeden buranın kızı, sizin en yakınınıza Londra'da gönlünü kaptırıp evleniyor. İnanmıyorum Aliye Teyze inanamıyorum.

- Kısmet kızım, inanmak gerek. Kısmet. Ama biz bu kısmetten çok memnunuz. Seyhan'cığım şimdi çok mutlu, Osman'ı çok sevdi. Sizi de çok seviyor. Sizi görmeden anlatıyordu. Şimdi sizler söyleyin de evi tamir yapalım veya bizim gibi iki villa yapalım. Seyhan'ımız bizimle olsun.

- Ne dersin annecim? İstersen sen bir düşün ama iki evde iyi bir tamir istiyor. Bu kış oturamazsın. Paraya ihtiyacın yok. Ben göndereceğim.

- Dur bakalım Sabiha Hanım. Tamirleri ben yaptırıcağım. Nuri bir konuşalım mı? Neler yaparız diye?

- Ben de varım Osman, ben de katılıyorum.

- Gördün mü Seyhan'cığım. Sana demiştim "Üzülme değmez," diye bir gitti üç geldi. Ne mutlu sana güzel gönlünün, yaptığın iyiliklerin meyveleri bunlar, canım kardeşim.

- İsterseniz biraz ileride üç villa yaptım, bitmek üzere bir görün, konuşuruz.

- Osman oğlum Ruhi seni istiyor.

- Evet Ruhi buradayız. Dur bir sorayım. Kızlar Ruhi "Bu akşam burada kalacaksanız, biz de gelelim," diyor ne dersiniz? Tamam Ruhi kalıyoruz. Yok bir şey istemiyoruz Teşekkür ederim bir dakika Ulviye Teyze, Ruhi istiyor.

- İsterseniz hem gezmiş oluruz. Hem de evlere bakarsınız.

- Çok değişmiş buraları, artık koca bir şehir olmuş. Hele deniz kenarı çok güzel, Kıbrıs'tan çok güzel değil mi, Sabiha?

- Evet abla daha geniş, deniz daha kıyı, çok derin değil ve daha temiz.

- Bu üç villa çok güzel ne dersin anneciğim? Senin oturabileceğin senin rahat edebileceğin ev olacağı için lütfen sen seç. Hem Nuri abi senin en yakının seni hiç üzmeden her şeyi o yapar sadece malzemeyi sen seçersin.

- Evet villalar çok güzel ama benim bir teklifim var, üç villa yerine iki tane olsun. Benden sonra abin seni üzmesin. Biri Sabiha'nın biri Servet'in olsun. Dur kızım niye ağlıyorsun. Hay Allah, öteki de başladı. Osman ne oluyor bu kızlara?

- Anneciğim bunlar böyle. Düğüne gideceğiz, evden çıkacağız en mutlu günümüz, ağlarlar. Sabiha'nın oturumu gelir ağlarlar. Sabiha imtihanı geçer ağlarlar. Ablam Patron'la Amerika iş bağlantısı yapar ağlarlar. Sevinip gülüp oynayacağımız yerde ağlıyorlar. Hayret valla sen şunlara bir şey söyle lütfen anneciğim.

- Doğru kızlarım. Bugünler sizlerin, anneleriniz ve babanız olarak bizlerin en mutlu günleri, sizlerin en mutu günleriniz, bakın kocaman bir aile olduk. Lütfen bundan sonra ağladığınızı duymayayım, görmeyeyim. Nuri villaların planları sendeyse biz evde bir göz atalım konuşalım. Akşam yemekte sana fikrimizi söyleyelim. Bir de ikisi kaça mal olur? Onu da bize yazarsan çok memnun oluruz.

- Gelin bakalım çocuklarım Ulviye ve Aliye kardeşim gibidir ama biz de aileyiz şimdi herkes ne istediğini söylesin.

- Anneciğim bizim villa senin yaz kış oturabileceğin gibi olsun. Sen bizden çok buradasın. Kalorifer sistemi olsun. Kışın sıcak su olsun. Bahçesi olsun ki sen çiçekleri çok seversin. Benim isteğim bu.

- Ben de Sabiha ile aynı şeyleri istiyorum. Gereken parayı senin banka hesabına göndereceğim sen Nuri'ye ödersin. İkincisi anladığım kadar sen İzmir'i çok seviyorsun. Orayı sana tamir ettireceğim. İstediğin zaman gidip orda da kalırsın. Kiraya vermene gerek yok. Bir de kışın gelip bizimle olmanı istiyoruz. Benim istediğim bunlar.

- Evet sıra bende. Ben de kardeşlerim gibi düşünüyorum. Sen sadece Sabiha'nın değil bizim de annemizsin. Ben öbür villanın parasını sana göndereceğim. Senin zevkine göre ne istiyorsan öyle yaptırırsın. Villanın tutarını gördünüz bizim için çok büyük bir para değil. Sana çok zahmet eziyet ve üzüntü olacak biliyorum. Ama Nuri'nin seni üzeceğini hiç zannetmiyorum. Öyle bir şey olursa biz buradayız sadece üç saat aramız var.

- Evet biliyorum. Ama çok sıkışırsam, biriniz gelirsiniz.

- Onu hiç dert etme anneciğim, kızlar da ben de gelir gideriz. Seni yalnız bırakmayız. Planlara baktınız mı, değiştireceğiniz bir şey var mı?

- Eski evimizde salonda ocak vardı yani şömine, ben yine istiyorum.

- Planda var annecim bak burada.

- İyi o zaman. Her şeyde anlaştıksa gidelim, insanlar sofrada bizi bekler.

- Biz geldik. Ruhi de gelmiş.

- Bak ya bak kimler gelmiş. Bu gördüğünüz fabrikatör Servet.

- Aman Nuri deme öyle sadece atölyemiz var.

- İki aile de aynıdır. Pek alçakgönüllülerdir. Hadi sofraya, Osman kurt gibi acıkmıştır.

Hepsi çok güldü.

- Eskisi gibi değil Nuri, Sabiha maşallah iyi doyuruyor, Osman'ı.

- Anneciğim, Osman boğazına çok düşkün biridir ve çok yer. Her zaman kurt gibi açtır. Ama Sabiha pek becerikli, mutfağı bayağı zengin, çok lezzetli yemekler yapıyor. Onun için bu sorunumuz bitmiştir.

- Nuri oğlum, biz çocuklarla konuştuk. İşe başlayabilirsin, son olarak bir daha Osman'la konuşun. Burası bitince İzmir'deki evi tamir ettirmek istiyoruz.

- Ne o İzmir'e mi yerleşeceksin kardeş?

- Yok kızlar, merak etmeyin burada sizinle kalacağım. Ama ev tamir istiyor, siz de biliyorsunuz.

- Çok şükür Ulviye.

- Çok şükür Aliye.

- Zaman ne çabuk geçti çocuklar. Ben de geleceğim, Nuri de geliyor onunla dönerim.

- Nuri'nin gelmesi gerek annecim, ablamın ayakkabıları için taksi lazımdı. Bakalım belki hepsini geçiremeyiz.

- Aman da Osman, nedir bu bana yaptıkların?

Herkes güldü.

- Geçtiniz mi çocuklar?

- Geçtik anneciğim. Seni tanıdığım için benim annem olduğun için çok memnun ve çok mutluyum. Dilerim sıhhatli, bizimle uzun ömrün olsun.

- Ben de Seyhan anneciğim, seni ve Sabiha'yı bize gönderdiği için Tanrı'ya duacıyım. Her zaman biz seninleyiz. Zorluklar demeyeceğim, bütün iyi günlerde beraber olalım. Seni çok seviyorum. Kendine iyi bak. Seni bekliyoruz. Sen gelmeye karar ver, ben gelip seni alacağım.

- Evet anneciğim işte ayrılık yine geldi. Seni çok özlüyorum. Şimdi seni bekliyoruz. Beni sensiz bırakma anneciğim.

- Benim canım kızım seni ilk gönderdiğim gibi üzgün değilim. Şimdi biz kocaman bir aile olduk. Artık siz gelir gidersiniz ben de gelirim. Osman'ı, Servet'i çok sevdim, onlar da benim çocuklarım. Allah muhabbetinizi, sevginizi, mutluluğunuzu daim etsin yavrum, canım kızım. Allah'a emanet ol yavrum, can parem.